늪대

임철우 장편소설
등대

초판 1쇄 발행 2002년 5월 18일
초판 10쇄 발행 2013년 6월 14일

지은이 임철우
펴낸이 주일우
펴낸곳 ㈜문학과지성사
등록번호 제1993-000098호
주소 121-840 서울 마포구 서교동 395-2
전화 02)338-7224
팩스 02)323-4180(편집). 02)338-7221(영업)
전자우편 moonji@moonji.com
홈페이지 www.moonji.com

ⓒ 임철우, 2002. Printed in Seoul, Korea
ISBN 89-320-1335-7

* 이 책의 판권은 지은이와 ㈜문학과지성사에 있습니다.
  양측의 서면 동의 없는 무단 전재 및 복제를 금합니다.

임철우 장편소설
등대

문학과지성사
2002

차례

프롤로그 9

눈사람 가족 14
도시, 그리고 환상 27
낡은 기와집 33
닐리리 동네 42
거미줄 51
양심이 61
어머니, 재봉틀을 돌리다 76
그림자 혹은 아버지 85
팽귄의 꿈 97
새나라이발소 108
낡은 책상 116
방황의 시작 126
별 이야기 133
포도 씨앗의 사랑, 하나 140

포도 씨앗의 사랑, 둘 159

탱자나무집 166

상엿집 177

새벽별 183

기찻길 옆 오막살이, 하나 193

기찻길 옆 오막살이, 둘 200

겨울나기 208

까마귀 귀옥이 212

무덤 앞에서 222

오목이 누나는 바보 228

봄비 240

라스트 신 247

멸치 선생님 251

그 집 앞 260

풍금이 있는 방 269

달밤 277

은행나무 287

불씨 293

작별 299

그리고, 십오 년 후 306

에필로그 319

작가의 말 325

사랑은 회상함으로써
비로소 행복한 것이다.

    키르케고르

프롤로그

 참으로 많은 날들이 흘러갔다. 서른하고도 두 해. 세월은 숲 속 골짜기를 돌아 흐르는 냇물처럼 무심히 내 곁을 스쳐 지나갔고, 이제 나는 개울가 푸석한 돌멩이로 여기 혼자 남겨졌다.
 돌이켜보면, 지금껏 나는 늘 떠나가는 수많은 것들의 뒷모습만을 지켜보며 살아왔었다. 사랑하고 혹은 미워했던 사람들. 더러는 그리움이거나 슬픔, 혹은 고통과 외로움을 내게 가르쳐주었던 사람들…… 그들은 모두 과거 속으로 떠났고, 이젠 아무도 더 이상 내 곁에 머무르지 않는다.
 추억은 언제나 황량했다.
 미치도록 추억으로부터 도망치고 싶었지만, 무심한 세월의 물살은 언제고 수많은 잿빛 추억의 가랑잎들을 끊임없이 내게 떠내려보내줄 뿐이었다. 그리하여 추억은 나의 먹이가 되었고, 나는 지금껏 누에처럼 그것의 물기 없는 이파리만 시름시름 갉아먹으며 살아왔다.
 하지만 이젠 모두가 끝났다. 너무도 많은 날들이 내 곁을 떠나갔으니, 어느 사이 내 몫으로 남겨진 추억의 뽕잎은 더 갉아댈 수조차 없도록 앙상하고, 내 쓸쓸한 가슴은 꽈리처럼 텅 비어버렸다.
 그래…… 결국 난 또다시 이 자리로 되돌아오고 만 것이다. 목쉰 하역부들의 고함, 철공소의 망치 소리, 화물차의 소음, 그리고 온갖 쇠붙이들의 냄새, 기름 냄새와 비린내로 가득 찬 남쪽 항구의 부둣가 방파제, 바로 이 무인 등대(無人燈臺) 그늘 아래로……

원통형의 딱딱한 등대 탑 콘크리트 벽에 기댄 채, 나는 지금 이렇게 바다를 향해 휴지처럼 주저앉아 있다. 등대 주위엔 마침 아무도 어슬렁거리지 않고, 둥글게 휘어나간 만(灣) 건너편의 거대한 기름 탱크 너머로 태양이 소리 없이 기울어가고 있다. 가을 해는 짧다. 오래지 않아 땅거미가 드리워지고 바다에 어둠이 깔리기 시작하면, 이 작은 등대도 마침내 불빛을 밝히겠지.

멀리 갈매기 몇 마리가 번갈아 펄렁펄렁 날아오른다. 오늘따라 바다는 유난히 잠잠하다. 태풍이 올 조짐인지도 모르겠다. 폐유 찌꺼기로 번들거리는 항구의 더러운 물살을 따라 저만치 쓰레기들이 너저분하게 떠가고 있는 게 보인다. 세상의 어느 항구에 가더라도, 바다엔 늘 별의별 잡동사니들이 흡사 내팽개친 추억의 파편들처럼 어수선하게 떠밀려다니는 법이다.

난 언젠가 거대한 화물선에 실려 북대서양 한복판을 지나다가, 거기에서조차 물결 위를 동동 헤엄쳐다니고 있는 조그만 깡통 한 개를 우연히 발견한 적이 있다. 엉뚱하게도, 어째서 조금 전 문득 그 깡통 생각이 떠올랐는지 모르겠다. 도대체 얼마나 오랜 시간을 거슬러서, 그 머나먼 바다에까지 그놈은 저 혼자 흘러왔었던 것일까…… 그때 그것은 우스꽝스러우면서도 한편으론 어떤 묘한 비애감마저 안겨주면서, 막막한 대양을 혼자서 뒤뚱뒤뚱 떠내려가고 있었던 것이다.

지금 이렇듯 홀로 등대 그늘에 웅크리고 앉아 있으려니, 불현듯 내 자신이 그 웃기는 깡통이랑 꽤나 닮았다는 느낌이 든다…… 정말이지 얼마나 오랫동안 나는, 버림받은 개처럼, 홀로 세상의 거리를 쓸쓸히 헤매고만 있었던가.

 그해 가을, 이사 오던 날의 풍경이 눈앞에 떠오른다. 안개처럼 자욱한 먼지 저편으로, 아련하게……
 끝없이 구불구불 이어지는 비포장 도로. 머리채를 풀어헤친 문상객들처럼 길 양편에 우두커니 늘어서 있던 검은 가로수의 행렬. 이따금씩 나타나는 크고 작은 촌락들이며, 낮게 엎드려 고만고만하게 모여 있거나 혹은 흩어져 있는 가난한 촌가의 지붕들. 황량한 들판이나 후미진 굽잇길 너머로 간간이 나타나곤 하던 작은 저수지, 그리고 고요히 가라앉은 수면 위에서 가늘게 떨고 있던 하얀 물 비늘의 잔무늬……
 내 유년의 시간들이 담긴 낡고 삐걱거리는 기억의 서랍을 열면, 언제고 그 쓸쓸한 몇 장의 풍경들이 맨 먼저 시야에 천천히 떠오르기 시작하는 것이다.
 하나같이 흐릿하고 부옇기만 한 풍경들. 마치 오래 버려진 폐가의 유리창 너머로 바라보는 풍경처럼, 그것들은 여전히 자욱한 먼지의 차단막을 뒤집어쓰고 있다.
 그건 지금도 별로 변함이 없다. 이십여 년이 지난 지금 이 순간까지도, 그 빛 바랜 풍경 사진 앞에서 나는 또 이렇듯 무심코 두 눈을 비비는 것이다. 행여 거미줄이나 흙먼지가 눈꺼풀에 들러붙어 있기나 한 듯이……
 그 희뿌연 차단막 탓일까.
 그 밖의 다소 덜 뚜렷한 영상들—이를테면 이제 막 곱게 단풍물이 오른 길가 플라타너스, 멀고 가까운 산자락마다 꽃무늬처럼 박혀 있던 갖가지 가을 나무들의 자태, 추수 끝난 들녘을 휘감으며 소리 없이 허공으로 피어오르던 볏단 태우는 연기, 새 볏짚으로 말쑥하게 갈아 얹은 초가 지붕의 둥글고 부드러운 선들, 개울 둔덕을 따라 입김처럼 하얗게 피어난 억새풀, 혹은 어느 이름 모를 시골 국민학교 담벼락 옆에 무더기로 피어 흐드러져 있던 코스모스의 군락……

그런 저마다의 화려하고 현란한 빛깔까지도, 어째서일까, 내 기억의 풍경 사진 속에선 하나같이 흐릿하게 지워져 있을 뿐이다. 그렇다고, 몹시 우중충하게 흐리다거나 빗줄기라도 질금대는 날씨였던 건 결코 아니다. 도리어 기막히게 좋은 날씨였다. 햇살은 눈부시게 투명하고 가벼웠으며, 쿡 찌르면 금방이라도 푸른색 유리알들이 좌르르 쏟아져 내릴 듯 하늘 또한 맑고 높았으니까.

그런데도 어째서 그 수많은 풍경들 속에서 정작 나는 단 한 가지의 빛깔도 선명하게 기억해내지 못하게 된 것일까. 왜 그 화려하고 다채로운 빛깔들 대신에 다만 밋밋한 흑백 풍경 사진들로 그것들은 내 기억의 서랍 안에 남겨져 있는 것일까. 그날을 떠올릴 때마다 나는 종종 고개를 갸웃거리곤 한다.

그 흑백 풍경의 흐릿한 윤곽 언저리마다에 항상 어김없이 묻어 있는 독특한 냄새와 소리 또한 잊혀지지 않는다.

고물 트럭이 꽁무니로 쉴새없이 부릉부릉 내지르던, 가래 끓는 듯한 엔진음, 송아지 울음 소리, 지릿한 소 오줌 냄새…… 그리고 이따금 무슨 기괴한 주문(呪文)처럼 혼자 뇌까리던 어머니의 목소리.

"걱정 말어라. 아암, 걱정할 것 하나도 없응께!"

그날, 미지의 도회지를 향해 가난한 우리 가족을 태우고 달려가던 그 더럽고 낡아빠진 트럭의 적재함 위에서, 마침내 내 유년기의 마지막 순간을 떠나보내고 있다는 사실을 나는 어렴풋이 깨닫고 있었다. 누구도 가르쳐주지 않았지만, 예민한 후각을 가진 짐승처럼 난 거의 본능적으로 그걸 알아차렸던 것이다.

  바야흐로, 그 순간 나는 새로운 시간들과 대면해야 할 운명의 다리 위에 서 있는 셈이었다. 그리고 한없이 어둡고 황량한 그날의 흑백 풍경들이야말로 내 발 앞에 놓여진 미지의 시간들을 채색해줄 유일한 염료(染料)였다.

  열두 살. 내 소년기의 첫새벽은 그렇게 시작되고 있었다.

눈사람 가족

　트럭은 쉬지 않고 달렸다. 크르릉 크르릉. 천식 걸린 노인의 목구멍처럼 가래 끓는 소리를 내지를 때마다 연통에선 시커먼 연기가 풀풀 피어올랐다. 금방이라도 딸깍 숨을 끊고 정지해버릴 것만 같은데도, 끈질기게 움직이고 있는 게 신통했다.
　나는 화물 적재함 맨 뒤쪽 귀퉁이에 잔뜩 웅크리고 앉아 있었다. 움푹 팬 웅덩이를 지날 때면 트럭은 미친 망아지마냥 껑충껑충 뛰어올랐다. 그때마다 반사적으로 등받이의 철판을 꽉 그러쥐었지만, 우리 네 식구의 몸뚱이는 널뛰듯 덩달아 경중경중 뛰어오르곤 했다.
　처음엔 그게 여간 신나고 재미있는 게 아니었다. 트럭이 그 육중한 몸뚱이를 튕겨올릴 때마다 은분이 누나와 나는 철판 모서리에 나란히 붙어 앉아 깔깔거렸다. 아무것도 모르는 은매까지도 입을 헤 벌리고 연신 히죽히죽 웃었다.
　그도 잠시뿐, 그 지긋지긋한 널뛰기에 우리는 이내 진절머리가 났다. 창자가 뒤집혀 끊어질 것만 같았다. 어머니와 은분이 누나는 끝내 뱃속의 것을 몽땅 토해냈다.
　멀미를 하는 건 짐승도 마찬가지인 모양이다. 우리와 함께 적재함에 실린 송아지 역시 몸살을 앓는 눈치가 역력했다. 출발해서 얼마 동안은 잔뜩 겁먹은 눈으로 한편에 멀뚱히 서 있더니, 급기야 차가 튀어오를 때마다 네 발로 요동을 치며 날뛰기 시작했다. 차를 세우고 소장수가 올라와 철주에 주둥이가 바싹 붙도록 고삐를 단단히 묶고 내려갔다. 그때부터 송아지는 이따금 움머움머 소리를 내지르며 버둥거릴 뿐이었다.

그러나 무엇보다 참기 힘든 건 악취였다. 송아지는 벌써 몇 차례나 선 채로 똥오줌을 줄기차게 갈겨대고 있었던 것이다. 우리가 앉은 자리엔 그나마 널판때기를 잇대어 깔아놓긴 했는데, 그놈이 질펀하게 내갈긴 싯누런 오줌 줄기가 바닥을 타고 흘러, 널빤지 밑으로 무사히 빠져나갈 때까지 우리는 전전긍긍했다. 그러나 널빤지 이음새를 통해 그 싯누런 물방울이 출렁출렁 튀어올라, 내 바짓가랑이며 엉덩이는 이미 축축해진 상태였다. 어머니는 특히 이불 보따리가 젖을까 봐 불안에 떨고 있었다.

장흥읍에서 잠시 정차했을 때였다. 견디다 못한 어머니가 엉거주춤 앞쪽으로 다가가서 운전사를 불렀다. 조수석의 송아지 주인이 담배를 사느라 내린 직후였다.

"왜 그러쇼!"

곰보 자국이 선명한 운전사의 더부룩한 머리통이 차창으로 툭 불거졌다.

"저어, 아저씨. 조끔만 살살 가주시면 좋겠소마는……"

잔뜩 주눅 든 소리에 운전사의 콧등 곰보 자국이 단박 험상궂게 일그러졌다.

"어째서라우!"

"우리 아이들이 다 죽게 생겼어라우. 쇠앙치까장 한군데다가 실어 놨으니, 냄새가 어찌나 심한지 원……"

그러자 뒤쪽으로 한껏 목을 빼느라 하나밖에 뵈지 않던 사내의 눈알이 한층 무섭게 찢어졌다.

"뭐여? 이 아줌씨가 염치 한번 미제구마이! 내 깐엔 여자 혼자 애들 끌고 나선 꼴이 불쌍해서 공짜로 태우다시피 해줬등만, 무슨 불평이 그리 많어. 정 싫다면야 여기서 당장 내리든지, 맘대로 하슈! 받은 돈 도로 내줄 텐께. 젠장, 남은 시방 안 그래도 바빠서 애가 타 죽겄구마는."

고함을 꽥 지른 뒤 사내의 머리통이 쑥 들어갔다. 이내 발동이 요란하게 걸렸다. 아이고, 미, 미안하요만, 어쩔 것이요. 우리 아이들이 멀미가 심해서 그런디…… 어머니는 말을 채 맺지도 못하고, 게걸음으로 엉금엉금 되돌아오고 말았다. 무참해져서 벌겋게 달아오른 얼굴로 애써 웃으며, 어머니는 또 우리를 향해 되뇌었다.

"괜찮다이, 얘들아. 걱정 말어라…… 할 수 있겄냐. 아쉬운 쪽이사 우린디, 조끔만 참어보자이."

그 순간 어머니의 얼굴에 떠오르던 그 쓸쓸하고 어색한 웃음. 그리고 입가에 박힌 숟가락만한 자주색 반점…… 까닭 모를 죄책감에 나는 슬몃 눈을 내리깔았다. 따지고 보면, 우리로서는 그나마도 백번 과분했다. 오히려 송아지 덕을 보고 있는 건 우리 쪽이었으니까.

포구에 도착했을 때부터 이미 일이 잘못 풀려 있었다. 지난번 장날에 어머니가 일부러 나와서 신신당부, 약속을 받았다는 트럭은 어찌된 영문인지 온데간데없었다. 선착장에 짐을 풀어놓은 채 쩔쩔매고 있다가, 요행으로 그 낯선 트럭을 얻어탔던 것이다.

트럭은 들판을 쿵쾅쿵쾅 달리고 있었다. 대단히 넓은 들녘이었다. 대부분 추수가 끝난 뒤였으나, 이제야 벼를 베고 있는 논들도 더러 있었다. 텅 빈 논에 혼자 덩그러니 남은 허수아비. 껑정한 수숫대 사이로 소를 몰고 논둑을 질러 가는 까까머리 아이들. 녹슨 함석 지붕이며 안

마당에 고추를 말리는 모습도 보였다.
 그런 풍경들은 자욱한 먼지의 구름 사이로 언뜻언뜻 지워졌다가 다시 나타나곤 했다. 트럭의 네 바퀴는 끊임없이 엄청난 먼지의 구름을 피워올렸던 것이다. 정말이지, 굉장한 먼지였다. 우리는 구름 위를 떠가고 있었다. 야아, 멋지다야. 비행기를 타는 기분이 아마 이럴지도 몰라. 나는 숨을 들이켜지 않으려 애쓰면서, 구름 사이로 멀어지는 두 줄기 가로수의 행렬을 바라보았다.
 그처럼 넓은 들판의 광경은 내겐 놀랍고 신비한 경험이었다. 눈에 비치는 모든 것들이 하나같이 새롭고 경이로웠다. 아침에 배를 타고 도착했던 작은 포구도 그랬고, 그곳의 오밀조밀한 점포와 진열장의 물건들, 그리고 길가의 커다란 전신주들 역시 신기했다. 책에서만 보았던 전신주를 직접 구경해본 아이는 우리 섬 마을 학교에서 몇 되지 않을 거였다. 더구나 이렇게 트럭을 타본 녀석은 진짜로 드물 거였다. 불현듯 나는 우쭐해졌다.
 낯선 마을 앞을 지날 때, 운전사가 빵빵 경적을 울렸다. 농협 창고라는 글씨가 휘갈겨진 큰 건물 앞마당에 사람들이 웅성거리고 있었다. 산더미처럼 높이 쌓아올린 볏가마니들을 보고 나는 입을 딱 벌렸다.
 내가 살던 고향에선 쌀이 금쪽같이 귀했다. 낙일도는 전기도 자동차도 없는 조그마한 섬이었다. 헐벗은 산자락 가파른 둔덕마다 어른들은 대대로 돌 자갈을 파헤쳐가며 밭뙈기를 일구었고, 어설픈 잡목밖에 남지 않은 산골짜기를 오르내리며 아이들은 꼴을 베고 땔감을 모으느라 날마다 갈퀴질을 했다. 평지도 없고 식수까지 부족한 섬이라, 논이 귀했다. 우리 동네에서 유일한 논 두 마지기의 임자라는 사실만으로 우리는 남길이네 아버지를 주저없이 첫번째 부자로 손꼽았다.
 "걱정 말아라, 얘들아. 거기 가면, 설마 지금보다야 더 못 하겠냐.

걱정할 것 없응께, 느그는 어미 하는 대로 따라나서기만 해라이."
　광주로 이사를 간다는 놀라운 소식을 맨 처음 밝히던 날, 어머니의 입에서 흘러나온 말은 역시 예의 그 '걱정 말어라'였다.
　"참말, 쌀밥을 먹을 수 있단 말여?"
　"쌀밥뿐이겠냐. 거기는 없는 게 없는 도회지여. 돈만 있으면 죽을 사람도 살려놓는다는 데여. 돈은, 오냐, 내가 벌어볼란다. 우리 식구 네 목숨, 설마 산 입에 거미줄 칠라더냐. 어금니 앙당물고, 죽든 살든 이 어미가 해볼 참인께. 알었냐?"
　그 한마디로 족했다, 내겐. 물론 '우리 네 식구'라는 어머니의 표현이 문득 가슴에 걸리긴 했다. 한 사람. 바로 아버지가 빠져 있었으니까······
　하지만 쌀밥이라는 낱말이 주는 위력 앞에서, 우리는 그 순간 벌써 꿈같은 세상이 눈앞에 그들먹하게 펼쳐지는 것만 같았다. 어쩌면 그건 은매 역시 마찬가지였으리라. 말을 알아들을 수만 있었다면 말이다.
　쌀밥. 아, 그 맛난 쌀밥을 맘껏 먹을 수 있게 된다. 감격에 겨워 몸이 다 떨릴 지경이었다. 갱엿, 팥 시루떡, 홍시보다도 나를 간절하게 만드는 게 바로 쌀밥이었다. 밥을 짓기 전에 가마솥에 두 번씩이나 삶아낸 뒤에야 상에 오르는 시커먼 보리밥. 그도 아니면 고구마가 절반인 조밥, 밀가루 개떡, 혹은 면사무소에서 배급 나온 옥수수로 끓인 멀건 죽. 그것이 우리들의 오랜 주식이었다. 쌀밥은 오로지 설날과 추석, 그리고 제사 때만 구경했다. 그러나 설과 추석 사이는 너무 멀었고, 제삿날은 일 년에 단 두 번, 너무 더디게 찾아와서 순식간에 지나가곤 했다.
　아아, 하지만 이젠 모두가 안녕이다. 안녕, 안녕. 우리는 지금 이렇게 도시로 가고 있단 말이다. 광주로, 쌀밥을 먹으러······
　철판을 움켜쥔 손에 불끈 힘을 주며 혼자 히죽 웃다가 나는 갑자기

캑캑거렸다. 무심코 벌린 입 안으로 누릿한 오줌 냄새와 함께 흙먼지가 한 움큼 쏟아져 들어왔던 것이다.

나는 힐금 고개를 돌렸다. 갑자기 전신의 힘이 쭉 빠졌다. 거기, 한 무더기의 걸레 뭉치마냥 처박혀 있는 우리 가족의 초상이 보였다. 어머니는 무릎 위에 은매의 고개를 받쳐둔 채 눈을 감고 있고, 그 곁에서 은분이 누나는 불편하게 쪼그려 앉아 멀리 구름 먼지 너머 어딘가를 멍하니 바라보고 있다.

허옇게 먼지를 뒤집어쓴 그들은 얼핏 눈사람 같았다. 똑같이 회반죽을 개어 바른 듯한 얼굴들. 먼지는 끝없이 뭉클뭉클 피어올라 어머니의 머리와 어깨에, 누나의 흰 눈썹과 목덜미에도…… 밀가루처럼 하얗게하얗게 내려앉고 있었다. 우리는 눈사람 가족이었다.

한동안 난 초라한 식구들에게서 시선을 떼지 못했다. 아무것도 모르고 잠든 은매의 벌려진 입을 닫아줘야 한다는 생각을 하면서도, 난 그대로 굳어 있었다.

그때 이미 나는 알고 있었다. 쌀밥이라니. 우리 식구들에게 그것이 얼마나 터무니없는 환상인가를 헤아리기에는, 내 나이는 열두 살로 충분했다. 어머니가 주문처럼 늘 외워대는 그 '걱정 말어라'의 의미조차도 난 또한 익히 체득했다. 언제나 그러했듯이, 그것은 우리 네 식구를 향한 저 막막한 어둠의 포위망이 훨씬 더 가깝게 조여져왔음을 알리는 확실한 경고일 뿐이라는 사실을 말이다.

좌르르르……

송아지가 또 오줌을 쏟아내기 시작했다. 오줌 방울이 튀어 뺨으로 날아들었다. 은분이 누나는 무릎 사이로 얼른 머리를 묻고 있었다. 나는 두 손으로 배를 움켜쥐었다. 한동안 잠잠하다 싶더니, 갑자기 또 창자가 뒤틀려오기 시작했다.

"왜 그러는 거여?"

"배…… 배가 아퍼."

"오메, 또 시작하는 모양이네. 어쩨사 좋다냐!"

어머니는 난감한 표정으로 나를 쳐다보았다.

"하여간 너는 오나가나 항상 말썽이다이. 먹기는 다 같이 먹었는디, 어쩨서 해필 너 혼자만 탈이 난단 말이냐. 이쪽으로 와봐라."

나는 오만상을 잔뜩 찌푸린 채 엉금엉금 기어갔다. 어머니는 대뜸 옷섶을 까벌리고, 손바닥으로 내 배를 쓸어내리기 시작했다. 소나무 등걸처럼 두텁고 꺼끌꺼끌한 어머니의 손바닥 감촉.

엄마 손은 약손이라는 노래가 있다. 나와 은분이 누나는 자주 횟배를 앓곤 했다. 그때마다 어머니는 우리들의 허리춤을 까내리곤 했지만, 뱃속에서 요동을 치는 회충들을 달래는 데는 어머니의 손도 별 효험이 없었다. 결국엔 고향집 마당에 서 있는 개오줌나무의 뿌리를 캐어다가 약단지에 달여서 우리 입에 억지로 부어넣곤 했다. 까맣게 달인 그 물은 어찌나 쓴지, 혓바닥이 다 녹아날 것만 같았다. 하지만 이젠 그 개오줌나무의 뿌리 따위를 달여 먹는 일도 없을 터였다.

"그러기에 뭐라드냐. 지발 좀, 허천들린 것맨키로 껄떡대지 말라고 안 해? 은매 몫까지 뺏어 먹을 때부터 내 알아봤다. 쯧."

"안 뺏어 먹었단 말여. 나는 세 개밖에 안 먹었는디……"

"듣기 싫다. 그 여편네, 담에 한번 만나기만 해봐라. 세상에, 쉬어빠진 음식을 사람한테 멕이다니. 하여간 육지 것들은 눈감으면 코 베어 간다드니, 틀린 말이 아니여."

속은 게 분하다는 듯 어머니는 연신 혀를 찼다.

포구에서 호박 부침개를 사달라고 조른 건 나였다. 허기진 터에 마구 허겁지겁 삼켰는데 하필 나만 탈이 난 모양이었다. 뱃속에선 갈수록 전투가 치열해지고 있었다. 와글와글 꾸르륵꾸르륵. 상한 호박 부침은 적군처럼 엄청난 기세로 밀고 내려와, 작은창자 큰창자를 지나 마침내 성문 앞에서 최후의 결전을 벌이고 있는 참이었다. 와이고오. 나는 한 손은 배를 또 한 손으로는 문을 틀어막은 채 비명을 터뜨렸다. 바야흐로 성문은 무너지기 일보 직전이었다.

"아이고메, 금방 나, 나올라고 해!"

"어쩌까이! 참어봐, 조금만 참어봐라이. 악아."

"어떻게 참어라우. 나, 나올라고 한단 말이라우! 시방."

온몸을 뒤틀어 짜대며, 나는 연탄불에 엉덩이를 지진 고양이처럼 널빤지 위에서 뱅글뱅글 맴을 돌았다. 눈앞이 노래지고 창자가 배배 꼬여 미칠 것만 같았다. 갑자기 어머니는 놋그릇이며 간장 항아리 따위를 꾸려 넣은 나무 궤짝을 급히 끌어당기더니, 무엇인가를 북 찢어내어 내 눈앞에 디밀었다. 빳빳한 비료 부대의 종이쪽이었다.

"여그다가 싸라. 그 수밖에 없어."

"여기서 말여? 히잉, 싫어."

나는 울상을 하고 주위를 돌아보았다. 질펀하게 깔린 송아지의 오줌 똥. 먼지 구름 너머로 평화로이 스쳐 지나가는 마을의 지붕들. 남의 속도 모르고 이따금씩 천연스레 우리를 향해 손을 흔들어대는 시골 아이들…… 그 앞에서 차마 그 짓만은 죽어도 못 할 것 같았다.

쉴새없이 쿵쾅쿵쾅 널뛰기를 해대는 트럭 위에서, 게다가 세 명의 여자(어머니, 은분이 누나, 은매) 그리고 그 얄미운 송아지까지 코앞에서 빤히 지켜보고 있는 자리에서, 열두 살짜리 사내 녀석이 어떻게 엉덩이를 까내리고 그 짓을 감행할 수 있단 말인가.

나는 녹슨 철판을 두 손으로 움켜잡은 채 힝힝 울고만 싶었다. 거침없이 똥오줌을 갈겨댈 수 있는 송아지가 그렇게 부러울 수가 없었다.

눈사람 가족 21

"이 자석아, 싸란 말여! 여그다가 싸랑께!"
"싫어, 싫단 말여."
나는 악을 썼다. 하지만 이미 승부는 내려졌고 마침내 성문이 함락되기 직전, 나는 항복해야 한다는 걸 알았다. 비료 부대 종이를 집어들고 구석으로 엉금엉금 기어가면서, 나는 절망적으로 이를 악물고 부르짖었다. 와이고, 하느니임. 살려주세요!
바로 그 순간, 기적이 일어났다.
"뻥!"
별안간 엄청난 소리가 터져나왔던 것이다. 고막을 터뜨릴 듯한 그 소리에 어머니도 누나도 바닥에 주저앉았다. 덜커덩, 트럭이 멎었다. 나는 눈알이 튀어나오도록 놀랐고 또 절망했다. 본능적으로 내 두 손으로 엉덩이 밑을 더듬었다. 그 끔찍한 굉음과 함께 기어코 내 항문이 터져버린 것이라고 나는 믿었던 것이다. 그러나 어찌 된 셈일까. 손에 잡히는 게 없었다.
"니미럴, 미치고 환장하겄구마이!"
"어메, 빵꾸가 났네그랴. 해필이면 앞바쿠세."
운전사와 소장수가 차에서 내려 타이어를 들여다보며 주고받는 소리가 들렸다. 나는 가슴을 쓸어내렸다. 식구들은 모두들 얼이 빠져 두리번거렸다.
"허 참, 오 분만 더 가면 영산포에 닿을 텐디, 해필 여기서 빵꿀세. 수리할라믄 오래 지체하겄소?"
"니기미, 일진 한번 더럽네. 참말로 환장해 죽겄어!"
운전사가 부아 끓는 소리를 씨부렁거렸지만, 어머니는 옳다 싶은 듯 얼른 나를 일으켜세우더니 트럭에서 뛰어내리라고 다그쳤다. 길옆 풀섶에 엉덩이를 까고 나는 가까스로 한 무더기의 물똥을 쏟아내었다.

"거기, 전부 다 내려오쇼. 차를 고쳐야 하니께."

운전사가 꽁무니의 차단판을 내려주며 말했다. 은분이 누나가 먼저 뛰어내렸고, 멀뚱히 서 있는 은매를 소장수가 밑에서 받아 내려주었다. 급한 건 마찬가지였던지, 어머니와 은분이 누나, 그리고 은매까지도 반대편 논둑 아래로 내려가 오줌을 누고 있었다.

나는 사내들 쪽으로 다가가 소장수 등 뒤에 슬그머니 쭈그려 앉았다. 바퀴를 떼어내느라 운전사는 땀을 뻘뻘 흘리며 스패너를 돌리고 있었다.

"느이들, 이사 가는구나? 광주로 가냐?"

"예에."

소장수가 심심한 듯 나를 돌아보며 물었다.

"고향이 어딘디?"

"완도라우."

"이놈 봐라이. 완도가 다 느그 집이냐?"

"낙일도여라우."

"호오, 이거 순 시커먼 섬놈이로구나. 나도 아침에 거기서 나오는 참이다. 저 쇠앙치도 낙일도 장에서 사왔으니께."

"그래요?"

나는 사내의 말에 놀라며, 트럭 위의 송아지를 올려다보았다. 새삼스레 그 지긋지긋하던 놈이 반갑고 정겹기까지 했다. 어느 마을에서 살다 온 놈일까. 어쩌면 우리 반 아이들 중 누군가가 어제까지 고삐를 끌고 다녔던 놈인지도 모른다는 생각이 들었다. 그러자 괜히 목 안이 뜨거워졌다.

"근디, 느그 엄마 과부냐?"

사내가 흐물흐물 웃으며 또 물었다. 나는 고개를 급히 저었다.

"그러믄 왜 느이들뿐여? 아버지는 어째서 안 보이냐고."

"아부지는 광주에 있어라우. 일이 바쁘니까……"

"뭣을 하간디, 여자랑 아이들한테만 이삿짐을 맡겨놓는다냐. 직업이 뭣이래?"

쓸데없이 캐묻기를 좋아하는 사내였다. 아버지는 선장이라고, 내가 우물우물 대답하자 사내는 고개를 갸웃했다.

"선장? 거 이상하구나. 배 타는 선장이믄 여수나 목포 같은 항구에 살아야지, 어째서 광주에서 기다린단 말이냐."

"이보쇼. 구경만 하지 말고 이것 좀 잡아주슈."

마침 트럭 밑에서 운전사가 소리를 질렀으므로, 나는 재빨리 일어나 트럭 뒤로 빠져나왔다. 어머니는 길옆 논둑에 은매를 앉혀놓고 개울물을 찍어 은매의 얼굴을 닦아주고 있었다. 나는 개울물에 손을 넣었다.

"어무니, 광주는 아직 멀어?"

얼굴의 물기를 손으로 훔쳐내며 은분이 누나가 물었다.

"인자 거진 다 와가는갑다. 영산포 지나고 나주만 지나면 광주다."

"배고파 죽겠네. 벌써 저녁때가 다 되어가는구마는."

"걱정 말어라. 집에 도착하면 밥해 묵자. 조금만 참어."

누나는 코를 찡그렸다. 배고픈 건 나도 마찬가지였다. 설사를 하고 나니 뱃가죽이 등에 붙었다. 그러고 보니 벌써 대여섯 시간도 넘도록 우리는 그 험악한 널뛰기를 계속해오고 있었다. 멀고도 먼 이삿길이었다.

"아부지가…… 진짜 기다리고 있어?"

내가 그렇게 불쑥 물었을 때, 갑자기 어머니의 표정이 굳어졌다. 어머니는 아무 말 없이 은매의 머리카락을 매만지는 시늉만 했다. 누나가 대뜸 눈썹을 치켜올린 채 나를 쏘아보았다. 지금껏 모두가 두려워 가슴속에 숨겨두고 있던 그 말을 결국 내가 꺼내고 말았기 때문이다.

"어, 엄바. 밥 줘. 바, 밥."

은매가 입을 헤에 벌리고 웃었다. 아무것도 모르는 은매…… 은매는 바보였다. 열네 살이나 먹은 은매가 알고 있는 말이라곤 엄마 그리고 밥 줘 단 두 마디뿐이었다. 어머니는 무겁게 굳은 낯빛으로, 논둑의 시든 풀꽃 하나를 툭 분질러서 은매의 손에 쥐여주었다. 우린 그런 어머니의 입술을 초조하게 주시했다.

"걱정 말어라…… 아버지는 벌써 와서 기다리고 계실 거이다."

"참말이제, 어무니?"

"걱정할 거 하나도 없단께 그러는구나. 느이 아버지를 몰라서 그러냐?"

어머니는 억지로 웃으려고 애쓰며, 다짐하듯 겨우 그렇게 되풀이했다. 나는 말없이 맞은편 들판 너머를 바라보았다. 느이 아버지를 몰라서 그러냐. 어머니의 그 엉뚱한 대답을 나는 속으로 되뇌었다.

아버지를 우리가 어떻게 알 수 있단 말인가. 우리 네 식구들 중 대체 누가? 아버지의 마음 속에 숨겨져 있는 빛깔을 설사 어머니인들 알까……

추수가 끝난 황량한 들판 너머로 먼 산의 그림자가 무겁게 내려앉아 있었다. 갑자기 요란한 기세로 반대편에서 버스 하나가 달려와 등 뒤로 빠르게 지나쳐갔다. 그리고 이내 엄청난 먼지 구름이 우리를 뒤덮었다. 누나의 기침 소리를 들으며 나는 무릎 사이에 얼굴을 묻었다.

"빨랑빨랑 차에 오르잖고 뭘 하고 있는 거요! 출발요, 출발!"

소장수의 고함에 우리는 허겁지겁 쫓겨 다시 트럭 위로 기어올랐다. 고물 트럭은 다시금 구름 먼지를 자욱하게 뿜어올리며 달리기 시작했다.

영산포에 닿자 소장수는 송아지를 끌어내렸다. 차는 다시 출발했다. 움머움머. 연신 처량한 울음을 터뜨리며 사내를 따라 멀어져가는 그놈의 뒷모습이 장터 골목으로 완전히 지워질 때까지, 나는 몇 번이나 돌

눈사람 가족 25

아다보았다. 녀석이 묶여 있던 자리엔 질펀한 쇠똥 무더기와 오줌만 남겨져 있을 뿐이었다.

널따란 강폭을 가로지른 다리 위를 차는 지나고 있었다. 도시가 가까워오고 있다. 가슴이 뛰기 시작했다. 그러나 그것은 기쁨도 설렘도 아닌 불안과 두려움의 박동이었다. 그 도시가 오고 있다. 아버지가 살고 있다는 도시……

불현듯 숨이 가빠옴을 느끼며 나는 식구들의 얼굴을 돌아보았다. 철판을 필사적으로 움켜잡고 있는 누나는 한없이 지쳐 보였다. 어머니는 한 손으로 무릎 위에 기대어 잠든 은매의 밤송이 같은 머리통을 받치고, 다른 쪽 손으로는 재봉틀을 어루만지며 반쯤 눈을 감은 채였다.

그런 식구들의 얼굴에서 나는 짙은 피곤함과 함께 점점 부풀어오르고 있는 두려움과 불안의 그늘을 어쩔 수 없이 확인했다. 우리는 가고 있었다. 한 번도 본 적이 없는 그 미지의 도시를 향해. 거기에 우리 네 식구는 초라한 둥지 하나를 틀어야 하는 것이다. 무심코 어머니와 내 눈이 마주쳤다. 뭔가 말하려는 듯, 어머니의 입가에 언뜻 희미한 웃음이 떠올랐다가 힘없이 스러지는 것을 나는 보았다.

'괜찮다. 걱정 말어라, 철아. 아무려면 설마 산 입에 거미줄이사 치겠느냐……'

어머니의 쓸쓸한 웃음이 그렇게 말했다. 트럭은 고갯마루를 힘겹게 오르기 시작했다. 서편 하늘로 해가 설핏 기울어가고 있었다. 그 늦은 가을날 오후, 나는 열두 살이었다.

도시, 그리고 환상

그 도시에 도착한 것은 땅거미가 거뭇거뭇 내리기 시작할 무렵이었다. 통통배에 실려 마을 앞 선창을 출발, 해진 포구에서 다시 트럭을 타고 오기까지, 무려 열 시간 만에야 목적지에 닿은 셈이었다.

고물 트럭이 헐떡거리며 고개를 막 넘어섰을 때, 나와 은분이 누나는 약속이나 한 듯 와아 탄성을 질렀다. 눈앞에 펼쳐진 도시는 엄청나게 크고 넓어 보였다.

"누나, 집이 천 개도 넘겠다. 응."
"바보, 천 개가 뭐여. 십만, 아니 백만 개도 넘을 것인디."

우리는 연신 두리번거리며 떠들어대었다. 트럭의 널뛰기도 훨씬 잦아들었지만, 우리는 여전히 적재함의 철판을 완강하게 움켜쥐고 있었다. 조금 전까지의 은근한 두려움과 불안감 대신 기대와 호기심으로 가슴이 마구 벌렁거렸다.

마침내 도시의 초입에 들어섰을 때, 나는 잠시 실망했다. 하나같이 낮고 추레한 지붕들. 엉성한 블록 담장 너머로 들여다보이는 초라한 장독대. 쓰레기가 널린 골목이며 공터…… 변두리 마을의 그런 어수선한 풍경들은 뜻밖에 지금껏 우리가 지나쳐왔던 수많은 시골 동네와 별로 달라 보이지 않았던 것이다.

그러나 그런 느낌은 중심가로 들어서는 순간 금방 경이로움으로 변했다. 성냥갑 모양의 굵은 건물들이 늘어나고, 넓은 신작로 위로 수많은 자동차들이 굴러다녔다. 자전거를 탄 사람들, 짐을 가득 실은 손수레, 네거리 한가운데서 삑삑 호루라기를 불어대며 춤추듯 팔을 내젓는 교통순경도 있었다. 그 엄청나게 많은 상점들과 별의별 간판들. 약국, 식육점, 식당, 양장점, 책방 그리고 북적이는 시장통…… 가끔은 사층, 오층짜리 커다란 건물들 때문에 우리는 한껏 목을 뒤로 꺾기도 했다. 거리를 걸어다니는 도시 사람들은 우리와는 전혀 다른 세상의 사람들처럼 여겨졌다. 배추 다발을 가득 싣고 가는 손수레꾼, 길가에서 풀빵 틀을 돌리고 있는 아기 업은 아줌마까지도, 트럭 위에 웅크리고 앉은 우리들의 눈엔 마냥 존경스러울 뿐이었다.

그중에서도, 어느 극장 앞을 지날 때의 놀라움은 무엇보다 컸다.

"저것 봐, 무슨 그림이 저렇게 커?"

"참말, 영락없이 사람 얼굴이네에."

잔뜩 주눅 들린 낯빛으로 누나는 손가락질을 했다.

"장, 극, 대, 현…… 무슨 뜻일까, 엄니?"

"저건 극장이다. 영화를 돌리는 데여. 활동 사진 알제?"

어머니가 대답했다. 누나는 '현대극장'을 거꾸로 읽었던 것이다. 순간 나는 거의 눈물이 솟구칠 듯한 감동에 젖어 새삼 그 극장을 올려다보았다. 물론 우리들은 아직 영화라는 걸 한 번도 구경한 적이 없었다.

"아아, 맞았어. 최은희야, 최은희! 김진규도 있어, 맞제?"

굉장한 발견이나 한 듯이, 은분이 누나는 손뼉까지 쳤다. 얼굴은 몰라도, 최은희라든가 김지미, 신성일, 최무룡, 김진규 같은 이름만은 우리도 들은 적이 있었으니까.

극장의 전면엔 어마어마한 크기의 입간판이 둘씩이나 걸려 있었다. '벙어리 삼룡이' 그리고 '맨발의 청춘'이라는 굵은 글씨와 함께 붙어 있는 남녀의 얼굴. 콧구멍이 믿어지지 않을 정도로 컸다. 앞니가 빠진 괴상한 얼굴의 김진규가 특히 내 눈길을 끌었는데, 극장 앞을 지나칠 때까지도 그가 계속 따라오면서 나를 쏘아보는 것만 같아 덜컥 겁이 났다.

나는 제정신이 아니었다. 신기하고 놀라운 광경들을 허겁지겁 쫓아다니느라 눈알이 핑글핑글 돌 지경이었다. 그건 분명 동화 속의 세계였다. 쌀밥을 먹게 되리라는 어머니의 말을 조금은 믿을 수 있을 것도 같았다.

'아아, 우리가 여기서 살게 된다. 이 멋진 도시에서. 진짜야……'

나는 꿈을 꾸듯 몇 번이나 그렇게 되뇌었다. 마치도 무슨 신비한 주문처럼 그것은 나를 황홀한 꽃구름 속으로 둥둥 밀어올리는 거였다. 고향에 남겨둔 아이들에게 내 모습을 자랑하고 싶어 반쯤 미칠 지경이었다.

그러나 어째선지 우리를 태운 트럭은 점점 엉뚱한 곳으로 접어들고 있었다. 중심가를 지나자 다시금 집들이 차츰차츰 낮아지고 길은 좁아졌다. 더러운 골목과 추레한 지붕들이 눈에 띄게 늘어나면서, 주변의 풍경들은 하나같이 칙칙하고 구질구질해지기 시작했다.

"이보쇼, 아줌마! 여기가 맞소?"

갑자기 덜컹 하고 트럭이 멈추더니, 앞칸에서 운전사의 머리통이 툭 불거졌다. 석탄 가루로 시커멓게 덮인 어느 변두리의 철길 건널목 부근이었다. 어머니가 깜짝 놀라는 시늉으로 엉거주춤 일어서더니, 주위를 두리번거렸다.

"그, 글씨라우. 여긴가……?"

"계림동 철도 건널목 근방이라고 했잖소!"

"예에, 맞어라우······ 여기가 거긴가요, 아저씨?"
어머니는 어리둥절한 기색으로 여전히 두리번거리기만 했다.
"엠병할! 그걸 나한테 물으면 어쩌란 말요, 시방."
"이상허네요. 저참에 처음 와봤던 길이라, 내가 길을 안 잊어불라고 일부러 눈여겨봐두었는디······ 아무래도 여기는 거기가 아닌 거 같은디라우······"
"아니, 계림동 철도 건널목이 여기말고 또 어딨단 말요?"
"틀림없이 계림동이 맞어라우, 우리가 이사 갈 집이. 거참, 귀신 곡할 노릇이구마이. 근처에 중국 학교가 있응께, 운전사들도 다 안다고 그러든디······"
"중국 학교요?"
"예에. 거기가 바로 거기여라우."
"와이고. 환장허겄네! 거기가 어째서 계림동이라요, 산수동이제. 저 아줌마가 참말로 사람 잡아묵겄네이!"

사내는 악을 쓰듯 사납게 고함을 내질렀다. 니미럴, 오늘 재수 옴 붙었구마이. 사내의 신경질 섞인 씨부렁거림이 마저 들리더니, 이내 크르렁 하고 시동이 걸렸다. 음마, 저 아저씨가 왜 저런다냐. 계림동 철도 건널목이라고 내가 몇 번이나 새겨들었는디······ 어머니의 그런 풀죽은 두런거림은 엔진 소리에 묻혀버렸다.

(후에야 알게 된 사실이지만, 그때 어머니의 기억이 틀린 건 아니었다. 우리가 찾고 있던 동네는 공교롭게도 행정 구역상 그 두 개의 동을 가로지르는 경계선에 정확히 위치해 있었던 것이다.)

차는 달리기 시작했고, 우리들의 널뛰기는 한층 난폭해지고 있었다. 나는 힘없이 주저앉고 말았다. 깔고 앉은 판때기 밑에서 송아지가 남긴 오줌이 출렁거렸다. 은분이 누나도 나도 이젠 더 이상 철판에 붙어 바깥을 두리번대지 않았다. 건널목 앞에 정차해 있던 그 길지 않은 동안에, 우리들의 그 터무니없는 환상은 벌써 참담하게 무너져버린 뒤였다. 엄바, 밥 쥐. 밥 쥐. 잠에서 깬 은매가 칭얼칭얼 울음소리를 내었고, 곧 어머니의 음성이 들렸다.

"오, 그래 그래. 걱정 말어라. 집에 가서…… 조금만 참어라이……"

트럭은 도시의 낯선 변두리를 통과하고 있었다. 좁고 구불구불한 길에서 마주 오는 차를 피하느라 이따금씩 정차했고, 그때마다 운전사는 경적을 마구 울려댔다. 집들이 차츰 뜸해지더니 엉뚱하게도 다시금 논밭이 보이기 시작했다. 우리는 분명히 도시로부터 벗어나고 있는 거였다.

해는 이미 져서, 희미한 잔광으로 세상은 사위어가고 있었다. 어둠이 내린 텅 빈 들녘을 가로질러 차는 한참을 달렸다. 농로같이 좁은 길은 험하고 울퉁불퉁했다. 물 고인 웅덩이를 지나 얼마쯤 더 가서야 저만치 한 무더기의 흐린 불빛들이 시야에 들어왔다. 다 왔구나 싶어 가슴을 쓸어내리려는데, 그곳마저 다시 지나치더니, 철길 건널목을 건너서야 비로소 차는 멎었다.

그곳은 그리 넓지 않은 공터였다. 주위엔 어설픈 가로등 하나가 흐릿한 백열 전구를 달고 서 있을 뿐이었다.

차에서 뛰어내리기 직전, 나는 우리 네 식구가 둥지를 틀게 될 그 낯선 동네를 재빨리 휘둘러보았다. 이미 완연히 짙어진 어둠 속이었지만, 지금껏 우리가 내내 지나쳐왔던 그 어떤 동네보다도 초라하고 가난한 동네라는 사실을 나는 첫눈에 깨달았다.

우리는 부랴부랴 짐 꾸러미를 끌어내리기 시작했다. 짐이래야 하도 단출해서, 순식간에 일을 마쳤다. 맨 마지막으로 돌 절구통이 철버덕 소리와 함께 땅바닥에 처박혔다.

"이보쇼, 아줌마. 그 돈 받고 여기까지 실어다 줄 사람은 부처님 빼고는 없을 거요. 아이들 불쌍해서 꾹 참고 온 거란 말요. 하여간에, 잘 살아보시오!"

어느결에 마련해둔 것인지, 고쟁이에서 어머니가 꺼내어 디미는 담배 두 갑을 받아들자마자 운전사는 문을 쾅 닫았다.

"참말로 고맙지 뭐냐. 저래 빼도, 인정이 여간하신 양반이 아니구나……"

어둠 속으로 사라지는 트럭 꽁무니를 향해 어머니는 말했다.

낡은 기와집

 땅에 내려서자마자 갑자기 구역질과 함께 배가 심하게 뒤틀려오기 시작했다. 배탈에다가 뒤늦은 멀미가 찾아왔던 모양이다. 나는 부리나케 공터 가장자리 풀섶으로 달려가 왝왝 토해내었다. 어머니가 쫓아와 등을 토닥여주었다.
 "어째, 속이 좀 가라앉았나?"
 나는 고개를 끄덕였다. 불현듯 한기를 느끼며 몸을 떨었다. 눈물이 그렁한 시야에 낯선 동네의 풍경이 성큼 다가오는 순간 본능적으로 나는 긴장했다.
 "괜찮다이. 토해불고 나면 시원한 법이여. 자, 어서 일어나라. 짐을 옮겨야 해."
 아무렇게나 널브러져 있는 짐 꾸러미를 대충 한군데 모아놓은 어머니는 재봉틀부터 힘겹게 머리에 이고 일어섰다.
 "은분이 너는 여기서 은매 보고 있거라. 철이하고 먼저 들어갔다가 올란께."
 나는 책가방과 작은 옷가방을 주워들고 서둘러 어머니 뒤를 따랐다.
 공터를 가로질러 몇 개의 낮은 지붕들을 지나니 만화집과 이발소, 구멍가게가 차례로 나타났다. 구멍가게를 끼고 모퉁이를 돌면 꽤 긴 골목이었다. 골목은 지독히 좁고 어두웠다. 길바닥은 질척하게 젖어 있고, 고약한 시궁창 냄새와 돼지똥 냄새가 코를 찔렀다. 허물어진 벽돌담 너머 낮은 처마 밑으로 흐린 전등 불빛이 새어나왔다. 저녁을 준비하는 참인지, 딸각이는 그릇 소리들……

"철아, 인자부터는 너도 정신 바짝 차려야 한다이."

"알았어라우……"

"어쨌든지, 너가 우리집 장남이란 말여. 알았제?"

재봉틀을 인 채 어머니는 종종걸음을 치며 말했다. 까닭 모르게 가슴이 무거워졌다.

"다 왔다. 저 양철 대문집이 우리가 살 집이여."

마침내 어머니가 멈춰 선 곳은 골목의 맨 끝 집이었다. 그 집 담벼락 바로 바깥쪽은 휑하니 뚫린 들판이었다. 어설픈 양철문을 밀고 마당 안으로 들어섰다. 생각보다 꽤 넓은 마당엔 조그만 채소밭과 화단까지 있었고, 마당을 중심으로 양쪽에 허름한 기와집 두 채가 마주 보고 서 있었다. 첫눈에도 여러 가구가 함께 세 들어 사는 집이었다.

"주인 아주머니, 저희들 왔습니다이."

마당을 질러 안채 앞에 이르자 어머니가 기척을 했다. 이내 방문이 열리고, 안에서 그들의 저녁 밥상과 몇 개의 얼굴이 내다보았다.

아이구머니, 이렇게 늦게. 난 또 오늘은 못 오시나 했다우. 주인 여자의 심드렁한 표정에 대고 어머니는 인사를 하고 나서, 화단 옆 맨 귀퉁이 방 마루 위에 재봉틀을 내려놓았다. 우리는 다시 급히 공터로 되돌아갔다.

어느 틈에 모였는지, 내 또래의 아이들 대여섯이 이삿짐 주위를 빙에워싼 채 웅성거리고 있었다.

"저 계집애가 왜 저런다냐? 뭣이라고 막 버버거리는디."

"이히힛. 저거 바보 아녀? 머리통 좀 봐라, 웃긴다야."
"맞다. 삼룡이다 벙어리 삼룡이."
"아아니, 이 녀석들이 뭣 한다냐! 저리 안 갈래!"
어머니의 고함 소리에 놀란 아이들이 와르르 흩어졌다. 은매를 부둥켜안은 채 절구통 위에 앉아 있던 누나가 우리를 보더니 반갑게 일어섰다.
"저리들 가란 말여. 우리가 뭐 구경거리야?"
용기를 얻은 누나까지 한마디 뱉었다. 저만치 물러나 키들거리고 있는 아이들을 나는 말없이 휘둘러보았다. 내겐 어딘가 하나같이 심술맞고 적의에 차 있는 것처럼 느껴지는 눈빛들. 기죽어서는 안 돼. 일부러 어깨를 한껏 편 채로 걸어다니기 위해 나는 내심 애를 썼다.
짐을 옮기는 일은 그다지 오래 걸리지 않았다. 주인집 식구들 그리고 세 들어 사는 어른들 서넛이 거들어주었기 때문이다. 이윽고 이삿짐을 모두 옮겨놓고 나서야, 우리는 비로소 마루에 걸터앉아 잠시 숨을 돌렸다. 그사이 안채 처마 끝에 달린 외등에 불이 들어와 있었다.
"참말로 고마워서 어쩨사 쓰까라우. 초면에 이렇게 신세부터 져서, 이 은덕을 어찌 갚아야 할런지 모르겠네요."
짐 꾸러미를 마저 들쳐메고 들어오는 사람들을 향해 어머니가 연신 머리를 조아리는 시늉으로 말했다.
"천만에, 벨말씀을 다 하쇼. 한집서 살 식구들인디, 응당 그래야죠."
"담에 이사 떡이나 맛있게 만들어 돌리면 되라우, 아주머니."
"아, 당연히 그러다마다요."
어머니가 웃었다.
"으마, 진짜 고생하는 건 저쪽이구마이. 흐흐."

돌아보니, 두 사람이 절구통을 양쪽에서 잡고 낑낑대며 나타났다. 뚱뚱한 사내와 여자. 삼십대 후반의 그들은 부부였는데, 특히 여자 쪽의 힘이 놀라웠다. 깡마르고 키가 큰 그 여자는 물들인 군복 저고리와 바지 차림에 언뜻 남자처럼 보였다. 두 사람은 절구통을 마당 귀퉁이에 내던지듯 철버덕 부려놓았다. 맨 마지막 이삿짐이었다.
"어따메, 혓바닥 빠지는 줄만 알았네그랴. 뭣이 이리 무겁다요."
뚱뚱한 몸집의 사내가 숨을 몰아쉬며, 벗어진 이마를 훔쳤다.
"엄살은, 이까짓 게 뭐가 무겁다고 사내가 그리 빌빌거려?"
물들인 군복 여자는 손바닥을 털며 남편더러 말했다. 마치 남동생에게라도 핀잔을 던지는 듯한 투였다. 어딘가 이북 사투리 같은 말투도 그랬고, 어깨를 건들거리는 몸짓까지 흡사 남자 같았다.
"아니, 이렇게 무거운 걸 뭣 하러 여기까지 끌고 오셨수."
주인 여자가 어이없다는 듯 혀를 찼다. 어머니의 얼굴이 빨개졌다.
"그냥 두고 오기도 아깝고 해서 끌고 왔지라우. 보리쌀 갈라믄 이것이 없어서야 쓰겄는가라우."
"그야 요긴하기사 하지만, 우리집에도 있으니까 가져올 필요는 없었는데……"
"그나저나, 이삿짐이 이게 전부요? 허따, 단출해서 좋구마이."
"그러게. 자취생 한 사람 이삿짐만하네그려."
대머리 남자가 말했다. 둘러서 있던 사람들의 시선이 새삼스레 발치에 흩어져 있던 짐 꾸러미로 집중되었다. 가구라곤 반닫이 달린 작은 옷장 하나와 쌀 뒤주뿐. 구식 재봉틀 하나, 이불 보따리 한 개, 옷 보따리 둘, 솥단지, 양푼이며 그릇을 쓸어담은 궤짝, 요강, 고추장 된장 단지, 간장병, 보리쌀 담은 비료 부대 하나, 그리고 내 책이랑 갖가지 잡동사니들이 든 보퉁이 서너 개가 전부였다. 참 또 하나, 절구통이 있었다. 궁기가 덕지덕지 밴 그 초라하기 그지없는 목록들이 우리 네 식구의 세간이자 전재산이었다.

"우리 사는 형편이 이래라우. 시집올 때 사온 장롱이랑 다른 세간들이 더 있었는디, 아이고, 이 먼 길까장 끌고 오기가 머리 아파서……"

어머니는 공연한 핑계를 대고 있었다. 그 궁상맞은 절구통을 빤히 눈앞에 두고서 말이다.

장롱이 있긴 했었다. 어머니는 유난히도 그 감나무로 짠 장롱을 아꼈다. 그건 어머니의 유일한 자존심의 상징이었다. 한때 주조장말고도 어선 여러 척을 부리며 떵떵거리고 살았다는 친정집. 때문에, 귀한 외동딸로 드물게 읍내에서 여자 중학까지 다녔다는 자부심을 은연중 동네 여자들에게 과시라도 하듯, 그 감나무 장롱은 언제나 우리집 안방 한가운데를 점령하고 있었다. 그러나 이사 오기 사흘 전, 어머니는 그것을 남길이네 집에 빚 대신으로 넘겨주었던 것이다.

"걱정 말어라, 애들아. 그까짓 거, 너무 낡아서 어차피 눈에 걸리곤 하등마는, 차라리 잘됐어야…… 괜찮다, 아믄. 이사 가서 담에 더 크고 비싼 놈으로 사면 되니께……"

그날, 장롱이 있던 빈자리에 남겨진 받침대의 눌린 자국을 몇 번이나 걸레로 문지르면서 어머니가 홀로 되뇌던 말이 잊혀지지 않는다, 지금도.

"저어, 아줌니. 전깃불을 어, 어떻게 쓰는가라우."

어두운 방 문을 열고 들여다보며 어머니가 말하자, 주인 여자가 방 안으로 들어갔다.

"어디 스위치가 있을 텐데. 으마, 왜 이래. 불이 안 들어오는디?"

"들어올 턱이 있습니까. 전구 다마가 없는디."

대머리 남자가 입을 삐죽이며 흐흥 코웃음을 쳤다.

"오메, 참말로. 어쩐 일이래?"

"어쩌기는요. 어저께 이사 간 그 노랭이 영감네 짓이지. 담배꽁초까장 길바닥에서 주워 피우는 영감인디, 아까워서 그걸 안 뽑아가고 놔뒀겠소?"

"아이구, 그 할망구는 영감보다 한술 더 뜨던걸."

"세상에! 고까짓 전구가 몇 푼이나 한다고. 지독해라."

주인 여자는 고개를 내저었다. 어머니가 치마 속에서 꺼내준 돈을 쥐고 나는 전구를 사러 나갔다. 전구 다마, 전구 다마 주시오. 어두운 골목길을 걸어가면서 혼자 연습을 했다. 그런데 막상 골목 어귀를 돌아 구멍가게 앞에 서자마자 아무것도 생각이 나지 않는 거였다. 어리둥절한 표정의 가겟집 아줌마에게, 나는 그 집 천장의 알전구를 가리켰다.

"저거, 저거 주세요. 저, 전깃불이라우."

"아아, 전구 다마 말여? 몇 촉으로 주까?"

"예……?"

"삼십 촉? 아니면 육십 촉?"

무슨 뜻인 줄 몰라 한순간 멍청히 섰다가, 나는 아무렇게나 고개를 끄덕였다. 전구를 받아들고 돌아오자, 대머리 뚱보 남자가 그걸 끼웠다. 놀랍게도 금방 불이 들어왔다. 눈이 부실 지경이었다. 주인 여자가 말했다.

"으마, 이거 육십 촉이잖은갑네. 전기 요금이 많이 들 텐디."

"에이 안 그래요. 아이들이 책도 들여다보고 할라믄 육십 촉은 써야지."

군복 아줌마가 쩨쩨하다는 투로 빈정거렸다.

"엄바, 어, 엄바…… 밥 줘. 바, 밥. 흐으으."

문득 은매의 목소리가 튀어나왔다. 제 깐엔 좀 놀랐는지, 그동안 은분이 누나 곁에 붙어 앉아 히죽히죽 웃고만 있던 참이었다.

순간 여럿의 시선이 일제히 은매 쪽으로 몰렸다. 호기심과 놀라움. 뭔가 기이한 짐승을 처음으로 발견한 듯한 눈빛들. 주인 여자의 낯빛이 언뜻 기묘하게 일그러졌다.

"저거 봐, 형. 뭐라고 그러는 거여, 시방?"

"조용히해 임마."

주인집 고등학생이 얼른 제 동생의 입을 막는 시늉을 했다. 낄낄대며 은매를 향해 손가락질을 하던 그 사내아이는 내 또래였다. 녀석의 코를 짓뭉개버리고 싶었다.

"참, 아직 저녁도 못 먹은 모양이구먼. 안 그렇소, 아줌마."

군복 아줌마가 역시 남자 억양으로 무뚝뚝하게 물었다.

"인자 얼릉 해 묵어야지요. 이 짐부터 대충 들여놓고 나서……"

"그러지 마쇼. 마침 우리집에 점심밥 남은 게 있수. 네 명 몫은 될 거우다."

어머니가 팔을 저었지만, 군복 아줌마는 성큼성큼 자기네 부엌으로 들어갔다.

사람들이 모두 제 방으로 돌아갔고, 우리는 짐을 정돈했다. 방을 대충 치우고 났을 때, 군복 아줌마가 양푼째 담긴 밥을 김치 보시기와 함께 밀어넣어주고 갔다. 찬밥이긴 해도 보리가 절반 섞인 그 밥을 우리는 게 눈 감추듯 먹어치웠다.

"천천히들 먹어라. 누가 보면 순 동냥치들 같겄다. 쯔쯔쯧."

"아까 그 아줌마, 참 맘씨가 좋다야. 그러지?"

"으응."

"원, 무슨 여자가 영락없이 말투에 몸짓까장 남자 그대로여. 그래도 천만다행이지 뭐냐. 우리가 이웃은 참 좋은 사람들을 만난 모양이다야."
 어머니의 인솔로 수챗가로 가서 모두 손발을 씻었다. 그날 난생처음으로 나는 작두질을 하듯 해서 물을 뽑아올린다는 그 '뽐뿌샘'이란 걸 구경했다. 방바닥이 지독히 차가웠다. 마침 주인집 여자가 자기네 연탄불을 붙여와 우리 아궁이에 넣어주었다. 새 연탄 다섯 장 꿔줄 테니까 갚아줘야 하우. 주인집 여자는 연탄 집게를 쥐고 그렇게 말했다.
 배가 부르니 졸음이 폭포처럼 쏟아졌다. 세상 모르고 곯아떨어진 은매 곁에서 나는 깜박 잠이 들고 말았다. 얼마쯤 지났을까. 얼핏 눈을 떴을 때, 어머니와 은분이 누나는 아직 짐 꾸러미를 정리하고 있었다.
 "은분이 너도 그만 자거라. 나는 이거 마저 챙겨놓을 텐께."
 옷가지를 반닫이 안에 추려넣으며 어머니가 말했고, 누나는 이불을 들치고 내 곁으로 기어들었다.
 "엄니, 어째서 아부지는……?"
 오래 망설였던 듯 누나가 그렇게 물었을 때, 나는 숨을 죽였다.
 "그만 자라니께. 고단할 텐디……"
 "진짜로 아부지가 알고 계시기는 한 거여? 우리가 여기 와 있다는 거 말야."
 어머니는 대답하지 않았다. 옷가지를 뒤적이는 소리만 한동안 들렸다.
 "짐작이야 하고 있겠지…… 벌써 여기 와 있다는 걸 알면 펄펄 뛰었지마는."
 "그러믄, 이 집을 아부지가 얻어준 게 아니란 말예요?"
 누나의 목소리엔 절망이 묻어 있었다. 등을 돌린 채 나는 침을 꿀꺽 삼켰다. 그랬었구나, 역시. 어머니는 또 한참을 한숨만 내쉴 뿐이었다.
 "은분아이, 에미로서는 몇 달 내내 가슴 쥐뜯으며 생각하고 또 생각해서 내린 결단이다. 인자 느이 아부지한테 나는 아무것도 기대하지 않기로 했응께…… 너희들도 그리 알어라, 각오 단단히하고……"

놀랍게도, 어머니의 음성은 차분히 가라앉아 있었다. 크흑. 이불 속에서 누나의 울음 소리가 작게 흘러나왔다.

"괜찮다이. 그래도 사람 거죽을 썼으니, 설마 제 핏줄이사 언젠가는 찾을 때도 오겄지. 모든 게 이 못난 에미 탓이니 어쩔 것이냐…… 매정한 누무 인간. 흐유……"

벽에 코를 묻은 채 눈을 감았다. 견디기 어려운 서러움이, 아버지를 향한 분노와 미움이 목구멍을 뜨겁게 치밀고 올라왔다. 방바닥에 차츰 불기가 돌기 시작했다. 간간이 이어지는 어머니의 낮은 한숨 소리를 들으며, 나는 다시 잠이 들었다.

그 낡은 기와집에서 우리가 맞은 첫번째 밤이었다.

닐리리 동네

이튿날, 나는 이제부터 우리가 세 들어 살게 된 집과 동네 그리고 새 이웃들의 얼굴을 비로소 찬찬히 확인할 수 있었다. 대낮의 밝은 햇빛 아래 드러난 동네의 풍경은 생각보다 훨씬 우중충했다.

말로만 듣던 도회지. 그림에서만 구경하던 자동차와 기차. 밤마다 환하게 요술처럼 켜지는 전등불. 김지미와 최은희, 신영균 같은 배우들을 언제나 구경할 수 있다는 극장들…… 전날까지만 해도 나는 그런 멋지고 진기한 이름들로 가득 찬 화려한 도시의 꿈을 꾸었었다.

그러나 바로 그 다음날 아침 방문을 열고 마루로 나왔을 때, 나는 조만간 그 허황한 꿈들이 처참하게 무너지게 되리라는 사실을 일찌감치 예감했다.

말이 도시에 속해 있을 뿐, 그곳은 시 변두리에서도 가장 후미진 동네의 하나였다. 도시 외곽의 들판 한가운데 눈곱처럼 붙어 있는 우리 동네를 시내 사람들은 '후미골'이라고 부르기도 하고, 또 더러는 '닐리리 동네'라고도 불렀다. 도시의 후미진 자리라는 뜻이기도 하고, 한결같이 지지리도 못생기고 추레한 지붕들이 부스럼 딱지처럼 서로 오종종 옆구리를 맞대고 늘어서 있는 을씨년스러운 풍경 때문에 필시 그런 우스꽝스런 이름이 붙여졌을 것이다.

모두 합하면 이삼백 호나 될까. 너나없이 지독히도 못사는 사람들만 사는 동네였다. 거의 대부분이 거무튀튀하게 썩어가는 낡아빠진 판잣집, 혹은 미장도 채 입히지 못한 채 블록으로 대충 쌓아올려 엉성하기 그지없는 가건물들이 태반이었다. 동네 초입으로는 기찻길이 나 있었는데, 우리 동네의 집들은 그 기찻길을 중심으로 마치 밥주걱에 엉겨붙은 보리알처럼 올망졸망 널려 있는 꼬락서니였다.

팔을 벌린 듯 둥그렇게 마을을 감싸고 돌아나간 그 철길을 통해 하루에도 몇 차례씩 순천이나 여수, 부산행 기차들이 길고 새까만 몸뚱이를 꿈틀거리며 숨가쁘게 지나다녔다. 쨰액쨰액 굉장한 비명을 질러대면서 밤낮없이 쿵쾅쿵쾅 요란스레 달려 지나치는 그 기차들 때문에 하루도 조용한 날이 없었다.

때문에, 밥을 먹을 때도, 잠자리에서도, 뒷간에 쪼그리고 앉아 있을 때도 우리는 언제나 그 요란한 기차 소리와 함께 먹고 자고 싸면서 살아가야만 했다. 심지어 밤마다 우리 조무래기들은 쿵쾅쿵쾅 바퀴 소리를 내는 비행기를 타고 하늘을 씽씽 날아다니는 꿈을 꾸기도 하고, 쨰액쨰액 기차 화통 소리가 나는 하모니카를 부는 꿈, 충치 때문에 낑낑 울어대다가 설핏 잠이 든 밤이면 놀랍게도 이빨들이 별안간 덜컹덜컹 무시무시한 소리를 내며 한꺼번에 흔들거리는 꿈을 꾸기도 할 지경이었으니까……

그 지지리도 가난하고 못생긴 동네에서도 맨 끄트머리에 간신히 붙어 있는 우리집은 대단히 낡고 오래된 집이었다. 괭이 자루로 한번 툭 건드리기만 해도 풀썩 주저앉을 것만 같은 꼴에, 어떻게 지붕에만은 도대체 어울리지도 않는 기와를 올려놓은 것인지 신기했다. 알고 보니, 오래전 그 집은 소를 키우던 축사였다고 했다. 관리사였던 안채 두 칸 외에는 모두가 외양간 위에 지붕만 대충 얹어서 방으로 고친 거였다.

들판 맨 끝에 붙은 집이라, 대문을 나서면 바로 왼편으로는 훤히 트인 논밭이었다. 그 들판 한가운데는 공동묘지가 있었다. 이 도시에서 가장 크고 유명한 공동묘지였다. 나지막한 야산 전체가 온통 묘지들로 뒤덮여 있어서, 멀리서 보면 마치 거대한 벌집이 불쑥 솟아 있는 것처럼 보였다. 그 으스스한 공동묘지 언덕 한쪽에 서 있는 조그만 판잣집은 상엿집이었다. 장사를 지낼 때 쓰는 상여를 보관해놓은 집이라고 했다. 어른들도 그쪽으로 가까이 가기를 꺼려할 정도로 어쩐지 소름이 끼칠 듯한 기분 나쁜 집이었다.

공동묘지 위쪽으로는 제법 커다란 방죽이 있었다. 그리고 다시 거기서 얼마쯤 떨어진 산기슭 아래엔 굉장히 큰 규모의 붉은 벽돌 담과 건물이 보였다. 그 붉은 벽돌 건물은 교도소 부속 농장이었다.

우리가 세 든 그 낡은 기와집엔 모두 네 가구가 살고 있었다.

주인집 식구들은 안채의 방 세 칸을 썼는데, 동사무소 직원이라는 아저씨 내외에겐 아들딸이 두 명씩, 합해서 여섯 식구였다. 그리고 안채 오른쪽에 붙은 방 하나는 안씨 부부가 썼고, 오른편 방은 아직 비어 있었다. 뚱뚱한 몸집에 머리가 훌렁 벗어진 안씨는 동네 큰길가에 있는 '새나라이발소' 주인이었고, 여자는 방직 공장에 다녔다. 그들 부부에겐 어째선지 아직 자식이 없었다.

행랑채는 모두 네 칸으로 나누어지는데, 대문 왼쪽에 붙은 방 두 칸은 중국인 왕씨네 가족이 살았다. 큰딸인 애희는 나랑 동갑내기였고 덕재라는 남동생이 있었다. 왕씨네 방 오른쪽은 곡식이며 연장 따위를 넣어두는 창고, 그리고 맨 귀퉁이에 붙은 한 칸이 바로 우리 방이었다. 결국 그 낡아빠진 기와집엔 이래서 모두 합해 네 가구, 열여섯 명이 함께 살고 있는 셈이었다.

어쨌거나 우리들의 새로운 생활은 그렇게 시작되었다.

이사한 지 처음 사나흘 동안 우리 네 식구는 하나같이 반쯤 얼빠진 사람들처럼 허둥대기만 했다. 일상생활에서 보고 듣고 마주치는 것들 모두가 새롭고 생경한 것들투성이였으므로, 수많은 실수와 시행착오를 겪을 수밖에 없었다. 그리고 그런 갖가지 경험들을 통해 우리 네 식구는 조금씩 도시 생활의 새로운 질서에 적응하는 요령을 터득해가기 시작했다.

이사 온 다음날, 어머니가 맨 먼저 한 일은 오십 장의 연탄과 쌀 한 말을 집에 들여다 놓은 거였다. 난생처음 구경하는 연탄. 부엌 앞에 쌓인 그 시커먼 덩어리를 우리는 신기한 듯이 들여다보았다. 남들처럼 연탄불로 밥을 지어 먹을 수 있게 되었다는 사실만으로도 우리는 마침내 진짜 도시 사람의 자격을 갖게 된 듯한 기분이었다.

하지만 그 연탄이란 게 참으로 사람을 성가시게 만든다는 사실을 곧 깨달았다. 주인 여자로부터 교육을 받은 어머니가 나와 은분이 누나를 아궁이 앞에 세워놓고 누차 설명해주었지만, 처음 사나흘 동안 수차 실패를 거듭해야 했다. 연탄 구멍을 맞춰놓기는 어렵지 않았으나, 아궁이 마개를 너무 일찍 막았거나 혹은 새 연탄을 제때에 바꿔주지 못해 걸핏하면 불이 꺼지곤 했다. 덕분에 처음 며칠 동안 우리 식구들은 오로지 아궁이의 동태를 살피느라 거의 삼십 분 간격으로 번갈아 부엌과 방 사이를 풀방구리처럼 들락거려야만 했다. 어머니는 밤잠까지 설칠 지경이었다.

"으마, 또 꺼질라는갑다. 눈구멍이 희멀게져부렀어야!"

어머니는 열아홉 개나 되는 연탄 구멍을 눈구멍이라고 불렀다.

"아까워 죽겠네이. 한 장에 돈이 얼마씩인디."

"큰일이네 어무니. 이렇게 어려워서야 어떻게 밥해 먹고 산다요? 여기 사람들은 참말로 기술도 좋네."

집게 쓰는 법이 서툴러 멀쩡한 연탄을 땅바닥에 박살을 내놓은 누나는 울상을 지었다. 그러나 차츰 요령이 생겨, 얼마 후부터 그런 걱정은 없어졌다.

언젠가는 내가 무심코 젖은 손으로 전등을 켜다가 감전되어 한바탕 소동이 일어나기도 했다. 또 한번은 어머니가 은매의 요강을 텃밭에 뿌렸는데, 주인 아저씨가 지린내 난다고 꽥 고함을 치는 바람에 온 식구가 창피를 톡톡히 당한 일도 있었다. 펌프질이 서툴러서 늘 물을 빼놓는다는 둥, 밤에 대문의 빗장을 잠가놓지 않고 드나든다는 둥…… 주인 아줌마의 구시렁대는 핀잔의 대상은 늘 우리 식구들의 몫이었다. 어쨌든 그런 실수들을 거치면서 우리는 그럭저럭 도시 사람이 되어가고 있었다.

어느 날 아침.

마당에서 들려오는 말소리에 나는 어렴풋이 잠을 깨었다.

"으마, 빨랫줄이 또 만원이네그랴. 이거 철이 엄마네 이불 맞지요?"

"예에, 볕가림 좀 할까 해서 조금 전에 널어놓았는디…… 참, 아줌니네 빨래 널 자리가 마땅찮겠네요. 자, 이쪽으로 옮겨드릴께라우."

주인 여자를 위해 어머니가 급히 이불을 걷어내는 기척이었다.

"그나저나 철이네는 맨날 무슨 빨랫감이 그리 많수. 네 식구 빨래가 다른 집 두 배는 되겠으니 원. 근디, 어째서 저 이불은 아침마다 뵈네?"

"저어, 우리 아이가 오줌을 지려놔서요."

"오줌요? 누가 아직까장 오줌도 못 가린단 말이우?"

빤히 알면서도 능청을 떠는 주인 아줌마가 나는 얄미웠다.

"작은딸아이가…… 가끔가다가 그러는구만요."

"으마마, 세상에! 열네 살이면 예전 같으면 애기도 낳을 나인디, 아이구 차암, 저 일을 어쩐다우. 쯔쯔쯧, 누가 들을까 무섭네에."

 마땅찮은 심사를 노골적으로 드러내는 말투였다. 나는 이불을 밀어내며 돌아누웠다. 곁에서 은매 혼자 잠들어 있었다. 은분이 누나는 변소에라도 간 모양이었다.

 "내 이런 말 안 할라고 했는디, 솔직히, 아줌마한테 상당히 섭섭하던 참이요."

 "예에? 그게…… 무신 말씀이시다요?"

 "이제 와서 어쩌겠소만, 애당초 우리집에 방 얻으러 왔을 때 사실대로 얘기를 했으면 내가 덜 서운했겠소. 나보고 매정하다고 할지 몰라도, 솔직히 자식들 교육상도 나쁘고 또 진짜로 무슨 나쁜 병이 들어서 그러는지 어쩐지, 그 속을 누가 알겠어요. 안 그래요?"

 "아줌니, 시방 우리 은매 이야기를 하고 계신가라우?"

 "그래요. 이건 내가 하는 소리가 아니고, 동네 사람들이 수군댄다지 않아요? 간질병인가 뭔가로 그러는 모양인디, 혹시 아이들이 그걸 구경하다가 무슨 일이라도 생기면 어쩌냐고……"

 "아아니, 간질병이라뇨. 누, 누가 그런 턱도 없는 소리를 씨부랑거리고 다닌대요? 세상에, 우리를 어떻게 보고 그러까이!"

 어머니의 음성이 갑자기 높아졌다. 주인 여자가 좀 당황한 눈치였다.

 "그럼 그 병이 아니란 말유?"

 "세상에, 아니고말고요. 세 살 때 느닷없이 풍기로 다 죽어가는 것을 침쟁이한테 데리고 간 이 못난 에미 때문에 저리 되어버렸답니다. 그 돌팔이 영감탱이가 숨골에다가 대침을 찔러 박아넣어서 겨우 목숨은 살렸는디, 영영 저 꼴이 되고 말았지 뭐여라우."

 어머니가 끝내 목이 잠긴다.

 "세상에, 아무리 타관 사람이라고…… 어떻게…… 그런…… 남의 가슴은 천번 만번 찢어져내리는 줄 모르고 말이라우."

"아이구, 아줌마. 그런 게 아니라, 나는 그냥 동네 사람들이 그렇다더라는 얘기를……"

나는 이불을 머리까지 뒤집어썼다. 두 손으로 귀를 꽉 틀어막은 채 눈을 감고 구구단을 외우기 시작했다. 이 일은 이. 이 삼은 육. 이 사 팔…… 불쌍한 어머니. 불쌍한 은매.

은매를 생각할 때마다 나는 언제나 가슴이 납덩이에 짓눌린 듯 금방 먹먹해져버리곤 했다. 은매는 언제부터인가 우리 가족의 슬픔의 우물이 되었고, 그 우물로부터 끝없이 넘쳐 흘러나오는 검붉은 슬픔의 샘물 때문에 우리 식구들의 얼굴과 가슴은 언제나 검붉은 색깔로 젖어 있었다. 그래서 나는, 어머니의 입가에 박혀 있는 그 검붉은 빛깔의 흉한 반점이 혹시 은매 때문에 생겨난 게 아닐까 하는 엉뚱한 의심까지 했었다.

은매는 나보다 두 살 위였다. 하지만 나는 한 번도 누나라고 불러본 적이 없다. 고향 마을에서도 은매 때문에 나는 늘 아이들의 놀림감이 되어야만 했다. 은매가 내 누나라는 게 부끄럽고 창피하기만 했다. 그래도 미워하지는 않았다. 어떻게 그럴 수가 있단 말인가. 아무것도 모르는 은매. 남을 욕할 줄도, 투정할 줄도, 미워할 줄도 모르는 은매. 식구들이 모두 밭에 나가고 나면, 헝겊 줄로 허리를 묶어 방문 고리에 채워놓곤 해서 온종일 방 안에만 갇혀 있어야 하는 은매…… 솔직히, 죽어버렸으면 좋겠다는 생각이 드는 때도 가끔씩 있었지만, 강아지 눈처럼 한없이 천진하기만 한 은매의 말간 눈빛을 보고 있으면 나도 모르게 슬그머니 가슴이 저려오고 마는 거였다.

은매는 겨우 한두 살짜리의 지능이 될까말까 했다. 먹고 마시고 배설하기. 은매가 할 수 있는 일은 그것뿐이었다. 또 있다. 웃다가 울다가 또 아주 가끔씩은 짐승처럼 으아악 으아악 끔찍스런 비명을 터뜨리며 발작을 일으키는 일. 그럴 때면 은매는 지긋지긋한 괴물 같아 보였다. 어머니와 우리들이 한꺼번에 달려들어 방바닥에 때려눕히듯 하여, 필사적으로 버둥거리는 팔다리를 붙잡아 눌러야만 했다. 정말이지 믿어지지 않을 정도로 굉장한 힘이었다. 다행히 그런 일은 그다지 흔치 않았다.

"그나저나 이 녀석들이 아직까장 안 일어나고 자빠졌는갑네. 학교 갈 시간 늦겄구마는……"

주인 아줌마가 혼자 두런거리며 슬그머니 안채로 돌아가는 기척이 났다. 한동안 수챗가에선 물방울 튀는 소리만 들렸다. 어머니 혼자서 빨래를 주무르고 있는 것이리라. 하지만 보지 않아도 나는 빤히 안다. 어머니는 지금 소리 없이 울고 있을 것이다. 난 주인 아줌마가 미웠다. 하지만 더 미운 건 아버지였다. 아버지는 우릴 버린 거야. 우리 네 식구가 죽거나 말거나 아무렇지도 않다는 거지. 나는 화가 나서 중얼거렸다.

은매가 가늘게 신음을 내지르며 몸을 뒤척였다. 아무것도 모르고 반쯤 입을 벌린 채 잠들어 있는 은매까지 미워졌다. 바보 같은 가시나, 차라리 죽어버렸으면 좋겠어…… 나는 은매의 가느다란 목을 두 손으로 힘껏 조르는 상상을 해보았다. 그러다가 가슴이 철렁 내려앉았다. 난 나쁜 녀석이었다.

고무신을 찾아 신고 수챗가로 나갔다. 대야에 물을 퍼담았다. 세수를 하려던 나는 문득 손을 멈추었다. 거기, 대야 속에 하늘이 고여 있었다. 구름 한 점 없이 말갛게 갠 가을 아침의 하늘. 잉크를 풀어넣은 것처럼 한없이 푸르고 고운 하늘이었다.

나는 대야 앞에 쪼그려 앉은 채 한참 동안이나 물 위에 떠 있는 하늘을 멍하니 내려다보았다. 불현듯 수면 위로 누군가의 얼굴이 소리 없이 떠오르다가 지워졌다.
　'아아, 아버지는 정말 우리들을 영영 잊어버리고 만 것일까……'
　눈물 한 방울이 물 위에 뚝 떨어졌다. 하늘이 파르르 떨며 조각조각 부서지고 있었다.

거미줄

"어무니, 쌀이 쬐금밖에 안 남았는디?"

바가지를 들고 쌀독을 들여다보다가 은분이 누나가 외쳤다. 버선 뒤축에 헝겊을 덧대어 깁고 있던 어머니의 눈이 둥그레졌다.

"설마, 아직 서너 되는 남았을 텐데 그래?"

"이거 봐요. 며칠 안 가서 다 떨어지겠어요."

"어디 보자. 으마, 참말이구나. 어찌 된 셈이라냐?"

쌀독 밑을 확인하고 나서 어머니는 어이가 없는 표정이었다.

"난 알어. 우리집에 맨날 몰래 야금야금 훔쳐먹는 새앙쥐 한 마리가 있으니까."

"무슨 소리여. 방 안에까지 무슨 쥐가 들어와?"

"철이한테 물어봐요. 쥐도 아주 엄청나게 큰 쥔걸."

누나는 내게 눈을 흘기며 이죽거리고 있었다.

"내가 언제?"

"너말고 우리집에 그럴 사람이 누가 있냐? 내가 한두 번 본 줄 알어?"

"거짓말 마."

"거짓말쟁이는 너야. 야금야금 생쌀을 훔쳐먹는 걸 모를 줄 알어? 어저께도 바지 호주머니가 불룩해가지고 오물오물 훔쳐먹는 걸 다 봤어."

"아녀! 내가 언제 맨날 그랬단 말야. 어제 꼭 한 번 그랬는데."
"그저께도 그랬지. 나한테 안 들켰어?"
"이게, 시이……"
"그만들 둬라. 가만 생각해보니, 지난번 이사 떡 하느라고 석 되 남 짓 퍼냈었구나. 그래도 그렇지. 이렇게 헤퍼서야…… 큰일이로구나."
어머니는 한숨을 푹 내쉬며 낙심천만한 낯빛을 했다. 덩달아 우리도 우울해졌다.
"이렇게 가다가는 참말로 우리 모두 배 탈탈 곯는 수가 생기고 말겠다. 이사 올 때 가져온 보리쌀도 얼마 안 남았는디……"
어머니의 얼굴에 드리워지는 어두운 그림자를 바라보며 나는 새삼 우리가 막바지 위기에 처해 있다는 사실을 깨달았다. 섬에서는 그래도 굶지는 않았었다. 보리밥일망정 부족하지는 않았고, 고구마며 조, 하다못해 배급받은 밀가루로 틈틈이 죽 정도는 먹을 수 있었으니까…… 무엇보다 이웃 마을에 외가가 있다는 사실만으로도 은근히 마음이 든든했었다. 그러나 여긴 전혀 낯선 도회지였다. 누구 하나 손 벌려 도움을 청해볼 사람이 없다.

물론 아버지가 있긴 했다. 왜 어머니는 아버지를 찾아가볼 생각을 하지 않는 것일까. 아니, 아버지가 정말로 이 도시에 살고 있는 것일까. 우리가 여기 와 있다는 걸 알고나 있을까. 나는 줄곧 그것이 궁금했다. 그러나 차마 어머니에게 물어볼 엄두가 나지 않았다. 최소한 어머니에게만은, 아버지란 이미 이 세상에 존재하지 않는 이름일 것이라는 사실쯤은 나도 이미 깨닫고 있었으니까……

"안 되겠다. 오늘은 점심때 국수나 삶아 묵자. 은분이 너가 사오너라."
치마 속주머니에서 동전 두 닢을 꺼내어 어머니는 누나의 손에 쥐여주었다. 나는 얼굴을 찡그렸다. 입에서 벌써 비릿한 밀가루 냄새가 풀풀 나는 것 같았다. 맹물에 사카린만 타넣은 멀건 국물에 맨국수를 헹궈 먹는 걸로 벌써 몇 번째 점심을 때워온 터였다. 섬에선 귀한 국수여서 처음 한두 번은 제법 그럴싸하더니, 이젠 정말 지긋지긋했다.

"에이히, 또 국수여?"

"으마마, 배부른 소리 하고 자빠졌네. 국수 사달라고 조를 때는 언제고."

누나가 밖으로 나간 뒤, 어머니는 윗목에 놓인 재봉틀 앞에 앉았다. 그리고는 뚜껑을 열고 여기저기에 꼼꼼히 기름칠을 했다. 바로 어제 저녁에 했던 기름칠을 쓸데없이 또 되풀이하고 있는 거였다.

'괜찮다. 걱정 말어라. 설마 산 입에 거미줄 칠라더냐……'

어머니가 늘 우리 앞에서 되뇌던 그 다짐이 실은 바로 그 재봉틀을 믿고 하는 소리라는 건 두말할 필요도 없다. 산비탈의 자갈투성이 밭 몇 뙈기 팔아 생긴 푼돈을 달랑 쥔 채 네 식구를 끌고 도시로 옮겨올 때, 어머니가 내심 믿고 있었던 것은 오로지 그 재봉틀과 자신의 손재주였던 것이다.

사실 어머니의 바느질 솜씨는 고향 동네에선 소문이 난 터였다. 한복이야 말할 나위도 없고, 신사용 양복이며 여자용 양장도 어머니의 손을 거치면 영락없이 그럴듯하게 새로 고쳐지곤 했다. 그건 외숙모 덕택이기도 했다. 서울에서 처녀 때 양재 기술을 조금 배웠다는 외숙모에게서 책을 빌려와, 그걸 들여다보며 혼자 손수 본을 뜨고 재단까지 꽤 능숙하게 익혔던 것이다. 그래서 마을 여자들 중에 어머니의 손맵시 덕을 보지 않은 사람은 거의 없을 정도였다. 물론 어머니는 우리들의 옷도 거의 다 손수 지어 입혔다.

어머니의 가장 큰 소망은 이 도시의 어느 한 모퉁이에 손바닥만한 바느질집 하나를 갖게 되는 거였다. 돈이 모이면 언젠가는 양장점 간판을 떠억 하니 내걸 수도 있을 터였다. 적어도 이사를 결심할 때만 해도, 어머니는 그 소망이 결코 헛된 망상만은 아닐지도 모른다는 은근한 기대에 조금은 부풀어 있었으리라.

이사 온 다음날부터 어머니는 그 무지개빛 소망을 위한 첫걸음을 시작했다.

"하여간 한번 저를 믿고 일감을 맡겨보시라니께요."

주인 아줌마와 왕서방네 아줌마를 불러 이사 떡을 대접하면서, 어머니는 마루 위에 자신이 가장 아끼는 옥색 공단 치마저고리 한 벌을 직접 펼쳐 보이며 말했다. 유달리 숫기 없는 어머니가 그처럼 대담하게 자신의 솜씨를 남들 앞에서 자랑하는 일은 난생처음이었을 것이다.

"참말 흠잡을 디가 없구만그래. 바느질도 아주 땀땀허니 단정하고, 아이구, 이 동정 좀 봐. 나는 아무리 해도 깃이 울던디, 참 이쁘네요."

"양장도 해봤다고요?"

"예에, 원피스 같은 건 자신 있어요. 우리 친정 조카 시집갈 때는, 읍내 양장점서 맞춘 옷보다 내 것이 훨씬 낫다는 소릴 들었어라우."

"에이, 아무려면…… 한복은 몰라도, 요즘 옷은 유행이 있는디? 어떻게 눈으로만 배워갖고 그게 될까아."

어머니의 장담이 도시 터무니없다는 듯 두 사람은 노골적으로 입술 꼬리를 물어 비트는 것이었다.

"어쨌거나 내, 이웃에다가 말은 해보겠수. 헌 옷 고치는 일 같은 건 기왕이면 철이네한테 맡기면 피차 좋겠지 뭐어. 삯도 덜 받을 테고."

"그럼요. 이웃 사촌끼린데, 어찌 많이 받겠어요. 나야 뭐, 반찬 값에라도 보탤까 하고 나선 일인디……"

그러나 벌써 보름 남짓 지나도록 어머니는 아직 변변한 일감 하나 얻지 못하고 있었다. 고작해야 이웃 아낙네들이 헌 옷을 들고 오거나, 가을 운동회 때 입을 아이들의 무명 팬츠를 부탁한 적이 서너 번 있었을 뿐이다. 그나마도 품삯 따윌 받아본 적은 없는 눈치였다. 가난하고 눈치만 남은 동네 아낙네들은 어색한 공치사만 잔뜩 늘어놓는 것으로 품삯을 충분히 대신했다고 여기는 것 같았다.

"또 공짜야? 맨날 그러면 어쩔라고 그래요, 어무니."

"괜찮다. 걱정할 거 없어. 처음에는 이렇게 해서 입 소문도 나고 그러는 법이여. 일감이사 차차 들어오겠지."

그렇게 대꾸는 하면서도, 어머니의 표정은 어둡고 불안해 보였다.

"어무니, 어무니!"

국수를 사러 갔던 은분이 누나가 별안간 숨이 넘어가게 외치며 방으로 뛰어들어왔다.

"이 가시내가 왜 이래. 누가 죽었냐?"

"어무니, 나 말야. 취직했어, 취직!"

"뭐어? 뜬금없이 무슨 소리다냐."

"저기, 중국 학교 밑에 과자 공장 하는 집이 있다잖던가요. 거기서, 나보고 오늘부터 당장 일하러 나오래. 진짜야."

누나는 국수 다발을 움켜쥔 채 잔뜩 흥분해서 소릴 질러대었다. 국수를 사러 가게로 갔다가, 마침 과자 공장 주인이라는 남자를 만났다고 했다. 가겟집 아줌마가 은분이 누나를 불러 사내에게 소개해주면서, 그 공장으로 일하러 다녀보지 않겠느냐고 하더라는 거였다.

"참말이냐? 과자 공장 주인이 틀림없이 오라고 했단 말이제?"

"그래애. 안 그래도 사람이 부족하던 참인디, 잘 만났다고 그러던걸."

"으마, 잘됐다. 참말로 잘됐어."

어머니의 입이 금방 벌어졌다. 기분 좋은 김에 이날은 국수를 간장에 비벼 참기름까지 치도록 어머니는 허락했다. 누나가 돈을 벌게 된다. 그것도 과자 공장에서…… 새삼 누나가 대견스럽고 훌륭해 보여서 나는 국수를 우물거리며 몇 번이나 누나의 상기된 얼굴을 쳐다보고 웃었다.
 누나는 점심을 먹고 나서 곧장 공장에 간다고 집을 나섰다.
 "주인이 시키는 대로 고분고분 잘해야 헌다. 첨이라 잘 배워야 돼."
 "알았어라우 염려 마랑께는."
 어머니는 몇 번이나 누나에게 다짐을 받았다. 은분이 누나의 일로 인해 어머니는 갑자기 용기를 얻은 눈치였다. 설거지를 마치자마자 어머니는 자신의 솜씨로 지은 예의 그 한복 한 벌을 보자기에 싸서 들고 외출 준비를 했다.
 "은분이가 어디 일자리를 구했다고요?"
 마당에서 고추를 털어 말리고 있던 주인 아줌마가 어머니에게 물었다.
 "예에, 나도 무슨 영문인지 아직 잘 모르겠네요. 가겟집 소개로, 마침 근처 과자 공장에 일손이 빈다고 나오라고 했다는구만요."
 어머니는 연신 싱글벙글이었다.
 "근처에 무슨 과자 공장이 있었나?"
 "중국 학교 앞에 있다든디요?"
 "아, 그 집? 아유, 그게 무슨 공장이라요? 행랑채 방 두 칸에다가 아주 쪼그맣게 차려놓고 무허가로 싸구려 과자 부스러기나 겨우 만드는 집인데."
 "그래요? 공장이 아니고요?"
 "품삯은 형편없이 주고 일만 잔뜩 부려먹는답디다. 월급도 제때 안 주고…… 뭐래드라, 사탕 봉지를 이십 개 싸주면 일 원씩 준다던가. 그러니 원, 하루 종일 싸봤자 이천 개도 못 될 텐데, 그게 어디 밥값이나 되우? 요즘 연탄 한 장에 십삼 원씩인데……"

"그래요? 나는 또……"

힘없이 되묻는 어머니의 얼굴엔 실망의 빛이 역력했다.

"하기야 뭐, 그냥 집에서 놀고 있으니 우선 나다니는 것도 어쩌겠수. 참, 그러지 말고 강중사한테 방직 공장에 취직 자리를 부탁해보지 그래요?"

"강중사가 누군디요?"

"아, 우리 옆방에 사는 이발사 안씨네 아줌마 말유. 왕년에 여군 중사 출신이라오. 그 아줌마가 방직 공장에서 감독이라든가 뭘로 있답디다. 끗발이 꽤 있다던데."

"아이구, 그런 큰 공장에만 취직할 수 있다믄야 오죽이나 좋겠는가라우. 참말, 빈자리가 있을까요, 아주머니?"

별안간 어머니는 대단한 기대에 사로잡혀 반색을 했다.

"글쎄요. 워낙 취직하기가 힘든 판이라 쉽지는 않겠지마는, 혹시 알아요? 이따가 들어오면 한번 부탁해보구랴. 그런데 손에 든 그건 뭐요? 어딜 나가시게?"

"예에, 혹시 일감이나 얻을까 하고 나가볼라고요."

"옳아, 어저께도 시장통 한복집들을 찾아다녔다더니 오늘도 나가보실라고? 이번엔 대인시장 쪽으로 가보지 그래요. 거기 가면 한복집들이 많은데."

"안 그래도 그럴 참이구만요."

"거, 용케 일감을 주는 집을 만났으면 좋을 텐디……"

대문을 나서는 어머니의 등 뒤에서 주인 아줌마는 한심하다는 듯이 말했다.

이제 집엔 나와 은매 둘뿐이었다. 은매가 집 밖으로 나가지 못하도록 한눈팔지 말고 지켜야 하는 게 나의 임무였다. 그건 무척 따분한 일

거미줄 57

이었다.

"엄바, 밥 줘. 밥……"

은매가 또 칭얼거렸다. 나는 부엌으로 나가, 아까 먹다 남은 국수에 맹물과 사카린을 아무렇게나 타서 은매의 손에 쥐여주고 마루로 나왔다. 텅 빈 마당으로 늦가을의 엷은 햇살이 떨어져 쌓이고 있었다.

열흘이 지나도록 나는 아직 학교에 나가지 못하고 있었다. 이사 준비를 하느라 어머니는 미처 전학에 필요한 절차를 알아보고 챙길 여유가 없었다. 떠나올 때 외삼촌에게 대신 그 일을 부탁해놓았는데, 어째선지 여태 아무런 연락이 없었다.

"이히힛…… 이힛."

그때 어디선가 기묘한 웃음소리가 들렸다. 얼핏 고개를 들어보니, 웃음소리는 맞은편 화단 너머의 옆집 담에서였다. 해묵은 벽돌담을 사이에 둔 그 집은 우리집보다 일 미터 정도 높은 위치에 있어서, 저만큼 올려다보였다. 사람들은 그 집을 교감 선생 댁이라고 불렀다.

그런데, 감나무 한 그루가 길게 가지를 드리우고 있는 그 집 담장 꼭대기에 웬 울퉁불퉁하게 생겨먹은 여자의 얼굴 하나가 덜렁 얹혀 있는 거였다. 나는 놀라서 엉거주춤 엉덩이를 세우고 그 여자를 올려다보았다.

참 묘하게 생긴 얼굴이었다. 별 생각 없이 아무렇게나 주물러 찐 개떡처럼 울퉁불퉁한 얼굴 윤곽이며, 언뜻 보면 졸고 있는 게 아닌가 싶게 작은 실눈, 두툼한 입술, 펑퍼짐한 코, 양쪽 볼 가득히 깨고물을 온통 뿌려놓은 듯한 주근깨…… 게다가 갓 파마를 한 듯한 기묘한 머리 모양 때문에, 처녀인지 중년 아줌마인지 얼른 분간하기 어려운 얼굴이었다. 놀랍게도 그녀는 그런 기묘한 얼굴을 담벼락 위에 덜렁 얹어놓은 채, 내 쪽을 향해 연신 웃음을 보내고 있는 거였다.

"얘, 너가 철이지? 맞지야?"

담벼락 위의 울퉁불퉁한 얼굴이 불쑥 그렇게 말했다. 어떻게 저 여자가 내 이름까지 알고 있을까. 나는 긴장했다.

"대답해봐아. 너가 철이 맞제? 이히힛."

나는 얼결에 고개를 끄덕였다.

"바보오. 얼굴이 빨개졌다이. 우스워 죽겄네! 으히히……"

울퉁불퉁한 여자의 얼굴이 낄낄대고 웃었고, 나는 당황해서 더욱 허둥거렸다.

"너, 이거 먹을래? 맛있쪄."

여자의 손이 담장 너머로 불쑥 올라오더니 나를 향해 좌우로 흔들렸다. 그녀의 손에 쥐어진 검고 커다란 덩어리는 누룽지였다. 엉겁결에 고개를 저었더니, 여자는 별안간 커다랗게 노래를 불러대기 시작하는 거였다.

노오란 샤아쓰 입은 마알없넌 그으 사내가 어짠지 나아는 조와……

난 어안이 벙벙했다. 거침없고 우스꽝스럽기 그지없는 목소리. 턱없이 자신감에 충만해 있는 그 크고 우렁찬 노랫소리가 마당을 쩌렁쩌렁 울리고 있었다. 나는 얼른 방 안으로 들어와버리고 말았다. 미나암은 아니지만 씨익씨익한 생김생김임…… 그이가 나아는 조와. 여자의 그 엉뚱한 노래는 끝까지 이어지고 있었다. 박자며 음정까지 제멋대로였다.

"으마, 우리 양심이가 또 명카수 될라고 목 트고 계시구먼."

"자알헌다. 어디 한 곡조 더 뽑아봐라아!"

마침 대문을 들어서던 주인집 아줌마와 왕씨네 여자의 목소리였다. 노골적으로 장난기 섞인 투였는데, 예의 그 옆집 처녀는 부쩍 용기를 얻은 모양이었다. 이번엔 아까보다 훨씬 더 우렁차고 당당하게 목청을 돋우어, 이미자의 「황포 돛대」를 불러대기 시작했다. 「황포 돛대」가 끝나고 「동백 아가씨」로 이어지기 시작했을 때, 옆집 마당 쪽에서 교감 선생 댁의 목소리가 내 귀에까지 들려왔다.

"아이구, 저 화상 좀 보소! 빨래 삶다 말고 뭣 하고 자빠졌다냐. 빨리 못 와아!"

「동백 아가씨」는 그걸로 끝이었다. 마당에서 구경하고 서 있던 두 아낙네는 배를 잡고 한참이나 질펀하게 웃음을 터뜨리고 있었다.

"세상에, 저게 원 나이 스물다섯을 어디로 먹었나 몰라. 아, 아이고, 배창자 아퍼서 인자는 더 웃지도 못허겠네!"

"아유, 아유. 저 팔푼이 양심이 때문에 내가 못 살어. 아유, 배야."

문틈에 얼굴을 붙이고 쭈그려 앉아 있던 나도 덩달아 키득키득 웃었다. 팔푼이 양심이. 비로소 나는 그 우스꽝스런 처녀의 이름을 알게 되었다.

양심이

 양심이. 그게 바로 우리 옆집에 살았던 그 처녀의 이름이었다.
 스물대여섯이나 되는 나이를 대체 어디로 먹었을까 싶게, 어린아이처럼 마냥 천진하고 착하기만 하던 여자…… 그리고 이젠 내겐 잊을 수 없는 이름 하나로 남아 있는 여자.
 그 양심이 얘기를 잠깐 하고 넘어가자.
 남들은 팔푼이니 얼간이니 하고 불렀지만, 나는 지금이라도 주저없이 대답할 수 있다. 이 세상을 찾아왔던 무수한 사람들 중에 평생 단 한 번도 남을 미워하거나 괴롭히거나 혹은 누구에게 해를 끼친 적 없이 살다 간 사람을 혹시 알고 있느냐고 만일 누군가 내게 묻는다면, 그건 바로 두 사람—가엾은 은매 누나, 그리고 양심이일 거라고.
 양심이 누나를 생각할 때면 으레 맨 먼저 눈앞에 떠오르는 게 있다. 이끼 낀 벽돌담 위에 덜렁 얹혀 있던 그 기묘한 모양의 호박 덩이 한 개. 그리고 턱없이 우렁찬 목소리로 불러젖히던 유행가, 「노란 샤쓰의 사나이」.
 지금 다시 돌이켜보아도, 그토록 처음부터 끝까지 제멋대로인 얼굴을 별로 본 기억이 없다. 개떡처럼 울퉁불퉁한 머리통, 떠도 그만 감아도 그만인 작고 가느다란 실눈, 뭉툭 불거진 입술, 펑퍼짐하게 주저앉은 콧등, 누런 앞니, 얼굴 전체에 좌르르 깔린 주근깨…… 그러나 그런 면면들 하나하나가 저희들끼리 너무나 자연스레 한데 어울려 있어서, 못생겼다는 느낌에 앞서 첫눈에 이쪽을 한없이 푸근하고 편안하게 만드는 얼굴.

우리 옆집의 주인은 국민학교 교감 선생이었는데, 말하자면 양심이는 그 집의 식모였다.

그 집 뒤란엔 꽤 큰 감나무 한 그루가 서 있었는데, 그것의 가지는 우리집 안마당까지 언제나 치렁하게 드리워졌다. 봄이 되면 밥풀 같은 흰 감꽃이 흐드러지게 피어났고, 가을이면 탐스럽게 살이 오른 감알이 주렁주렁 매달려 우리들의 목구멍을 어지간히도 간질간질하게 만들곤 했었다.

"얘길 늘어놓자면야 개발새발 한도 없이 길어요. 저 못난 것이 하필이면 우리집으로 굴러들어온 것도, 어찌 생각하면 다 양심이 저나 우리들한테는 타고난 팔자 소관인지도 모르겠지만 말이우……"

우리가 이사 온 지 얼마쯤 지나 차츰 이웃들과 왕래가 빈번해지기 시작했을 즈음이었다. 바느질감을 들고 찾아온 교감 선생 댁 아줌마가 양심이에 대한 이야기를 자기 쪽에서 먼저 끄집어내었다.

"육이오 동란 어느 핸가 겨울이 지긋지긋하게 추웠던 적이 있었잖수, 왜. 아침에 일어나보면 장독대에 놓아둔 이따만한 김장 항아리가 쩍쩍 갈라져 있곤 했으니까. 아이구, 그렇게 끔찍스런 추위는 그해말고는 아직까장 한 번도 겪어본 적이 없었다우……"

축농증 증세가 있는 교감 선생 댁은 우리 방 앞 마루에 앉아서 찐고구마 껍질을 벗기면서 코맹맹이 소리로 말했다.

"그땐 우리 은하네 아버지가 여수에서 평교사로 근무하던 시절이었다우. 발목이 푹푹 빠지도록 엄청나게 눈이 쏟아지던 날이었는데, 새벽녘에 느닷없이 골목에서 웬 어린아이 울음소리가 계속 들리지 뭐유."

"으마마, 다 죽어가는 소리로 말이지라우."

곁에서 덕재네 엄마가 맞장구를 쳤다. 사실 그녀는 이미 그 얘길 전부터 여러 번 들어서 달달 외우고 있을 정도였는데도, 일부러 호들갑을 떠는 눈치였다.

"아무래도 이상해서 내가 우리집 양반을 깨웠지. 그 양반이 내복 바람으로 일어나서 밖으로 나가더니만, 뜬금없이 생전 처음 보는 계집아이 하나를 데리고 들어오지 뭐유, 글쎄. 해필이면 우리집 대문 앞 계단에 강아지처럼 웅크리고 앉아서 혼자 징징 울고 있더랍디다."

"세상에, 누군지도 모르는 가시나가 말이지라우?"

"그렇다니까아. 그대로 잠시만 더 놔뒀더라면 필시 그 자리서 동태꼴로 얼어 죽어버리고 말았을 게요. 겨우 예닐곱 살이나 되었을까, 그런데도 집이 어디고 이름이 뭣이냐고 아무리 물어보고 달래도 말조차 제대로 못 하고 그냥 징징 울기만 하는 거여. 척 보니까는 짐작이 갑디다. 필시 피난민 중에 누가 일부러 우리집 앞에다가 내버려두고 도망쳐버린 것이 틀림없더라니께."

"오메메, 저럴 수가! 어떤 짐승만도 못 한 인간이 제 자식새끼를 그랬을꼬이!"

덕재 엄마가 찐 고구마를 한입에 덥석 물어 삼키며 호들갑을 떨었다. 그녀는 먹성만큼이나 염치도 좋은 아낙네였다. 그 고구마는 어머니가 교감 선생 댁을 위해 특별히 내놓은 것인데도, 어느 틈에 끼어들어 먹성 좋게 우물거리고 있었다.

"무슨 말 못 할 사연이 있었던 모양이지라우."

어머니의 말에 덕재 엄마는 눈을 크게 떴다.

"사연은 무슨 사연? 자식새끼를 까놓았으면 굶어 죽더라도 책임을

져야지, 남의 집 앞에다가 내던지고 도망치는 게 어디 인간이라요?"
 문득 어머니의 낯빛이 어두워지는 걸 나는 훔쳐보았다. 어쩌면 아버지 생각을 했는지도 모른다.
 "품속에 무슨 편지 같은 것도 없었다면서라우?"
 "편지는커녕 갈아입을 속옷 하나도 없습디다. 말도 말아요. 옷이며 꼬락서니가 얼마나 더럽고 험한지, 거렁뱅이가 따로 없더라니까 글쎄. 얼마나 굶었는지, 식은 밥을 더운물에 말아줬더니만 마파람에 게 눈 감추듯이 퍼먹지 뭐유."
 교감 선생 댁은 그 아이의 부모를 찾아줄 셈으로 며칠 동안 여기저기 수소문을 하고 다녔다고 한다. 그러다가 결국 고아원에 맡기기로 작정을 했다.
 "그런디, 거참 요상하더란 말요. 내일 아침에 고아원에 데려다 줘야지 하고 맘을 먹고 있을라치면, 아, 그때까장 아무렇지도 않던 가시나가 느닷없이 열꽃이 돋고 온몸이 펄펄 달아오르면서 끙끙 앓기 시작하더란 말이우. 그게 한두 번이 아니고, 몇 차례나 그러더라니까…… 그러니, 사람의 도리로 그 앓는 아이를 어찌 고아원에 데려가겠소? 몸이 나아지면 그때 데려가야겠다 하고는, 우선 약부터 사다 먹이고 그랬지. 그리 어찌어찌 하다 보니, 결국은 이렇게 양심이 저년을 팔자에 없는 딸로 데리고 살게 되었지 뭡니까."
 "아이구머, 참말로 두 분 다 어쩌면 저리 부처님 같으신 분들이라요. 말이 쉽제, 요즘 세상에 이렇게 인정 많은 양반들은 또 없으시지라우. 참말로, 양심이가 하늘에서 복을 내려받은 거요, 사모님."
 어머니의 찬사에 교감 선생 댁은 그게 아니라고 하면서도, 사뭇 흡족하고 자랑스러워하는 티가 역력했다. 그리고는, 부모 없는 불쌍한 것을 지금껏 이십 년 넘게 키워오는 동안 얼마나 힘들었는지를 이야기했다.

"말도 말아요. 덕분에 별의별 흉한 모략도 많이 당했수. 심지어 가까운 친척들 중에도, 실은 양심이가 우리집 양반이 밖에서 바람을 피워서 슬그머니 데리고 들어온 씨앗임에 틀림없다고 수군거리는 사람들이 적잖았다니까요."

교감 선생 댁은 한 가지 맘에 걸리는 게 있다고 했다. 양심이가 팔푼이만 아니었으면, 기왕지사 친딸이라는 누명을 쓰기도 했던 터에, 최소한 중학교까진 보내줄 수도 있었을 텐데, 워낙 머리 모자란 푼수라 국민학교 문턱에도 들여보내지 못했다는 거였다.

"아유, 학교라니요. 정신이 온전했더라고 쳐도 그렇지. 지금껏 잘 먹이고 입혀서 저만치 키워준 그 은혜 하나만으로도, 양심이로서야 평생 뼈를 갈아 바쳐도 그 보답을 다 못 하지라우, 사모님."

"보답은 무슨 보답이랍니까. 나이 스물다섯이나 된 가시나가 속은 열 살짜리만도 못 해서, 살림을 돕기는 고사하고 날이면 날마다 사사건건 골치만 썩여서 죽을 노릇이라우. 흐유, 이런 내 속을 누가 알아나 줄라는지 원……"

그러면서 교감 선생 댁은 한숨을 내쉬는 거였다.

실상 양심이는 그 집의 궂은일을 도맡아 하는 눈치였다. 하지만 워낙 변변치 못한 푼수여서, 접시를 깼다거나 빨랫감을 불에 태웠다거나 하여 호되게 야단을 맞는 소리가 하루에도 몇 번씩 담장 너머 우리 귀에까지 들려오곤 했다.

가끔은 겉보기와는 달리 성미가 불 같은 교감 선생 댁에게 회초리를 맞고 집 밖으로 쫓겨나기도 했다. 그럴 때면 덩치까지 큰 양심이는 골목길 땅바닥에 두 다리를 뻗고 앉아서, 온 동네가 우렁우렁 울려대도록 울음을 터뜨렸다.

양심이는 틈만 나면 우리집을 들락거렸다.
"철이야아! 뭣 하냐아. 나하고 놀자아."
대문을 들어설 때마다 유난히도 크고 우렁우렁한 목청으로 그렇게 이름을 마구 불러대는 양심이 때문에 나는 창피해서 미칠 지경이었다. 우리 식구들은 물론이고 다른 방 사람들에게도 양심이는 별로 환영받지 못하는 손님이었다. 커다란 몸집을 우스꽝스레 흔들면서 언제나 뭐가 그리 좋은 것인지, 부끄러운 줄도 모르고 늘 히죽히죽 웃지를 않나, 가끔은 끼니때까지 나를 찾아와 눈치코치 없이 마루 끝에 퍼더버리고 앉아 예의 그「노란 샤쓰의 사나이」라든가「동백 아가씨」「황포 돛대」를 구성지게 혼자 불러대곤 하는 양심이. 일류 대학을 목표로 늘 책상 앞에 붙어 있어야 하는 큰아들의 공부에 방해가 될까 봐 주인 아줌마가 노골적으로 핀잔을 주어도, 양심이는 대관절 서운해하는 기색조차 없었다.

그러나 양심이는 내겐 귀찮으면서도 좋은 친구였다. 솔직히 말해서, 나는 양심이 누나가 결코 밉지 않았다. 부모의 얼굴도 이름도 알지 못한 채 길바닥에 버려진 아이였다는 얘길 들었기 때문일까. 아마도 측은하고 가엾다는 생각과 함께 어떤 동질감 같은 걸 느꼈는지도 모르겠다.

확실히 양심이가 내게 베푸는 애정은 각별했다. 그녀는 이따금 누룽지라든가 갱엿 조각, 떡, 명태포 따위를 몰래 허리춤에 감추어 들고 와 나한테만 살그머니 쥐어주곤 해서, 나를 감격하게 만들기도 했다. 시장에 갈 때 혹은 교감 선생님의 점심 도시락을 들고 학교를 찾아가거나 할 때도 더러 나를 데려가주곤 했다. 모르긴 해도, 아마 우리 동네 아이들 중에서 그녀를 '팔푼이'라는 이름 대신 '양심이 누나'라고 불러준 아이는 내가 처음이자 마지막이었을 게다.

뿐만 아니다. 봄이면 가까운 들판은 물론이고 꽤 먼 야산으로 함께 고사리랑 산나물을 캐러 간 적도 있다. 언젠가 언덕 위 교회당 안마당에서 벌어졌던 노래자랑 대회 구경에 나를 데려가준 것도 양심이 누나였다. 와아, 철이는 양심이하고 연애한다네, 뽀뽀했다네…… 덕분에 아이들에게서 그런 고약한 놀림을 받기도 했지만.

그런 양심이 누나가 하마터면 나를 울고 싶도록 만든 적이 꼭 네 번 있었다.

아마 이사 와서 두 달쯤 지났을 때였을 것이다. 담임 선생님한테 죽도록 매를 맞고 돌아온 다음날이었으므로, 지금도 또렷하게 기억해낼 수 있다.

새벽녘이었다. 어딘가 심상찮은 낌새에 설핏 잠을 깬 나는 엄청난 절망과 당혹감에 휩싸였다. 속옷은 말할 것도 없고, 요와 이불까지 이미 질펀하게 오줌으로 젖어 있었다.

본디 내 오줌싸개 버릇은 유명했다. 커가면서 횟수가 상당히 줄긴 했지만, 맨 마지막 고별 행사를 치른 게 국민학교 삼학년 때인가 그랬으니까. 잠들기 전 몇 번씩 들락거리며 오줌통을 말끔히 비워내고, 운동회 날 응원을 하듯 혼자 이부자리 속에서 '이기자, 이기고야 만다' 어찌고 중얼거리며 자못 결연한 의지를 다짐하고 또 다짐하건만, 어찌 된 영문인지 거의 한 달에 한두 번꼴로 그 고약한 실수를 저지르곤 했다.

묘하게도 그런 밤마다 나는 어김없이 꿈을 꾸었다. 금방 터질 듯 빵빵하게 달아오른 고추를 움켜쥔 채 나는 오줌 줄 자리를 다급하게 찾으려 하지만, 도대체 마땅한 장소가 보이질 않는다. 요강인가 하고 뚜껑을 열어보면 된장독이거나 쌀독이고, 집 앞 시궁창인가 하고 달려가 보면 또 난데없는 외갓집 안방이었다.

여긴가 저긴가 하고 고추를 필사적으로 움켜쥔 채 이리저리 허둥지둥 뛰어다니다 보면, 고추는 폭발 일보 직전. 그런데 마침내 고추가 터지려는 그 아슬아슬한 순간, 신기하게도 나는 어느 틈엔가 으슥한 골목길 전신주 옆 아니면 우리 학교 변소 안에 서 있는 것이다. 아이고, 좋아라. 재빨리 고추를 꺼내자마자 정말이지 멋들어지고 통쾌하게시리 한바탕 시원한 물줄기를 분수처럼 맘껏 발사하는 것인데, 어찌 된 일일까. 그 순간 아랫도리로 줄줄줄 흘러내리는 축축한 감촉과 함께 그 황당하고 고약한 꿈은 훌러덩 날아가버리고 마는 것이다.

아니나 다를까, 그날 아침 역시 어머니는 가차없이 내 머리통에다가 키를 덜퍼덕 뒤집어씌웠다.

"이런 빙충이 같은 놈! 열두 살이나 먹은 놈이 이게 무슨 짓거리냐. 아이고, 잠잠하다 싶더니, 인자는 광주까지 올라와갖고 빙충이 짓을 해? 당장 나가서 소금 얻어왓!"

나일론 바가지를 내 손에 쥐여주면서 어머니는 목젖이 다 보이도록 입을 벌리고 빽 고함을 내질렀다. 그날 아침, 우리집 마당엔 굉장한 구경거리가 생겼다. 키를 둘러쓴 나를 향해 어른들은 너도나도 한마디씩 던지며 배를 움켜쥐고 낄낄거렸다. 차라리 죽고 싶었다. 키를 뒤집어쓴 채 나는 대문 밖으로 쫓겨났다. 아직 인적이 뜸한 새벽녘이라는 게 천만다행이었다. 그 무지막지하게 큰 키는 내 발치에 거의 닿을 지경이었다. 아, 이따위 고약한 물건을 내버리지 않고, 어머니는 어쩌자고 광주까지 끌고 왔단 말인가.

대문 앞에 엉거주춤 서서, 나는 서러움과 억울함, 고통과 창피함으로 숨이 뚝 끊어질 것만 같았다. 이 커다란 바가지에 소금을 다 채우려면 아마 동네방네 집집을 죄다 돌아다녀야 하겠지. 이제 잠시 후면 온 동네에 소문이 짜아 번질 테고, 내 이름은 철이가 아니라 오줌싸개, 찔끔이, 소금 장수쯤으로 당장 바꿔치기 당할 게 뻔하다. 아이들은 나를 놀이에 끼워주지도 않을 테고, 계집아이들까지 내 등 뒤에서 저희들끼리 킬킬거리겠지. 아아, 내 인생은 이제 끝장이다. 열두 살 사나이의 명예, 소중한 자존심은 시궁창에 처박힌 거야.

참말이지, 난 그냥 죽어버리고 싶었다. 어디론가 아무도 모르는 곳으로 도망쳐 평생토록 혼자 살고 싶었다. 하지만 결국 한 손엔 나일론 바가지, 머리에서 발끝까지엔 갑옷 같은 키를 궁상맞게 뒤집어쓴 채 어기적어기적 걷기 시작했다.

맨 처음 신고식을 치러야 할 곳은 옆집 교감 선생 댁이었다. 아줌마는 보나마나 두 눈을 동그랗게 뜨고 재미있다는 듯 소금 한 줌을 쥐어 준 다음, 내 등 뒤에다가 찬물 한 바가지를 흠뻑 끼얹어주겠지. 그 절차는 아주 잠깐이면 지나갈 것이다. 그러나 나는 차마 그 집 대문을 밀치고 들어갈 용기가 나지 않았다. 혼자 쩔쩔매며 문 앞에서 망설이고만 있을 때였다. 뜻밖에 문이 빠끔히 열리더니, 양심이 누나가 나타났다.

"이히힛. 철이 너, 오줌쌌구나이!"

그녀는 싯누런 앞니를 내놓고 웃었다. 나는 그만 고개를 처박고 울먹이기 시작했다. 너무나 부끄럽고 화가 나서였다. 그때 그녀는 등 뒤에 감춰 들고 있던 걸 불쑥 내밀었다.

"자, 이거 얼른 받아갖고 가거라이. 우리 아줌니 모르게 내가 슬쩍 퍼왔응께. 이히힛."

놀랍게도 그건 소금이 수북하게 담긴 냄비였다. 내가 꾸중 듣는 소리를 담 너머로 듣고서 미리 기다리고 있었나 보다.

"어서 가란 말여. 남들 보기 전에……"

내 바가지에 철철 넘칠 만큼의 소금을 부어주자마자 양심이는 재빨리 대문 안으로 사라져버렸다. 그 정도의 소금이면 더 이상 다른 집 대문을 두드릴 필요가 없었다. 순간 너무나 고맙고 기뻐서 나는 눈물이 핑글 돌았다. 양심이 누나를 내 색시로 삼아도 좋겠노라는 생각까지 했을 지경이었다.

양심이 누나가 나를 두번째로 감격하게 만든 것은 이듬해 봄이었다.

산등성이마다 진달래가 지천으로 흐드러지게 피어나는 화창한 봄 날, 그녀는 나를 데리고 나물을 캐러 나갔다. 들판을 지나고 야산을 넘어, 그날은 꽤 멀리 떨어진 높은 산 중턱을 기어오르며 고사리랑 취나물, 두릅 순 따위를 심심찮게 뜯었다. 양심이 누나는 부지런하고 손놀림이 잽싸서, 내 몫의 나물까지 아낌없이 마련해주었다. 그녀의 십팔번「노란 샤쓰의 사나이」를 들으며 산 중턱 골짜기에 이르렀을 때였다.

"어, 엄마야!"

무심코 바위 위에 걸터앉으려던 나는 두 눈알이 튀어나올 만큼 놀랐다. 엄청나게 큰 구렁이 한 마리가 바로 내 발 앞에서 잔뜩 똬리를 튼 채 나를 똑바로 노려보고 있는 게 아닌가. 숨이 딸깍 끊어지는 줄만 알았다. 파랗게 질려 꼼짝도 못 하고 얼어붙어 있는데, 어느 틈에 양심이 누나가 쏜살같이 뛰어내려왔다. 그녀는 대뜸 커다란 돌멩이를 집어들어 그것을 단번에 처치해버리고 말았다.

"철아, 놀랬지야?"

"으응."

"봐라, 죽어부렀다. 인자는 괜찮다이. 이히힛."

나를 내려다보며 흡족한 듯 누런 이를 드러내며 히죽이 웃음을 흘려주던 양심이의 그 늠름하고 믿음직한 모습. 정말이지, 그때처럼 팔푼이 양심이 누나가 위대하고 거룩해 보인 적은 없었다.

그녀가 나를 세번째 감동시킨 건 여름 방학 때였으리라.

우리 동네에서 삼십 분쯤 걸리는 거리에 잣고개라는 산이 있다. 무등산으로 올라가는 군사용 작전 도로가 나 있는 그 고개 밑엔 밤실이라는 작은 마을이 있고, 그 마을 위쪽 골짜기에 조그만 여울이 있었다.

움푹한 숲 사이에 숨은 그 여울은 무척이나 한적하고 은밀해서 한낮에도 사람들의 눈길이 닿지 않았다. 그곳은 우리 동네 조무래기들이 모여 멱을 감는 비밀 장소였다.

그날 오후, 나는 혼자 여울로 갔다. 어찌 된 셈인지 아이들은 보이지 않고 여울은 텅 비어 있었다. 아이들이 오길 기다리다가 나는 옷을 훌훌 벗고 물속으로 풍덩 뛰어들었다. 물은 얼음장처럼 맑고 시원했다. 알몸뚱이로 혼자서 한창 물장구를 치고 있을 때였다. 갑자기 돌멩이가 퐁당퐁당 날아들었다.

"누, 누구여!"

"이히히, 꼬추 따묵자, 꼬추!"

놀라 뒤돌아보던 나는 깜짝 놀랐다. 어디서 불쑥 나타난 것일까. 양심이가 바위 꼭대기에 덜렁 주저앉아 깔깔거리고 있는 거였다.

"가! 저리 가란 말여."

엉겁결에 나는 고추를 두 손으로 움켜쥔 채 비명을 지르며 물속으로 풍덩 뛰어들었다. 그러다가 발을 헛디딘 나는 깊은 곳으로 밀려나가 물을 퍼마시며 미친 듯 허우적거리기 시작했다. 나는 헤엄을 전혀 칠 줄 몰랐다. 마침내 여울 바닥으로 가라앉기 시작한 내 눈앞에 시꺼먼 어둠이 보였고, 나는 그것이 죽음이라고 생각했다.

그렇게 정신없이 허우적대며 몸부림을 치다가, 언뜻 의식을 차려보니 나는 어느 사이엔가 여울 가 평평한 바위 위에 누워 있는 참이었다.

"정신차려라이. 철아, 나여. 나란 말여."

양심이가 내 어깨를 껴안고 다급하게 속삭이고 있었다. 나는 알몸뚱이였고, 양심이 역시 온몸이 물에 흥건하게 젖어 있었다. 두려움과 안도감이 뒤섞인 채 나는 와아악 울음을 터뜨리기 시작했다.

"울지 마, 울지 마랑께. 괜찮어. 울지 마아."

그 순간 나는 양심이를 꽈악 부둥켜안고 한층 크게 울었다. 아아, 그 냄새. 몽클몽클한 젖봉오리가 내 눈앞에서 출렁거리고…… 나는 눈앞이 핑글 어지러워옴을 느끼며, 그녀의 풍만한 젖가슴 위에 코를 힘껏 쑤셔박았다. 울지 마아. 울지 마랑께. 그녀의 커다란 두 팔이 내 몸을 힘껏 껴안았다. 우리는 한동안 그렇게 한 덩어리로 부둥켜안고 있었다. 둥둥둥둥…… 내 심장과 그녀의 가슴이 함께 뛰는 소리. 그리고 그 한없이 향긋하고 알싸한 냄새. 하필 아이들이 나타난 건 바로 그 순간이었다.

"와아! 저거 봐라! 양심이랑 철이가 연애한다아!"

우리는 화들짝 떨어졌다. 양심이가 돌멩이를 집어들고 쫓아가자 아이들은 우르르 도망치며 합창을 했다.

"으마마, 철이 꼬추 좀 봐라이!"

"아하하, 꼬추가 성났네! 철이 꼬추가 섰다, 섰어!"

아이들이 손뼉을 치며 낄낄거리는 소리에 나는 깜짝 놀라 고개를 숙였다. 정말, 어째선지 내 꼬추가 바짝 독이 올라 있었다. 나는 후닥닥 돌아서서 바지를 입었다.

그날 저녁, 주인집 아들 종삼이가 좋아라고 동네방네 나발을 불어대고 다닌 건 물론이었다. 그 수상한 소문은 온 동네에 쫙 퍼지고 말았다. 어머니는 나를 보자마자 방 안으로 끌고 들어가더니, 다짜고짜 내 등짝을 마구 후려치는 거였다.

"이놈 자식. 대낮에 사내자식이 뻘게벗고 목욕은 왜 하고 다닌단 말여!"

"아니여라우. 물에 빠진 걸 양심이 누나가 건져줬단게. 참말이여. 흐흥."

"듣기 싫어, 이 악마 같은 놈아. 대가리에 피도 안 마른 놈이 벌써부터…… 아이고 세상에, 피는 못 속인다드니. 장차 이 일을 어째사 쓸꼬. 세상에……"

어머니는 얼굴을 붉히며 어쩔 줄 몰라했다. 하지만 나야말로 억울했다. 대관절 내가 뭘 잘못했다고 이 야단이란 말인가. 벌거벗고 멱감은 게 무슨 잘못이람. 세상에, 옷 입은 채 멱감는 바보가 어디 있다고……

그날 밤 나는 혼자 이불 속에서 설움에 젖어 흐느껴 울었다. 어머니가 날 미워하기 때문이라는 생각. 아버지가 우리 식구를 버려두고 딴살림을 차린 것도 어쩌면 내가 미워서 그런 것인지도 모른다는 생각. 왜 모두들 나만 미워하는 것일까. 차라리 집을 뛰쳐나가 죽어버리고 말까. 그러면 어머니랑 아버지가 뒤늦게야 내 시체를 껴안고 슬피 울어대겠지…… 그런 별의별 생각들이 새삼스레 나를 슬프게 했던 것이다.

맨 마지막. 그러니까 양심이 누나가 진짜로 나를 하마터면 울어버릴 뻔하도록 만들었던 것은 그로부터 여러 해가 지난 후였다.

그 무렵 나는 목소리가 제법 굵어지기 시작한 중학생이었다. 키가 훌쩍 자라고, 코밑엔 듬성듬성한 수염, 이마와 볼따구니에도 여드름이 막 뾰족뾰족 돋아나기 시작할 무렵이었다. 그해 봄, 양심이 누나는 시집을 가게 되었던 것이다.

"어이구, 그래도 여자라고, 저것이 시집을 보내준다니까는 요즘은 그냥 시도 때도 없이 큰 입이 위아래로 헤벌쭉 벌어져갖고 어쩔 줄 모른단 말이우, 글쎄."

교감 선생 부인은 입을 비쭉이며 웃었다.

양심이의 남편이 될 사내는 새우젓 장수였다. 교감 선생 부인의 먼 일가붙이라는데, 어릴 때 소아마비를 얻어 한쪽 다리를 심하게 절룩거렸다. 고향이 함평인가 영광 어딘가라고 했지만, 일정한 거처도 없이 새우젓 행상으로 여기저기 떠돌아다닌다는 그 사내는 말이 노총각이지 마흔이 다 된 중늙은이였다. 양심이보다 열두어 살이나 많았으므로, 남편이라기보다는 차라리 큰오라비쯤으로나 보였다.

떠나기 전날 찾아온 그 사내는 밑구멍이 해지게 가난한 티가 줄줄 흘렀지만, 사람 하나는 좋아 보였다. 그런 처지가 아니라면 누가 양심이 따위를 데려가주겠느냐며, 교감 선생 부인이 두 발 벗고 나서서 짝을 맺어준 모양이었다.

그럴듯한 결혼식도 잔칫상도 없이, 그녀는 주인 아줌마가 마련해준 혼수 이불 짐과 옷 보따리를 머리에 인 채, 무엇이 그리도 좋은지 연신 벙글거리며 골목을 나섰다. 우리집 식구들은 물론이고 동네 아낙네들까지 모두 나와 두 사람을 전송했다.

"으마, 철이 너가 섭섭하겠다야. 심심하면 양심이가 맨날 찾아오곤 하더니."

"그러고 섰지 말고, 가서 작별 인사라도 해야제."

덕재네 엄마랑 주인집 아줌마가 나를 돌아보며 실실 웃었다. 나는 공연히 얼굴이 화끈거려서 사람들 뒤로 숨어버렸다.

소풍길 아이마냥 연신 히죽이며 어른들에게 넙죽넙죽 인사를 마친 양심이가 맨 마지막으로 내게 뒤뚱뒤뚱 다가온 것은 바로 그때였다. 그녀는 귀밑까지 발개진 나를 한쪽으로 데리고 가더니, 내 귀에 대고 무슨 대단한 비밀이라도 되는 양 이렇게 속삭이는 거였다.

"철이야이. 저 말이다이. 나, 시집가서 이쁜 우리 애기를 낳게 되면 말여. 딴 사람은 말고, 너한테만 몰래 살짝 보여주께이. 알았지야? 이히힛."

그녀는 휑하니 돌아서서 걷기 시작했다. 절룩절룩 다리를 꺾는 중늙은이를 따라 큼직한 보따리를 머리에 인 채 저만치 뒤뚱뒤뚱 멀어져가는 그녀의 뒷모습을 지켜보며 나는 한참이나 서 있었다.

그때 내 나이 열다섯. 그제야 나는 난생처음으로, 이별이니 작별이니 하는 말들이 왜 항상 쓸쓸하고 가슴 허전한 것인가를 비로소 조금은 알 듯도 싶었다. 그 후 다시는 그녀를 만나지 못했다.

아마 지금도 이 세상 어디선가 「노란 샤쓰의 사나이」를 흥얼거리며 살아가고 있으리라. 하느님이 보우하사, 그 착하고 울퉁불퉁한 양심이 누나에게 평화와 행복을 듬뿍 내려주시기를……

어머니, 재봉틀을 돌리다

　어머니는 좀처럼 돌아오지 않았다. 지루해서 미칠 지경이었다. 몇 번이나 마루와 방 사이를 오락가락하다가, 은매가 잠이 든 걸 보고 나서야 살그머니 집 밖으로 빠져나왔다.
　짐작대로 공터엔 아무도 없었다. 아이들이 학교에서 돌아오려면 아직 멀었다. 그동안 나는 내 또래의 동네 아이들과 제법 친해져 있었다. 아이들은 으레 공터로 모여들어 공차기를 하거나 말타기, 자치기 따위를 하며 놀았고, 나도 차츰 자연스레 함께 어울릴 수가 있었다.
　큰길로 나갔다. 골목 어귀를 돌면 구멍가게가 있었고, 한 집 건너 이발소, 그리고 그 옆집이 만화 가게였다. 나는 만화 가게 앞으로 다가가 유리창에 진열되어 있는 만화책 표지들을 하나씩 들여다보기 시작했다. 그것은 표지의 그림만으로도 더없이 나를 매혹시켰다.
　진열장의 만화 표지를 서너 번씩 되풀이해서 구경한 다음, 나는 유리창에 눈을 대고 가게 안쪽을 들여다보았다. 가게 안엔 엄청나게 많은 만화책들이 가득히 꽂혀 있었다. 주머니를 더듬어 동전을 확인했다. 일 원짜리 동전 두 개뿐.
　그때 유리문이 드르륵 열리더니, 병구네 큰형이 얼굴을 내민다.
　"너, 새로 이사 온 꼬맹이구나. 맞지?"

나는 얼결에 놀라 뒤로 주춤 물러섰다. 땅땅한 몸집의 그 노총각은 만화 가게 주인이었다. 턱수염을 더부룩하게 기른 채 싱글벙글 웃음 띤 얼굴로 언제나 한쪽 손을 호주머니에 넣고 다녔다.

"니들, 병구네 형이 상이 용사라는 거 모르지?"

"피이, 상이 용사 좋아하네. 얌마, 군대 가서 장교한테 맞아서 병신이 됐대. 아버지한테 다 들었는걸."

"아녀, 육이오 때 괴뢰군하고 싸우다가 총에 맞은 거여."

"웃기지 마, 임마. 육이오 때가 언젠데? 그때는 병구네 형이 꼬맹이 때란 말여."

"그게 아니라, 불이 나갖고 팔을 데었다든디? 군대 식당에서 밥을 하다가 말여."

언젠가 동네 아이들은 한바탕 입씨름을 했다. 어쨌든 병구네 형이 상이 용사라는 말은 사실인 모양이었다. 그건 병구가 제 집 장롱 속에 훈장이 두 개나 있다고 한사코 주장했기 때문이다.

"만화 볼래? 돈 있으면 들어와, 임마."

그가 싱글싱글 웃으며 말했다. 주머니 속의 돈을 만지작거리며 나는 망설였다. 그걸로 네 권을 볼 수 있었지만, 고개를 저었다.

"왜, 돈이 없어서 그래?"

"아뇨, 그게 아니라……"

"괜찮아 짜샤. 외상으로 보고, 요담에 줘도 된다."

"어무니를 기다려야 하는데……"

"그래? 그러믄 밖에 나와서 보면 되지. 네 엄마가 오시는지 알 수 있을 테니까."

그는 이발소 앞에 놓인 낡은 대나무 평상을 가리키며 나를 유혹한다. 결국 나는 만화책 두 권을 뽑아들고 나와서 평상 귀퉁이에 걸터앉

앉다. 한 권은 이범기, 또 하나는 박부성의 만화였다. 병구네 형은 내 곁에 앉더니 담배를 피우기 시작했다.

이발소에서 안씨 아저씨가 뚱뚱한 몸집을 뒤뚱거리며 밖으로 나왔다. 그는 문에 자물쇠를 채웠다. 우리집 안채 모퉁이 방에서 살고 있는 그에게, 나는 꾸벅 인사를 했다.

"옳아, 우리집 행랑채 꼬맹이로구만. 이 녀석 봐라. 공부는 안 하고 만화책 보네."

"아따, 형님은 남의 집 손님한테 왜 그러슈. 만화도 공부요, 공부. 쉬는 날도 아닌데 일찌감치 문 닫아걸고 어딜 나가시려구?"

그러고 보니, 안씨 아저씨는 감색 양복 차림이었다. 대머리에 겨우 몇 가닥 옹색하게 붙어 있는 머리숱이 포마드를 발라 가지런히 빗겨져 있었다.

"까짓거, 손님도 없는디 이걸로 시마이하지 뭐. 친구하고 약속이 있어."

"양복까지 척 빼입고 나선 폼이 어째 수상하요. 혹시, 전번처럼 그 여시 같은 미장원 계집애랑 데이트하러 가는 거 아뇨?"

"이 사람이 왜 생사람을 잡을라고 들어."

"아따, 지난번에도 형수님한테 그리 혼쭐이 나고도 또 시작이구만."

"왜 이래. 혼쭐이 나긴 누가? 사내대장부가 그까짓 마누라 하나 휘어잡지 못해서야 차라리 불알을 떼서 개 주는 게 낫지. 날 우습게 보지 마란 말여. 자, 난 가네."

"정말 괜찮아요? 형수님 알면 어쩔라고 그러슈."

"알긴 어떻게 알어? 그 깡패 같은 여편네, 오늘 밤 야근이라 이 말씸야. 호호."

"그러면 그렇지. 어째 겁도 없이 또 무단 외출이다 싶드라니."

안씨 아저씨는 익살스레 손을 흔들어 보이고는 이내 성큼성큼 철길 건널목을 넘어 멀어져가고 있었다.
 바로 그 순간, 안씨 아저씨의 뒷모습을 바라보고 있던 병구네 형의 낯빛이 별안간 움찔하며 긴장하는 것을 나는 알아챘다. 굳은 표정으로 멍하니 한 방향에 고정되어 있는 그의 시선을 따라가보니, 거기, 건널목을 넘어 이쪽으로 웬 여자가 다가오고 있었다.
 껀정하게 키가 큰 그 여자는 마치 밀짚으로 만들어진 허수아비처럼 어딘가 기묘한 모습을 하고 있었다. 나무젓가락처럼 비쩍 마른 몸. 어깨 아래까지 길게 늘어뜨린 머리. 유난히 창백하고 마른 얼굴에 걸린 커다란 안경. 구부정하니 앞으로 숙인 허리. 무엇보다도 특이한 건 걸음걸이였는데, 가늘고 긴 두 다리를 힘없이 터벅터벅 옮겨놓을 때마다 그녀의 상체는 금방 허물어질 듯 불안하게 흔들거렸다.
 나는 이내 그 여자가 탱자나무집 노처녀라는 걸 알았다.
 그녀의 이름은 고오목이었다. 우리집 대문에서 보면, 저만치 휑하니 펼쳐진 논밭 한가운데에 혼자 덜렁 서 있는 외딴 기와집 한 채가 있다. 예전엔 과수원이 있던 자리여서 사람들은 그 집을 '과수원집'이라고 불렀는데, 그 여자는 바로 그 외딴집에 살고 있었다. 그녀는 이따금 우리집 앞을 지나다녔다. 하지만 한 번도 그녀의 얼굴을 자세히 본 적은 없었다. 두꺼운 안경에 어째선지 언제나 고개를 푹 숙인 채 땅만 내려다보며 얼른 지나가버리곤 하는 까닭이다.
 언제부턴가 그 여자는 내게 호기심의 대상이었다. 확실히 그녀는 우리 동네 사람들과는 다른 데가 있었다. 항상 바이올린이 든 검은색 커다란 가죽 가방과 책을 가슴에 잔뜩 부둥켜안고 다니는 것도 그랬고, 바바리코트며 화장한 얼굴, 굽 높은 하이힐도 그랬다. 하나같이 궁기가 줄줄 흐르는 추레한 사람들뿐인 우리 동네에선 아무래도 그 여자의 차림새는 전혀 어울리지 않았던 것이다. 그렇다고 사치스럽다거나 요란하다는 느낌은 전혀 들지 않았는데, 그건 아마 묘하게 어떤 측은함이랄까 애처로움을 불러일으키는 그녀의 깡마르고 허전한 생김새 때문인지도 모른다.

"으마, 저 깽깽이는 무슨 옷이 저리 많은가 몰라. 날마다 새 옷으로 갈아입고 나다니는구마이."

"아이구, 그 속을 몰라? 저 나이에 시집도 못 가고 있으니, 애도 타겠지."

"그러고 보니, 시방 오목이 쟤도 나이를 상당히 묵었겄는디. 서른이나 됐나?"

"서른이라뇨. 마흔 살이 내일모레일 것인디."

"서른셋이라여. 저래 뵈도 머리는 겁나게 영리한 모양입디다. 전남여고 나와갖고 대학까지 졸업했으니, 인물이 보통만 되었드라도 진즉 좋은 집으로 시집을 갔었을 건디."

"음악과를 나왔다면서? 요즘도 시내에 나다니면서 학생들한테 깽깽이 과외 수업을 해주고 있다는 소문이등만."

"흥, 대학만 나오면 뭘 해. 생긴 쌍판도 하잘것없는 주제에 좀 상냥하고 고분고분한 구석이라도 있어야제. 길에서 어른을 보면 인사도 안 하지. 물어보면 또 대답을 제대로 하기를 하나, 원. 대학은 나왔다고 잔뜩 거만하기만 해갖고."

"어따, 그래도 과수원집 영감 아직 정정했을 시절만 해도 세상에 부족한 거 없이 떵떵거리고 살던 처진디, 그 위세가 아직 남아서 그러는 모양 아뇨. 솔직히 까놓고 말해서, 그 집에 소작 안 부쳐 먹고 살았던 집이 우리 널리리 동네서 몇이나 있었수?"

"왕년에 배 뚜디리고 살아보지 않은 사람 있간디? 그 집도 그리 많던 땅 다 팔어묵고 나서 이젠 별볼일 없다네. 오목이 아부지가 노름빚에 재산 다 날리고 자살한 지가 벌써 오륙 년이 되어가잖은갑네."

"왜들 오목이네 집에다가 눈을 흘기고 그러쇼. 따지고 보면, 오목이도 더없이 불쌍한 신세 아뇨? 부모도 없이, 귀머거리가 된 할아버지 모시고 저 나이에 시집도 못 가고 혼자 살고 있는 것만도 보통 대견한 일이우, 그게."

"참말로 사람 팔자는 모른당께. 한때는 우리 동네에서 시내로 나갈라면 오목이네 집 땅 안 밟고는 못 간다고 했었는디, 망할라니께 하루 아침이더라니까."

언젠가 골목을 지나가는 그녀의 등 뒤에서 동네 아낙네들이 그렇게 비아냥거리는 소리를 들은 적이 있다. 이유는 잘 알 수 없지만, 그 말라깽이 노처녀 오목이는 동네에서 은근히 따돌림을 받고 있는 눈치였다.

그런데, 그 여자가 나타나자마자 만화 가게 병구네 형이 왜 그렇게 당황하는 것일까. 나는 의아해서 둘 사이를 번갈아 쳐다보았다.

이제 막 그녀는 우리 앞을 지나가고 있었다. 언제나처럼 커다란 바이올린 가방과 몇 권의 악보를 양손에 들고, 고개를 푹 숙인 채 땅만 내려다보면서⋯⋯ 그런 어느 순간 그녀가 무심코 고개를 들었고, 병구네 형과 눈이 마주쳤다.

"저어, 오랜만입니다이. 오목씨⋯⋯"

그가 히죽 미소를 떠올리며 더듬거렸다. 두꺼운 안경 너머로 그녀의 왕방울 같은 두 눈이 일순 커다랗게 벌어지는가 싶더니, 벌레 씹은 듯 금방 얼굴이 짜부라졌다.

"어머머, 별꼴이야!"

질겁한 그녀는 황급히 골목으로 사라져버렸고, 그걸로 그만이었다. 멍하니 서서 혼자 히죽이 웃고 있는 병구네 형의 얼굴이 홍시 감처럼 벌겋게 달아올랐다. 아, 이 아저씨 좀 봐, 연애를 하고 싶어하는 거야. 나는 단박에 그걸 확신할 수 있었다.

어떻게 그걸 알 수 있느냐고? 남자 나이 열두 살이면 그런 눈치쯤은 빤한 법이다. 내 고향 낙일도에서도 동네 형들은 밤이면 자기가 연애하고 싶은 처녀를 몰래 불러내기 위해, 내게 곧잘 심부름을 시키곤 했었으니까 말이다. 어른들 안 볼 때 살짝 말하란 말여. 담장 앞에서 내가 기다리고 있다고 말여. 알았제. 그럴 때면 동네 형들의 눈빛이 전에 없이 묘하게 물기로 번들거리곤 했는데, 지금 그 과수원집 말라깽이 여자를 바라보는 병구네 형의 눈빛이 바로 그랬던 것이다.

물론 나 같은 열두 살짜리 사내아이의 눈으로서는 세상엔 아직도 수수께끼 같기만 한 일들이 수두룩하다. 무엇보다도 나는 여자에 대하여 수많은 수수께끼를 안고 있는 것이다. 예를 들면, 어린아이들이란 모두가 엄마 배꼽에서 나온다는 사실이 내겐 좀처럼 믿어지지 않는다. 그렇지 않은가. 아무리 갓난아이가 주먹만하다고 해도, 어떻게 그 동그랗고 조그만 배꼽을 통해 밖으로 나올 수 있단 말인가. 때문에 난 이따금 허리춤을 까고 내 배꼽을 들여다보며, 혼자 고개를 갸웃거리곤 하는 것이다.

그런 생각을 하면서 혼자 터덜터덜 걸어 집 마당으로 들어섰을 때였다.

툇마루 앞 땅바닥에 철버덕 주저앉아 있는 은매를 발견하고 깜짝 놀랐다. 아까 분명히 밖에서 고리를 걸어두었던 방문이 활짝 열어젖혀져 있었다. 어떻게 혼자서 허리에 묶인 끈을 풀고 마당까지 기어나온 것일까.

"엄바, 밥 줘. 바, 밥……"

은매는 두 손으로 무엇인가를 움켜잡은 채 입으로 빨고 있다가 나를 보고 헤에 웃었다. 그것은 어머니의 헌 고무신짝이었다. 은매의 팔을 잡아 일으켜세워 방 안으로 질질 끌고 들어갔다. 노끈 한쪽 끝을 고정시켜놓았던 벽장 손잡이가 부러져나가 있었다. 은매가 밖으로 나가려고 몸부림을 쳤음이 틀림없다. 노끈을 은매의 허리에 두 번 세 번 단단히 묶은 다음, 이번엔 다른 쪽 마디를 방 문설주에 고정시켰다.

방 안은 그야말로 난장판이었다. 누룽지를 담아주었던 밥그릇은 뒤집히고, 방바닥은 오줌에다가 한 무더기의 똥까지 질펀하게 짓이겨져 있어서 악취로 콧구멍이 터질 것만 같았다. 은매의 옷이며 몸뚱이는 온통 오물 범벅이었다. 용케 똥오줌은 가릴 줄 아는 은매였는데, 오늘따라 무슨 심술이 났는지 모를 일이다.

"이 병신 같은 것아. 죽어라. 칵 죽어버리란 말여!"

너무나 화가 나서 나는 주먹으로 은매를 마구 때려주었다. 은매가 미친 듯 울어대는 바람에 겁이 났다. 부엌으로 달려가 고구마를 쥐여주자 겨우 울음을 그쳤다. 부랴부랴 걸레질을 막 끝냈을 때 어머니가 돌아왔다. 다행히 어머니는 눈치를 채지 못한 것 같았다.

"인자는 됐다. 여기다 걸면 쉽게 풀리지 않을 게다."

망치를 꺼내어 뒷문 기둥 모서리에 큰 못을 두 개나 박고 나서 어머니는 말했다.

그날 저녁, 네 가구가 모여 사는 우리집엔 한바탕 소동이 벌어졌다. 이발사 안씨와 강중사 아줌마가 대판 부부 싸움을 벌였기 때문이다.

야근이 취소되었다며, 강중사 아줌마가 자전거를 끌고 나타난 건 초저녁이었다. 남편이 보이지 않는데다가, 일찌감치 이발소 문을 닫아걸고 시내로 외출했다는 소리를 듣더니 그녀는 아무 말도 없이 자기 방문을 쾅 닫고 안으로 들어가버렸다.

"아이고오, 그게 아니란 말여. 동창회에 갔었당께."

별안간 터져나오는 고함 소리에 내가 퍼뜩 잠에서 깨어났을 때는 통행 금지 사이렌이 막 울리고 있었다. 안씨 아저씨가 그제야 돌아온 모양이었다. 이내 쿵쿵, 퍽퍽 하는 소리와 함께 비명과 고함 소리가 터져 나오기 시작했다.

"아이구머. 세상에, 무슨 여자가 저렇게 남자를 개 잡드끼 다룬다냐! 저러니, 아이가 생길 턱이 없제, 쯔쯔쯧."

어머니는 바느질을 멈추고 기가 막히다는 듯 혀를 찼다.

"야, 안상병! 내가 분명히 경고했지. 두 번 다시 그 짓거리 반복하면 끝장이라는 거!"

"아이고, 제발 참어. 욱, 욱. 내 이야길…… 들어보란 말여."

놀랍게도 일방적인 비명 소리의 주인공은 안씨 아저씨가 분명했다. 마침내 우지끈 하고 문이 부서지는 듯한 소리와 함께 누군가 우르르 마당으로 뛰어나오나 싶더니, 이내 철버덕 하고 땅바닥으로 나가떨어지는 소리가 들렸다. 우리들은 벌떡 일어나 방문을 열고 밖을 내다보았다.

"와이고오…… 이년이 사람 잡네에."

달빛이 하얗게 쏟아지는 마당. 땅바닥에 넙죽 나자빠진 채 허우적거리는 뚱보 안씨를 내려다보며, 강중사 아줌마는 아직 분이 풀리지 않은 듯 씨근덕거리고 있었다.

그림자 혹은 아버지

 마침내 아버지가 우리 앞에 나타났다. 이사 온 지 거의 한 달이 지나갈 무렵이었다.
 오래전부터 우리 네 식구는 아버지의 출현을 기다리고 있었다. 아무도 그 말을 입 밖에 꺼내는 사람은 없었지만, 그것을 나는 장담할 수 있다. 밤늦도록 재봉틀을 돌리다가 간간이 흘러나오는 어머니의 낮은 한숨 소리에서도, 뭔가 할말이 있는 듯 그런 어머니의 옆모습을 훔쳐보다가 끝내 입을 다물어버리곤 하는 은분이 누나의 우울한 눈빛에서도 나는 그 은밀한 기다림의 흔적을 감지할 수 있었다.
 그 기다림의 등 뒤엔 늘 까닭 모를 불안과 조바심이 얼룩처럼 묻어 있었다. 실상 어쩌면 그것은 절절한 그리움과 서러움의 또 다른 이름이었는지도 모른다. 때문에 아버지를 생각할 때마다 어느새 내 가슴은 납덩이에 짓눌린 듯 무거워지고, 목구멍이 울컥 잠겨오곤 했었다.
 그러나 우리들의 그 은밀한 기다림은 막상 너무나 쉽사리, 허망하게 끝났다. 불과 두 시간도 채 되기 전에 아버지는 다시 우리 앞에서 모습을 감추었다.
 그날 오후, 학교에서 돌아온 나는 언제나처럼 공터에서 아이들과 함께 놀이에 열중했다. 구슬을 치기도 하고 자치기도 했다. 그것도 차츰 싫증이 나기 시작했을 때 누군가의 제안에 따라 우리는 철길로 우르르 몰려갔다. 저마다 호주머니에서 몇 개씩의 못을 꺼내어 레일 위에 나란히 올려놓았다. 못칼을 만들 작정이었다.

"이번에야말로 난 요술칼을 만들 거야. 이건 보통 못이 아니거든."

반짝반짝 윤이 나는 레일 위에 침을 탁 뱉어놓고 일어서며 석두가 말했다. 침을 발라놓으면 못이 튕겨나가지 않는다고 아이들은 믿고 있었다.

"피이, 보통 못이 아니라구? 겉보기엔 똑같은디."

"모르는 소리 마. 이건 한 번도 안 쓴 진짜 새 못이라구. 어저께 우리 학교 목공소에서 수위 아저씨 몰래 슬쩍해온 거란 말여."

"그게 어째서 요술칼이 된다는 거야?"

"새것이니까 그렇지. 느이들 거는 헌 못이라 부정을 타서 안 돼. 깨끗한 새 못에만 마법이 걸리는 법이거든."

석두는 틀림없다고 장담을 했다. 그러고 보니 녀석의 못은 드물게 크고 근사했다. 우리는 레일 위에 엉덩이를 붙이고 앉아 기차를 기다렸다.

"그 요술칼엔 어떤 마법이 걸리지?"

"말하자면, 지남철로 변하는 거다. 그냥 보통 지남철이 아녀. 땅속에 묻힌 동전이랑 금반지 같은 것도 금방 찾아낼 수 있어. 강도들이 뭘로 자물통을 따는 줄 알어? 다 이렇게 요술칼을 만들어서 가지고 다니는 거란 말야."

감탄에 찬 눈으로 지켜보는 우리 앞에서 자못 의기양양한 표정으로 석두는 설명했다. 녀석은 무엇이든 모르는 게 없었다. 도무지 믿어지지 않는 이야기도 석두의 입을 거치기만 하면 이내 그럴듯한 사실로 변해버리는 것이었다.

그런 요술칼이 나한테 생긴다면 얼마나 좋을까. 학교 같은 건 아무래도 좋아. 그 칼을 들고 온 세상을 돌아다니며 땅속에 묻힌 돈이랑 금반지랑 보물을 찾아낼 거야. 우리집은 금방 부자가 될 테지. 어머니의 재봉틀 따윈 고물 장수한테 줘버리고. 누난 과자 공장 대신 중학교에 갈 거고⋯⋯ 그러면 아버지도 우리랑 함께 다시 살 수 있게 될까⋯⋯
그때 기적 소리가 울렸다.
"온다!"
누군가 소리쳤다. 남광주역 쪽에서 시커먼 기차의 머리통이 연기를 꽉꽉 뿜어올리며 달려오고 있었다. 우리는 재빨리 철길 양편 둑 위로 흩어졌다. 엄청난 굉음을 토해내며 수많은 바퀴들이 육중한 몸체를 이끌고 눈앞을 스쳐 지나가자마자 우리는 일제히 환호성을 치며 레일 위로 뛰어들었다. 바퀴에 짓눌려 칼 모양으로 납작하게 변한 못을 찾기 위해서였다.
이번에도 역시 언제나처럼 제대로 눌린 못은 몇 개에 지나지 않았다. 대개는 어디론가 튕겨나가 사라졌거나, 이상한 모양으로 이지러져 있곤 했다. 무엇보다 석두의 요술칼이 궁금했지만, 어디로 사라졌는지 끝내 찾을 수가 없었다. 아까처럼 또 다른 못들을 레일 위에 깔아놓고 다음번 기차를 지루하게 기다리고 있으려니, 어디선가 웅장한 음악 소리가 울려퍼지기 시작했다. 확성기를 통해 흘러나오는 중화민국 국가였다.
우리는 약속이나 한 듯 언덕 위 중국인 학교의 붉은 벽돌담 너머 국기 게양대로 눈길을 집중했다. 빨강과 파랑색 바탕에 해바라기 모양의 흰 무늬가 박힌 이국의 깃발. 누가 먼저랄 것도 없이 벌떡 일어나, 우리는 중국인 학교의 계단을 뛰어올라갔다. 반쯤 열린 교문 사이로 얼굴을 디밀었다. 언제나처럼 하기식이 거행 중이었다.
정연하게 줄지어 선 이삼백여 명의 학생과 교사들이 목을 위로 쳐들고 쏼라쏼라 합창을 하는 동안, 그 낯선 이방의 깃발은 게양대를 타고 슬금슬금 기어내려오고 있었다. 그들의 하기식은 항상 우리들의 호기심을 자극했다. 동시에 뭔가 장엄하면서도 숙연한 분위기는 우리 구경꾼들에게 묘한 공격 본능 같은 걸 불러일으켰다.

"쏼라 쏼라 쏼쌀라……"

"헤이, 비단이 장수 왕서방 맹월이한테 반해서……"

교문 밖 아이들은 입을 모아 합창을 시작한다. 대열 속에서 학생들이 험악한 표정으로 흘깃흘깃 돌아보지만 아이들은 아랑곳없다. 엄숙한 중국 국가의 쏼라쏼라와 함께 비단이 장수 왕서방 어쩌고 하는 악머구리떼 같은 우리들의 목청이 한데 어우러진다. 마침내 깃발이 땅으로 내려오고 국가의 마지막 소절이 끝나는 순간, 우리들은 콩 튀듯 와르르 흩어지며 계단을 필사적으로 뛰어내려와 철길 건널목에 이르러서야 뒤를 돌아본다. 뒤쫓아오던 늙은 수위와 애국심에 불타는 한 무리의 중학생들도 대개는 그쯤에서 포기하고 되돌아갔다. 우리 동네 아이들은 거의 매일같이 그런 짓을 되풀이해오고 있었던 것이다.

중국 학생들이 되돌아가고 나자 아이들은 하나둘 흩어져 집으로 돌아갔지만, 나는 은분이 누나를 기다리기로 했다. 누나가 다니는 과자공장은 중국 학교 근처 골목에 있었다. 일할 때 쓸데없이 찾아오지 말란 말여. 주인이 싫어해. 나는 철길 둑 위에 쭈그리고 앉았다.

땅거미가 내리기 시작하고 있었다. 둑 바로 아래 배추밭에서 늙은 중국인 남자가 곡괭이를 챙겨들고 올라오더니 내 앞을 느릿느릿 지나갔다. 그 부근은 중국인들이 모여 살고 있는 동네였다. 명절날이면 대문 앞에 붉은색의 이상한 지등이 걸리고, 뜻 모를 먹 글씨가 휘갈겨진 종이쪽들이 담벼락이며 문간에 붙어 있곤 했다.

중국 사람들이 우리들과 아주 똑같은 생김새를 가졌다는 사실이 내겐 꽤 오랫동안 의문으로 남아 있었다. 하지만 꽉 죄는 중국 옷에 귀고리를 단 늙은 여자들은 금방 표가 났다. 베로 짠 아주 작은 신발을 신은 그녀들은 항상 오리처럼 기묘한 걸음걸이로 아장아장 걸어다니곤 했다.

때국 여자들은 도망을 잘 친다는구나. 그래서 시집을 오자마자 아주 쬐그만 신을 억지로 신겨서 발을 쬐그맣게 오그라지도록 만든단다. 멀리 도망을 못 치게 말여.

어머니의 말을 떠올리며, 나는 어두워가는 중국인 동네를 바라보고 있었다. 학교 앞으로 나 있는 그 신작로는 시내 쪽으로 이어진 유일한 도로였다.

그런 어느 순간이었다. 저만치 학교 정문 앞으로 한 남자의 모습이 언뜻 눈에 잡혔다. 약간 마른 몸집에 큰 키. 검정색 점퍼를 입고 이쪽으로 건들건들 다가오고 있는 그의 긴 다리와 걸음걸이를 보자마자 나는 숨이 컥 막혔다. 꽤 먼 거리였지만, 틀림없는 아버지였다. 마침내 나타난 것이다. 아버지가……

별안간 가슴이 터질 듯 쿵쾅거리고 두 다리가 와들와들 떨리기 시작했다. 나는 엉겁결에 둑 아래로 기어내려가, 배추밭 울타리에 몸을 숨겼다. 내 앞을 저만치 지나쳐서 아버지는 철길을 건너가고 있었다. 아버지의 깡마른 얼굴 옆모습이 보였지만, 나는 끝내 그를 부르지 못했다. 온몸이 무섭게 후들거렸고, 목구멍이 잠겨왔다. 미칠 듯한 그리움과 서러움, 그리고 어떤 형언키 어려운 분노와 공포가 한 덩어리로 나를 짓눌렀다. 그 뒤엉킨 감정의 덩어리에 짓눌린 채 나는 다만 떨기만 했다.

집을 확인하려는 듯 구멍가게 앞에서 잠시 멈춰 서 있던 그의 모습이 이윽고 골목으로 사라졌다. 한참을 그렇게 배추밭 가에 웅크리고 있던 나는 은분이 누나가 나타났을 때에야 간신히 몸을 일으켰다.

"왔어…… 아부지가."

"뭐어?"

누나는 한동안 말없이 서 있기만 했다. 하얗게 질린 그 얼굴에서 내 것과 똑같은 그 뒤엉킨 감정의 혼란을 읽었다.

둑길 풀섶에 누나는 힘없이 주저앉았다.

"혼자든? 그 여우 같은 여자는 없어?"

한 번도 만나본 적이 없으면서도, 누나는 아버지와 함께 살고 있다는 그 여자를 잘 알고 있기라도 하듯 물었다.

"응."

나도 따라 쪼그려 앉았다. 저녁 공기가 싸늘했다. 괜스레 누나는 혼자 숨을 씩씩대기도 하고 손톱을 물어뜯기도 했다.

"흥, 뭣 하러 왔으까? 우리 같은 건 죽든 말든 아무 상관도 없을 텐데. 안 그래?"

하나마나 한 누나의 물음에 나는 대답 대신 풀잎을 뽑아 물고 잘근잘근 씹었다. 마른 풀 내음이 입 안으로 번졌다. 아직도 무릎이 후들거리고 있었다.

"우리…… 여기 그냥 있을까. 들어가지 말고……"

"어째서? 우리가 무슨 죄 지었간디? 가자."

공연히 화를 내며 누나는 벌떡 일어나더니 앞장서 걷기 시작했다. 내키지 않는 걸음으로 나도 뒤를 따랐다.

대문을 들어섰을 때, 마당 가에서 기웃거리고 있던 주인집 여자와 덕재네가 우리를 보고 속삭이듯 물었다.

"으마, 느이들 인자 오는구나. 저기……"

"은분아, 저 양반이 진짜 느이 아버지가 맞냐?"

우리는 그냥 고개를 푹 숙인 채 지나쳤다. 으마마, 저 애들이 왜 저런다냐. 어른이 물어보는디 대꾸도 안 허고. 등 뒤에서 그녀들이 말했다.

방문은 닫혀 있고, 누더기처럼 더덕더덕 기워진 창호지 사이로 불빛이 흐렸다. 누나와 나는 발소리를 한껏 죽인 채 살그머니 마루 끝에 앉았다. 댓돌 위에 커다란 낯선 구두 한 켤레가 놓여 있었다. 다시금 가슴이 쿵쿵거렸다. 아버지가 찾아왔다는 사실을 비로소 실감할 수 있을 것 같았다.

"도대체 나더러 어떡하라는 얘기야? 그렇게 누누이 다짐을 주었건마는…… 대관절 내 말을 뭘로 알아들은 거냔 말여?"

마침내 아버지의 음성이 흘러나왔다. 애써 감정을 억누르느라 목이 떨렸다. 어머니는 대꾸가 없었다.

"어머님 돌아가셔서 고향에 내려갔을 때, 내가 몇 번이나 말했어? 기다리라고, 내가 시방 어쩌다가 두 집 살림 거느리고 있는 처지라서 이런저런 신경까지 못 쓰고 있지마는, 조금 더 시간을 두고 기다려보자고, 그러면 뭔가 해결책이 나올 것이라고, 얼마나 타이르고 다짐을 했잖는가 말여. 그래, 안 그래?"

"……"

"그런데 이것이 무슨 미친 짓거리냔 말여. 세 살 먹은 어린애도 아니고, 허 참, 기가 맥혀서 원…… 대체 어쩌자는 거야? 명색이 남편인데, 의논 한번 없이, 아이들까지 줄줄이 끌고 올라오다니! 당신, 제정신 박힌 여자야? 대답 좀 해봐."

그래도 어머니는 대답이 없었다. 엄바, 밥 쭤. 밥 쭤. 은매가 칭얼거리고 있었다.

"시방 이게 애들 장난인 줄 알어? 여기가 어딘 줄 알고 있는 거여! 돈 한푼 없이 무턱대고 올라와서 자식새끼들까장 줄줄이 굶겨 쥑일라고 작정을 했구만!"

"어째서 굶겨 쥑여요?"

갑자기 어머니의 격한 음성이 튀어나왔을 때, 우리는 동시에 움찔했다. 어머니는 아버지 앞에서 그렇듯 말대꾸를 하고 나선 적이 한 번도 없었던 것이다.

"언제부터 당신이 그렇게 우리 네 식구 걱정을 하셨소? 그런 걱정할라고 찾아오셨으믄, 이대로 그냥 가시구랴. 어차피 우리 같은 거야, 내팽개치고 나갈 때는 언제고, 이제 와서……"

"뭐, 뭐여! 이 무식한 것이 누구헌테."

"왜요. 그 주먹으로 또 뛰디레 팰라믄 패시오. 어디 맘대로 해보란 말요."

"허, 이런!"

"으마, 그랴, 쥑이시구랴. 차라리 나도 그래줬으믄 좋겠소. 나같이 무식하고 못난 년한테 남편은 애시당초 없었어라우. 아이들도 마찬가지요. 은분이랑 철이도 그리 알고 있어라우. 느그 아부지는 인자 세상에 없는 것이나 마찬가진께, 굶어 죽든 거지가 되든, 우리끼리 살 결심을 허라고……"

"이, 이게 시방!"

순간 아버지가 벌떡 일어나 발길질을 해대는 것과 동시에 은분이 누나의 비명이 터졌다. 어느 틈에 누나는 방 안으로 뛰어들어가 두 사람 사이를 가로막고 있었다.

"안 돼라우! 어무니! 어무니!"

누나가 어머니를 감싸안으며 울음을 터뜨렸다. 아버지는 얼른 돌아앉더니 담배에 불을 붙이고 있었다. 누나의 팔을 밀어내며 어머니가 말했다.

"그치지 못해? 이웃들 부끄럽다…… 괜찮다, 걱정할 거 없은께. 철이 너도 들어와서…… 아부지께 인사드려라. 어서."

우리 둘은 마지못해 아버지 앞에 엉거주춤 엎드려 큰절을 했다. 반쯤 돌아앉은 채 아버지는 말없이 담배만 뻑뻑 빨아대고 있을 뿐이었다.

"배고플 것인디, 내 밥상 채려오마."

어머니가 부엌으로 나갔고, 방 안엔 아버지와 우리 셋만 남았다. 한동안 무겁고 어색한 침묵. 나는 차라리 은매가 뭐라고 소릴 내거나 칭얼거리기라도 해주기를 바랐다. 그러나 은매는 허리에 묶인 끈을 만지작거리며 연신 싱글벙글 아버지만 쳐다보고 있었다.

"너, 전학은 했냐?"

"예."

난 아무렇게나 대답했다.

"학교는 잘 다니고?"

"예……"

어머니가 밥상을 차려올 때까지, 아버지와 나눈 대화는 그것뿐이었다. 밥상을 우리 쪽으로 밀어내며 아버지가 말했다.

"나는 생각 없다. 너희들, 먹어라."

"그러시겠지라우…… 그 여우 같은 젊은 년이 채려주는 밥에 호강 받느니라고."

아버지가 험악한 눈으로 어머니를 쏘아보더니, 잠자코 고개를 돌려 버렸다. 우리는 조마조마했다. 어머니의 입에서 그런 말이 흘러나오다니. 믿어지지가 않아서 나는 어머니의 굳은 표정을 연신 훔쳐보았다. 예전의 어머니가 아니었다. 아버지의 난폭한 발길질에도 신음 소리 한 번 없이 일방적으로 당하고만 있던 어머니, 하염없이 눈물만 쏟아낼 뿐인 그런 유순하기만 하던 어머니가 아니었다. 은매의 입에 잠자코 밥알을 떠넣고 있는 어머니의 모습이 왠지 내겐 낯설게만 느껴졌다. 그건 어떤 독기 같은 거였다. 얼음처럼 차갑고 매몰찬 독기. 모두들 말없이 젓가락질만 했다. 밥 한 그릇을 다 비웠지만, 나는 아무 맛도 느끼지 못했다.

이윽고 아버지가 자리에서 몸을 일으켰다. 어머니가 마지막 숟가락을 은매의 입에 떠넣어주고 났을 때였다. 미리 짐작하고 있던 일처럼, 우리는 말없이 일어나 마루로 따라나섰다. 아버지는 구두를 찾아 신고 허리를 펴더니, 내게 말했다.

"너, 날 좀 따라오너라."

그리고는 뒤도 돌아보지 않고 앞장서 마당을 휘적휘적 걸어나갔다. 그때까지도 어머니와 누나는 마당 가에 서 있었다. 망설이며 돌아보는 내게 어머니는 말했다.

"가봐라. 아부지가 말씀하시잖어?"

대문을 나서니, 아버지가 골목에 서서 기다리고 있었다. 골목을 빠져나와 이발소 앞 공터를 지났다. 나는 한 발짝 뒤처져서 걸었다. 철길 건널목을 넘어설 때까지도 그는 고개를 숙인 채 아무 말이 없었다. 거기서부터는 중국인들의 동네였다. 중국 학교 앞 가로등 근처에 이르렀을 때, 문득 아버지가 걸음을 멈추고 나를 돌아보았다.

"철아."

나는 주춤 멈춰 섰다. 낮고, 어딘가 힘이 빠진 듯한 목소리였다.

"고개를 들어봐라."

간신히 눈을 들어서 나는 아버지의 얼굴을 보려고 했다. 그러나 가로등을 등지고 선 그의 얼굴은 먹지처럼 온통 까맣게 지워져 있었다. 아아, 그랬다. 아버지에겐 얼굴이 없었다. 내겐 다만 한 덩어리의 커다란 그림자에 지나지 않을 뿐이었다.

"아버지가 밉지……"

그 커다란 그림자가 말했다. 나는 고개를 떨군 채 손톱을 물어뜯었다.

아버지가 다시 걷기 시작했다. 그때 무엇인가 내 목덜미에 와 닿았다. 그것이 아버지의 손이라는 걸 깨닫는 순간 나는 흠칫 몸을 떨었다. 목덜미를 가만히 어루만지는 손길로부터 따뜻한 체온이 전해져왔다. 그 손을 털어내야 한다고 나는 생각했다. 그런데 엉뚱하게도 눈물이 피잉 솟구쳐오는 거였다. 아버지가 한숨을 길게 내쉬며 중얼거리고 있었다.

"이 애비가 못난 탓이다…… 철아."

나는 고개를 숙인 채 얼른 손등으로 눈물을 지워버렸다. 불티라도 삼킨 듯 목구멍이 자꾸만 뜨겁게 차올랐다. 아버지는 중국 학교 앞 가게 안으로 나를 데리고 들어갔다. 그리고 연필 한 다스와 필통, 노트 몇 권, 책받침을 골라 내 팔에 안겨주었다.

"자, 이걸로 공부 열심히 해라. 선생님 말씀 잘 듣고. 알았지?"

나는 고개만 끄덕였다.

"그리고 이 돈은 네 어머니한테 드려라. 아버지는 당분간 오기 힘들 것 같다. 사나흘 뒤에 또 배를 타야 하니까. 이번엔 여러 달 걸릴 게다. 그 이야기도 어머니한테 전해주고. 자, 어서 들어가."

아버지는 내 손에 봉투 하나를 쥐여주며 말했다.

가게 앞에서 우리는 헤어졌다. 아버지는 등을 돌려 시내 쪽을 향해 뚜벅뚜벅 걷기 시작했다. 나는 집을 향해 뛰었다. 목구멍이 자꾸만 뜨겁게 차올랐다. 건널목에 이르러서야 숨을 헐떡이며 뒤를 돌아보았다. 중국인촌을 지나 뻗어나간 텅 빈 신작로 한쪽이 어둠 속에 묻혀 있을 뿐, 아버지의 뒷모습은 보이지 않았다. 또 눈물이 핑 돌았다. 나는 집을 향해 힘껏 달리기 시작했다.

그날 밤, 어머니는 늦게까지 바느질을 했다. 굳은 표정으로 시종 입을 봉한 채 한땀 한땀 바느질에만 열중해 있을 뿐이었다. 얼마나 지났을까. 어지러운 꿈속을 헤매다가 설핏 잠에서 깨어났을 때, 아직 전등이 켜져 있었다. 윗목에서 어머니의 가느다란 흐느낌 소리가 들려왔다. 고개를 들어보니, 재봉틀에 이마를 기댄 채 엎드린 어머니의 여윈 등이 보였다.

얼결에 몸을 일으키려는데, 은분이 누나의 손이 가만히 다가와 이불 속에서 내 손을 잡았다. 눈물로 축축하게 젖은 손이었다.

"나…… 난 수녀가 될 거여…… 참말로……"

이불 속에서 코맹맹이 소리로 누나가 내게 소곤거렸다. 나는 이불을 끌어안으며 말없이 돌아누웠다.

펭귄의 꿈

　일요일 오후, 나는 감나무 그늘 아래 놓인 대나무 평상 위에 앉았다. 너무 낡아서 금방이라도 주저앉을 듯 삐걱거리는 그 평상은 마당 귀퉁이 그 자리에 항상 놓여 있었다.
　담장 아래 수북이 쌓인 이파리들 틈에서 뒹굴고 있는 몇 개의 감알. 그중 하나를 집어들고 깨물어보다가 이내 땅바닥에 내던지고 말았다. 벌레가 든 열매였다. 옆집 교감 선생 집 마당에 서 있는 그 늙은 감나무는 턱도 없이 껀정하게 키만 컸을 뿐 잡종이었다. 가지마다 제법 무성하게 올망졸망한 열매들을 잔뜩 달고 있어서 겉모양은 꽤 그럴듯해 보였지만, 속을 쪼개어보면 씨만 잔뜩 들어 있을 뿐 거의 먹을 수조차 없는 똘감이었다.
　"에이, 하필이면 썩은 놈야."
　침을 퉤퉤 뱉고는 땅바닥에 떨어져 있는 감알들을 주워서 담벼락을 향해 하나씩 힘껏 던졌다. 이내 싫증이 났다. 나는 손바닥으로 대충 먼지를 쓸어낸 다음 평상 위에 벌렁 드러누웠다.
　머리 위로 길게 드리워진 가지 끝에서 감들이 노랗게 익어가고 있었다. 무성하던 이파리들이 며칠 사이에 훨씬 듬성해 뵈고, 단풍물도 눈에 띄게 짙어져가는 느낌이었다. 물감을 묻힌 듯 울긋불긋한 잎새들 너머로 하늘이 보였다. 마알갛게 갠 가을 하늘은 눈이 시리도록 푸르고 높았다. 엷은 새털구름이 점점이 박힌 하늘을 올려다보고 있으려니, 금세 절로 눈물이 고여왔다.

나는 늘 평상 위에 그렇게 누워 있기를 좋아했다. 빨강, 노랑, 분홍, 연두…… 이파리마다 갖가지 빛깔로 단풍이 든 감나무 잎새가 좋았다. 동글동글한 머리통을 올망졸망 맞댄 채 노랗게 익어가는 감알도 좋았다. 그리고 무엇보다 가지 사이로 아스라이 올려다보이는 하늘이야말로 가장 좋았다. 삐걱거리는 평상에 등을 눕힌 채 그것들을 거꾸로 올려다보고 있노라면, 어느새 온몸이 둥둥 떠오르는 것만 같았다.

지그시 눈을 감고서 휘파람을 불기 시작했다. 혼자 있을 때면 으레 하는 버릇이었다. 사실 내 휘파람 실력은 전혀 신통치 않았다. 앞닛새가 떠서 그러는지, 쉿쉿 헛바람이 더 많이 섞여나올 뿐 아무리 해도 그 모양이었다.

"퉤퉤! 오메, 오살나게 떫어라."

은분이 누나가 입 안에 든 걸 뱉어내며 곁에 앉았다. 설거지를 끝낸 모양이었다. 은매는 잠이 들었는지, 방 안에선 어머니의 재봉틀 돌아가는 소리만 들려왔다.

"그거, 만화책이야?"

누나의 손에 들린 책을 보고 벌떡 일어났다가 나는 실망했다.

"공부는 안 하고 맨날 만화책 타령이여. 너, 그러다가 어무니한테 일러버린다."

"내가 언제?"

"만화방을 들락거리는 걸 누가 모를 줄 알어? 대체 돈이 어디서 났지?"

"안 봤단 말야. 외상으로 한두 번밖에 안 봤어. 진짜야."

"뭐어? 쪼그만 게 벌써부터 외상까지 달고 다니고, 큰일났네. 너, 내 저금통에 손댔지. 알고도 모른 척했지만, 한 번만 더 그러면 진짜 일른다 너."

"아이구, 그까짓 일 원짜리 저금통? 누가 겁낼 줄 알고."

찔끔해서 나는 입을 다물었다. 누나의 싸구려 플라스틱 꿀돼지 저금통 꽁무니에서 벌써 여러 번 동전을 빼냈으니까…… 하지만 재봉틀 서랍을 뒤진다는 사실은 어머니도 아직 모르고 있었다.

누나는 나를 밀쳐내고는 평상에 엎드려 책을 들여다보기 시작했다. 무슨 책인지 뻔하다. 표지가 모두 떨어져나간 그걸 누나가 맨 처음 들고 집에 들어온 건 일주일 전쯤이었다. 사장님이 이걸 쓰레기통에 내다버리려고 하지 뭐냐. 군데군데 찢겨지고 밀가루 얼룩으로 더러워진 그 책을 누나는 무슨 횡재라도 한 듯 자랑했다. 국민학교 저학년 꼬마들에게나 어울릴 법한 동물 그림책이었다. 시시하기 그지없는 그걸 누나는 틈만 나면 들여다보곤 했다.

"피이, 그까짓 걸 또 보는 거야?"

"재미있는데 뭐. 난 펭귄이라는 새가 있다는 걸 첨 알았어. 얼음판 위에서도 살 수 있다니, 정말 신기해."

"치, 펭귄은 새가 아니란 말여. 그것도 모르면서."

"그럴 리가 없어. 이거 봐라. 날개가 달렸는데 새가 아니라니."

누나는 이번에도 여전히 우기고 있었다. 나는 다시 휘파람을 획획 불어날렸다. 어디선가 바람이 불어왔고, 머리 위 감나무 이파리들이 우수수 흔들렸다. 비질을 하듯 흔들리는 이파리들 너머로 파아란 하늘도 덩달아 출렁거리고 있었다.

떼그르르르…… 툭!

썩은 감 하나가 옆집 함석 지붕 위를 굴러내려와 땅바닥에 떨어졌다.

문득 그날 밤의 아버지 얼굴이 떠올랐다. 철아…… 이 애비가 밉지. 말하지 않아도 다 안다. 한숨을 내쉴 때 아버지의 이마로 언뜻 스치고 지나가던 그 어둡고 쓸쓸한 그늘. 나는 눈을 감고 더 크게 휘파람을 불어날렸다.

"난 이 황제펭귄이 제일 신기해. 따뜻한 봄을 피해서 왜 하필이면 그 추운 겨울에만 알을 낳을까. 남극에선 사람도 금방 얼어 죽는다는데. 안 그래?"

은분이 누나가 말했다. 누나가 들여다보고 있는 페이지를 나는 눈을 감고도 환히 알 수 있다.

"……바다 위에 작은 얼음 조각이 둥둥 떠다니기 시작하면 남극의 여름도 끝나갑니다. 5월 말부터는 밤만 계속되는 혹독한 겨울이지요. 다른 펭귄들이 따뜻한 북쪽 바다로 돌아가고 나면, 황제펭귄은 바다를 뒤덮은 얼음 위에서 알을 낳기 시작합니다. 황제펭귄은 얼음 위에 알을 한 개만 낳습니다. 암컷은 먹이를 구하러 가고, 수컷은 뱃가죽의 주름진 곳에 알을 감싸서 영하 삼십 도가 넘는 추위 속에서도 알을 따뜻하게 품어준답니다……"

나는 몸을 돌려 엎드렸다. 턱을 괸 채 누나의 책으로 슬며시 눈길을 돌렸다. 끝없이 하얗게 펼쳐진 얼음 벌판 위에서 수많은 펭귄이 무리를 지어 서 있는 사진. 구부정한 등을 하고 하나같이 두 발로 엉거주춤 서 있는 그것들은 영락없이 어딘가를 향해 길게 열지어 걷고 있는 사람들의 모습만 같았다.

"차암, 이상도 해라. 왜 알을 품는 일을 수컷이 할까? 암컷이 먹이를 구하러 다니는 동안 아무것도 먹지 않고 꼼짝없이 서 있다지 뭐냐. 아빠 펭귄은 발이 얼마나 시릴까, 불쌍하게도…… 철아. 여기 이 사진 좀 봐라. 이거 말여."

누나가 유독 감동에 찬 눈빛을 하고 손가락으로 가리키는 사진은 늘 똑같았다. 얼음판 위에 꼿꼿이 서 있는 수컷 펭귄 한 마리. 그놈은 자기 발 위에 어린 새끼를 올려놓은 채 어딘가를 두리번거리고 있었다.

"……두 달쯤 지나면 잿빛 솜털에 싸인 새끼가 알을 깨고 나옵니다. 수컷은 어린 새끼를 발 위에 올려놓고 바람을 등지고 서서, 무시무시한 남극의 추위로부터 새끼를 보살펴준답니다……"

우리는 한동안 머리를 맞댄 채 잠자코 그림 속의 펭귄 가족을 들여다보았다.

왜 그 사진에만 누나가 유난히 감동하는지 까닭을 잘 알 수 없었지만, 나 역시 그 사진을 좋아했다. 수컷의 발 위에 올라서 있는 꼬마 펭귄은 참말 깜찍하고 귀여웠다. 수컷의 그 늠름하고 두툼한 털가죽에 푹 안긴 채 서 있는 아기 펭귄은 무척이나 아늑하고 행복해 보였다.

그런데도 이상한 일이었다. 어째선지 그 사진을 들여다보고 있노라니, 불현듯 가슴 한 귀퉁이 어딘가에 휑하니 구멍이 뚫리는 것만 같았다.

'당분간 오기는 힘들 것 같구나. 사나흘 있으면 배를 타야 하니까…… 아마 이번엔 여러 달 걸릴 게다……'

어둠 속에서 나직하고 음울하게 울리던 아버지의 목소리. 그때 가로등을 등지고 선 아버지의 얼굴은 숯덩이처럼 온통 검게만 보였다. 그림자. 그래. 아버지는 형체도 윤곽도 없는 한 덩어리의 흐릿한 그림자일 뿐이었다. 나는 벌렁 드러누워서 다시 휘파람을 불기 시작했다.

우리는 나란히 누워 하늘을 올려다보았다. 어디선가 잿빛 깃털의 작은 새 한 마리가 날아와 감나무 가지에 앉았다. 뾰족한 부리로 감을 콕콕 쪼아보더니, 새는 이내 호르르 날아올라 사라져버렸다. 들들들들. 여전히 방 안에선 재봉틀 소리가 흘러나오고 있었다.

떼그르르…… 투툭!

감 한 개가 또 양철 지붕을 타고 굴러떨어졌다.
아야. 갑자기 누나가 붕대 감은 손을 절레절레 흔들며 외쳤다. 이따금씩 통증이 찾아오는 모양이다. 잔뜩 얼굴을 찡그린 채 붕대 감긴 손등에 호오호오 입김을 불어대더니 누나는 걱정스레 중얼거렸다.
"아무래도 곪으려는갑다. 나아도 흉터가 생길지도 모르는데…… 어쩌나."
며칠 전 누나는 손에 화상을 입었다. 공장에서 한눈을 팔다가 그만 팔팔 끓는 물엿 통에 한 손을 집어넣었다고 했다. 점심나절에 헐레벌떡 뛰어들어온 누나를 주저앉혀놓고, 어머니는 소주가 담긴 양푼에 누나의 손을 집어넣어서 부기를 뺐다.
그때 마침 강중사 아줌마가 집에 없었더라면, 누나는 손등에 된장을 발라야 했을 게 틀림없다. 전부터 된장독 거죽에 핀 흰 더께를 만병통치약쯤으로 믿고 있는 어머니가 이번에도 어김없이 숟가락에 된장 덩어리를 듬뿍 떠어들고 달려들었을 때, 강중사 아줌마는 펄쩍 뛰며 말렸던 것이다.
"아니, 이거 보우다. 애먼 딸내미 병신 만들 작정이쇼! 거기다가 된장을 처발라놓으면 구더기 끓을 일밖에 더 있단 말이오? 썩 비키쇼."
강중사 아줌마는 대뜸 뚜벅뚜벅 걸어와 어머니를 밀쳐내며 말했다. 그리고 자기네 방에서 근사하게 생긴 네모난 약상자를 안고 나타났다. 거기엔 붕대며 머큐로크롬, 소독약, 반창고, 핀셋 등등 별의별 것들이 다 들어 있었다.
"이거 고마워서 어째야 쓸까요이."
"그런 염려일랑 마슈. 이래 봬도 한때는 군대서 별의별 피고름을 날마다 짜본 사람요. 이 정도는 눈감고도 하겠수다."
과연 왕년의 여군 간호병 출신답게 그녀는 대단히 익숙한 솜씨로 약을 바르고 붕대를 감았다. 그런 강중사 아줌마를 나는 새삼 존경과 감탄의 눈빛으로 지켜보았다.

황야의 무법자. 클린트 이스트우드. 돌아온 해병 아줌마.

그건 우리 동네 아이들이 붙여준 그녀의 별명들이었다. 정말 그러고 보니 더없이 어울리는 별명이었다. 그 즈음 한창 '황야의 무법자'라는 제목의 서부 영화가 인기였는데, 아이들은 누구나 주인공 클린트 이스트우드의 흉내를 내곤 했다. 꾹 다문 입술, 상대를 조롱하는 듯 한껏 찌푸려 뜬 두 눈, 가소롭다는 투가 역력한 묘한 미소…… 거기다가 김밥같이 생긴 이상한 담배만 입술 꼬리에 척 하고 물려놓는다면, 그리고 언제나 그녀가 타고 다니는 그 고물 자전거 대신 진짜 서부의 야생마 위에 그녀를 올려놓기만 한다면, 틀림없이 클린트 이스트우드야말로 영락없는 강중사 아줌마 그대로일 것이다.

"은분아, 인자는 거기 다시 나갈 거 없다. 진종일 뼈 빠지게 일해도 연탄 두어 장 값도 안 되는 거, 자칫허다간 병신 되기 쉽겄응께 말여."

그날 저녁, 어머니는 누나더러 공장을 그만두라고 말했다.

"흐응, 그렇다고 집에 있어봤자 뭐 해."

"기술 배워볼래? 양재 기술이나 미용 기술도 좋다드라. 요즘 세상에서는 무엇보다 기술이 있어사 먹고 산단다. 시방은 신통찮다만, 조금 있으면 내 바느질감도 차차 늘어날지도 모르게, 그때는 학원에 보내줄 수도 있겠제."

"참말! 언제?"

"하여간 좀더 기다려보잔 말이다."

어머니는 자신 없는 기색으로 말했다. 어쨌건 그때부터 은분이 누나는 며칠째 집에서 빈둥거리는 참이었다. 그렇지만 학원에 보내준다는 어머니의 약속이 금방 이루어질 수 없을 건 빤한 일이었으므로, 손이 아물면 다시 과자 공장에나 다니는 편이 나을 거라는 생각을 누나는 하고 있는 눈치였다.
떽데그르르, 툭.
감 하나가 이번엔 화단 속으로 굴러들어갔다. 나뭇가지 틈새로 비껴 떨어지는 햇살을 올려다보면서 나는 슬그머니 물었다.
"누나, 그 집 알고 있어?"
"누구네 집 말여?"
"아부지가 살고 있는 집……"
"내가 어떻게 알아. 홍, 그 백여시 같은 년을 보기만 하면 내, 가만두나 봐라. 갈보 같은 년!"
누나가 뽀도독 이를 가는 시늉을 하며 욕을 했다.
"그 여자 만나본 적도 없으면서."
"아녀, 이 두 눈으로 똑똑히 봤단 말이다."
"언제?"
나는 얼른 돌아누웠다.
"아홉 살 때야. 아부지가 목포에 있을 때 어무니 따라서 그 집에 가 봤단 말여. 넌 그때 아주 꼬맹이여놔서 몰라. 선창 근처 벽돌집에다가 살림까지 차렸단다."
"그 여자 얼굴도 봤어? 이쁘데?"
"몰라. 어무니가 문간에 나만 놔두고 들어갔으니까, 얼핏 뒷모습만 봤지. 갈보 같더라. 기생같이 차려입고 입술이 시뻘겠어. 마루 밑에 아부지 구두도 있더라."
"피, 뒷모습만 봤다면서 어떻게 알아?"
"그래도 알 수 있어. 어머니가 그렇게 말했으니까. 그 여잔 갈보란다. 똥갈보."

누나는 입술을 악물고 또 욕을 했다. 누나가 그 여잘 본 적이 있다는 얘긴 금시초문이었다. 어쩌면 지어낸 얘기인지도 모른다. 이상하게도 어머니는 절대로 우리 앞에서 아버지와 그 여자 얘길 꺼내지 않는다. 하지만 나는 벌써 오래전에 모든 걸 짐작하고 있었다. 할머니의 한숨 섞인 넋두리, 동네 여자들의 수군거림, 그리고 동네 아이들조차 이따금 내게 어른들의 대화를 전해주었으니까.

철들기 전부터 이미 내겐 아버지란 늘 어쩐지 낯설고 어색하기만 한 존재였다. 원양 어선의 기관사인 아버지는 일 년 중 절반 이상을 바다 위로 떠다녔고, 나머지 동안에도 어쩌다 한두 번 고향집에 들렀다가 고작 며칠 머무르곤 했다. 당연히 아버지의 진짜 얼굴보다는 할머니 방에 걸려 있던 청년 시절의 아버지 사진이 내겐 훨씬 더 낯익었다.

선원이란 으레 그런 줄만 알고 있었던 내가 그 까닭을 어렴풋이 알게 된 건 국민학교에 다니면서부터였다. 아버지가 다른 여자와 만나 따로 살림을 차린 건 벌써 십 년도 넘는다고 했다. 어쩌면 내가 뱃속에 있을 무렵부터인지도 모를 일이다.

그 백여우와의 사이에 이복 형제가 둘씩이나 있다는 놀라운 사실은 할머니의 입을 통해서 비로소 나도 알게 되었다. 임종하기 하루 전, 소식을 듣고 거의 반년 만에 아버지가 나타났을 때 할머니는 가래를 그르렁거리며 그렇게 말했던 것이다.

"예끼 이놈아. 어째서 너 혼자만 왔누. 죽기 전에 손주놈들 얼굴이라도 한번 볼라고 했등마는……"

문득 이파리 하나가 콧등으로 툭 떨어져내렸다. 아주 빨갛게 단풍물이 든 예쁜 놈이었다. 우리한테서 아버지를 빼앗아간 그 여자는 어떻게 생겼을까. 달걀 껍데기같이 하얗게 분칠을 한 얼굴, 새빨갛게 입술을 칠한 예쁜 여자가 아버지의 팔에 매달려 깔깔거리고 있었다.

너, 이 아버지가 밉지. 형체도 윤곽도 지워져버린 검은 그림자가 내게 물었다. 나는 단풍 든 이파리를 북북 찢어서 내던졌다.

왜 아버지는 어머니와 우리들을 버린 것일까. 어쩌면 어머니의 입가에 박혀 있는 그 숟가락만한 크기의 팥죽 같은 자주색 반점 때문일지도 모른다는 생각이 들었다. 그 흉한 반점 때문에 아버지는 정이 떨어졌을까. 팥죽 어멈, 팥죽 어멈! 아이들이 나를 놀려댈 때마다 난 미칠 지경이었다.

아니면 은매 때문이기도 할 거야. 바보 같은 은매. 차라리 물웅덩이에 빠져 죽어버리기나 하지…… 아냐. 나 때문인지도 몰라. 내가 못된 짓만 하고 다닌다고, 어머니는 걸핏하면 내 속에 틀림없이 무슨 지독한 악귀가 들어앉아 있을 거라고 하시잖아. 문득 가슴이 먹먹해왔다.

"누나…… 아부지는 이제 우리들이 소용없어졌을까."

"그런 소린 듣기도 싫어. 나한테는 아부지 같은 건 없응께. 어무니한테도 없고, 너랑 은매한테도 없는 사람이란 말여."

"그래도 아부지가 살아 있는디."

"그런 아부지, 있어봤자 뭐 해. 도둑놈들. 남자들이란 다 똑같은 도둑놈들이야! 짐승 같단 말여."

누나는 잔뜩 성이 나서, 동네 아줌마들이 늘 입에 붙이고 다니는 말투를 그대로 흉내내어 말했다. 툭, 투툭. 감이 또 한 알 떨어졌다. 우리는 한동안 입을 다문 채 평상 위에 누워 하늘만 올려다보고 있었다. 재봉틀 소리가 잠시 그쳤다. 실이 엉킨 것일까.

"난 말여. 절대로 시집 같은 건 안 간다…… 진짜야……"

문득 누나가 혼잣말처럼 뇌까렸다. 나는 대꾸하지 않았다.

"난 이담에 수녀가 될 거다. 결심했단다. 진짜로……"

누나는 꿈을 꾸는 듯한 목소리로 속삭이고 있었다.

"어무니한테는 절대로 비밀로 해야 돼. 미순이하고만 단둘이 약속했으니까."

수녀가 된단다. 은분이 누나가……

머리에서부터 발끝까지 검고 치렁한 옷으로 감싼 채 고개를 반쯤 숙이고 그림자처럼 소리 없이 걸어가는 은분이 누나의 모습을 나는 눈앞에 그려보았다. 오거리 근처 언덕 위엔 작은 성당이 하나 서 있었다. 얼마 전부터 누나는 과자 공장에서 만난 미순이라는 친구를 따라 그 성당에 다니기 시작한 눈치였다.

"두고 봐. 기어코 수녀가 되고 말 테니까……"

꿈을 꾸는 듯 누나는 되풀이했다.

떽데그르르…… 툭. 또 감알이 떨어져 땅바닥에 굴렀다.

새나라이발소

 뒤늦게야 고향에서 외삼촌의 편지가 왔다. 전학 수속을 마쳤으니, 새 학교로 가서 필요한 절차를 밟으라는 내용이었다.
 "오늘은 늦었응께 학교엔 내일 가기로 하고, 네 머리부터 깎어야 쓰겠다."
 어머니는 밤송이처럼 더부룩이 자란 내 머리통을 보고 말했다. 마침내 학교에 다니게 되었다는 소리에 가슴이 뛰기 시작했다. 오후가 되자 어머니는 나를 데리고 안씨 아저씨의 '새나라이발소'를 찾아갔다.
 안씨는 눈두덩을 달걀로 열심히 문지르고 있다가 엉거주춤 일어났다.
 "난 또 누구시라고. 행랑방 아주머니시구먼요."
 "저어, 애 머리 좀 깎어주세요."
 "그럽시다. 어따, 이 녀석 머리통이 꼭 빨치산 꼴이구나. 앉어라."
 뚱보 안씨는 쥐고 있던 달걀을 얼른 선반 위에 올려놓더니, 수건을 집어들고 의자 위를 툭툭 치는 시늉을 하며 겸연쩍게 씨익 웃었다.
 안씨의 얼굴은 엉망이었다. 한쪽 눈두덩이가 주먹만한 가지라도 달린 듯 푸르뎅뎅하게 잔뜩 부어오른 모습에 웃음이 터져나왔다. 또 한바탕 벌어졌던 어젯밤의 그 굉장한 소동이 남겨놓은 흔적이다. 그래도 뚱보 안씨는 언제나처럼 싱글벙글이었다.

"윗머리는 하이칼라 식으로 깎을까요?"

"그냥 기계로 박박 밀어주씨요. 우리 얘는 무신 머리가 이렇게 금방 금방 자라는지 모르겠네요. 깎은 지가 두 달밖에 안 됐는디 벌써 자랐구만요."

"어따, 두 달이면 되레 덜 자라는 편이지요. 우리 같은 사람도 먹고 살아야제라우. 허허."

안씨 눈두덩의 푸르뎅뎅한 혹이 우스꽝스레 짜부라들었다. 난 고개를 숙인 채 웃음을 참느라 혼났다. 어머니는 안씨에게 요금을 건네주었다.

"이발 끝나자마자 곧장 집에 들어가야 한다이. 은매가 바깥에 못 나오도록 단단히 지키고. 알았지야?"

어머니는 한복집에 돌려줄 옷 보퉁이를 안고 총총히 사라졌다.

목에 수건을 두른 뒤 안씨 아저씨는 커다란 면도를 가죽띠에 쓱쓱 싹싹 문지르기 시작했다.

"너, 학교에 다니게 된 모양이구나."

"예."

"잘됐다. 남들 다 배우는데 하루 이틀 놀다가 보면 금방 뒤처지게 되는 거여. 공부도 다 때가 있는데, 그때를 놓치면 평생 남들 밑에서 가난하게 산단다. 어른들 말씀이 하나 틀린 데가 없으니까 잘 들어둬."

안씨 아저씨가 말했다. 거울에 비친 그의 눈두덩을 연신 훔쳐보며 나는 웃음을 삼켰다. 이발 기계를 입김으로 훅훅 불며 안씨는 내 머리통을 들여다보다가 소릴 질렀다.

"아이구, 이거 완전히 땜통 천지구나. 온통 기계총이 촥 깔렸네."

창피해서 얼굴이 확 달아올랐다. 사실 내 머리통은 기계총으로 엉망이었던 것이다. 고향 동네엔 이발소가 없었다. 한쪽 다리를 저는 떠돌이 이발장이 영감이 이따금 마을을 찾아들어와 우리들의 머리를 깎아 주었는데, 그는 이발 값으로 보리쌀이나 콩, 녹두 혹은 미역이나 김 따위를 받아갔다. 그 영감의 시원찮은 이발 기계 때문인지 우리 동네서 머리통에 부스럼 딱지를 달지 않은 녀석은 거의 없었다.

"너, 이러다가 대머리 되면 어쩔래. 약은 바르고 있냐?"

"예. 어무니가 기름을 발라줘라우."

"석유 기름 말이냐?"

"아니라우. 재봉틀에 치는 기름요."

"허, 재봉틀 기름을 기계총에 바른다는 소린 귓구멍 뚫어지고 나서 첨 듣네. 그러지 말고 약방에 가서 연고를 사달라고 그래라. 이게 뭐냐, 다 큰 녀석이. 에이, 너 때문에 이따가 이 바리깡을 또 물에 삶아야 쓰겄다. 쯔쯔."

무슨 고약한 물건을 만지기라도 하듯 코를 찡그리며 투덜대는 바람에 나는 귓불까지 발갛게 달아올랐다. 안씨 아저씨의 이발 가위가 째깡째깡 소리를 내며 뒤통수부터 밀어올리기 시작했다.

"아야얏!"

나는 비명을 내질렀다. 머리털이 몽땅 뜯겨나가는 줄만 알았다. 눈앞에 별이 번쩍거리고 등으로 소름이 쭉 끼쳤다.

"임마, 사내 녀석이 뭐 그리 엄살여. 참아라."

안씨는 내 머리통을 툭 치더니 다시 가위질을 계속했다. 그러나 나는 금세 비명을 질러댔다. 아야, 아야얏. 눈물이 핑 돌고, 온몸이 절로 오싹거려졌다. 이젠 이발이고 뭐고 온 신경을 가위 끝으로 집중한 채 나는 공포에 떨고 있을 뿐이었다. 그때 문이 드르륵 열리더니, 만화 가게 병구네 형이 안으로 들어섰다. 덕분에 가위질이 멎었다.

"어따, 이발을 허는 거요, 아니면 애기를 잡을라는 거여. 그 고물 기게 좀 던져버리고 새걸로 바꾸쇼, 형님."

"이 사람, 고물이라니. 산 지 얼마 되지도 않았구마는."

"그런데 왜 그 모양이래요. 온 동네 사람들 머리 가죽 홀랑 벗겨놓을라고 작정을 하셨수? 어메, 아니 그 얼굴은 어쩌다가 그 꼴이 되신 거라냐!"

병구네 형이 안씨의 얼굴을 들여다보다 말고 갑자기 허리를 잡고 깔깔거린다. 잔뜩 부어오른 한쪽 눈두덩을 껌벅이며 안씨는 화난 표정으로 서 있다.

"아이구, 저 눈탱이 좀 봐. 아하하하."

"이 사람이 쥐약을 먹었나. 뭐가 좋다고 웃어. 남은 시방 쌩 열불이 나서 죽겠는디……"

"안 봐도 빤히 알겠소. 어젯밤에도 또 한바탕 했다고 소문이 자자하등마는, 황야의 무법자한테 이번엔 한 방 된통 얻어맞으셨구면. 으흐흐."

"아, 입 닥치지 못해."

"그러기에 내 뭐랍디까. 형수한테 당하기 전에 거, 괜스레 실속 없는 가시나들 뒤꽁무니 쫓아다니지 말라고 안 해요."

"체, 재수에 옴 붙었지 뭔가. 서울다방 김양 고년이 어제가 즈이 가게 쉬는 날이라고 영화 구경시켜달라고 지랄을 떨길래 계림극장에 갔었다구. 근데 해필이면 그 깡패 같은 여편네 공장에서 또 야근이 취소될 게 뭣이여. 니기미."

"빨랑빨랑 들어왔으면 될 거 아뇨."

"동시 상영인디, 둘 다 보고 가자고 고년이 꼬시는데 어째."

"재미는 좀 봤소?"

"개코같은 소리 말어. 영화에다가 짬뽕 곱빼기로 내 돈만 날아갔응께."

새나라이발소

"허따, 꼴좋소이. 마누라한테 쥐여살 바에야 불알 두 쪽 떼어서 강아지나 주라고 하등마는, 내 큰소리칠 때부터 알아봤당께. 으흐흐."
"아, 시끄럽다니까!"

안씨도 결국 피시시 따라 웃고 있었다. 거울을 통해 두 사람의 수작을 구경하면서 나도 웃음을 참느라 혼이 났다. 뚱보 안씨는 가위를 다른 걸로 바꿔들고 다시 이발을 시작했다. 이번에도 생머리를 뜯기긴 마찬가지였으나, 그나마 아까보다는 덜했다. 면도를 하기 위해 안씨는 등받이를 꺾어 나를 눕혔다. 이번엔 안씨 아저씨의 푸르뎅뎅한 눈두덩이가 내 눈앞에 빤히 올려다보였으므로, 나는 웃음을 참느라 더 죽을 지경이었다.

"난 도대체 어떻게 해서 형님이 강중사님하고 결혼을 하게 되었는지 통 알다가도 모르겠소. 계급도 형님이 쫄따구인데다가 별볼일 없는 이발병 주제에, 어찌 하늘 같은 여군 중사를 꼬셨을까."
"모르는 소리 마. 이래 봬도 군대 시절엔 한창 팍팍 잘 나갔단 말여. 몸도 신성일이 뺨치게 쫙 빠졌었다구. 손해 본 건 내 쪽이지."
"잘도 그랬겠구랴. 탈장 수술하느라고 육군 병원에서 죽치고 있을 때, 쫄병이 써준 연애 편지를 갖다 바친 것만도 백 통이 넘을 거라고 할 때는 언제고 딴소리요?"
"허, 웃기는 건 자네야. 하도 따분해서 장난 좀 친 건데, 그 깡패 같은 강말순이한테 되레 물린 게 누군데 그래. 안 그랬으면 내 신세가 백팔십 도로 확 바뀌는 건데 말여. 내 전에도 말했제? 내 쫄따구가 국무총리 외사촌 동생이었단 거 말여. 제대만 하면 나를 즈이 형님한테 소개시켜서 단박 오급 공무원에 임명시킬란다고 했었는디⋯⋯"
"그 소리, 이번으로 아흔아홉번째구만. 지난번엔 공화당 부총재 처남이라고 하등마는 언제 또 국무총리로 바뀌었다요?"

"그건 내 부사수 얘기지. 이건 다른 쫄다구 얘기여."

"어메, 대한민국 거물들은 모조리 형님 쫄따구였던 모양이요."

밖에서 빵빵 경적이 울렸다. 언뜻 거울을 들여다보니, 초록색 지프차 한 대가 막 이발소 앞을 지나가고 있었다. 우리 동네까지 자동차가 들어오는 일은 무척 드물었다.

"저거 웬 짚차지? 어저께부터 뻔질나게 드나드는 거 같든디."

병구네 형이 엉거주춤 일어나 창밖을 내다본다.

"아직 소문 못 들었나? 석류나무집 터에 이층 양옥집이 새로 들어선다잖어. 벌써 공사가 시작된 모양이든데, 저게 그 집 주인 자가용이라여."

"그런 부자가 어째서 이런 후진 동네까장 들어와서 집을 짓는대요?"

"그게 보통 집이 아니라잖어. 석류나무집 터가 오백 평도 넘을걸, 아마. 거기다가 이층 양옥을 으리으리하게 세울 모양이여. 주차장도 짓는다니까."

"염병헐! 우리같이 못사는 놈들 배 아퍼서 죽는 꼴 보자는 건가."

"배 아프긴, 이 사람아. 못 오를 나무는 쳐다보지를 말어. 괜히 모가지 부러져."

석류나무집이 헐린 자리에 새 집이 들어선다는 소문은 나도 알고 있었다. 며칠 전부터 모래 자갈이며 철근 따위의 공사 자재를 가득 실은 트럭이 들락거렸던 것이다.

안씨 아저씨가 비누통을 들고 다가왔다. 커다란 솔을 비누에다가 문질러 부걱부걱 거품을 만들더니, 내 얼굴에 함부로 거품칠을 한 다음 면도를 시작했다. 면도날은 뭉툭했고 손놀림도 몹시 거칠었다. 거품에선 누릿한 빨랫비누 냄새가 독하게 풍겼다. 면도가 끝나자 안씨 아저씨는 물통 곁으로 나를 데리고 가서 머리를 감겨주기 시작했다. 어찌나 박박 세게 문지르는지, 목이 뽑혀나갈 것만 같았다.

"뭘 그렇게 눈이 빠지게 보고 있어?"

내가 수건으로 머리를 닦고 있을 때였다. 문득 고개를 창밖으로 내민 채 건널목 쪽을 내다보고 있는 병구네 형의 등을 툭 치며 뚱보 안씨가 말했다.

"아이구, 이 한심한 노총각 친구야. 내 그럴 줄 알았지. 난 또 누가 오시는가 했네. 무말랭이 같은 노처녀로구만. 으흐흐."

그의 등 너머로 고개를 내밀던 안씨 아저씨가 킬킬 웃기 시작했다. 이발소 유리창 저편에 모습을 드러낸 건 바로 그 말라깽이 노처녀 고오목양이었다. 논 가운데 덜렁 서 있는 그 외딴 기와집에서 할아버지와 단둘이 살고 있다는 노처녀.

"이 사람, 완전히 넋이 빠졌구만그래. 차라리 얼릉 뛰어나가서 왈칵 보듬고 키스라도 해주지, 뭘 쳐다보고만 있능 거여."

"아따, 그 지저분한 입 좀 닫으쇼. 듣겠구마는."

"들으면 대순가. 상사병에 사람이 다 죽어가는 판인디, 이히힛."

안씨가 킬킬대는 사이, 그녀는 아무것도 모른 채 창밖을 지나간다. 못이 빠져나간 책상 다리처럼 어딘가 삐걱거리는 소리가 들릴 것만 같은, 묘하게 위태로운 걸음. 두꺼운 안경, 한쪽 손엔 바이올린이 든 검은색 가방, 다른 손엔 책 몇 권을 가슴에 안은 채 그녀는 삐걱삐걱한 걸음걸이로 천천히 우리들의 시야를 벗어났다.

이윽고 병구네 형은 유리창에서 얼굴을 떼고 힘없이 돌아앉았다. 뺨을 발갛게 달군 채, 언뜻 꿈을 꾸고 있는 듯한 몽롱한 눈빛. 바로 엊그제도 나는 그에게서 그런 눈빛을 보았었다.

"이봐, 정신차려. 어디 여자가 없어서 저런 부지깽이같이 멋대가리 없는 할망구한테 넋이 빠져갖고 그래?"

"오목씨가 어째서 할망구요? 엄연한 처년디."

"여자 나이 서른셋이면 할망구지. 솔직히 말해서 저게 어디 여잔가. 한 줌도 안 되는 허깨비라 갈비뼈에서 비파 소리가 날 판이구만그래. 보나마나 여자 구실도 못 할 게 틀림없네. 안 그래."

"그러지 마슈. 얼굴만 반드르르하면 여자라요? 나는 그냥…… 친구로 사귀었으면 좋겠다는 생각밖엔 없어라우."

"친구 좋아허네. 척 보면 삼천리지, 자네 속맘을 내가 모를까 봐. 지난 추석에 오목이네 집에 정종 한 병 보냈다가 퇴짜맞았다는 거 온 동네가 다 안다고."

"그만둡시다, 형님. 오목씨는 우리 같은 사람들하곤 차원이 다른 사람이오. 대학까지 나오고, 머리에 든 것도 우리하고는 상대도 안 돼요. 나는 예술하는 사람이 젤로 존경스럽습디다. 내 꿈이 뭐였는 줄 압니까. 이 손만 병신이 안 됐더라면, 나는 기타를 쳤을 거요. 입대하기 전까지만 해도 주위에선 소질이 상당하다고들 했단 말요."

문득 그의 표정이 한없이 어두워졌다. 어따, 또 예술가 폼잡고 있구마이, 어쩌고 이죽거리려던 안씨 아저씨도 슬그머니 입을 다물어버렸다.

"어딜 가? 나하고 장기 한 판 안 둘 거여?"

안씨가 등 뒤에서 불렀지만, 그는 불구인 손을 호주머니에 숨긴 채 말없이 문을 열고 사라져버렸다.

"저 사람, 장난인 줄만 알았더니 그게 아닌 모양이네이. 거참, 못 올라갈 나무는 왜 쳐다봐. 병신 주제에…… 아이고, 나도 모르겠다아. 이발 끝났응께, 철이 너는 가거라."

안씨는 의자에 털썩 주저앉더니 선반에서 달걀을 집어들고는 다시 눈두덩을 문질러대기 시작했다. 사아랑을 파알고 사아는 꽃바라암 소옥에…… 이발소 밖으로 나왔을 때, 안씨의 노래가 등 뒤에서 들려왔다.

낡은 책상

"공부할 때 한눈팔지 말어야 한다. 선생님 말씀 잘 들어야 해."
동네를 빠져나오자마자 어머니는 다시금 내게 주의를 주었다.
"알았어라우."
"인자부터는 정신 바짝 차리란 말여. 여기는 전에 다니던 낙일도 분교하고는 천양지차란 말이다. 학교도 엄청나게 크고, 선생님들도 훨씬 훌륭한 분들이여. 도시에 사는 아이들은 모두 공부도 잘한단다. 듣고 있냐?"
"알았당께는 그래."
나는 짜증스레 대답했다. 벌써 몇 번이나 되풀이한 얘기였다.
어머니를 따라 마침내 학교에 가는 길이었다. 새로 전학할 국민학교는 비교적 도시의 외곽에 위치해 있었지만, 워낙 변두리인 우리 동네에서는 결코 가까운 거리가 아니었다. 건널목을 지나 들판을 십여 분 가로지르면 계림동 오거리가 나타난다. 거기서 허름한 주택가와 시장통을 지나 십여 분은 족히 걸어야 학교에 닿을 수 있었다.
시장통을 지날 때 어머니는 몇 번이나 걸음을 멈추고 내 이름을 커다랗게 불러댔다. 길 양편에 즐비한 점포들이며 진열장의 물건에 정신이 팔려, 내가 자꾸만 뒤처져서 기웃거리곤 했기 때문이다. 나는 지나치게 호기심이 많았다.

"아이고, 제발 애간장 좀 그만 태워라. 네 머리 속엔 대체 무슨 귀신이 들어앉았는지 모르겠구나. 그렇게 맨날 헛것에 정신을 빼앗기기만 하니, 이제부터 당장 학교에 어떻게 다닐라고 그래?"

어머니는 내 귀를 잡아끌며 소리를 질렀다. 지나가는 사람들이 우리를 흘금거렸다. 학교 정문이 저만치 눈에 들어오자 가슴이 쿵쿵쿵 뛰어오르기 시작했다. 과연 어마어마하게 큰 학교였다. 넓은 운동장과 이층으로 된 교실 건물의 규모에 나는 완전히 압도되고 말았다.

내가 고향에서 다니던 학교는 아주 조그만 분교였다. 면 소재지에 있는 국민학교까지는 무려 십 리나 되는 길이었으므로, 몇 해 전 특별히 우리 마을에만 그 분교가 세워졌던 것이다. 교실이라곤 단 한 칸. 학생 수라고 해야 전교생을 다 합하여 서른다섯 명. 모두가 우리 마을 아이들인 그 분교의 학생들은 한 교실 안에서, 단 한 사람뿐인 선생님으로부터 수업을 받았다. 격년제로 입학식을 치렀으므로, 교실 왼쪽에서부터 일학년, 삼학년, 오학년의 순으로 각 두 줄씩 책상이 나뉘어 있었다. 때문에, 선생님이 그중 한 학년을 가르치는 동안엔 다른 두 학년은 자습을 해야 했다.

어머니의 뒤를 따라 널따란 운동장을 질러가면서 나는 잔뜩 겁에 질려 있었다. 잘 다듬어진 꽃밭과 나무들, 식수대, 여러 가지 놀이 기구들…… 아, 여기가 우리 학교가 된단 말이지. 나는 흥분과 두려움으로 몸을 떨었다. 어머니 역시 꽤나 긴장된 얼굴을 하고 나를 돌아보았다.

"참말로 이제부터는 공부 잘해야 헌다."

"으응."

"철아, 내가 어째서 고향을 두고 여기까장 이사를 온 줄 아냐? 다아 너 때문여. 어미 소원은 하나뿐이다. 네가 공부 잘해서 장차 보란 듯이 성공하는 거, 그것말고는 아무것도 바랄 게 없단 말여. 알겄지야?"

건성으로 고개만 끄덕이는 나를 어머니는 잠자코 돌아다보더니 문득 내 손을 꼬옥 잡아주었다. 어머니의 눈시울에 언뜻 물기가 번지고 있었다.

교무실 앞 복도에서 우리는 고무신을 쥔 채 한동안 서성거렸다. 이미 수업이 시작된 뒤였으므로, 담임 선생님이 나오기를 기다려야 했기 때문이다. 어머니는 내 양말에 난 구멍 때문에 안타까워했다. 아침에 기껏 확인을 하고 나왔는데도, 헝겊으로 덧댄 실밥이 그사이에 터지고 말았던 것이다.

"이걸 어째. 여자 선생님이라는디, 이걸 보시면 속으로 나더러 오죽 칠칠맞은 어미라고 욕하실 게 아니냐."

"흐응, 그런께 새걸로 사주라고 했잖은갑네."

"이놈아, 아직도 씽씽한 것인디, 네가 하도 험하게 신고 다니는 통에 그런 거여. 어디 손 좀 보자."

어머니는 또 한 번 내 손을 검사했다. 손등은 아직도 벌겋게 부어올라 있었다. 어제 저녁, 시커멓게 더께가 진 때를 물에 불린 다음 어머니는 돌멩이로 마구 북북 문질러대었던 것이다. 너무 아파서 눈물이 쏙 빠질 지경이었다.

"여기 계셨군요. 얘가 철이, 맞죠?"

"오메, 선생님이시구만요. 처음 뵙습니다요."

마침내 담임 선생님이 우리 눈앞에 나타났다. 어머니는 쩔쩔매며 넙죽 허리를 굽혀 인사를 했다. 한 손에 작고 단단한 나무 막대를 쥐고 습관적으로 이리저리 흔들고 있는 그녀는 삼십대 초반의 키가 작달막한 여선생이었다. 매를 쥔 손이 내 눈앞에서 흔들릴 때마다 향긋한 화장품 냄새가 풍겼다.

"어머, 사내애가 무슨 부끄럼을 이렇게 탈까. 얘, 고개 좀 들어봐. 내가 이제부터 네 담임 선생님이란다."

나는 간신히 고개를 들고 그녀를 바라보았다. 파마한 머리에 화장기가 약간 진해 보이는 낯선 얼굴이 웃고 있었다. 각진 턱과 치켜올라간 눈썹 탓일까. 어딘가 신경질적이면서도 심술궂게 보이는 듯한 묘한 웃음이었다. 왠지 그 웃음이 나를 더욱 불안하게 만들었다. 고개를 푹 숙인 채, 양말 구멍으로 기어나온 발가락을 숨기려 애썼다. 여자 선생님은 처음이었다. 낙일도 분교엔 항상 남자 선생님이 부임해 왔던 것이다.

"아버지께서는 뭘 하시는 분이죠? 여기 전학증엔 기록이 안 됐는데."
"저어, 시방은 바다에 나가고 안 계셔라우."
어머니가 자신 없는 목소리로 대답했다.
"바다라뇨?"
"배를 타거든요. 원양 어선에서, 기관장 일을 하느라고……"
"옳아, 선원이시구먼. 근데, 어떻게 이곳으로 이사를 하셨을까? 아버지 직장하곤 너무 거리가 떨어져 있잖아요."
"그게 저어, 뭣이냐…… 아이들 교육 문제도 있고 그래서, 철이 아부지가……"
"아하, 교육 문제라. 그러시겠죠."

엉뚱하게도 어머니는 거짓말을 하고 있었다. 빤히 알겠다는 듯, 선생님은 고개를 한 번 끄덕이며 묘한 웃음을 지어 보였다. 어째선지 내 눈에 그건 비웃음처럼 느껴졌다. 어쩌면 빵꾸 난 내 양말과 어머니가 들고 서 있는 그 구질구질한 먹고무신 때문인지도 모른다고 나는 생각했다.

"그럼 철이는 제게 맡기시고 그만 돌아가시죠. 얘, 교과서는 빠짐없이 다 가지고 있겠지? 선생님을 따라오렴."

어머니가 채 인사를 마치기도 전에 그녀는 등을 홱 돌리더니 앞장서 걸어갔다. 어서 가지, 뭘 하고 섰냐. 얼른 따라가란 말여. 머뭇거리는 나를 향해 어머니는 급히 손을 내저었다. 나는 선생님의 뒤를 쫓아 종종걸음을 치기 시작했다. 이층 교실 앞에 이르렀을 때, 저만치 운동장을 혼자 터벅터벅 걸어가는 어머니의 모습이 유리창 너머로 보였다. 왠지 콧등이 시큰했다.

선생님은 아이들에게 내 소개를 했다. 낯선 아이들의 호기심과 장난기 어린 시선들이 일제히 쏟아졌고, 나는 바보처럼 잔뜩 주눅이 든 채 얼굴이 벌게져서 서 있었다.

"가만있자, 의자는 두 개나 남아 있는데 책상이 없어서 어쩌지?"

선생님은 매를 깐닥깐닥 흔들다가, 교실 뒤쪽을 가리켰다.

"옳지, 저걸 쓰면 되겠다. 저쪽에 선인장 화분을 올려놓은 책상 보이지? 그걸 가지고 와서 세번째 줄 맨 뒷자리에 놓고 앉아. 이제부터 거기가 네 자리야."

화분을 내려놓은 다음 나는 책상을 옮겨와 맨 뒷줄에 앉았다. 지독하게 더럽고 지저분한 책상이었다. 페인트 얼룩과 먼지로 뒤덮인데다가 한쪽 다리는 망가져서 기우뚱거렸다. 아이들이 돌아보며 킬킬거렸다.

"아이쿠, 똥냄새 난다. 하필이면 우리 줄로 올 건 뭐람."

바로 앞자리의 녀석이 코를 싸쥐는 시늉을 하며 말했다. 내 얼굴이 벌게졌다.

"애, 그거 변소에서 청소할 때 쓰는 책상이야. 똥냄새 안 나냐? 이히힛."

"에이, 이제부턴 점심밥 먹긴 글렀다. 에구, 구려라!"

수업이 시작되었지만, 나는 책 속의 글씨가 눈에 들어오지 않았다.

까닭 모를 굴욕감과 수치심에 젖은 채 나는 그 더럽혀진 책상 바닥을 멀거니 내려다보았다. 뿌연 먼지와 페인트 얼룩으로 범벅이 된 그것에서, 불현듯 나는 이 낯선 새 학교에서의 생활이 결코 순탄하지 않을 것만 같은 어두운 예감을 받았다.

그리고 그 불길한 예감은 의외로 너무나 빨리 내 눈앞에 현실로 다가왔다.

보름쯤 지났을까, 겨울 방학을 며칠밖에 남겨두지 않은 어느 날이었다. 아침에 등교하자마자 우리는 모두 교실 바깥으로 나갔다. 아이들은 저마다 조금씩 들떠 있었다. 오학년 전체가 새 책상과 걸상을 지급 받는 날이기 때문이다. 그동안 사용해온 책상들이 많이 낡아서 새것으로 바꾸는 모양이었다.

운동장 한편에 산더미같이 쌓여 있는 새 교구들을 보고 우리는 탄성을 질렀다. 열을 지어 각자 자기 몫의 책상과 걸상을 들고 교실로 옮겨오느라 법석을 떨었다. 푸른색 페인트로 반질거리는 책상을 나는 몇 번이나 손바닥으로 쓸어보았다. 더럽고 칙칙한 내 헌 책상이 없어져서 누구보다도 기뻤다. 구린내가 난다고 놀림을 받는 일도 없을 터였다.

"새 책상을 들여놓았더니 교실이 아주 훤해졌구나. 이건 앞으로 오래오래 사용해야 할 소중한 책걸상이야. 낙서를 한다든가 함부로 망가뜨려서는 절대로 안 돼. 알았지?"

정돈을 마쳤을 때 여선생님은 말했다.

그 다음 시간은 미술 시간이었다. 나는 그림 그리기엔 자신이 있었다. 철이 넌 담에 커서 화가가 되어도 좋겠다. 아주 근사한데? 낙일도 분교 선생님들은 늘 내 솜씨를 칭찬했다. 교실 뒤쪽 게시판엔 언제나 내 그림이 걸렸었다. 나는 서둘러 가방에서 크레용을 꺼내었다. 며칠 전 아버지가 사주고 간 그 크레용은 새것인데다가, 열두 색짜리였다. 그렇게 멋진 크레용을 가져본 것은 난생처음이었다.

도화지를 펴놓고 언제나처럼 바다 풍경을 그리기 시작했다. 내 고향 마을 앞바다였다. 손을 담그면 금세 푸른 물감이 뭉텅 묻어나올 듯한 맑고 고운 바다. 건너편 섬의 산등성이엔 둥두렷이 떠오르는 아침 해, 고기를 잡으러 나아가는 조각배, 갈매기, 마지막으로 어영차 어기여차 노를 젓는 어부들과 하얀 물보라를 그려넣었다. 나는 크레용이 부러질까 봐 아주 조심조심 손을 놀렸다.

"피이, 벌써 다 그렸어? 우린 절반도 못 그렸는데."

"임마, 너는 바다말고는 아무것도 그릴 줄 모르는구나."

앞자리의 아이들이 돌아보며 입을 비쭉였다. 선생님이 다가왔을 때, 나는 은근히 가슴이 뛰었다.

"다 그린 거야, 이게? 넌 참 이상하구나. 왜 이렇게 색칠을 하다가 그만두는지 모르겠어. 어째서 그렇지?"

칭찬은커녕 선생님은 탐탁잖다는 표정으로 고개를 갸우뚱하더니 그냥 지나가버렸다. 나는 그런 선생님의 말을 아무래도 이해할 수가 없었다. 전에 다니던 분교에선 누구나 색깔을 진하게 칠하지 않았다. 아예 크레용이 없는 아이들도 있었다. 그토록 귀하고 값비싼 크레용을 함부로 짙게 칠한다는 건 아주 옳지 못한 짓이었다. 어머니도 걸핏하면 야단을 쳤다.

"으마, 이 녀석이 공부는 안 하고 또 그림을 그리고 있네. 크레용 조까 아껴서 써라이. 그렇게 꾹꾹 눌러서 칠하니께 금방 닳아진단 말여……"

선생님이 잠시 교실 바깥으로 나갔다. 실망한 나는 더 이상 그림에 손대지 않았다. 다른 아이들이 모두 그림에 열중해 있는 사이, 필통에서 칼을 꺼내어 조심스레 새 책상 위에 내 이름을 새기기 시작했다. 반질반질 윤이 나는 그 멋진 책상을 혹시나 다른 아이들이 바꿔치기할지도 모른다고 생각했다. 이건 내 거야. 아무도 손대지 못하게 할 거야. 오학년 팔반 박철. 나무 부스러기를 훅훅 불어가며 정성스레 파가고 있을 때였다.

"선생님! 얘가요, 책상을 칼로 팠어요."

바로 앞자리의 부반장 녀석의 목소리에 퍼뜩 정신이 들었다. 놀라 달려온 여선생님의 입에서 엄청난 고함이 터져나왔다. 나는 파랗게 질렸다.

"아아니, 이게 무슨 짓야! 이 나쁜 놈!"

멱살을 움켜잡자마자 선생님은 매로 마구 후려치기 시작했다. 바닥에 쓰러진 채 나는 와악 울음을 터뜨렸다. 엄청난 공포와 죄책감. 두 손을 싹싹 비벼대며 울었다.

"자, 잘못했어요 선생님! 용서해주세요, 용서해주세요."

"이 나쁜 놈. 이거 놔, 안 놔!"

극도로 화가 난 선생님은 제정신이 아니었다. 머리, 등, 다리…… 매질은 무차별로 떨어졌다. 나는 교단 앞까지 질질 끌려갔다. 엉겁결에 내 손이 그녀의 스커트를 그러잡았다. 스커트 자락이 투툭 뜯겨져 나갔다.

"아니, 이 나쁜 새끼! 악마 같은 새끼!"

그녀는 미친 듯 고함을 질러대며 슬리퍼 한 짝을 벗어들더니, 내 얼굴을 힘껏 후려치기 시작했다. 짜악, 짝, 짜악…… 내 눈앞엔 아무것도 보이지 않았다. 슬리퍼가 춤출 때마다 깜깜한 어둠과 불똥이 눈앞에서 번갈아 번쩍일 뿐, 더 이상 아무런 저항도 할 수 없었다. 그 춤추는 슬리퍼에 얼굴을 맡긴 채 그저 멍하니 그녀의 얼굴만 올려다보고 있었다. 그녀도 나도 제정신이 아니었다.
　이윽고 정신이 들었을 때, 나는 무슨 일이 있었는지조차 기억할 수 없었다. 매질이 멈추었고, 교실은 쥐 죽은 듯 고요했다.
　"어디서 저런 불량배 같은 새끼가 우리 반에 굴러들어왔을까! 나가! 당장 눈앞에서 사라지란 말야! 당장!"
　선생님이 숨을 헐떡이며 고함치는 소리에 나는 홀린 듯 돌아섰다. 하얗게 질린 채 돌처럼 굳어 있는 아이들 앞을 지나, 천천히 내 자리로 가서 주섬주섬 가방을 챙겨들었다. 문을 열고 복도로 나왔을 때까지도 교실 안은 무덤 속처럼 고요했다.
　계단을 내려오던 나는 코피가 흐르고 있다는 사실을 그제야 깨달았다. 반장과 부반장이 달려내려와 나를 붙잡았다. 다시 들어오래. 선생님이 널 데려오라고 그랬어. 반장이 머리를 젖혔고, 부반장이 시험지를 비벼서 콧구멍을 막아주었다. 두 아이가 이끄는 대로 나는 허수아비처럼 다시 교실로 들어가 자리에 앉았다.
　이상하게도, 그 후의 일은 잘 기억이 나지 않는다. 어떻게 수업을 마쳤는지, 그리고 방과 후에 옥상으로 그녀가 나를 데리고 가서 무슨 이야기를 했는지조차 거의 기억이 없다. 내 잘못을 시인하라는 말, 선생님을 미워하지 않겠느냐는 말에 그저 멍하니 고개만 끄덕였던 것 같다. 다만 유난히도 맑은 하늘, 텅 빈 옥상, 그리고 빵꾸 난 양말 틈으로 자꾸만 비어져나오는 엄지발가락을 감추려고 애를 쓰던 일만 또렷하게 뇌리에 남아 있을 뿐……
　혼자서 집을 향해 터덜터덜 걸어오는데, 비로소 울음이 터져나왔다. 아무리 참으려고 해도 울음은 멎지 않았다. 어느 후미진 골목 모퉁이에 주저앉아 엉엉 울었다. 바로 눈앞엔 더러운 변소 구덩이가 아가리를 벌리고 있었고, 파리떼가 윙윙거렸다. 눈물을 줄줄 흘려대면서도,

그 울음의 의미도 까닭도 전혀 알 수가 없었다.

그날 밤, 잠자리에서 나는 오줌을 쌌다.

날이 새자마자 어머니는 내 머리통에 키를 뒤집어씌워 골목으로 내쫓았다. 양심이 누나가 대문 앞에서 기다리고 있다가 바가지에 소금을 듬뿍 채워주던 바로 그날 아침이었다.

방황의 시작

　학교가 가까워질수록 가슴은 점점 무겁고 답답하게 짓눌려오기 시작했다. 누가 잡아끌기라도 하듯 걸음은 자꾸 느려지고 힘이 빠졌다. 분노에 찬 선생님의 얼굴과 고함 소리, 말없이 나를 응시하던 아이들의 겁에 질린 시선들이 눈앞에 떠올랐다.
　저만치 학교가 보였다. 등교하는 아이들이 재잘대며 교문으로 몰려가고 있었다. 나는 결국 골목으로 숨어들어 반대쪽으로 무작정 걷기 시작했다. 학교에 가지 않기로 막상 결심을 하고 나니 마음은 한결 가벼워졌다. 하지만 그도 잠시뿐이었다.
　시내를 향해 무작정 걸었다. 거리는 자동차와 사람들로 붐볐고, 모두들 저마다 바쁘게 움직이고 있었다. 건널목을 숨가쁘게 지나가는 기차를 구경했고, 사진관 앞 진열장도 기웃거렸다. 시장통에서 또 한참이나 시간을 보냈다. 아직 문을 열기 전인 극장 앞에서 울긋불긋한 포스터와 간판들도 눈요기했다. 그런 모든 것들은 언제나 잔뜩 호기심을 부풀리기에 충분했다. 그런데도 오늘은 모든 게 심드렁했다. 모래라도 한 줌 채워넣은 듯 가슴은 여전히 무겁고 답답하기만 했다.
　그러나 학교를 향해 발길을 되돌리고 싶지는 않았다. 매를 때린 선생님이 밉지? 그럴 거야. 네 마음이 어떤지 선생님은 다 안다. 하지만 넌 네가 얼마나 나쁜 짓을 저질렀는지 깨달아야 한단 말야. 어제 옥상에서 선생님은 그렇게 말했었다. 내가 밉지? 그날 밤 아버지가 그랬던 것처럼 선생님도 똑같이 물었던 것이다.

어째선지 나는 선생님이 밉지는 않았다. 나를 고자질한 부반장 녀석조차 밉다는 느낌은 없었다. 다만 무서웠다. 슬리퍼를 휘두르던 그녀의 모습이 무섭고, 불빛처럼 파랗게 빛나던 그 순간의 두 눈이 무섭고, 숨소리도 없이 지켜보던 아이들의 눈초리가 무섭고, 교실이 무섭고, 몇 분 동안의 그 악몽 같던 순간이, 기억이 나는 너무나 무섭고 슬펐다.

그러나 무엇보다도 나는 선생님과 아이들 앞에 다시 서야 한다는 사실이, 그 교실 안에 다시 들어서야 한다는 사실이 너무나 두려웠다. 아무 일도 없었다는 듯이, 그렇게 태연한 모습으로는 결코 그들 앞에 다시 설 수 없을 것 같았다. 무엇인가 소중하고 아름다운 물건을 잃어버린 듯한 절망감. 작고 투명한 유리그릇 하나가 내 가슴 속에서 쨍 소리를 내며 산산조각으로 깨어져버리고 말았다. 그 유리그릇은 다시는 예전의 모습으로 돌아올 수 없을 것이다. 영원히. 바로 그 절망과 상실감이 나는 무엇보다도 슬프고 서러웠다.

기차역이 보였다. 대합실 안으로 들어섰다. 기차를 기다리는 사람들. 차표를 사는 사람들. 올망졸망한 짐 꾸러미를 머리에 이거나 들고 개찰구를 빠져나가는 사람들…… 어째선지 내겐 세상 사람들이 모두 행복하고 즐거운 표정을 하고 있는 것만 같았다. 온 세상에서 불행한 사람은 오직 나 혼자였다.

갑자기 어디론가 떠나고 싶다는 생각에 나는 부르르 몸을 떨었다. 떠난다. 어디론가 아주 멀리멀리 도망치는 거야. 아버지가 없는 나라, 선생님도 아이들도 없는 나라…… 단 한 사람도 나를 알지 못하는 그런 나라로 떠나는 거야. 저 기차를 타고 혼자서 가는 거야.

미칠 것 같은 간절한 탈출에의 갈망으로 목구멍이 뻑뻑하게 차올랐다. 대합실 벽 한쪽에 걸린 커다란 행선지 표지엔 수많은 도시와 간이역의 이름들이 가득 적혀 있었다. 한 번도 가본 적이 없는 그 미지의 도시들을 나는 흥분에 떨며 하나하나 읽고 또 읽었다. 그것들은 가슴 떨리는 기대와 호기심 그리고 두려움을 안고 내 눈앞에서 어른거리고 있었다. 그러나 이내 어머니와 누나, 은매의 얼굴이 내 발목을 붙잡았다. 힘없이 고개를 떨어뜨렸다. 갑자기 울고 싶어졌다. 난 떠날 수가 없는 것이다.
"어, 이 녀석 보게. 너, 학교 안 가고 땡땡이쳤구나. 그렇제?"
"아녀라우. 우리 아부지랑 시골에 가는 길인디……"
대합실 의자에 멀거니 앉아 있을 때였다. 담배를 피우고 있던 중년 남자가 내 어깨를 툭 치며 무서운 표정을 해 보였다. 가방을 움켜쥔 채 나는 도망치듯 역을 빠져나왔다. 가슴이 벌떡벌떡 뛰어올랐다.
다시 거리를 터벅터벅 걷기 시작했다. 다리가 아파왔고, 거리는 낯설고 황량하기만 했다. 이 못된 녀석. 학교에 안 가고 농땡이치는 거지. 지나가는 사람들이 나를 보고 소리를 지를 것만 같았다. 일부러 골목길로만 걸었다. 광주천이 보였다. 다리 아래로 잿빛 강물이 느리게 흘러가고 있었다. 강물을 보니 낙일도 앞바다가 그리워졌다. 동네 아이들과 분교의 교실도 보고 싶었다. 왜 어머니는 이사를 왔을까.
다리 건너편 공원으로 올라갔다. 커다란 벚나무 아래서 사람들이 쉬고 있었다. 앙상한 나무들이 메마른 잎새를 이따금 사람들의 머리 위로 툭툭 떨어뜨리곤 했다. 사일구 탑이 있는 공터에서 쿵작쿵작 장구 소리가 들려왔다. 한복을 차려입은 여자들이 노래를 불렀고, 모여 앉은 구경꾼들 사이를 돌아다니며 약장수들이 약을 팔고 있었다. 나는 책가방을 등에 감춘 채 어른들 틈에 앉았다.

"이놈 봐. 책가방을 보아허니, 학교 안 가고 돌아다니는 놈이구만. 맞제?"

모자 쓴 할아버지가 내 손을 움켜잡으려고 하는 바람에 나는 또 도망을 쳤다. 공원 귀퉁이의 벤치에 앉아 가슴을 쓸어내렸다. 오나가나 책가방이 말썽이었다. 책가방만 없다면, 오후반이라고 둘러댈 수도 있을 터였다.

다시 하릴없이 거리를 돌아다니다가 어느 극장 앞에서 걸음을 멈추었다. 「돌아오지 않는 해병」과 「청일 전쟁과 여걸 민비」 동시 상영. 마침 호주머니엔 이십 원이 들어 있었다. 시험지 값으로 학교에 낼 돈이었지만, 근사한 입간판 그림의 유혹을 이겨낼 수가 없었다. 책가방과 내 얼굴을 흘깃 내려다보았을 뿐, 입구의 사내는 말없이 내 손에서 표를 받아갔다.

극장 안은 어둡고 한산했다. 온통 껌이 들러붙은 바닥에선 퀴퀴한 지린내가 풍겼다. 영화는 곧 시작했고, 아주 재미있었다. 박노식도 죽고 장혁이와 장동휘도 죽었다. 주인공들이 죽을 때마다 눈물이 났다. 두번째 영화가 시작되었을 때 나는 일부러 앞쪽 자리에 앉았다. 살그머니 가방에서 도시락을 꺼내어 먹기 시작했다. 김치 냄새가 풍길까봐 조마조마해서 무슨 맛인지조차 모르고 다 먹었다. 두번째 영화가 끝나고 첫번째 영화까지 다시 보고 나서야 극장을 나왔다. 밖은 이미 어둑어둑해져가고 있었다.

"어째서 이렇게 늦었냐? 학교 끝나면 곧장 돌아와서 은매 누나 좀 봐주라고 했드니, 어디서 또 해찰하고 오는 거여."

어머니는 수챗가에서 보리쌀을 씻고 있다가 이마를 찌푸렸다. 나는 가슴을 쓸어내렸다. 다행히 어머니는 전혀 눈치를 채지 못했다. 과자 공장에 다시 나다니기 시작한 은분이 누나가 돌아오자 어머니는 밥상을 들여왔다.

"어, 꽁치를 구웠네. 오늘은 웬일로 이렇게 반찬이 걸다요?"

"천천히 좀 묵어라. 그러다가 가시 걸릴라."

허겁지겁 달려드는 우리를 보고 어머니는 웃었다. 어머니의 웃음을 보는 건 무척 드문 일이었다.

"오늘이 무슨 날인가?"

"날은 무슨 날이다냐. 다아 그럴 일이 있었단다. 실은 말여, 저번부터 가끔 나한테 일감을 맡기든 그 대인시장 한복집 있제. 오늘 그 집에 저고리감을 돌려줄라고 갔더니, 나보고 내일부터는 아예 가게로 나와서 일을 봐주라고 하더라. 고정으로 월급을 준다고 안 허냐."

"야아, 정말!"

누나는 손뼉을 치며 좋아했다. 마침내 어머니는 일자리를 구한 셈이었다.

"그런디, 우리 셋이 다 집을 비우게 되면 은매를 봐줄 사람이 없어서 걱정이다. 그래서 내가 사정 얘기를 하고, 당분간은 오후에 가게로 나갈란다고 허락을 받았다. 일감을 미리 가져와서 오전에는 집에서 하겠다고 말여. 그래도 점심때부터 두어 시간은 은매 혼자 남겨둬야 하니께, 철이 너는 학교 끝나자마자 집으로 돌아와야 한다. 알았제?"

그날 밤 어머니와 누나는 모처럼 기쁨에 들뜬 모습이었다. 내일은 학교에 가리라고 나도 마음을 먹었다.

그러나 다음날 나는 끝내 또 학교 앞에서 돌아서고 말았다. 전날의 두려움 위에, 결석한 대가로 벌을 받으리라는 두려움이 오히려 한 가지 더 불어난 때문이었다. 나는 하루 종일 거리를 방황했다. 그 다음날도 또 그 다음날도 마찬가지였다. 기차역 대합실과 공원을 어슬렁거렸고, 멀리 잣고개 아래 밤실 마을 숲 속에서 도시락을 까먹기도 했다.

선생님의 심부름으로 우리 반 아이들이 우리집을 찾아오기 전까지, 어머니는 내가 무려 열흘 동안이나 학교에 가지 않았다는 사실을 까맣게 몰랐다.

학교에서 돌아오는 척 책가방을 들고 마당을 들어섰을 때 어머니는 가게에도 나가지 않고 나를 기다리고 있었다. 그날의 일을 구태여 자세히 늘어놓을 필요는 없을 것이다. 충격과 슬픔에 빠진 어머니는 내 종아리에 매질을 하다 말고 갑자기 풀썩 쓰러지고 말았다.

"어무니, 왜 그래요! 정신차리란 말요!"

은분이 누나가 달려들어 부둥켜안았을 때, 어머니의 낯빛은 종잇장 같았다. 물론 훨씬 뒤에야 알게 된 사실이었지만, 어머니는 그때 이미 심장병을 앓고 있었던 것이다.

"아이고오, 이 일을 어쩐단 말이냐아. 저 녀석 하나 어떻게든 공부시켜서 남 보란 듯이 훌륭한 사람 되는 거 볼라고, 내가 이날 이때까장 구차한 목숨 차마 끊지 못하고 살아왔는디…… 아이고오, 이놈아, 이 못된 녀르 자식아, 네가 이 에미 죽는 꼴을 볼라고 이러는 것이냐아……"

다음날, 어머니는 나를 끌고 학교로 갔다. 복도에서 기다리는 우리 앞에 선생님은 어딘가 불안한 기색을 하고 나타났다. 하지만 나는 그날 학교에서 있었던 일을 어머니한테 한마디도 하지 않았었다. 어머니는 죄인처럼 쩔쩔매며 허리만 연신 굽혔다.

"아마 처음이라 아직 학교에 적응을 못 해서 그럴 거예요. 새로 전학해온 아이들이 종종 그런 경우가 있으니까요. 자, 교실로 들어가자. 우리 철이가 왜 그랬을까아. 이제 며칠만 지나면 방학인데, 학교에 잘 다녀야지. 안 그래?"

선생님은 내 머리를 쓰다듬으며 한없이 부드럽고 곰살스런 웃음을 보냈다. 그 천연스런 웃음이 내게 두려움과 수치심을 안겨주었다. 나는 고개를 들 수가 없었다. 무릎이 후들거렸다. 겨울 방학이 찾아왔다.

별 이야기

　도시에서 맞은 첫 겨울은 몹시도 춥고 힘겨웠다. 빈 들판을 숨가쁘게 내달려온 바람이 밤낮으로 우리 방 작은 쪽창을 덜컹덜컹 흔들어대며 윙윙거렸다. 밤이면 낡은 군용 담요를 문에 둘러쳤지만 싸늘한 냉기는 거침없이 문틈으로 새어들어왔다.
　"육지서는 애 낳기보다도 겨울나기가 더 힘들다드니, 참말 춥기는 춥구나. 물이 아니라 아예 얼음장 같어."
　빨래를 마치고 방으로 들어오자마자 꽁꽁 언 손을 이불 밑으로 쑤셔 넣으며 어머니는 진저리를 치곤 했다. 우리 식구들은 벌써 빠짐없이 손발에 동상이 걸려 있었다. 고향에선 없던 일이다. 아무리 춥다고 해봐야 살얼음 끼는 날을 손가락으로 헤아릴 수 있을 정도로 따뜻한 남쪽 바다 섬에서만 살던 우리로서는 당연히 그 혹독한 추위에 적응하기가 힘들었다.
　"이상해. 방바닥엔 불기가 잘 들어오는 것 같은디, 방 안에 들어와도 따뜻한 줄을 모르겠어라우."
　"외풍이 심하니까 그러지 뭐냐. 보아하니 지붕도 손바닥만큼이나 얄쌍하게 덮어놨을 뿐이더라. 뭐니 뭐니 해도 초가 지붕이 제일인디……"

정말이지 바람이 어디로 그렇게 끊임없이 들어오는지 모를 일이었다. 문틈은 물론이고 사면 벽이며 천장에까지 온통 눈에 보이지 않는 구멍이 뺑뺑 뚫려 있는 게 아닐까 싶을 지경이었다. 방 안은 언제나 싸늘한 냉기로 가득 차 있었다. 전에 축사로 쓰던 어설픈 블록 건물 위에 대충 중천장을 달고 벽돌 맨바닥에 벽지만 덮어 꾸민 집이니 당연했다.

그나마 방바닥에 그런대로 불기가 돌아 다행이었다. 누나와 나는 틈만 나면 이불 속으로 기어들곤 했다. 하지만 두터운 솜이불을 꾹꾹 여며가며 누워 있어도 입김이 하얗게 새어나오고, 콧속은 늘 콧물로 찔쩍였다. 아침에 일어나보면 머리맡에 놓아둔 물대접 안에 밤새 살얼음이 내려앉아 있기도 했다.

방학을 맞았어도 여전히 나는 무료하고 따분하기만 했다. 어머니와 누나가 아침밥을 먹자마자 집을 나섰으므로, 나는 온종일 은매와 함께 집에 남아 있어야 했다. 좁고 냄새 나는 방 안에서 은매하고만 얼굴을 마주하고 있어야 한다는 건 끔찍하고 진절머리나는 일이었다. 절대로 은매 혼자 남겨두지 말라고 어머니는 말했지만, 한 시간도 채 지나기 전에 머리통이 펑 터져버릴 것만 같아 견딜 수가 없었다. 틈만 나면 바깥으로 빠져나가긴 했지만, 아이들과 놀다가도 은매를 확인하기 위해 몇 번이나 뛰어들어와야만 했다.

그날은 오후 내내 방 안에서 빈둥거렸다. 너무나 추워서 밖으로 나갈 엄두가 나지 않았다. 며칠 후면 크리스마스였다. 방바닥에 배를 깔고 엎드린 채 나는 크리스마스 카드 한 장을 오래오래 들여다보고 있었다.

그 멋진 카드는 과자 공장에 다니는 미순이 누나가 은분이 누나에게 보내준 거였다. 기막히게 예쁜 카드였다. 펑펑 쏟아지는 함박눈. 멀리 예배당의 뾰족 지붕이 보이는 들판. 빨간 열매를 단 숲 속의 나무들. 하얀 눈밭을 헤치며 산타클로스 할아버지의 썰매를 끌고 깡충깡충 달려가는 귀여운 사슴들…… 꿈같이 아름답고 멋진 세상이었다. 나는 그것이 천국의 풍경일 거라고 단정했다.

"엄바…… 으으."

곁에서 은매가 또 칭얼거리기 시작했지만 나는 아랑곳없이 혼자서 카드 속 그 아름다운 천국의 숲 속을 이리저리 뛰어다녔다. 마침내 은매가 징징 울음을 터뜨리기 시작했을 때, 나는 뺙 고함을 쳤다.

"조용해. 시끄럽단 말여!"

은매는 울음을 멈추지 않았다. 어쩐지 오늘따라 은매의 울음 소리엔 힘이 없었다. 어디가 아픈 것일까. 풀죽은 모습으로 힝힝거리며 아까부터 힘없이 벽에 기대어 앉아 있는 눈치가 이상했다. 평상시엔 잠시도 가만히 있지 못하는 게 은매의 버릇이었다. 허리에 노끈이 묶인 채 끊임없이 방 안 이쪽저쪽을 네 발로 기어다니며 힝힝거렸다. 혼자 허공을 뚫어져라 찬찬히 쳐다보다가 헤에 웃기도 하고, 벽이며 방바닥을 혀로 핥거나 숟가락을 몇 시간씩 빨기도 했다. 그러다가 어느 틈에 피그르르 쓰러져 잠들기도 했다. 그런 은매가 오늘은 움직임이 둔하고 맥이 없어 보이는 거였다. 그러고 보니 충혈된 눈자위에 누런 눈곱이 디룽거리고 있었다. 나는 선반에서 누룽지를 꺼내어 아무렇게나 디밀었다.

"이거 먹어. 아니면 잠이나 자란 말여. 알았어?"

"흐응, 엄바…… 으으."

누룽지 한 조각을 힘없이 집어들더니, 갑자기 은매는 그것을 방바닥에 내던져버렸다.

그리고는 또 짐승처럼 힝힝거리기 시작하는 거였다. 내게 세상에서 가장 듣기 싫은 소리가 있다면 그건 바로 은매의 울음 소리였다. 은매의 울음 소리를 들으면 나는 지옥을 떠올리곤 했다. 슬픔과 고통, 분노와 절망의 덩어리 같은 울음 소리. 그것은 우리 가족을 얽어매고 있는 어두운 운명의 주제가였다.
　나는 신문지를 비벼서 내 귓구멍을 틀어막았다. 그리고 전날 빌려온 만화책을 뒤적이기 시작했다. 몇 번이나 되읽어서 달달 외울 정도였지만, 그래도 재미있었다. 한참 뒤, 왠지 조용하다 싶어 돌아보니, 은매는 잠이 들어 있었다.
　새우처럼 등을 잔뜩 구부린 채 누워 있는 은매의 몸뚱이는 작고 가냘팠다. 은매는 어째선지 거의 몸이 자라지 않았다. 옷을 벗으면 생선 가시 같은 갈비뼈와 관절이 앙상하게 드러났다. 나는 귀마개를 뺐다. 가쁘게 할딱이는 은매의 숨소리가 들렸다. 반쯤 헐겁게 벌어진 입술이 하얗게 바래 있었다. 열이 오르는 걸까. 눈물 한 방울이 눈꼬리에 남아 있었다. 불현듯 측은한 생각에 가슴이 싸르르 아려왔다. 이불을 가슴까지 덮어주고 나서, 핼쑥하게 여윈 은매의 얼굴을 물끄러미 들여다보았다.
　잠들어 있는 은매의 얼굴은 거짓말처럼 곱고 평화로웠다. 정신만 멀쩡했더라면 참말로 이쁜 얼굴일 텐디, 어쩌다 이런 기구한 팔자를 타고났을거나. 돌아가신 할머니는 은매를 보고 늘 혀를 차곤 했었다.
　할머니의 얘기처럼 정말 은매는 몹쓸 귀신이 씌인 것일까. 불쌍한 은매. 금방이라도 반짝 눈을 뜨고 깨어나, 나를 향해 환하게 웃어준다면 얼마나 좋을까. 그러면 난 당장 은매 누나 하고 불러줄 수 있을 텐데……
　"철아, 본시 사람은 누구나 다 별이었단다. 이 세상에 생겨나기 전까지는 말여. 그때까지는 너나없이, 저기 멀고 먼 하늘나라에서 살고 있었더란다……"
　불현듯 할머니의 부드러운 음성이 귓전에서 울리는 듯했다. 지금은 고향 뒷산 골짜기에 묻혀 계실 할머니. 이 세상 사람들은 누구나 할 것 없이 모두가 별이었단다. 그 놀라운 비밀을 처음으로 내게 가르쳐주신

분이 바로 할머니였다.

　한여름 밤. 저녁밥을 먹고 나면 식구들은 언제나 고향집 마당의 평상에 나와 앉아 더위를 식히곤 했었다. 할머니의 무릎을 베고 누우면, 순간 눈앞에 성큼 다가오던 밤하늘. 아, 그 먹지 같은 하늘엔 수없이 많은 별들이 좌르르 흩어져 있었다. 하늘은 거대한 보석 상자였다. 끊어질 듯 말 듯 아스라이 귓전을 울리는 파도 소리와 함께 솔바람은 불어오고, 밤하늘엔 이따금 실구름들이 그 아름다운 별들을 말갛게 닦아 내며 흘러갔다.

　그날도 식구들은 저마다 고개를 젖히고 맑은 밤하늘을 올려다보고 있었다.

　"저거 봐! 별똥별이야, 누나."
　"으마마, 예뻐라. 별이 눈물을 흘리고 있는 것 같다이."
　"별똥별은 어디로 가는 거여? 왜 울지?"
　"글쎄에. 혼자 있으니까 슬퍼서 그러는갑지."
　"혼자서 어디로 가?"
　내가 고개를 갸웃거렸을 때였다. 놀랍게도 그 비밀을 할머니는 알고 있었다.
　"어디로 가기는. 틀림없이 어느 집에서 아이 하나가 태어난 모양이제. 하늘에서 별이 떨어질 때마다 반드시 어딘가에서 아이가 하나씩 생겨나는 법이란다."
　"와아, 진짜!"
　"그러엄. 사람은 말이다. 본시 누구나 한때는 귀하고 착한 별이었단다. 저 높은 하늘에서 살고 있다가, 어느 날 제각기 하나씩 땅으로 내려와설랑은 어린아이가 되어서 태어나는 법이여……"
　할머니는 말했다. 그래서 어떤 별은 부잣집에 태어나고, 또 어떤 별은 궁색한 집에 태어나기도 한단다. 서울이나 목포 같은 도회지로 내려오는 별, 우리처럼 이렇게 조그마한 섬으로 내려오는 별도 있고 말여…… 그러니까 따지고 보면, 이 세상에 별이 아닌 사람은 아무도 없단다. 누구나 죄다 똑같이 귀하고 소중한 별이란 말이여.

"그런디도, 차암 답답한 일이지 뭐냐. 세상 사람들은 그걸 까맣게 잊어버리고 있단다. 자기가 저 높은 하늘에서 살다가 잠시 땅에 내려온 귀한 별이라는 사실을 말여. 그것도 모르고 그저 서로 아등바등 다투면서, 평생 동안 허덕이고 살다가 끝내는 가련하게 죽어가곤 하는 것이제……"

"할머니. 그러믄 별들은 다시는 영영 하늘로 못 올라가는 거여?"

눈이 동그래져서, 별을 손가락으로 가리키며 나는 물었었다.

"아니고말고. 착한 사람은 죽어서, 그날 밤 아무도 몰래 혼자 저 하늘로 올라간단다. 다시 별이 되려고 말여."

"아아 신기해라. 그랬었구나……"

"그래서 착한 사람이 많아질수록 하늘에도 별들이 무럭무럭 늘어나는 거란다. 저걸 보렴. 유난히도 별들이 총총한 걸 보니, 오늘 밤엔 별들이 많이도 내려올 모양이다."

정말이지 놀랍고 신기한 비밀이지 뭔가. 저 별들이 모두 귀여운 아이들이 된다니! 나는 감격에 겨워, 눈앞에 가득히 흩어져 있는 그 수많은 별들의 이름을 가만히 불러보기 시작했다. 별 하나, 별 둘…… 오오, 놀라워라! 하나씩 이름을 불러줄 때마다, 별들은 나를 향해 단풍잎같이 귀엽고 예쁜 손바닥을 반짝반짝 흔들어주는 거였다.

"할머니는 그럼 언제 죽지? 할머니도 하늘로 올라가서 별이 될 거여?"

"이런 고얀 놈 좀 봐아. 오냐아. 이 할망구가 죽으면 밤마다 나와설랑은, 우리 철이 녀석이 어디서 뭘 하고 있는고, 하고 빤히 내려다볼 것이여. 알았제?"

할머니는 앞니 빠진 입술로 호물호물 웃으시며 내 궁둥이를 툭툭 두드려주셨다.

이제 할머니는 우리 곁에 없다. 정말로 할머니는 하늘로 올라가 별이 되셨을까. 그런데 참, 우리가 이곳으로 이사 왔다는 걸 알고나 계실까. 나는 우리가 낮에 이사를 했다는 사실 때문에 은근히 걱정이 되었다. 그것도 까맣게 모른 채 할머니는 밤마다 여전히 고향의 옛집만 내려다보며 하늘에서 고개를 갸웃거리고 계실지도 모를 일이었다.

'하지만, 괜찮아. 할머니는 시력이 아주 나쁘시니까 말야. 우리가 도와드리지 않으면 바늘귀에 실도 끼우지 못할 정도였잖어. 아무리 별이 되었다고 해도, 어두운 밤에 그렇게 까마득히 높은 데서 내려다보면 우리집도 아주 콩알만하게 보일 텐데 뭐……'

그렇게 생각하니까 비로소 마음이 조금 놓였다. 은매에게서 또 가느다란 신음 소리가 흘러나왔다. 나는 은매 곁으로 가만히 다가가 얼굴을 들여다보았다. 어느새 은매의 이마엔 땀방울이 송골송골 맺혀 있었다. 숨을 몰아쉴 때마다 앙상한 목줄기의 핏대가 팔딱팔딱 뛰어올랐다.

'아아, 은매도 별이었을까? 예전엔 저 높고 높은 하늘 어딘가에서 아름답고 맑게 반짝이던 별이었을까…… 바보. 그런데 어째서 하필이면 우리집으로 내려왔을까. 다른 집을 찾아가지 그랬니. 우리처럼 가난하지도 않고, 훨씬 더 행복한 집으로 말야. 그랬으면 아프지도 않았을 테고, 그 엉터리 영감한테 머리에 침을 맞지도 않았을 텐데…… 바보, 은매는 진짜 바보다. 멍텅구리 은매……'

괜스레 가슴이 싸아하니 아려왔다. 만화책을 챙겨들고 나는 조용히 방을 빠져나왔다. 눈이라도 오려는 걸까. 하늘은 잔뜩 흐렸다.

포도 씨앗의 사랑, 하나

    그 젊은 두 남녀가 우리 동네에 맨 처음 나타났던 때의 일을 나는 지금도 또렷하게 기억한다. 그것은 우리 조무래기들이 동네 앞 작은 방죽에서 물 위에 떠 있는 갓난아이의 시체를 발견했던 바로 그날이었기 때문이다.
    그날은 마침 토요일이었다.
    오전 수업만 마치고 집으로 돌아와 점심을 먹은 뒤 우리는 언제나처럼 마을 공터로 모여들었다. 벌써 몇이 먼저 나와서 축구공을 차고 있었다.
    그 공의 주인은 뒷집 원이 녀석이었다. 비록 졸병이긴 했지만 백마부대로 월남에 간 자기 큰형이 한국을 떠나기 전에 선물로 사주었다는 그 공을 원이가 가슴에 껴안고 자랑스레 맨 처음 눈앞에 나타났을 때 우리들은 얼마나 감격했는지 모른다.
    하나같이 가난한 부모를 둔 우리 동네 아이들은 그때까지만 해도 고작해야 빈 깡통 아니면 헌 밧줄을 주워 모아 얼기설기 엮고 뭉쳐서 만든 가짜 공이나 차곤 했던 터였다. 그러므로 공을, 더더구나 선수들이나 차는 진짜 가죽공을 구경하게 된 것만으로도 우리는 아예 가슴이 벌렁거릴 지경이었다.

그 공 덕분에 원이는 갑자기 우리 조무래기들 사이에서 굉장히 센 힘을 가진 아이가 되어 있었다. 늘 콧구멍에 누런 콧덩이나 달고 다니던 녀석이 꼴사납게도 여간 으스대는 게 아니었지만, 녀석의 비위를 맞추기 위해 우리는 어쩔 수 없이 저마다 눈치를 보며 알랑방귀를 뀌어주어야만 했다.

원이네 큰형이 월남으로 떠난 것이 반년 전쯤이었으므로, 축구공도 그사이 바람이 많이 빠져서 발끝에서 퍽 퍽 하는 맥빠진 소리가 나기 시작했지만, 그래도 여전히 우리에게 그 공은 소중하고 귀한 보물이었다.

초여름으로 성큼 들어선 한낮. 따가운 햇볕은 너나없이 민숭하게 밀어넘긴 우리들의 까까머리를 불에 달군 냄비 꼬락서니로 만들었지만, 우리들은 온통 진흙과 땀에 짓이겨진 모습으로 저마다 혓바닥을 내밀고 헐떡거리며 정신없이 이리저리 뛰고 달리고 하느라 정신이 없었다.

바로 그런 어느 순간이었다.

"야아! 느그들아! 애기가 죽었다이. 애기 송장이 물에 떠 있단 말여!"

느닷없이 어디선가 그런 다급한 외침이 우리들을 불러세웠다. 한 녀석이 논둑길을 달려오고 있었다. 구멍가겟집 아들 길용이였다.

"누가 죽었다고야?"

달려온 길용이를 빙 둘러싸고 우리는 물었다. 녀석은 더위먹은 똥개처럼 혓바닥을 빼어물고 헐떡이며 더듬거렸다.

"개, 개구리를 잡을라고 바, 방죽에 갔는디, 가, 갓난애기가 주, 죽어가꼬 무, 물에 떠 있단 마, 말이여……"

"뭐? 갓난애기가? 이 자식, 너 또 거짓부렁하는 것이제?"

"아아녀! 진짜랑께. 다른 아그들이랑 다 보았단 말이여!"

녀석은 눈을 뚱그렇게 치뜬 채 손가락으로 뒤편을 가리켰다. 과연 녀석이 가리키는 둑 위엔 조무래기들 서넛이 모여서 와와 소리를 지르고 있는 참이었다.
"가보자!"
우리는 누가 먼저랄 것도 없이 와아 함성을 내지르며 일제히 논둑을 질러 들판을 달려가기 시작했다.
그 방죽이 언제부터 거기에 있었는지는 잘 모른다. 말이 방죽이지, 고작 둠벙이라고 해야 좋을 만큼 작았다. 방죽은 시커멓고 더럽기 그지없었다. 예전에 여름이면 더러 미역을 감는 아이들도 있었고 낚시꾼들이 찾아오기도 했었다지만, 이젠 그 썩어가는 물에 손을 담그려는 사람은 아무도 없었다.
방죽이 죽어버린 데에는 시가지 외곽을 돌아나오는 물줄기가 썩어서 악취 풍기는 하수구로 변해버린 탓도 있었다. 하지만 무엇보다도, 저만치 들판 맞은편 산기슭 아래에 자리잡은 거대한 교도소 농장 때문이라고들 했다.
붉은 벽돌로 엄청나게 높이 쌓아올린 그 큰 농장에서는 거름을 만들기 위해 온갖 인분이며 썩은 쓰레기들을 줄기차게 차로 실어나르곤 했는데, 거기서 흘러나온 더러운 똥물이 그 방죽으로 모여들어 고이는 탓이라고 어른들은 말했던 것이다.
방죽이 가까워오자 벌써부터 예의 그 고약한 악취가 우리들의 콧구멍을 들쑤시기 시작하고 있었다. 들판을 한달음에 질러온 우리들은 둑길을 넘어 물 쪽으로 내려갔다. 먼저 와 있던 국민학교 이삼학년짜리 꼬마들을 밀어내고 가까이 다가간 우리들은 마침내 그것을 발견했다.
"아이구메, 저기 있다야!"
"맞다! 갓난애기여!"
아이들은 놀라움에 소리쳤다. 순간 까닭 모를 두려움과 섬뜩함으로 우리는 컥 숨이 막혔다. 몇 놈은 슬금슬금 뒷걸음질을 하고 있었다.
 처음에 나는 그것이 무슨 작은 생선이거나 아니면 고양이 새끼의 시체인 줄로만 알았다. 사람이라기엔 너무나 작고 이상한 모습이었다. 우리들의 팔뚝보다도 더 작은 갓난아이는 두 팔을 양옆으로 활짝 펼친 채 하늘을 향해 누워 있었다. 아이의 몸뚱이를 떠받치기라도 하듯, 파란색 비닐 우산의 비닐 껍데기가 물 위에 넓게 퍼진 채 함께 떠 있었다. 누군가가 그 비닐 껍데기에 싸서 거기에 버린 모양이었다.
 "저것이 애기란 말이여, 참말로?"
 "맞어야, 갓난애기랑게. 봐라, 주먹을 꼭 쥐고 있다야."
 "죽었으까? 꼼짝도 안 하고 가만히 있다이."
 "으마, 그런디 저 배꼽 조까 봐라이. 무신 줄 같은 것이 딜룽딜룽 하고 있지야. 안 그래?"
 "참말로 그러네. 배꼽에 뭣이 붙어 있다야."
 정말 그러고 보니, 그것의 배꼽엔 무엇인가 기다란 끈 같은 것이 눌어붙어 물 위에 드리워져 있었다. 그것이 탯줄이라는 걸 알게 된 것은 훨씬 후의 일이었다.
 아이들은 저마다 호기심에 찬 목소리로 수군거리며 손가락질을 해댔다. 하지만 누구도 섣불리 가까이 다가가려고 하지는 않았다. 알 수 없는 어떤 공포가 우리들의 목덜미를 뒤에서 잡아당기고 있는 것만 같았다.
 우리들은 한동안 얼굴을 찡그린 채 그것을 내려다보며 서 있었다. 머리 가죽을 벗겨내기라도 할 듯 쨍쨍 내리쬐는 한낮의 햇볕. 밑바닥조차 보이지 않도록 시커멓게 썩어가는 더러운 방죽의 수면 위에 고요히 떠 있는 그 작고 이상한 사람 모양의 살덩이 하나…… 그것은 참으로 이상하고도 섬뜩한 풍경이었다.

그런데, 그 검은 물 위에 둥그렇게 펼쳐져 있는 비닐 보자기의 색깔은 어쩌면 그리도 선연한 파랑색이었을까. 둥글게 활짝 펼쳐진 비닐 보자기 한가운데에 둥실 떠 있는 그 작은 물체는 마치도 허연 연꽃처럼 보이기까지 했다.

우리는 꽤 오랫동안 숨을 헐떡이며 하나같이 잔뜩 찡그린 얼굴을 하고 그것을 들여다보고 있었다. 그러다가 문득 나는 토할 듯 속이 메스꺼워옴을 느끼기 시작했다.

그러자 불현듯 콧구멍을 터뜨릴 듯한 지독한 악취를 우리는 비로소 감지해내었다. 물론 그 참을 수 없는 냄새는 코에 익은 방죽의 악취였지만, 이날따라 우리는 그 고약한 냄새가 그 어느 날보다도 가장 고약하고 불쾌하게만 여겨지기 시작했다.

그 젊은 남녀가 나타났던 것은 바로 그 순간이었을 것이다.

어디선가 까르르르 터지는 여자의 맑은 웃음 소리에 우리는 무심코 고개를 돌렸다.

방죽 둑 아래로 난 작은 논둑길을 따라 저만치서 젊은 남자와 여자가 나란히 이쪽으로 다가오고 있었다. 첫눈에 보기에도 앳된 티가 가시지 않은, 갓 스무 살이 될까말까 한 나이였다. 여자는 한 손에 분홍색 파라솔을 펴들었고 다른 한 손에는 두툼한 여행 가방 같은 것을 들고 있었다. 그 곁의 남자는 등에 꽤 큼직한 이불 보따리를 들쳐메고 낑낑대는 시늉이었다.

둘 다 처음 보는 얼굴들이었다. 어디서 오는 사람들일까. 하지만 우리 동네를 찾아오는 길이 분명했다. 근방엔 다른 마을이 없었고, 둑 아래의 그 논둑길은 신작로에서 꺾어져 우리 마을로 곧장 들어오는 지름길이었기 때문이다.

"아이, 힘들어. 자기, 무겁지 않어?"

"괜찮어, 이까짓 거 정도쯤이야 문제없다고."
"그짓말, 저 땀 좀 봐라아. 우리 여기서 조끔만 쉬었다 가아, 응?"
"그러까?"
 두 남녀는 저만치 둑 아래 풀밭에서 멈추더니, 들고 있던 가방과 짐을 내려놓고 있었다. 그동안에도 둘은 뭐가 그리 좋은지 시종 깔깔거리며 웃어댔다. 그들은 아직 우리들이 있다는 걸 모르는 모양이었다. 뭐라고 서로 소곤거리더니, 남자가 여자를 덥석 껴안는 시늉을 하자 여자는 호들갑을 떨며 달아나려고 몸을 바둥거리기도 했다.
"야아, 저거 봐라. 연애헌다이. 이히힛."
 우리들 중 하나가 웃음을 터뜨렸는데, 그제야 그들은 뒤를 돌아보았다.
"어, 너희들 거기서 뭘 하고 있는 거냐?"
 그 청년이 엉거주춤 일어나 소리를 질렀을 때, 누군가가 대답했다.
"아저씨, 갓난애기가 죽었어라우. 여그 방죽 속에 빠져 있당께요."
"뭐여?"
 청년과 여자가 벌떡 일어나 둑 위로 올라왔다. 그리고는 우리들 쪽으로 성큼성큼 다가오더니 주춤 걸음을 멈추었다.
"아이그머니나앗! 세상에······."
 순간 여자의 입에서 외마디 비명이 터져나왔다. 여자가 털썩 엉덩방아를 찧으며 주저앉는 순간 남자가 재빨리 부축했다.
"이게 뭐냐? 누가 이, 이랬어?"
 청년의 얼굴도 허옇게 질려 있다는 걸 우리는 알 수 있었다.
"우리도 몰라라우. 와서 본께, 이것이 있드랑께요."
"이 녀석들, 당장 돌아가지 못해? 이게 무슨 구경거린 줄 알어!"
 돌연 청년이 꽥 고함을 질렀다. 우리는 의아해하면서도 슬슬 뒷걸음질을 치기 시작했다.
　그때였다. 얼굴을 돌리고 주저앉아 있던 여자가 갑자기 허억, 울음을 터뜨리기 시작했던 것이다.
　"세, 세상에…… 누가 저런 끔찍한 짓을…… 어흐흑."
　여자는 울음을 터뜨리며 둑 위로 비칠비칠 걸어올라가고 있었다. 그녀의 등을 껴안듯 부축한 채 청년은, 괜찮아 괜찮아 하고 달래는 시늉을 했다. 끝내 여자는 둑길 위에서 주저앉자마자 손으로 입을 틀어막으며 욱, 욱 하고 토해내는 것 같았다. 청년이 부지런히 여자의 등을 쓸어주기도 하고, 손수건으로 입을 닦아내기도 하는 것을 우리는 구경했다.
　"아니 이놈의 자식들이! 당장 집으로 돌아가지 못해? 이놈들을 그냥!"
　청년이 벌떡 일어나 우리를 향해 쫓아오는 시늉을 했다. 우리는 놀라 우르르 둑길을 뛰어내려 도망치기 시작했다.
　"쳇, 지까짓 것이 뭣이간디 저런다냐? 다시 가서 애기 좀 보자이."
　"야아, 그냥 돌아가자이. 더러운 것을 뭣 헐라고 또 본다고 그래."
　"이런 겁쟁이. 얌마, 그것이 뭐가 더럽고 무섭다고 그러냐?"
　논둑길까지 밀려나와 우리는 잠시 웅성거리고 있었다. 그때 한 녀석이 말했다.
　"안 돼. 그러다가 너, 벌받는다. 밤중에 귀신이 나와갖고 너를 잡아가불면 어쩔래?"
　"무슨 귀신?"
　"갓난애기 귀신 말여. 아까 그 애기가 너한테 복수를 할지도 몰라."
　"맞어맞어. 애기 귀신은 응애응애 하고 울음소리를 낸단다."
　그 말에 우리는 덜컥 겁이 나서 서로의 얼굴을 훔쳐보았다. 잔뜩 두려움에 질린 표정들. 순간 우리는 약속이나 한 듯이 동네를 향해 달리기 시작했다. 귀신이다. 애기 귀신이다. 숨이 넘어가도록 우리는 뛰었다. 금방이라도 누군가가 뒤에서 목덜미를 홱 낚아챌 것만 같았다. 간신히 마을 앞 공터에 다다랐을 때에야 혓바닥을 빼어물고서 뒤를 돌아다보았다. 그 두 남녀는 보따리를 끌고서 저만치 논둑길을 걸어오고 있는 참이었다.

그날, 우리 동네는 한바탕 시끌벅적했다. 소문을 들은 동네 어른들 몇이 뒤늦게 방죽으로 몰려갔고, 얼마 후 시내 파출소에서 순경들이 나와 무슨 조사를 한다고 웅성거렸다.

하지만 갓난아이를 거기에 버리고 간 사람이 어디에 사는 누구인지는 끝내 밝혀지지 않았다. 아마 어떤 몹쓸 여자가 무슨 사연 때문에 산 채로 그 아이를 방죽물에 내던져놓고 도망간 게 틀림없다고, 어른들이 수군거리는 소리를 들었을 뿐이다. 순경들이 그 죽은 아이를 비닐 부대에 담아 가져갔다는 소문이 있었고, 얼마 후 그 불쾌하고도 끔찍한 사건은 우리들의 기억에서 차츰 멀어져갔다. 사실 그 무렵엔 그런 비슷한 일들이 결코 드물지 않았으니까. 어쨌건 그것이 바로 그 두 남녀가 우리 동네에 처음 나타나던 날의 일이었다.

원이네 집 행랑채에 그 두 젊은 남녀가 새로 이사를 왔다는 소문이 동네 안에 쫙 퍼졌다. 사람 사는 동네에서 사람이 들고나는 일쯤이야 너무나 당연한 일일 터였지만, 우리 동네에서만은 그렇지도 않았다.

우리 동네는 행정 구역상으로야 엄연한 시내였으나, 시 변두리에서도 한참이나 벗어난 농촌이었다. 시내 버스 종점에서도 한참이나 벗어나 있어서, 비만 오면 발목까지 푹푹 빠지는 진흙탕 길을 십여 분 넘게 걸어들어와야만 했다.

게다가 동네에서 이사를 들고 나는 경우가 많지 않았으므로, 원이네 집에 새로 왔다는 그 젊은 남녀가 동네 아주머니들의 입살에 오르내리는 거야 어쩌면 당연한 일이었다.
"아니, 그러믄 그 사람들이 친남매지간이 아니란 말여?"
"남매는 무신? 척 하면 그 눈치 몰라서 그러는가."
"글씨, 첨엔 나도 오빠 동생쯤이나 되는갑다 생각했등마는, 원이네 엄마 말로는 암만해도 눈치가 수상하드래여."
"어떻게?"
"그 가시나가 남자를 오빠라고 부르기는 허는디, 친오빠는 분명히 아닌 모양이드라여. 대낮에도 둘이서 뭐가 그리 좋은지 방 안에 꼭 틀어백혀갖고 희희낙락 장난질이나 하면서, 좀체 밖으로 나오지를 않는다는구먼. 아침에도 해가 방문까장 들이비치도록 일어나는 기척이 없다가는, 열시나 되어서야 그 가시나가 부엌에서 밥을 짓곤 허는 기척이래여."
"허긴, 그러고 보니 남자도 어디 직장 같은 델 나다니는 눈치도 아닌 듯하등마는."
"직장이라니. 그 청년, 이제 고등학교나 갓 졸업했을 나이 같던디?"
"어저께도 즈이들 둘이서 나란히 붙어갖고 시내로 한들한들 놀러 나가는 걸 내가 봤었어. 그런께 그 둘이가 설마……"
"뻔허지 뭐어. 고것들, 암만해도 둘이서 눈이 맞어갖고, 부모 몰래 집에서 밤봇짐 싸가지고 도망 나와 살림 차린 것이 틀림없당께."
"맞어. 들여놓은 이삿짐 보면 모르겄등가? 이불짐이랑 겨우 끼니 끓여 먹을 솥단지, 그릇말고는 아무것도 없다잖어?"
"에이, 설마 아무려믄 그렇기야 할까. 둘 다 이제 겨우 스무 살이 될까말까 한 나이들 같아 뵈든디……"

"으마마, 무신 소리당가? 그 나이면 무슨 짓을 못 할까. 우리 친정 엄니는 열일곱 살에 우리 큰오빨 낳았다우."

"만일에 그게 사실이라믄 이거 문제 아닌갑네? 따져보면 그 둘 다 우리 딸 아들 같은 나이인디. 아무리 남이라지만 모르는 척 그냥 두고 볼 수도 없고, 또 동네 아이들헌테도 교육상 해로운 일인 것이야 뻔하잖은갑네."

"여하간에, 요새 젊은것들 하는 짓거리들을 보믄 참 간뎅이도 크단 말여. 머리에 피도 덜 마른 나이에 저런 꼴로 붙어서 여기까장 도망쳐 와서 숨어 있는 줄을 알믄 부모들 눈이 벌렁 뒤집혀버릴 것이구만. 어이구 쯔쯧."

"그나저나 맨날 둘이서 시내로 나가 쏘다니다가 밤늦게서야 돌아오곤 하는 모양이든디, 그 많은 돈이 다 어디서 나올꼬?"

"보나마나 뻔허지 뭐. 시골에서 즈이 부모가 뼈 빠지게 벌어놓은 돈 아니믄 뭣이겠나? 야반도주하면서 빈손 들고 나오는 거 봤능가?"

"세상에, 원. 말세일세그랴. 쯔쯔쯔."

이웃집 아주머니들은 서로 만나기만 하면 원이네 집의 그 젊은 남녀 얘기로 숙덕거리는 거였다.

우리 같은 조무래기들로서야 밤봇짐이니 야반도주니 하는 따위의 정확한 의미가 무엇인지 알 수는 없었지만, 어른들의 표정이나 눈치로 보아 그들 남녀가 뭔가 남모르게 썩 좋지 못한 짓을 저질렀음에 틀림없을 거라고 막연히 추측할 뿐이었다.

"밤봇짐? 그건 보따리를 쌌다는 뜻이란 말여. 도둑질 말이여."

"그래. 그 사람들이 도둑질을 해갖고 우리 동네로 숨어들어온 것이 틀림없당께."

"으마마, 도대체 뭘 도둑질해갖고 왔으까?"

"금덩어리 같은 거 아닐까? 아니, 돈뭉치를 그 가방에 숨겨갖고 왔는지 모른다."

"그라믄 어째서 순경들이 안 잡아가고 있다냐?"

"글쎄…… 어, 증거가 없응께 그럴지도 몰라."

어느 날, 우리는 골목에 모여 구슬을 굴리며 서로 고개를 갸우뚱거리고 있었다. 그 두 사람이 처음 나타나던 날을 우리는 또렷이 기억했다. 참말 그랬는지도 모르잖는가. 여자가 들고 있던 그 허름한 가방 속 아니면 청년이 들쳐멘 커다란 이불 보퉁이 속 어딘가에 어쩌면 묵직한 돈뭉치라든가 금덩어리가 숨겨져 있었는지도 모르는 일 아닌가……

그러자 별안간 무슨 굉장한 비밀을 알아낸 탐정들처럼 가슴이 벌렁벌렁 뛰어오르고 눈빛이 반짝거리기 시작했다.

마침내 우리는 누가 먼저랄 것도 없이, 구슬치기를 하던 손을 털고 일어났다. 그리고 그 두 사람의 동태를 살펴보기 위해서 원이네 집을 향해 한꺼번에 몰려갔다.

학교에서 선생님께서도 늘 말씀하시지 않던가. 이웃에 낯선 수상한 사람이 나타나면 유심히 동태를 살펴두었다가 경찰서에 재빨리 신고를 해야 한다고 말이다.

우리는 원이네 집 골목 어귀에서 한동안 마른침을 꿀꺽꿀꺽 삼켰다. 손바닥에 진땀이 돋아났다. 거기서부터는 들키지 않도록 몸을 숨겨야 한다고 한 아이가 말했으므로, 마치 반공 영화 속의 주인공들처럼 일렬 종대로 쭈그려 앉아 오리걸음으로 조심조심 다가가기 시작했다.

원이네 집 탱자나무 울타리까지 다가가서 개구멍 사이로 안을 들여다보았지만, 인기척이 전혀 없었다. 원이네 식구들이야 들일을 나갔겠지만, 행랑채 방에 세 들어 있는 그 수상한 남녀들은 분명 집에 남아 있노라고 원이가 말했던 것이다.

그러나 어찌 된 셈인지, 반쯤 열려 있는 낡은 행랑채의 세살무늬 문짝 사이로 들여다보이는 방 안 역시 텅 비어 있었다.

"어느 틈에 도망쳐부렀능갑다야."

"그래, 간첩들은 눈치가 귀신같이 빠르다드라."

"보물 보따리를 갖고 달아났을까?"

"아직 어딘가에 숨겨놓았는지도 모른다. 마루 밑이나 아궁이 속 같은 데다가."

"무전기랑 함께 마루 밑에 흙을 파고 묻었을 것이여."

내가 말했다. 얼마 전 학교에서 단체 관람했던 반공 영화의 간첩들이 그랬던 것이다. 한동안 저마다 가슴을 콩닥거리며 살피던 우리들은 용기를 내어 행랑채 가까이까지 들어가보기로 했다.

그 행랑채는 몇 달 전까지 원이네 큰누님이 쓰던 방이었다. 시집을 가기 얼마 전에 원이네 큰누님 영단이는 온 동네 지붕이 들썩거리도록 한바탕 여러 날을 울고불고 야단법석을 떨었었다.

혼수감을 변변찮게 해주었다고 식구들과 다투던 끝에, 아예 마당 한가운데 털버덕 주저앉아서 엉엉 대성통곡을 터뜨리기도 하고, 끝내는 애써 떠다 놓은 옷감 뭉텅이를 제 집 변소 똥구덩이에 한꺼번에 쏟아부어버리는 바람에 원이네 아버지 남씨한테 북어 꼴이 되도록 녹신하게 두들겨 맞아야 했다. 그 덕분에 온 동네 사람들이 다 몰려와서 한바탕 눈요기를 했었다.

원이네 큰누님은 시집가던 날에도 엉엉 울었다. 대절한 택시에 신랑과 나란히 앉아 충청도 어디라는 시댁으로 떠나기 직전에 그랬다. 그 우는 까닭이 혼수감에 대한 불만 탓이라는 둥 혹은 부모 곁을 떠나는 순간이 되자 비로소 철이 들어서 서러움이 북받친 때문일 거라는 둥, 어른들 사이에선 의견이 분분했던 것이다.

어쨌거나 우리는 사립문을 소리도 안 나게 열고서 원이네 집 마당 안으로 잠입하는 데 성공했다. 그 순간 어디선가 까르르르…… 터뜨리는 여자의 행복한 웃음 소리가 들려왔다. 분명 집 뒤란 쪽이었다.

우리는 용기를 내어 발소리를 죽여가며 집 모퉁이를 살금살금 돌아 나갔다. 모퉁이 기둥에 몸을 바싹 붙이고 고개를 살며시 빼내었을 때, 우리는 마침내 수상한 그 두 남녀의 모습을 발견해내었다.

원이네 집 뒤란엔 커다란 은행나무 한 그루가 서 있었다. 그 나무 아래로 드리워진 서늘한 그늘 밑에 평상 하나가 놓여 있었는데, 그 둘은 지금 바로 그 평상 위에 나란히 붙어 앉아 도란거리며 무엇인가를 맛나게 먹고 있는 참이었다.

대광주리에 담긴 것은 포도였다. 여자는 보기에도 탐스럽고 먹음직스러운 포도 송이를 한 손에 들고 있었는데, 이따금 한 알씩 따서는 청년의 입에 넣어주곤 하는 참이었다.

그때마다 청년은 붕어처럼 입을 비쭉이 내밀어 그것을 받아먹곤 했다. 우리들 눈에는 그 모습이 한없이 바보스러워 보이는데도, 그것이 뭐가 그리 재미있고 신이 나는지 두 사람은 연신 까르르르 행복한 웃음을 터뜨리곤 했다.

그러다가 그들은 갑자기 아주 수상한 짓을 시작했다.

그것은 여자 쪽이 먼저였다. 포도알을 따서 우물거리던 그녀는 돌연 입 안에 담긴 포도 씨앗들을 푸풋, 소리를 내며 청년의 얼굴에 대고 내뱉기 시작했다.

그러자 이번엔 청년 역시 그 짓을 똑같이 여자에게 되풀이했다. 서로 번갈아가며 상대편의 얼굴에 퉤퉤 포도씨를 내뱉기도 하고, 그걸 피하는 시늉을 하면서 그들은 좋아라고 마구 손뼉을 치고 발을 구르며 깔깔거리고 있었다.

우리는 어리둥절해졌다. 전혀 싱겁기 짝이 없을 것만 같은 그 이상한 놀이가 저토록 재미있고 즐거운 것일까 싶으면서도, 한편으로는 그들이 은근히 부러워지기도 했다. 그만큼 그들 두 사람의 표정은 더없이 유쾌하고 행복하게만 보였다.

어느새 우리는 보물 보따리며 비밀 무전기 따위는 까맣게 잊어버린 채 넋을 놓고 그들의 모습을 훔쳐보고 있었다. 보기만 해도 탐스러운 그 포도 송이는 입 안에 신 침을 가득히 고이게 만들었고, 우리는 그들처럼 한입 가득히 씨앗을 물었다가 누군가의 얼굴에 뱉어주고 싶다는 야릇한 충동에 반쯤 미칠 것만 같았다. 나는 무심코 퉤 하고 땅바닥에 침을 뱉고 말았다.

"어, 누구여!"

바로 그때 청년이 고개를 돌리고 우리를 발견했다. 우리들은 화들짝 정신이 들자마자 어마뜨거라 하고 정신없이 원이네 집 대문을 향해 도망치기 시작했다. 결국 그렇게 해서 우리들의 탐정놀이는 끝장이 나고 말았던 것이다.

언제나 그렇듯, 우리 조무래기들은 다시금 또 다른 놀이를 찾아 열중했다. 여름 내내 뙤약볕을 맞으며 공차기를 하고, 개구리며 뱀을 잡는답시고 막대기를 찾아들고 온 들녘을 들쑤시며 다니다가 지치면 우리는 산 아래 여울을 찾아가 오후 내내 물장구를 치기도 했다.

유난히도 무덥고 햇볕이 따갑던 그해 여름도 다 지나고 다시 가을이 짙어가고 있었다. 가을은 언제나 약속처럼 먼 산등성이로부터 찾아왔다. 상수리나무와 떡갈나무 이파리가 차츰 엷은 갈색으로 물들어가기 시작하는구나 싶으면, 어느새 가을은 골짜기를 타고 내려와 멀리 밤실 마을의 밭고랑 수숫대와 조 이파리마다 울긋불긋 물감을 드리우기 시작하고, 마침내는 우리 동네 들녘 벼 이삭의 묵직한 대궁이들을 한바탕 온통 눈부신 황금빛 물결로 출렁이게 만들곤 하는 것이었다.
 가을은 그다지 별다른 일이라곤 없이 평온하고 무덤덤하게 우리 동네의 지붕 위로 흘러가고 있었다. 그동안 은심이네 할머니가 시름시름 앓다가 죽어 꽃상여를 타고 마을 뒤편 공동묘지에 묻혔고, 나하고 늘 다투기만 했던 뒷집 병갑이가 시내로 이사를 갔으며, 어머니는 썩어버린 내 왼쪽 어금니를 실로 묶어 빼서 까치밥이라며 지붕에 던져올렸다.
 원이네 집 행랑채의 두 남녀의 동태 역시 별달리 수상한 점이 없어 보였다. 아니, 한 가지 있긴 있었다. 그 여자의 배가 조금씩 불러오기 시작했던 것이다.
 하지만 두 사람은 변함없이 행복하고 즐거워만 보였다. 늘 집 안에만 틀어박혀 있던 청년도 조금씩 동네 바깥 나들이를 하기 시작하는 눈치더니, 추수 때가 되면서부터는 주인집인 원이네 집 가을걷이를 무척 열심히 도와주기도 했다.
 동네 벼베기 날에는 이웃 사람들과 함께 들녘에서 일을 도와주기도 했고, 동네에서 공동 작업으로 시내 정미소에 가마니를 내어가는 날은 하마터면 마차 바퀴에 발을 깔릴 뻔한 일도 있었다.
 그 덕분에 청년은 동네 사람들과 부쩍 친해진 눈치였다. 보기보다는 싹싹하고 일도 잘하는 좋은 청년이라고 어른들은 대견해하는 것 같았다. 여자 역시 부쩍 불러오기 시작하는 배를 뒤뚱거리며 빨래터에 나와 스스럼없이 던지는 아낙네들의 걸쭉한 농지거리에 발갛게 얼굴을 붉히기도 했다. 그럴 때마다 수줍게 웃는 그녀의 분홍빛 잇몸과 가지런한 치아가 나는 좋았다.
 겨울이 오고 첫눈이 내렸다. 그사이 여자의 배는 눈에 띄게 부풀어가고 있었고, 우리는 이따금 그녀의 배가 과연 얼마만큼 더 부풀어오를 수 있을 것인가에 대하여 고개를 갸웃거리기도 했다.

"저 뱃속에 애기가 들어 있단 말여? 애기는 무얼 먹고 살지?"

"짜아식들, 콩알만한 놈들이 뭘 모른당게. 얌마, 공기 바람 먹고 살지, 뭘 먹고 살어?"

"공기 바람을?"

중학교 졸업반인 원이네 작은형의 말에 우리는 눈을 똥그랗게 치뜨고 물었다. 이제는 완전히 다 낡아빠져버린 원이의 축구공에 바람을 넣기 위해 원이네 집 마당에 갔을 때였다. 자전거 바퀴에 바람을 넣는 펌프를 꺼내와서 바늘을 축구공에 질러넣고 푹푹 펌프질을 하던 원이네 형은 혼자 킬킬거리며 말했다.

"그래 임마. 용식이 형이 밤마다 색시 뱃속에다가 푹푹 바람을 넣어주니까 저렇게 색시 배가 뼁뼁하니 부풀어오르는 것이란 말여. 짜아식들, 뭣도 모르는 것들이 탱자탱자 허고 있냐. 이히히힛."

원이네 형은 저만치 마당 끝에서 빨래를 널고 있는 그 여자 쪽을 흘금거리며 혼자 킬킬 웃었다. 용식이 형이란 바로 그 청년의 이름이었다.

"와아, 참말?"

거짓말 같기도 했지만, 우리는 그 말을 의심하지 않았다. 그날 밤 나는 꿈을 꾸었는데, 용식이 청년이 여자를 땅바닥에 눕혀놓고 원이네 집 자전거 펌프를 꺼내와서 열심히 푹푹 소리가 나도록 펌프질을 하는 꿈이었다.

그런 어느 날이었다. 아쉬운 설날이 지나긴 했지만, 며칠 후면 다시금 대보름날이 우리를 기다리고 있을 무렵이었다.

해가 뉘엿뉘엿 지기 시작하는 저녁나절, 느닷없이 우리 동네엔 웬 낯선 사람들 대여섯 명이 출현했다. 그리고 그들은 다짜고짜 원이네 집 행랑채를 향해 돌진해 들어갔던 것이다. 이내 여러 사람이 한데 엉겨 싸우는 듯한, 굉장히 소란한 고함 소리와 울음소리가 그쪽에서 터져나오기 시작했다. 온 동네가 시끌벅적할 지경이었다.

　어머니의 꽁무니를 쫓아 내가 그 집 골목으로 달려갔을 때, 서너 명의 낯선 아낙네들이 마침 그 젊은 여자의 머리채를 휘어잡은 채 질질 끌고 나오고 있는 참이었다.

　"이년! 이 쥑일 년아! 네까짓 천한 년이 감히 우리 김씨 가문 삼대 독자 외아들을 홀려갖고 신세를 망쳐놓을라고 그래앳!"

　"이년을 쥑여뿌러야 혀! 세상 물정 모르는 순진한 용식이헌테 꼬리를 쳐서, 논 닷 마지기 판 돈을 싸그리 훔쳐갖고 야반도주한 년, 이 여우 같은 도둑녀언!"

　"오냐, 이 도둑년 잘 만났다이. 네년 잡을라고, 내가 농사까장 작파하고 일 년 내내 남한 천지를 들쑤시고 댕겼다. 당장 감옥소에 끌려들어가서 콩밥을 묵게 해줄 텐께, 어디 맛 조까 봐란 말여!"

　여자들은 분에 겨워 씩씩거리며, 다짜고짜 그녀를 끌고 골목을 나서며 고래고래 욕설을 퍼붓고 있었다. 동네 사람들은 반쯤 얼이 빠진 듯한 표정을 하고 비켜서서 구경만 했다.

　여자는 말없이 흐느껴 울고만 있었다. 까치집처럼 엉망으로 쥐어뜯긴 머리채를 하고 맨발로 질질 끌려가면서도, 도움을 청하는 듯한 슬픈 눈으로 그녀는 연신 원이네 집 쪽을 돌아보려고 애를 쓰고 있었다. 그런데도 어찌 된 셈인지, 또 다른 두 명의 중년 남자에게 둘러싸인 용식이 청년은 행랑채 마루 한가운데 맥없이 주저앉은 채 멀거니 그 광경을 바라보고만 있을 뿐이었다.

　그 낯선 침입자들은 그녀들이 타고 왔던 시발 택시에 여자를 짐 보따리마냥 함부로 쑤셔넣자마자 부르릉 소리를 남기고 시내 쪽을 향해 사라져버리고 말았다. 잠시 후, 이번에는 용식이 청년이 두 사내의 뒤를 따라 마을을 떠났다. 철도 건널목을 넘어 신작로를 따라 고개를 푹 숙인 채 터벅터벅 멀어져가고 있는 그의 뒷모습이 마치 끌려가는 한 마리 황구처럼 보였다.

"오메, 내 진즉부터 이런 사단이 벌어질 줄 뻔히 알았당께!"

"아까 용식이 청년을 끌고 가든 그 어른이 바로 즈이 아부지라여."

"미치고 환장허게도 생겼제그랴. 영광 읍내서 정미소까장 갖고 있는 천석꾼 땅부자라는디, 애지중지허는 삼대 독자 외아들이 천한 소작인 딸년하고 배가 맞어갖고 도망질을 쳤으니 오죽했겄능가. 아이고, 그 젊은 가시나가 눈웃음 살살 치면서 아양질 떨어대는 걸 보니께, 열 번 그러고도 남겄드랑께."

"어따, 아무리 그래도 너무 심허구마는. 즈이들끼리 서로 좋아서 배 맞은 걸 어떡허란 말이여. 소작 부치고 사는 사람은 워디 사람이 아닌갑네."

"그것도 그렇제만, 둘 사이가 해필 동성 동본이라서 더 기를 쓰고 뜯어말렸답디다."

"그나저나 젊은 색시가 불쌍해서 어쩐다요? 저렇게 오뉴월 수박통 맨키로 만삭으로 배까장 잔뜩 불러갖고……"

"아무리 저래 봐야 부모들도 이런 판국에 뭐 어쩌기사 할랍디여. 쥑이도 살리도 못 허고, 이왕지사 그리 된 거, 헐 수 없이 둘이 짝 지어갖고 살게 해줘야겄제라우."

"아이구, 그러기는 벌써 틀렸등마는. 아까 그 용식이 어미라는 여자, 보통이 아니었어. 너 죽고 나 죽자고 시퍼렇게 두 눈에 불 킴서 개 잡디끼 질질 끌고 가는 거 안 봤능가."

"허 참, 동네가 시끄러울랑께 별 고약한 일이 다 생기는구마이. 오메, 이 잡녀르 아새끼들아, 너까짓 것들이 뭣을 안다고 몰려나와 이 지랄들이여. 빨랑 집으로 안 기어들어갈라냐앗!"

우리들은 비로소 그 낯선 사람들이 바로 용식이 청년의 부모와 친척들이라는 사실을 알았다. 그리고 용식이 청년과 그 여자가 둘이 '배가 맞아서' 부모 몰래 고향을 뛰쳐나와 우리 동네에서 '동거 생활'인지 뭔지 하는, 여하튼 아주 큰 죄를 범한 때문에 끌려가고 말았다는 사실을 알 수 있었다.

그 소동이 벌어진 후, 그들은 다시는 우리 동네에 나타나지 않았다. 몇 안 되는 그 젊은 남녀의 살림살이는 그대로 남겨진 채로였다. 얼마 있다가 그 살림살이는 모두 원이네 엄마의 차지가 되었는데, 그걸 두고 동네 아낙네들은 방세까지 몇 달분을 미리 챙겨 받은 주제에 염치도 없이 뻔뻔하다는 둥 배짱 한번 두둑하다는 둥, 한동안 입을 비쭉거리는 눈치였다.

그날 이후, 차츰 그 두 사람은 우리들의 기억에서 희미하게 지워져 갔다. 이따금 어른들은 그들의 이야기를 떠올리곤 했는데, 아직까지 소식이 없는 걸 보면 필시 부모가 두 사람을 도리 없이 짝지어주어서 부부로 살고 있을 거라는 추측을 하는 사람들이 많은 것 같았다.

그해 겨울은 춥고 길었다. 유난히도 눈이 많이 내려서 우리는 방학 내내 눈밭에서 강아지들처럼 뒹굴기도 하고, 얼어붙은 방죽으로 나가서 지겹도록 썰매를 지치기도 했다.

포도 씨앗의 사랑, 둘

그렇게 겨울이 가고 봄이 찾아왔다. 나는 국민학교를 마치고 중학생이 되었고, 원이네 집 행랑채엔 새로운 사람들이 셋방을 얻어 들었다. 원이가 그토록 애지중지하던 축구공은 마침내 찢어져버렸지만, 우리들은 그다지 애석해하지도 않았다. 원이도 나도 이젠 중학생이었고, 예전처럼 모여 공차기를 하기엔 시간이 그다지 많지 않았기 때문이다.

이윽고 여름이 찾아왔고, 기다리던 방학이 막 며칠째로 접어들던 어느 날이었다. 장마가 시작되려는 듯 먹장구름이 새까맣게 하늘을 덮어 누르기 시작하는 오후, 그 돌연한 소문은 내 귀에까지 들려왔다.

"너 그 소문 들었냐? 용식이네 색시가 나타났다더라."

"참말로? 언제?"

"아까 점심나절에 원이네 집으로 들어갔단다. 그런디, 미친년이 돼 갖고 왔다드라."

옆집 길용이의 말에 나는 밖으로 달려나갔다. 소문은 온 동네에 쫙 깔려 있었다. 원이네 집 마당으로 들어서니, 벌써 한 떼의 동네 아주머니들이 모여들어서 웬 여자 하나를 빙 에워싸고 있는 참이었다.

그 여자를 보는 순간, 나는 믿을 수가 없었다. 여자는 지푸라기 같았다. 광대뼈가 불거진 뺨은 파리하다 못해 상여에 꽂는 흰 종이꽃처럼 말라붙어 있었고, 두 눈은 구멍처럼 커다랗게 열린 채 허공의 어느 자리인가를 맥없이 떠돌고 있는 것 같았다.

그런 텅 빈 눈을 하고, 그녀는 토방 끝에 오도카니 무릎을 세우고 앉아 있었다. 치렁하던 머리채는 아무렇게나 중동에서부터 싹둑 잘린 몽당빗자루 꼴이었고, 언제부터 입었는지 때 아닌 겨울 털스웨터와 두터운 바지, 그리고 슬리퍼 밖으로 드러난 두 발은 때와 부스럼 피딱지로 새까맣게 도배질되어 있었다.

"세상에나, 이 불쌍한 인생을 어째사 쓸꼬이. 그리도 곱고 희뿌옇든 얼굴이 이 지경이 돼부렀구마이. 쯔쯔쯔."

"어쩌다가 이리 되어버렸을꼬. 이 꼴을 하고 어디를 헤매고 다니다가 여기까장 다시 흘러들어왔으까이."

원이네 엄마가 혓바닥을 연신 찼고, 우리 어머니는 치맛자락에 콧물을 찍어내고 있었다.

나는 어른들의 틈을 비집고 고개를 디밀었다. 울컥 구역질이 치밀 것만 같았다. 여자의 몸뚱이는 차라리 하나의 걸레 뭉치였다. 한여름 쓰레기통에서 풍겨나는 쉬어빠진 듯한 고약한 악취가 그 걸레 뭉치에서 풍기고 있었다.

도저히 믿어지지가 않았다. 이 여자가 그 여자란 말인가. 분홍빛 파라솔을 들고 까르르르 웃음을 터뜨리던 그 여자. 원이네 집 뒤란에서 용식이 청년과 다정하게 앉아 포도를 먹으며 행복해하던 그 여자가⋯⋯?

그러나 그 볼품없고 더럽기 그지없는 걸레 뭉치는 분명히 그녀였다. 불과 일 년 사이에 그 여자에겐 이십 년의 세월이 흘러간 것 같았다. 그렇게 그녀는 늙고 추해 보였다.

"이봐, 용식이 청년은 어뜨케 되었는가? 그 사람은 어디다가 놔두고 이리 혼자서만 떠돌아댕기는 거여. 응?"

"집은 없능가? 아, 이러지 말고 고향으로 돌아가야 헐 거 아녀. 세상에 무슨 대답을 해야 짐작이라도 허제. 말까지 잊어버렸으까?"

"어따, 정신이 온전찮은 주제에 물어본들 무슨 소용이 있을랍디여. 보나마나 그간 내력을 뻔히 알고도 남겄구마는. 그 인정머리 없는 사람들이 즈이 아들만 감싸고 어거지로 떼어놓고설랑 이 가련한 인생만 내쫓아버린 것이 틀림없당께. 아 그렇지 않고서야 생판 씽씽하던 젊은 것이 이 모양 이 꼴로 실성해서 떠돌아댕기고 있겄소?"

"어메어메, 그리도 잔인하고 매몰찬 인간들도 있을꼬. 천벌을 받아도 싸지, 싸. 불쌍해라. 쯔쯔쯔."

"그나저나 용케도 어찌 알고 여기까장 찾아들 생각을 다 했으까이. 실성한 주제에 옛날 생각이 나서 찾아왔는 모양이시그랴."

그렇게 동네 아낙네들이 주고받으며 이말 저말 물어보아도 그녀는 다만 멀거니 그 자리에 주저앉아 있을 뿐이었다. 아무 표정도 기미도 보이지 않는 얼굴로 그녀는 그 텅 빈 두 눈만 멀거니 풀어헤쳐둔 채였다.

"가만, 애기를 낳았을 것인디? 이거 봐, 애기는 어디 있능가. 애기 말여, 애기."

원이네 엄마가 그제야 생각이 난 듯, 여자의 앙상한 어깻죽지를 손가락으로 툭툭 건드리며 그렇게 큰 소리로 물었다. 돌연 그녀가 벌떡 몸을 일으킨 것은 바로 그 순간이었다.

"애기⋯⋯ 내 애기. 우리 애기⋯⋯"

여자는 갑자기 주문을 외우듯 더러운 입술로 뇌까리기 시작했다. 그러더니 두 팔을 마구 허우적거리며 애타게 주위를 두리번거리는 것이었다.

"내 애기. 우리 애기 못 봤능가라우. 예에? 우리 애기, 우리 이쁜 애기 말이어라우. 아아, 우리 애기……"
 여자가 비명을 지르듯 소리치며 이리저리 매달리는 시늉을 하자, 사람들은 이내 두려움에 질린 표정으로 주춤주춤 뒷걸음질을 치기 시작했다.
 "으마마, 왜 저런다냐. 실성기가 도진 모양이여!"
 "누가 좀 잡어봐. 왜 저런다냐."
 물러서는 사람들을 휘이 둘러보더니, 여자는 와락 마당을 가로질러 대문 쪽으로 달려가기 시작했다. 모여 있던 사람들이 황황히 길을 터주었다. 여자가 내 앞을 지나쳤을 때 고약한 악취가 왈칵 풍겨나왔다.
 "악아, 내 아가야. 우리 애기. 내 이쁜 애기야……"
 노래를 부르듯 소리를 지르며, 그녀는 더러운 옷 보퉁이를 가슴에 껴안은 채 어느새 고샅을 저만치 빠져나가고 있었다. 아무도 그 걸레뭉치 같은 여자를 불러 세우려 하지 않았다.
 우리는 이내 고샅 어귀로 몰려나갔다. 여자는 공터를 지나 마을 초입의 철도 건널목을 넘어 종종걸음으로 달려가더니, 문득 신작로를 벗어나 논둑길로 접어들었다. 그녀의 걸음은 위태로웠다. 몇 번이나 논둑에서 미끄러져 물고랑 속으로 나뒹굴면서도, 그녀는 다시 일어나 방죽을 향해 종종걸음을 하고 있었다.
 이윽고 그녀가 방죽 둑 위에 올라서는 게 보였다. 행여나 그대로 방죽 속으로 뛰어드는 건 아닐까 조마조마했다. 그러나 여자는 둑 위에 슬그머니 주저앉더니, 아까처럼 두 무릎을 세우고 오도카니 앉아서 방죽 저편 어딘가를 바라보고 있는 것 같았다.
 갑자기 빗방울이 후드득후드득 떨어져내리기 시작했다. 소나기였다. 순식간에 굵어진 빗방울이 새까맣게 시야를 가리며 퍼부어내리고 있었다. 벌써 사람들은 다투어 저마다 집을 향해 뿔뿔이 흩어지고 있었다. 억수같이 퍼붓는 빗속을 뚫고 나도 어머니를 따라 집을 향해 달음질을 치기 시작했다.

반시간쯤 후, 나는 헌 비닐 우산을 찾아들고 혼자 공터로 나왔다. 그 여자의 일이 궁금했다. 비는 갈수록 세차게 쏟아지고 있었다. 굉장한 비였다.

놀랍게도 그 여자는 아직도 방죽 둑길 위 그 자리에 오도카니 앉아 있었다. 꼼짝도 하지 않고 혼자서 자리를 지키고 있는 여자의 등 모습은 흉한 부스럼 딱지처럼 자그맣게 오므라들어가고 있는 것만 같았다.

날이 벌써 어두워오기 시작하고 있었다. 장대비가 끝없이 쏟아지는데도 여자는 움직이지 않았다. 나는 우산을 받쳐든 채 그 자리에 서서 방죽 쪽을 오래오래 바라보았다. 알 수 없는 일이었다. 이렇게 쏟아지는 비를 맨몸으로 고스란히 두들겨 맞으며 여자는 무엇을 저렇듯 뚫어져라 내려다보고 있는 것일까……

"이 녀석아, 거기서 뭘 하고 있는 거여. 저녁 밥상 들여놓았는디."

고샅 어귀에서 나를 찾아 나온 어머니의 목소리가 들려왔다. 나는 등을 돌려 집을 향해 걷기 시작했다. 골목 어귀를 접어들기 전에 나는 마지막으로 뒤를 돌아다보았다. 이미 어둠은 비와 함께 들녘을 까무룩이 덮어가고 있었다. 그 어둠 속 저편으로 방죽의 거뭇한 둑과 그 둑 위에 묻은 한 점 자그마한 얼룩 같은 것이 아스라하니 눈에 잡힐 듯하다가, 이내 아주 까맣게 묻혀버리고 말았다.

그날 밤 내내 비는 억수같이 퍼부었고, 라디오에선 호남 지방 일대에 호우 주의보가 내려졌음을 알렸다.

그 밤, 나는 어지러운 꿈속에서 그 여자를 보았다. 방죽 가에 홀로 서 있는 그 여자는 화사한 분홍빛 파라솔을 들고 있었다. 여름 한낮의 쨍쨍한 햇볕이 터질 듯 쏟아져내리는데, 수면 위로 무엇인가 얼핏 둥두렷이 피어오르는 것이 보였다. 파아란 연꽃의 이파리였다. 여자가 파라솔을 든 채 방죽으로 천천히 걸어들어가기 시작했다. 여자는 웃고 있었다. 까르르르르. 행복에 찬 여자의 기쁜 웃음 소리가 맑게 수면 위로 흩어졌다. 이윽고 여자는 그 커다란 연꽃 이파리를 손으로 잡더니, 그 넓은 이파리 위로 훌쩍 올라앉는 거였다. 까르르르. 그녀의 맑은 웃음 소리와 함께 분홍빛 파라솔을 태운 그 파아란 이파리는 천천히 떠서 흘러가기 시작하더니, 어느새 아스라하니 멀리 수평선 너머로 사라지고 있었다.

이튿날 아침, 나는 비가 그친 방죽으로 나가보았지만 그 여자의 흔적은 어디서도 찾을 수가 없었다. 그 후, 그 불행한 여자는 다시는 우리 동네를 찾아오지 않았다.

하지만 이따금 나는 그 여자의 기억이 떠오르곤 했다. 원이네 집 뒤란 평상에 앉아 포도씨를 가득 입에 물고 용식이 청년의 얼굴에 퉤퉤 뿜어내면서 까르르르 터뜨리곤 하던 그 여자의 해맑은 웃음 소리. 그리고 그 이상한 놀이를 되풀이하던 순간에 그들의 얼굴에 떠오르던 그 한없이 행복한 표정이 내겐 무엇보다 잊혀지지 않았다. 그때 그들에겐 이상한 그 놀이가 그토록 재미있었던 것일까……

아마 바로 그해 늦은 여름이었을 것이다. 오후에 어머니가 모처럼 시내에서 포도를 사들고 오셨다. 끝물에 나온 포도여서 알갱이가 성기고 볼품이 없었지만, 맛은 좋았다. 마침 나 혼자 집을 보고 있던 참이어서, 어머니와 나는 마루에 나앉아서 그걸 먹었다.

그런 어느 순간, 문득 용식이 청년과 그 여자의 행복한 놀이가 퍼뜩 떠올랐다. 나는 포도알을 한꺼번에 여러 개 입 안에 털어넣고 우물거렸다. 그리고는 마주 앉은 어머니의 얼굴을 겨누고 힘차게 내뱉어드렸다.

퉤! 포도씨는 너무나 정확하게 어머니의 콧잔등과 뺨에 명중해주었고, 나는 아주 행복해하는 웃음을 막 까르르르 하고 터뜨려볼 찰나였다. 바로 그 순간, 철썩 하고 어머니의 큼직한 손바닥이 내 볼따구니를 세차게 후려쳤다.

"으마마! 이 자식이 뜬금없이 미쳤능갑다! 어디서 배운 못된 버르장머리여! 더럽구마는."

번쩍, 불똥이 튄 듯 화끈거리는 볼따구니를 감싸쥔 채 나는 어머니의 성난 얼굴을 멍하니 건너다보다가, 엉거주춤 일어나 밖으로 나섰다. 마을 앞 공터에 이르러 나는 방죽 쪽을 바라보며 우울해졌다.

"히잉. 어무니는 뭘 모른당께…… 바보같이."

아아, 그것이 얼마나 행복하고 즐거운 놀이인 줄을 이해해주지 못하는 어머니를 가졌다는 사실이 나는 슬펐다.

탱자나무집

"꼬마야. 너 심부름 좀 해줄래?"
만화책을 돌려주고 나오려는데, 병구네 형이 나를 불러 세웠다.
"심부름요?"
"아주 간단한 거여. 다녀오면 만화책 보여주마. 공짜로."
귀가 솔깃했다. 병구네 형은 방으로 들어가더니 예쁘게 포장한 꾸러미 하나를 들고 나왔다.
"너, 오목씨 알지? 저 아래 탱자나무집 말여. 이걸 고오목양한테 전해주고 와."
"아아, 그 안경 쓴 아줌마요?"
"그래 그래. 하지만 아줌마라고 부르면 안 돼. 처녀란 말여. 다른 사람 안 볼 때, 살짝 그 누나한테만 줘야 한다. 알았지?"
"이게 뭣인데요?"
"그건 알 거 없다. 만약 물어보거든, 그냥 선물이라고 해. 크리스마스 선물이라고 말이다. 어서 가."
마치 누가 듣고 있기라도 하듯 빈 가게 안을 슬쩍 돌아보면서, 그는 발그레 달아오른 얼굴을 하고 속삭이듯 내게 말했다.
"절대로 누가 보면 안 돼. 그 누나가 없으면 그냥 가져오란 말여."

"알았어요."

나는 만화방을 나오자마자 달음박질로 골목을 빠져나왔다. 저만치 논 가운데 외딴집이 보였다. 거기가 탱자나무집이었다. 이게 뭐지? 꾸러미를 손으로 더듬어보니, 책 같았다. 무슨 만화책을 이렇게 포장까지 했을까. 나는 휘파람을 획획 불어날리며 논둑길을 내려섰다.

탱자나무집 마당엔 아무도 없었다. 꽤나 넓고 큰 기와집이었지만, 빈 집처럼 보였다. 마당가엔 마른 잡초가 더부룩하고, 수챗가와 장독대도 어수선했다. 반쯤 열려진 대문을 조심스레 밀고 마당 안으로 들어섰다.

"저어, 아줌…… 참, 누나아."

용기를 내어 불렀지만 안에선 기척이 없었다. 화단을 지나 좀더 들어가니, 빨랫줄에 걸린 커다란 이불이 앞을 가로막았다. 때 묻은 이불 여기저기에 그려진 얼룩 자국을 보니 킥킥 웃음이 터져나왔다.

야, 탱자나무집 그 안경쟁이는 밤마다 이불에다가 오줌을 싼다더라. 에이, 설마. 그렇게 큰 어른이 어떻게 오줌을 싸냐? 모르는 소리 마, 임마. 우리 형이 그러는데, 사실은 그게 병이래. 밤에 잠자다가 자기도 모르게 오줌을 불불 싼다드라. 그래서 시집도 못 가고 있는 거래. 못 믿겠으면 탱자나무집에 당장 가봐. 그 집 빨랫줄엔 날마다 오줌 싼 이불을 널어놓는데. 진짜야……

그 이상한 소문을 맨 처음 퍼뜨린 건 바로 양재였다. 아이들은 좋아라고 낄낄거렸다. 얼마 전부터 고오목양에겐 고목나무니 깽깽이니 하는 별명에 오줌싸개 할멈이라는 별명까지 붙어 있는 터였다.

양재 녀석의 말이 정말인가? 오줌 자국이 선명하게 그려진 이불을 쳐다보며 혼자 키득거리고 있을 때였다.

"넌 누구야. 뭘 훔치려고 들어왔지?"

깜짝 놀라 돌아보니, 바로 고오목양이 서 있었다.

"아, 아니어라우. 저기……"

엉겁결에 주춤 물러서며 우물거리는 순간, 그녀는 대뜸 내 손목을 움켜잡았다. 안경 속의 두 눈이 잔뜩 화가 나 있었다.

"아니긴 뭐가 아냐. 전번에도 우리 빨래를 도둑질해간 녀석이 틀림없어. 아유, 이런 조그만 녀석이 벌써부터 못된 짓이야. 잘 만났어. 당장 네 집으로 갈 거야."

빨래라고? 순간 가슴이 덜컹 내려앉았다. 얼마 전 아이들이 이상한 걸 장대 끝에 걸고 낄낄대며 돌아다니는 걸 본 적이 있었던 것이다. 부라자라든가 부라보라든가 하는 그것을 탱자나무집에서 훔쳐내오도록 시킨 건 중학생인 원이네 작은형이었다. 가슴이 불룩해 보이도록 처녀들이 옷 속에 차고 다닌다던가. 물론 나는 전혀 결백했다.

"아녀라우. 내가 안 그랬단께라우."

"거짓말 마. 못된 녀석, 네 아빠한테 가잔 말야."

너무나 억울해서 눈물이 핑 돌았다. 나도 모르게 그만 쿨쩍쿨쩍 울음을 터뜨렸는데, 그 때문에 그녀의 마음이 조금 약해진 눈치였다.

"울지 마. 그치라니깐 그래. 정말 네가 한 짓이 아니라구?"

나는 울먹이며 고개를 끄덕였다.

"난 그냥 심부름을 왔을 뿐인디……"

"심부름?"

그녀는 꾸러미를 받아들더니, 어리둥절한 표정으로 포장지를 풀었다. 그건 『아리랑』이라는 이달 치 잡지책이었다.

"아니, 누가 이런 걸 보냈단 말이냐."

내가 이름을 밝히자마자 안경 속에서 두 눈이 찢어질 듯 커졌다. 그녀는 한동안 기가 막혀 어쩔 줄 모르고 발을 동동 굴렀다.

"어머머, 세상에! 그 만화방 남자가 이걸 주라고 했단 말이지? 나한테!"
 "크리스마스 선물이래요. 남들이 보면 안 된다고 하던데……"
 "어머머, 어머머! 기가 막혀라. 자기가 날 언제 봤다고…… 아휴, 아휴. 사람을 무시해도 분수가 있지. 이런 추잡한 저질 잡지를 나더러!"
 아유, 분해. 아유, 아유. 그녀는 붉으락푸르락 어쩔 줄 모르고 펄쩍펄쩍 뛰었다. 끝내는 책을 땅바닥에 내동댕이치고는 제풀에 엉엉 울음을 터뜨리기 시작했다. 너무 뜻밖이라 나도 반쯤 얼이 나갔던 모양이다. 엉뚱하게도 이번엔 내가 그녀를 달래고 있었다.
 "세상에, 나를 얼마나 무시했으면! 제까짓 것들이, 날, 날 말야. 아흐흐. 엄마아."
 "저어, 울지 마세요. 아줌마…… 아니 참, 누나. 울지 말아요 네?"
 그러자 한동안 발을 동동 구르며 분해하던 그녀는 울음을 뚝 그치더니, 놀란 표정으로 나를 뚫어져라 바라보았다.
 "그래그래, 미안하다. 너무 화가 나서 그랬어…… 고맙구나, 날 위로까지 해주고."
 그녀가 코를 벌름거리며 웃었다. 내 얼굴이 빨개졌다.
 "너, 착한 아이로구나. 잠깐 들어왔다가 갈래? 사과하는 의미로 맛있는 거 줄게."
 그렇게 해서 나는 예기치 않게 고오목양의 집 안으로 따라 들어갔다.
 외양과는 달리 방 안은 무척 근사했다. 마룻바닥은 반질거렸고, 크고 값비싸 뵈는 가구들도 보였다. 거실로 들어가자 고오목양은 나를 소파에 앉게 하고는, 접시에 양과자를 담아왔다.
 "자, 어서 먹어. 집이 엉망이지? 청소하기가 귀찮아서 잘 치우지도 않는단다."

그녀는 마치 어른에게 대하듯 내게 웃음을 보냈다.
"처음 보는 얼굴 같은데. 어디 살지? 이름은?"
나는 한층 부끄러워졌다. 그렇듯 부드럽고 정중한 말투는 처음이었으니까.
"철이라…… 흔한 이름이긴 한데, 너한텐 아주 어울리는 이름 같구나. 아깐 미안했어. 무턱대고 화를 내서 말야. 용서해주렴."
"아뇨. 괘, 괜찮어라우."
"어머, 얼굴이 빨개졌어. 무척 수줍음을 타는구나. 호호."
그녀는 양과자를 하나 내 손에 쥐여주었다. 손가락이 병자처럼 아주 희고 가늘었다. 한입 베어 오물거렸다. 기막힌 맛이었다. 조금 용기가 났다.
"저어…… 나는요…… 아줌…… 아니 참 누나가 아주 무서운 사람인 줄 알았어요."
"그래애? 어째서 그랬을까."
재미있다는 듯 안경 너머로 두 눈을 껌벅였다.
"사람들이 그러는데요. 누나는 심술쟁이고 성미가 고약하대요. 또……"
"그리고 또?"
"응, 돈이 많다고 뻐긴대요. 잘난 체하고 거만하고요. 누난 진짜 부자예요?"
나는 서울 아이처럼 일부러 말을 예쁘게 하려고 조심하며 생글거렸다. 우리 반엔 서울에서 살다 온 아이가 있었다. 나도 모르게 그 아이의 말투를 흉내내고 있었다.
"글쎄에. 하지만 지금은 아니란다. 보시다시피 난 가난하고 또…… 고독하단다."

"고독이라고요?"

"으응. 외롭다는 뜻이지. 아무도 없으니까 말야. 난 친구가 없거든. 동네 사람들조차 우리집에 오길 꺼려한다는 걸 나도 알고 있단다."

"그건 말예요. 아마 누나한테서 나는 냄새 때문일 거여요."

"냄새라니?"

순간 나는 아차 했다. 하지만 정직해야 할 것 같았다. 이 맘씨 좋은 누나 앞에선.

"저어, 원이네 작은형이 그랬어요. 누나가 날마다 밤에 요에다가 오줌을 싼다고요. 하지만 일부러 그러는 것도 아니니까, 전 모두 이해할 수 있어요. 병인데요 뭐. 실은 우리 은매 누나도 오줌을 싸거든요."

나는 오줌싸개 따윈 아무렇지 않다는 듯, 의젓하게 웃었다. 물론 얼마 전에 나도 오줌을 싼 적이 있다는 얘긴 숨기기로 했다. 별안간 고오목양이 깔깔깔 웃었다.

"세상에, 정말 너무들 하는구나. 왜 다들 나를 그렇게 못살게 구는지 모르겠다. 내가 해를 끼친 적도 없는데 말야. 아아, 알 수가 없어."

"그럼, 저 빨랫줄에 걸려 있는 이불은……"

"저거? 오호호. 그랬었구나. 그건 말야. 우리 할아버지의 이불이란다. 노인이 되면 누구나 다 그렇게 되는 법이지. 난 또 뭐라구."

그녀가 뒤편의 방을 눈짓으로 가리키며 웃었다. 반쯤 열린 방문 틈으로 어둑신한 방 안이 엿보였다. 머리가 허연 노인이 무릎에 뭔가를 펼쳐놓고 구부정하니 앉아 읽고 있었다. 성경책인 듯싶었다. 그제야 나는 모든 걸 짐작했다.

"근데, 철이도 누나가 오줌을 싼다구?"

망설이던 끝에 난 결국 은매 이야기를 해주었다. 섬에서 살던 얘기, 이사, 어머니의 바느질 솜씨, 큰누나와 과자 공장…… 시키지도 않은 얘기까지 줄줄 흘러나왔다. 왜 그랬는지 나도 모를 일이다.
"어머, 그랬었구나. 그런데 아버지 얘긴 왜 한 번도 안 할까. 뭘 하시는 분이지?"
두꺼운 안경 너머로 유난히 큰 두 눈을 껌벅이며 내 이야기를 열심히 듣고 있던 그녀의 말에 나는 찔끔했다.
"우리 아버진 선장님이에요. 아주 먼 나라까지 갈 수 있는 커다란 밴데, 우리 아버지가 대장이지요. 돈도 무척 많이 버신대요. 진짜예요. 집에 오실 때마다 근사한 선물을 가져다 준다구요. 아버진 부자니까요. 우리집에 사진도 있는데, 마도로스 옷이 얼마나 멋진지 몰라요……"
나는 어느새 꽤나 열심히 거짓말을 늘어놓고 있었다.
문득 큰누나 그림책 속의 펭귄이 눈앞에 떠올랐다. 하얗게 덮인 얼음 위에서 혼자 알을 품고 서 있는 수컷 펭귄 한 마리. 꽁꽁 얼어붙은 발 위에다가 새끼 펭귄을 올려놓은 채, 커다란 등을 움츠려 바람을 막고 서 있는 늠름한 아빠 펭귄…… 괜스레 가슴이 싸르르 아려왔다.
'아아, 아버지는 왜 우리집으로 돌아오지 않는 걸까……'
고오목양은 어째선지 약간 어두운 표정을 하고 줄곧 내 얼굴을 지켜보고 있었다.
"그래…… 그랬었구나. 그런데 아빠는 집에 자주 오시지 않는가 보지?"
"아주 어쩌다 한 번씩요. 너무 먼 나라를 돌아다니니까요. 하지만 조금 있으면 아주 돈을 많이 벌어오실 거예요. 그러면 우린 큰 집도 사고, 은매 병도 고칠 수 있어요. 어머니는 양장점을 내고, 은분이 누난 중학교에 다닐 수 있고요. 또……"
더 이상 말을 계속할 수가 없었다. 목이 울컥 잠겨왔던 것이다. 왜 이런 엉터리 거짓말을 하고 있담. 바보같이. 나는 슬며시 그녀의 눈길을 피해버렸다.

"좋겠구나, 철이 넌. 엄마 아빠가 다 계신다는 건 얼마나 행복한 일인지 아마 넌 잘 모를 거야. 난 아무도 안 계시거든. 그땐 잘 몰랐었지만, 이렇게 혼자만 남게 되니까 알겠어. 아무리 보고 싶어도, 한번 흘러간 시간은 되돌아오지 않는단다. 다시는 말야…… 난 철이가 부러워. 정말이야."

고오목양이 우울하게 말했다. 가까이서 본 주름 많은 그녀의 얼굴은 훨씬 나이가 더 들어 보이는 것 같았다. 뭐랄까, 퍽이나 쓸쓸하고 외로운 얼굴이었다.

흘러간 시간은 다시 오지 않는다고? 나는 그 말을 잘 이해할 수 없었다. 내겐 시간 같은 건 아무래도 좋았다. 어서 흘러가버렸으면, 눈앞을 가리고 있는 이 막막하고 답답한 어둠 같은 게 제발 얼른 사라져버리고 말았으면. 언제부터인가 나는 오히려 그렇게 간절히 바라고 있었으니까 말이다.

그녀랑 나는 아주 많은 이야기를 나누었다. 조잘거리는 쪽은 나였고, 그녀는 주로 열심히 들어주는 쪽이었다. 그러는 동안 그녀에 대해 많은 걸 알게 되었다. 생각보다 가난하다는 것, 그리고 생각보다 훨씬 더 못생긴 얼굴인데다가 훨씬 더 쓸쓸하고 외롭게 살고 있다는 것까지도.

고오목양은 자기의 꿈 얘기도 했다. 훌륭한 바이올린 연주가가 되고 싶었다는 얘기. 하지만 이젠 아무래도 그 꿈을 이룰 수 없을 것 같은 생각이 든다는 얘기. 그 외에도 많은 이야기를 했지만 대부분 내겐 너무 어려웠다. 그녀가 바이올린을 만져보게 해주고 잠시 짧은 곡을 직접 연주까지 해주었을 때, 나는 한없는 존경심마저 생겼다. 그녀는 오래전부터 누군가 함께 얘기를 나눌 친구가 필요했던 것이다. 그걸 나는 금방 알 수 있었다.

"차암, 우리 은분이 누나도 꿈이 있대요."
"그래. 꿈이 없는 사람은 아무도 없지. 철이 누나의 꿈은 뭔데?"
"수녀요. 큰누난 요담에 꼭 수녀가 될 거래요."
"어머, 왜애?"
"시집을 가고 싶지 않나 봐요. 남자들이란 모두가 똑같은 도둑놈들이니까요. 책임도 질 줄 모르고, 힘없는 여자들을 울게 만든대요. 은분이 누나가 그랬어요."
"어머, 저걸 어째."

고오목양은 피싯 웃었다. 그러더니 이내 혼자 고개를 끄덕이면서 퍽 쓸쓸한 표정을 지었다.

"철이는 꿈이 뭘까. 커서 무엇을 하고 싶지?"

바이올린 줄에 송진 가루를 문지르면서 그녀는 물었다.

"나는요, 시인이 될 거예요."
"시인이 뭘 하는 사람인지 알고 있니?"
"그럼요. 시인은 재미있는 이야기를 만들어서 사람들한테 들려주는 사람이에요. 아주 즐겁고 아름다운 얘기를 읽으면 슬픔에 빠진 사람도 행복해지겠지요. 난 그런 얘길 많이 알고 있거든요."
"아유, 궁금해라. 그게 어떤 얘기일까?"
"별 이야기요. 모든 사람은 말예요. 예전엔 누구나 별이었대요. 별 똥별이 떨어지면, 그건 어느 집에선가 지금 막 아이 하나가 태어난다는 표시예요……"

오래전 고향집에서 할머니한테 들었던 별 이야기를 나는 열심히 들려주기 시작했다. 그녀가 얼마나 감격에 찬 표정으로 내내 귀를 기울여 주었는지 모른다. 나는 마치 벌써 진짜 시인이라도 된 듯 우쭐해졌다.

"어머어머, 굉장해! 그렇게 아름답고 감동적인 이야기는 아직 들어

본 적이 없어. 정말이야. 철이 넌 틀림없이 훌륭한 시인이 될 거야. 아암."

그녀는 눈물을 글썽이며 나를 덥석 껴안아주기까지 했는데, 순간 그녀의 가슴에서 풍겨나오는 그 알싸하고 향긋한 냄새 때문에 정신이 몽롱해질 지경이었다.

고오목양은 탱자나무 울타리 부근까지 바래다 주었다.

"참, 이 책은 그 병구네 형이란 사람한테 돌려주렴. 여기 책갈피에 그 사람이 쓴 카드가 들어 있는데, 그것도 함께 말야."

그녀는 내 손에 책 꾸러미를 건네주며 말했다.

"카드에 뭐가 적혀 있었는데요?"

"으응, 나하고 친구가 되고 싶대."

"그 아저씨, 나쁜 사람 아니에요. 자기는 예술가를 세상에서 젤로 존경한대요. 손을 다치지만 않았으면, 기타를 쳤을 거라면서요."

시키지도 않은 말까지 종알거리는 나를 재미있다는 듯이 내려다보는 그녀의 얼굴이 갑자기 퍽 예뻐 보였다.

"그래. 아마 좋은 사람일 거야. 하지만 진실한 사랑이란 일방적인 게 아니라 서로가 상대방을 존중하고 이해해주는 거란다. 철이는 아직 어려서 잘 모르겠지만 말야. 그리구, 난 친구가 벌써 생겼는걸. 이렇게 철이가 있잖아?"

그녀는 달콤한 미소와 함께 내 두 손을 꼭 쥐여주는 거였다. 가슴이 벌떡거리고 콧구멍이 벌렁거려질 만큼 나는 기쁘고 행복했다.

"잘 가. 정말 재미있었어. 그리구 언제든 우리집으로 놀러 오렴. 우린 이제부터 친구니까 말야. 그렇지?"

나는 까닥까닥 고개를 끄덕여주고는 달음박질로 논둑길을 내달려왔다. 책 꾸러미를 보더니 병구네 형은 단박에 풀이 팍 죽었다.

"왜 그냥 가져왔냐? 못 만났어?"

"이걸 다시 돌려주래요. 난, 그만 집으로 가야 되라우."

"꼬마야, 잠깐만. 무슨 전해달란 말도 없든?"

"아 참, 이랬어요. 저어, 진실한 사랑이란 일방적이 아니고…… 뭐라더라, 서로 이해해주는 거라고요. 누나한테는 벌써 친구가 생겼다든디요."

물론 그 친구가 바로 나라는 사실은 말하지 않기로 했다.

"그래? 애인이 있다고 그랬단 말이지……"

병구네 형은 갑자기 몇 끼 굶은 사람처럼 맥 풀린 눈빛으로 중얼거렸다.

괜스레 기분이 좋아져서, 나는 휘파람을 휙휙 불어날리며 집으로 돌아왔다. 벌써 저녁 무렵이었다.

상엿집

 대문을 들어서니, 집 안이 조용했다. 어머니가 아직 시장에서 돌아오지 않아 다행이라고 생각하며 무심코 방문을 열던 나는 소스라치게 놀랐다. 방 안에 은매가 보이지 않았다.
 "어찌 된 일이라냐. 어디로 갔지?"
 방바닥엔 빈 밥그릇이 아무렇게나 나뒹굴고, 문고리에 매어둔 허리끈만 혼자 디룽거리고 있을 뿐이었다. 부엌 문을 열어보았지만 은매는 없었다. 마루 밑에도, 변소에도, 안채 뒷마당에도 역시 은매의 흔적조차 찾을 수 없었다. 마루 밑엔 은매의 먹고무신이 보였다. 맨발로 나갔구나. 가슴이 철렁 내려앉았다.
 허둥지둥 안마당으로 돌아 나오는데, 마침 덕재네 엄마가 대문을 들어섰다.
 "아줌마, 혹시 우리 은매 못 보셨어요?"
 덕재네 엄마의 눈이 커다랗게 벌어졌다.
 "아니 그럼, 철이 네가 은매를 밖에 데리고 나갔던 게 아니란 말이냐?"
 "아뇨. 잠이 든 걸 보고, 잠깐 나갔다 온 참인디……"
 "아이고, 큰일났구나! 네 어무니가 돌아와서 금방 너를 찾으러 나가셨단 말여. 철이 너가 은매를 데리고 나간 줄로만 알고 있었는디!"
"예에? 어무니가요?"
"뭣 하고 서 있어? 은매가 혼자 집을 빠져나갔는갑다. 빨리 나가서 찾아봐!"

눈앞이 캄캄했다. 대체 어떻게 된 일일까. 분명히 잠들어 있는 걸 보고 나왔었는데, 어떻게 혼자 집 밖으로 빠져나갔을까. 나는 골목으로 뛰어나갔다. 공터에서 우리를 찾다가 되돌아오는 어머니와 딱 마주쳤다.

"은매는 어디 있냐?"
"몰라라우. 아까 잠들어 있는 걸 봤는데……"
"뭐여? 아이고, 그럼 이 일을 어쩐단 말여!"

어머니의 낯빛이 대번에 하얗게 질렸다. 나는 울음이 터질 것 같았다. 이발소에서 안씨 아저씨가 나왔다.

"그 애가 없답니까?"
"혹시 어디로 가는 걸 못 보셨는가라우?"
"글쎄요. 못 봤는데……"
"으마마, 큰일이네. 어디로 갔을까. 이 추위에 혼자!"

어머니와 나는 흩어져서 골목과 공터 부근을 뛰어다녔다. 지독히도 추운 날씨라 동네 아이들조차 눈에 띄지 않았다.

"아이고오, 이 악마 같은 놈아. 내가 참말로 너 때문에 제 명대로 못 살겄다! 대관절 어딜 그리 쏘다니기만 하느라고…… 빨리 방죽으로 가보자."

어머니는 벌써 논둑길을 질러 방죽을 향해 달음질치기 시작했다. 급히 뒤를 따르다가 발목이 웅덩이에 빠졌지만, 그까짓 건 아무래도 좋았다. 바람이 씽씽 불어와 콧등이 먹먹하게 아파왔다.

178

은매는 이 추위에 어디로 갔을까. 틀림없이 맨발일 텐데…… 얇은 내복만 달랑 걸친 채 꽁꽁 언 땅을 맨발로 절룩이며 걷고 있는 은매. 살얼음 낀 방죽을 헤매다가 그만 헛디뎌서 물에 빠져 죽어 있는 은매…… 그런 별의별 끔찍한 상상 때문에 숨이 막혔다.

둑 위에 올라서 보니, 방죽엔 사람의 그림자도 보이지 않았다.

"은매야아! 은매야이!"

어머니와 나는 있는 힘껏 소리를 질러대며 방죽 가를 돌아다녔다. 맞은편 철길로 기차가 쿵쾅쿵쾅 달려 지나갔다.

"여기는 없는갑다. 이쪽으로 왔다면 사람들 눈에 띄었을 터인디. 안 되겠다. 내가 저쪽 기찻길로 가서 찾아볼 테니까, 철이 너는 공동묘지 쪽 신작로를 죽 타고 내려가봐라. 내 금방 뒤쫓아갈 테니까. 어서!"

어머니가 철길 쪽을 향해 둑길을 타고 달려갔다. 나는 동네로 내려와 골목까지 단숨에 뛰어내려갔다. 집 앞을 지나치려다가 혹시나 하고 집에 들어가보았으나 역시 은매는 없었다. 다시 논둑길을 타고 오목이 누나네 집 탱자나무 울타리를 달려 지나쳤다.

'은매를 영영 찾지 못하면 어쩌나. 내가 잘못했어. 은매 혼자 집에 남겨두고 돌아다니는 게 아닌데…… 내 탓이야. 어쩌면 좋아.'

논둑길을 마구 달리며 나는 징징 울음을 터뜨렸다. 신작로에도 은매의 모습은 보이지 않았다. 길 바로 위쪽은 공동묘지였다. 벌써 하늘이 어둑어둑해지고 있었다. 컴컴한 공동묘지 입구까지 올라가보았지만 역시 아무도 없었다. 묘지 너머에서부터 저 멀리 잣고개가 있는 산까지는 휑하니 뚫린 들판이었다. 설마 거기까지 은매가 나갔을 것 같지는 않았다.

신작로로 다시 내려온 나는 한동안 갈팡질팡 어쩔 줄 모르고 제자리에서 맴만 돌았다. 그때 공동묘지 아래 기다란 밭둑을 타고 지게를 진

노인이 혼자 터덜터덜 걸어오는 게 보였다. 공동묘지 아래 언덕엔 전부터 조그만 움막집 두어 채가 있었다. 아이들은 그 움막집에 문둥이가 살고 있다며 가까이엔 얼씬도 하지 않았다. 그 움막집에 사는 노인인 듯싶었지만, 나는 용기를 내어 달려갔다.

"할아버지, 혹시 근처에서 웬 여자 아일 못 보셨는가요?"

"글쎄다. 지나간 사람은 없었다만. 왜 그러느냐?"

벙거지를 눌러쓴 노인은 더러운 얼굴을 잔뜩 찡그린 채 무심히 말했다. 그런데, 디룽거리는 콧물을 손등으로 쓱 문지르며 몇 걸음 그냥 지나쳐가던 노인이 문득 걸음을 멈추고 돌아다보았다.

"가만, 그러고 보니 아까 저기서 웬 실성한 아이가 어슬렁거리고 있는 걸 본 것도 같구나."

"어디서요!"

"아직 거기 있는가는 모르겠다만, 저기 상엿집 밑에 논 보이제? 거기 볏가리 쌓아놓은 근처에서 벌벌 떨고 앉아 있더라. 그 아이가 맞냐? 거, 실성한 아이 같던디…… 그러다가 얼어 죽기 딱 알맞제. 이런 엄동설한에……"

중얼거리는 노인을 뒤에 남겨둔 채 나는 허둥지둥 밭둑을 뛰어오르기 시작했다. 노인이 가리킨 묘지 아래쪽 논으로 가보았지만 은매는 없었다.

밭둑 바로 위쪽은 공동묘지였고, 그 묘지가 끝나는 둔덕에 상엿집이 저만치 눈에 보였다. 시신을 묻고 난 뒤에 빈 상여를 넣어두는 그 집은 낡은 기와 지붕에다가 사면의 벽을 시커먼 판자쪽으로 얼기설기 막아놓은 을씨년스런 집이었다. 아이들은 누구나 그 집에 귀신이 살고 있다는 걸 알고 있었다. 보기만 해도 으스스해지는 그 상엿집 근처에 가까이 가본 아이들은 아무도 없었다.

어둠은 훨씬 짙어지고 바람은 귀신의 머리카락처럼 씽씽 불어날리고 있었다. 어머니를 부르러 갈까. 하지만 나는 어금니를 악물고 조심조심 상엿집을 향해 언덕을 올라가기 시작했다. 금방 오줌을 질금거릴 것 같았다. 무릎이 와들와들 떨려왔다. 상엿집까지 열대여섯 걸음 남았을 때, 무서워서 더 이상은 나아갈 수가 없었다.
"은매야…… 은매야이. 거기, 어, 없냐……"
덜덜 떨리는 목소리로 그렇게 간신히 불러보고는 막 등을 돌려 도망치려는 순간이었다. 으으…… 엄바아…… 얼핏 귓전을 스치는 희미한 신음 소리. 은매다. 은매가 틀림없어. 나는 소리가 들리는 곳을 향해 뛰어올랐다.
"은매야! 은매야아!"
정말, 은매였다. 은매가 상엿집 뒤편 처마 밑에 잔뜩 웅크린 채 쓰러져 있었다. 은매의 모습은 너무나 가여웠다. 헤매고 다니다가 물웅덩이에라도 빠졌던 것일까. 얇은 내복 차림의 은매는 온통 진흙으로 범벅이 된 채 축축하고, 찢어진 옷솔기로 무릎과 정강이가 앙상하게 드러났다. 흙투성이 맨발은 푸르뎅뎅하게 얼어붙은데다가 온통 생채기였다. 나는 은매를 부둥켜안자마자 와앙 울음을 터뜨렸다. 얼음 덩어리를 안고 있는 느낌이었다.
"바보야. 여기서, 여기서 뭘 하고 있는 거여…… 빙신같이!"
불쌍한 은매는 힘없이 나를 쳐다보더니, 이내 히죽이 웃고는 눈을 감아버렸다. 한 마리 누에고치처럼 작고 야윈 몸뚱이는 싸늘하게 식은 채 믿어지지 않을 정도로 맹렬히 떨고 있었다. 어쩌면 은매가 죽을지도 모른다는 불길한 생각이 퍼뜩 머리를 스쳤다.
나는 은매를 간신히 등에 업고 일어났다. 무릎이 후들거리긴 했지만, 뜻밖에 은매의 몸은 가벼웠다. 안간힘을 쓰며 언덕을 내려오기 시작했다. 갑자기 내 어깨 너머로 은매의 두 팔이 축 늘어지더니 허수아비처럼 건들거리는 바람에 나는 눈앞이 아뜩했다.
"죽지 마! 은매 누나. 죽어선 안 돼. 내가…… 내가 잘못했당께. 으허엉."
엉엉 울면서 종종걸음을 쳤다. 은매에게 누나라고 불러준 것은 처음이었다. 논둑길에서 몇 번이나 풀썩 고꾸라졌다가 다시 간신히 일어났다. 신작로에 이르렀을 때, 마침내 이쪽을 향해 달려오고 있는 어머니가 보였다.
"아이고, 은매야아! 이게 뭔 일이다냐! 눈을 떠봐라, 은매야이!"
어머니는 은매를 받아 업고 집을 향해 마구 달리기 시작했다. 어느새 안씨 아저씨와 덕재네 엄마, 주인집 아줌마까지 논둑길을 뛰어오고 있는 게 보였다.
어머니는 이불을 모두 끌어내어 은매를 눕혔다. 은매는 이미 의식을 잃은 것 같았다. 사시나무처럼 와들와들 떨어대는 은매의 옷을 어머니는 활활 벗겨젖히더니, 앙상한 맨몸뚱이를 두 손으로 마구 비벼대기도 하고 주무르기도 했다.
"어마마, 저걸 어째. 몸뚱이가 얼어서 푸르뎅뎅하네. 어쩌야 쓸꼬."
"철이 엄마, 코에다 입김을 쐬줘야 해라우. 그래야 숨을 쉰당께."
어느새 더운물을 대야에 퍼서 들고 들어온 덕재네 엄마가 발을 동동 굴렀다. 그 말을 듣고 어머니는 은매의 코를 입으로 빨기도 하고, 더운물 적신 수건으로 전신을 문질러대기도 했다.
그날 밤 내내 우리 식구들은 은매한테 매달린 채 꼬박 밤을 새웠다. 마침내 은매가 희미하게나마 의식을 되찾은 건 다음날 아침이었다. 그러나 은매의 눈빛은 이미 완연하게 힘을 잃어가고 있었다.

새벽별

 사흘 후, 결국 은매 누나는 하늘나라로 떠났다.
 그날은 아침부터 눈이 쏟아졌다. 첫눈이었다.
 잠에서 깨어나 무심코 방문을 열었더니, 세상은 벌써 하얀 꽃밭으로 변해 있었다. 야아, 눈이 와. 첫눈이 오고 있다야. 나는 마당으로 뛰어나가서 고개를 한껏 젖히고 하늘을 올려다보았다. 활짝 핀 목화꽃 같은 송이눈이 끝도 없이 쏟아져 내려오고 있었다. 하늘도 땅도 온통 목화꽃 이파리들로 흐드러지게 덮여가는 꽃밭이었다.
 눈송이들이 뺨을 간질였다. 입을 벌리고 눈을 받아먹었다. 나는 눈이 좋았다. 목젖이 간질거리도록 손꼽아 기다리던 첫눈이었다. 그렇게 많은 눈을 구경하는 건 난생처음이었다. 섬엔 거의 눈이 오지 않았던 것이다. 하지만 기쁨도 잠시였다. 무거운 마음으로 나는 마루 끝에 웅크리고 앉았다.
 "눈이 내리는구나. 차암…… 어쩌면 저리 하염없이도 내리실꼬……"
 문득 등 뒤에서 어머니의 중얼거림이 들려왔다. 어느새 어머니는 방문을 열어놓고 마당을 내다보고 있었다.
 "올해는 풍년이 들라나 보다. 첫눈이 이렇게 푸짐하면 세상이 평화로울 징조라드니……."

　낮게 뇌까리는 어머니의 목소리는 느리고 지쳐 있었다. 간밤에도 은매의 머리맡에서 꼬박 밤을 새웠을 것임을 나는 알고 있었다. 은매가 앓기 시작한 날부터 어머니는 줄곧 은매한테 매달려 있었으니까. 아예 한복집에서 일감을 가져온 어머니는 은매의 머리맡에서 틈틈이 바느질을 하곤 했다. 자다가 언뜻 눈을 떠보면 어머니는 여전히 은매를 지켜보며, 흐린 불빛 아래서 손을 움직이고 있었다.

　"어무니, 이젠 그만 주무세요. 은매는 내가 볼께라우."

　"괜찮다. 어미 걱정은 말고 느이들이나 어서 자. 일 나간 지 얼마 되지도 않았는디, 장사에 지장을 줘서야 쓰겠냐."

　은매의 병세는 전혀 나아지지 않았다. 몇 시간씩 열이 펄펄 끓어올랐다가, 한동안 조금 나아지는가 싶으면 다시 열이 올랐다. 그러기를 사흘 내내 되풀이하고 있었다. 열이 한창 오를 때는 온몸이 불덩이 같았다. 땀을 비 오듯 흘리며 때로는 깜박 의식을 잃곤 했다.

　그러나 의식이 되돌아와도 은매는 예전 같지가 않았다. 멀거니 초점 풀린 시선으로 맥없이 허공 어딘가를 몇 번 휘젓다가는 이내 스르르 눈꺼풀을 닫고 말 뿐이었다. 은매야. 에미다. 밥 묵을래. 으응. 어머니가 안타깝게 소리를 질러도, 은매의 입에서는 으으 하는 가냘픈 신음소리만 흘러나왔다. 은매는 거의 아무것도 먹지 못했다. 숟가락으로 물을 떠넣어주면 절반은 도로 줄줄 흘러나와버렸다. 뱃속에 든 게 아무것도 없을 텐데, 희멀건 물똥을 자주 쌌다.

　"으마, 어쩔끄나. 며칠 새에 아이 몸뚱이가 반쪽이 됐네에."

　"얼마나 시달렸으면 입술이 저렇게 까맣게 탔을꼬. 쯔쯔."

　"아이고 그렇제만, 철이 엄마가 더 걱정이우. 잠 한숨도 못 자고 그렇게 무리하다가 어쩔라고 그래요. 철이 엄마까장 쓰러지면 진짜 큰일인디……"

 첫날은 주인집 아줌마와 이웃 아낙네들이 몇 번 들여다보고 갔다. 그러나 방 안에 가득 찬 고약한 냄새에 질린 듯 이내 황황히 일어나 방을 빠져나가버렸다. 이젠 어쩌다가 마당 가에서 고개만 기웃거리다가 슬그머니 지나치곤 할 뿐이었다.

 "열병치고는 증세가 요상헌디. 저러다가……"
 "병원에라도 한번 데리고 가보는 게……"
 "으마마, 눈치 없는 소리 하지 말어. 병원엘 왜……"
 "그러엄, 차라리 그 편이 백번 낫지 뭐. 불쌍하기사 하제마는…… 더 살아봤자 제 어미 가슴에 평생 못박는 것이고……"
 "그리고말고……어차피 사람 구실 못 하고 사느니……저한테도 행복이고, 다른 식구들한테도…… 솔직히 그러는 게 나아. 아믄."

 수챗가에 모여 앉아 설거지를 하면서 그녀들이 수군거리는 소리를 나도 들었다. 무슨 은밀한 음모라도 감춘 듯, 온 집 안에 갑자기 무겁고 음울한 분위기가 감돌고 있는 느낌이었다.

 그랬다. 지금 이웃 사람들 모두가 은밀히 예감하고 또 기다리고 있는 것이 무엇인가를 나는 이미 알고 있었다. 하지만 그들뿐일까. 어쩌면 우리집 식구들 역시 그 무엇인가를 기다리고 있는 건 아닐까. 아무도 그 무서운 말을 차마 입 밖에 내진 않지만, 은분이 누나도, 나도, 그리고……아아 어쩌면, 어머니까지도?

 '아냐. 내가, 내가 미쳤는갑다. 지금 무슨 끔찍한 생각을 하고 있는 거여? 이건 내 생각이 아냐. 악마가, 내 마음 속에 들어앉은 마귀 짓일 거여……'

 나는 소스라치며 혼자 고개를 내젓곤 했다. 그러나 그 무서운 생각은 자꾸만 뇌리에서 뱀처럼 소리 없이 머리를 쳐들곤 했다. 언제부턴가 나는 은매를 차마 똑바로 내려다볼 수가 없었다. 물수건으로 은매의 얼굴을 닦고 있는 큰누나를 마주 보기도 두려웠다. 숟가락에 약을 떠 먹이려 애를 쓰는 어머니의 부석부석한 얼굴도…… 나는 식구들과 눈이 마주칠 때마다 숨이 막힐 것만 같았다.

그러나 어찌하랴. 어머니와 누나의 지친 얼굴, 충혈된 눈빛에서도 나는 어쩔 수 없이 그 한없이 음울하고 두려운 기다림의 흔적을 언뜻언뜻 읽어낼 것만 같았다. 우리 세 식구는 저마다 시선을 마주치지 않으려 애쓰고 있었던 것이다. 은매를 병원에 데려가야 한다는 말은 누구도 꺼내지 못하면서……

"저 새 좀 봐라이. 저렇게 이쁜 새들이 어디서 날아왔을까……"

다시 어머니가 중얼거렸다. 나는 무심코 고개를 들어 감나무를 올려다보았다. 감나무 꼭대기엔 까치밥으로 남겨둔 빨간 열매 몇이 흰 눈을 맞고 있었다.

정말, 새였다. 머리에 도톰하고 하얀 꽁지가 달린 작고 귀여운 두 마리의 새.

산이 가까운 탓인지, 동네엔 새들이 흔하게 찾아왔다. 하지만 이건 처음 보는 새였다. 그것들은 가지 사이를 총총총 뛰어오르기도 하고, 서로 날개를 맞부딪치는 시늉으로 파닥거리기도 하면서 한창 장난에 열중해 있었다. 희한한 광경이었다.

"맞었어…… 그 새로구나. 너희 외할아버지가 돌아가신 날에도 찾아왔던…… 바로 그 새여. 틀림없다이……"

어머니의 혼잣말을 듣는 순간, 난 가슴속에서 뭔가 끈 하나가 툭 끊어지는 느낌이었다. 흠칫 놀라 돌아보니, 어머니는 무엇인가에 홀린 듯한 눈으로 나무 쪽을 망연히 응시하고 있었다. 새. 그것이 무엇을 의미하는가를 나는 직감했다.

"사람이 죽을 때가 되면, 조상새들이 먼저 찾아와서 알려준단다. 저승에서 기다리고 있는 조상님들이 그 새를 보내주시는 거여. 너희 외할아버지도 그러셨느니라. 그날 아침에 대청으로 새 한 쌍이 날아드는 걸 보시드니만, 별안간 솥에 물을 데우게 하고는 목욕을 깨끗이 하시겠지 뭐냐. 그러드니, 그날 밤으로 눈을 감으셨단다……"

어머니는 우리에게 그런 얘기를 가끔 들려주곤 했었다. 오래전부터 외가 쪽에서는 그 신기한 조상새 이야기가 대대로 전해져 내려오고 있었다.

결국 이번에도 그 예언이 들어맞은 셈일까. 몇 시간 후, 은매 누나는 숨을 거두었다.

그날 온종일 나는 밖에서 놀았다. 눈은 잠시도 쉬지 않고 펑펑 쏟아져서 발목까지 차올랐다. 온 동네 아이들과 강아지들까지 모조리 쏟아져나와 야단법석이었다. 엄청나게 큰 눈사람을 만들고, 눈싸움도 하고, 방죽에 나가 신나게 얼음을 지치기도 했다.

저녁이 다 되어서야 집에 들어서니, 은매는 벌써 마지막 숨을 몰아쉬기 시작하고 있었다. 어머니는 은매를 가슴에 꼬옥 부둥켜안은 채 은매야 은매야 하고 불러대고, 큰누나는 은매의 두 발을 잡고 엉엉 울기만 했다.

"오메에, 철이야, 어쩔끄나. 느그 작은누나가 인자 떠날라나 부다. 우리를 두고, 참말로 갈라는가 부다아…… 은매야아, 눈 좀 떠봐라이. 마지막으로…… 네 동생 얼굴이나 보고 가야제. 어서. 은매야이……"

나는 풀썩 무릎을 꿇었다. 몸을 흔들다가, 손을 주물러주다가, 뺨에 얼굴을 비벼대며 울다가…… 어머니는 미친 사람처럼 은매의 이름을 불러대고 있었다. 어머니의 눈물이 은매의 종잇장 같은 얼굴 위로 철철 흘러내렸다.

"내 딸아, 불쌍한 내 딸아아. 몹쓸 어미를 용서해다고오…… 병원에 한번 못 가보고…… 주사 한 대 못 맞혀주고, 이렇게 널 보내는구나…… 이 어미가 널 죽게 만들었구나아…… 아아, 뭐라고 말이라도 해봐아. 은매야이."

은매에게 말을 해보라니…… 엄바. 밥 줘. 그 두 마디밖에 모르는 은매더러. 하지만 이 순간은 그 말이라도 듣고 싶었다. 단 한 번만이라도.

"떴어! 은매가 눈을 떴당께! 어무니."

큰누나가 갑자기 소릴 질렀다. 정말이었다. 무섭게 할딱이던 호흡이 거짓말처럼 잦아지더니, 은매가 눈을 뜨고 우리를 올려다보고 있었다. 비로소 참았던 울음이 왈칵 솟구쳤다. 주먹으로 눈물을 훔쳐내며 나는 은매 쪽으로 얼굴을 바짝 디밀었다. 그 바람에 우리 네 식구의 얼굴이 포도 송이처럼 한 덩어리로 엉켰다.

은매 누나의 눈동자가 한순간 가늘게 흔들리는 듯하더니, 아주 천천히 물기가 고이는 걸 나는 보았다.

아아, 그 마알간 눈!

난 영원히 그 눈을, 눈빛을 잊지 못할 것이다. 그건 바로 노루의 눈이었다. 죽어가는 새끼 노루의 맑고 투명한 눈. 한 번도 죄를 지어본 적 없는, 슬픔도 고통도 모르는 갓난아기의 눈…… 마침내 그 눈이 스르르 닫혔다. 그걸로 마지막이었다.

"오오, 가는구나! 참말로, 이제는, 영영 가는구나…… 잘 가라 내 딸아! 이 몹쓸 세상일랑 다 잊어버리고, 저 세상에서는 부디 온전한 몸으로 새로 태어나거라이…… 잘 가그라. 부디부디 잘 가라, 내 딸아. 내 딸 은매야이!"

은매 누나의 팔다리를 주무르며 어머니는 오래오래 앉아 있었다.

그날 밤, 우리 네 식구는 은매와의 마지막 밤을 뜬눈으로 보냈다.

문밖에선 밤새도록 싸륵싸륵 송이눈이 내려 쌓이고, 마른 나뭇가지들을 마구 흔들어대며 이따금 세찬 바람이 지붕 위로 스쳐 지나갔다.

새벽녘에 이웃집 아저씨 두 사람이 방으로 들어섰다. 어머니가 미리 부탁해둔 인부들이었다. 어느 틈에 그들은 관까지 준비해왔다. 관 널빤지에 땅땅 못을 박는 순간에 큰누나는 잠시 쓰러졌다가, 어른들이 찬물을 먹이자 정신을 차렸다. 옆방 안씨 아저씨하고 동네 어른 두 사람도 삽을 들고 따라나섰다.
"너희 둘은 나오지 말고 집에 있거라. 얼른 들어가란 말이다."
"아부지는? 아부지한테 알려야 쓸 것 아녀?"
관을 실은 손수레가 대문을 나설 때 큰누나가 어머니를 붙잡고 울먹이자, 어머니는 냉랭하게 대답하고는 돌아섰다.
"무정한 사람…… 바다에 나가서, 언제 돌아올란지도 모른다드라…… 전화해봤었더니라."
누나와 나는 골목 어귀에 남겨졌다. 사위는 아직 혼곤한 어둠에 잠겨 있는 꼭두새벽이었다. 밤사이 눈발은 그쳐 있었다. 발목까지 푹푹 빠지는 눈 덮인 들길을 따라 점점 멀어지는 손수레를 바라보며, 우리 남매는 쉰 목으로 소리 죽여 울었다. 눈앞에 빤히 바라다뵈는 공동묘지까지는 불과 몇 분 거리였다.
"이런 눈밭에서 어떻게 땅이 파질라는가 몰라. 돌뎅이같이 꽝꽝 얼었을 텐디."
"어제 낮에 미리 구뎅이를 파놓았답니다. 마침 누가 파다가 만 자리가 있어서, 별로 힘 안 들고 준비해놨다고 하든디라우."
"아이구, 쯔쯔. 너희들이 안됐구나이. 그만 울고 어서 들어가거라."
주인집 아줌마가 우리들의 등을 두드려주며 혀를 찼다.

그녀들이 모두 돌아간 뒤에도 누나와 나는 오랫동안 골목 어귀에 서 있었다. 장작불을 지피는 것일까. 어둑신한 공동묘지 등성이에 불빛 하나가 홀연히 피어오르기 시작하는 것이 보였다.

큰누나와 나는 방으로 되돌아왔다. 텅 빈 방 안이 무덤처럼 어둡고 쓸쓸하기만 했다. 방 안엔 쿠릿한 땀 냄새와 지린내가 아직 남아 있었다. 은매 누나의 냄새…… 언제나 지겹고 싫기만 하던 그 냄새가 갑자기 견딜 수 없는 그리움과 슬픔을 불러일으키는 것 같았다.

은매야아. 큰누나가 이불을 끌어안고 새삼스레 흐느끼기 시작했다. 나는 조용히 몸을 일으켜 밖으로 나왔다. 고무신을 찾아 신고 대문을 나섰다. 하얗게 눈이 내려 쌓인 논둑길을 따라 공동묘지의 불빛을 향해 터덜터덜 걸음을 옮기기 시작했다. 하지만 신작로에 이르렀을 때 나는 힘없이 돌아서고 말았다.

들판을 무작정 걸어갔다. 발목까지 푹푹 빠지는 눈길을 한동안 정신없이 걷다가 문득 정신을 차리고 보니, 어느새 탱자나무 울타리 옆에 서 있었다. 불현듯 견딜 수 없는 외로움에 나는 몸을 떨기 시작했다. 정말이지 미칠 것 같았다. 누군가가 곁에 있어주지 않으면 그 자리에서 온몸이 산산조각으로 터져버리고 말 것만 같았다.

어느 틈에 나는 그 집 마당을 질러 들어가, 닫혀 있는 현관 문을 흔들어대고 있었다. 안에서는 아무 기척도 들리지 않았다. 현관 앞 돌 모서리에 주저앉아 나는 쿵쿵 울음을 터뜨리기 시작했다. 아무런 생각도 나지 않았다. 그냥 죽고만 싶었다.

"이게 누구야! 철이 아냐?"

그때 현관 문이 열리고, 고오목양이 잠옷 바람으로 눈앞에 서 있었다.

"세상에! 이 새벽에, 대체 어떻게 된 일이지? 어서 들어오렴."

어떻게 해서 고오목양을 따라 방 안으로 들어서게 되었는지 모른다.

따뜻한 난로 옆 소파에 앉자마자 나는 그녀의 무릎에 와락 쓰러져서 엄청난 소리로 울음을 터뜨렸다.
 "왜 그래. 무슨 일이 있었니? 대답 좀 해봐, 철아."
 "어허헝. 은매 누나가 죽었어라우. 내가…… 나 때문에 죽었당께라우. 내가 집에만 있었더라면 그런 일도 어, 없었을 텐디…… 내 잘못이어라우. 은매 누나는 나 때문에…… 어허헝."
 눈물이 줄줄 흘러내렸다. 고오목양의 무릎이 다 젖도록 울음을 그칠 수가 없었다.
 "저걸 어쩌면 좋아…… 철아. 가엾어서 어째……"
 그녀가 내 등을 껴안고 덩달아 흐느끼는 바람에 더욱 설움이 북받쳐서 아예 대성통곡을 했다. 잠시 울음이 멎었다.
 "철아…… 그랬었구나. 어린 네가 얼마나 마음이 아플까."
 "내 잘못이어라우. 어머니가 나한테 잘 지켜보라고 했는데…… 모든 것이 내 잘못이어라우. 나는 이제 지옥에 갈 거여요. 하느님도 나같이 나쁜 아이는 절대로 용서해주지 않을 거여라우. 어허헝……"
 또 새삼스레 울음보가 터졌다. 한참을 훌쩍이고 나니 피곤하고, 또 조금은 마음이 가라앉는 것 같았다. 고오목양이 따뜻한 설탕물을 타서 주었다.
 "아냐. 절대로 그렇게 생각해선 안 돼, 철아. 은매 누나는 하느님이 하늘나라로 데려가신 거야. 철이의 잘못도, 또 다른 누구의 잘못도 아니야. 그건 운명이란다. 운명이란 누구도 마음대로 간섭할 수 없는 법이니까…… 알겠니?"
 운명…… 물론 나는 그것이 무엇인지 잘 이해할 수가 없었다. 하지만 고오목양의 슬픔에 젖은 커다란 두 눈을 보고 있으려니까, 뭔가 알 것도 같은 느낌이었다. 그녀는 나를 데리고 유리창 가로 다가갔다. 우리는 말없이 창밖을 내어다보았다.

 묘지 위에선 여전히 불꽃 하나가 피어오르고 있었다. 눈이 시리도록 선연한 주홍 빛깔로 어둠 속에서 깜박깜박 타오르고 있는 그 불꽃은 단풍잎처럼 아름답고 고왔다.

 "철아, 저걸 봐. 별들이 반짝이고 있어."

 문득 고오목양이 손을 들어 하늘을 가리키며 속삭였다.

 "나한테 철이가 얘기해주었잖니? 사람은 본디 누구나 다 별이었다고 말야. 저 별 좀 봐아…… 은매 누난 틀림없이 별이 되었을 거야. 난 그걸 믿어."

 나는 눈을 들어 묘지 너머 하늘을 올려다보았다.

 정말, 별들이 하늘 가득히 좌르르 흩어져 있었다. 헤아릴 수 없이 많은 그 별들의 무리 가운데서 유난히 보석처럼 영롱하게 반짝이는 새벽별 하나를 나는 찾아내었다.

 '아아, 은매 누나야. 저건 은매 누나의 별이 틀림없어.'

 불현듯 나는 속으로 외쳤다. 눈물 때문에 자꾸만 어룽어룽 흐려지는 눈을 껌벅이며, 나는 그 맑게 빛나는 새벽별을 향해 마지막 작별 인사를 했다.

 "안녕. 은매 누나……"

 어느덧 동쪽 하늘이 장밋빛으로 발그레하니 밝아오기 시작했다.

기찻길 옆 오막살이, 하나

 우리들은 그 노파를 마귀 할멈이라고 불렀다. 우리 조무래기들 중에서 그런 고약한 별명을 맨 처음 지어낸 것이 누구였는지는 확실치 않았다.
 별명치고는 어찌나 잘 어울렸던지, 가령 동화책을 읽다가 마귀 할멈이 등장하는 대목이 나오면 우리들의 눈앞엔 금방 우리 동네 그 노파의 얼굴이 떠올랐고, 또 반대로 어쩌다가 동네 골목길에서 그 노파랑 마주치기라도 할라치면 대번에 동화책 속의 무서운 마귀 할멈이 생각이 나서 가슴이 덜컹 내려앉곤 하는 거였다.
 마귀 할멈의 집은 기찻길과는 가장 가까운 거리에 바싹 붙어 있었다.
 철길 옆에 붙은 손바닥만한 땅뙈기에 간신히 웅크리고 들어앉은 그 집은 단칸방에 부엌 하나만 달랑 붙어 있는 꼬막집인데다가, 그나마 어찌나 낡았는지 지붕 한쪽이 움푹 꺼져들어갔고, 기둥은 삐딱하니 옆으로 기울어진 채 금방이라도 호르르 주저앉아버릴 듯 위태로워 보였다.
 그 집은 마귀 할멈의 남편이 아직 젊었을 시절에 손수 지은 집이라는 소문이었는데, 그게 사실이라면 아마 오륙십 년은 되고도 남을 거였다. 할멈의 남편은 오래전에 무슨 병에 걸려 시름시름 앓다가 세상을 떴다고 한다. 하지만 우리들은 그처럼 사납고 무서운 마귀 할멈에게도 한때 남들처럼 남편이 있었다는 사실이 좀체 믿어지지가 않았다.
　어쨌거나 할멈은 그 기찻길 옆 오막살이에서 혼자 살고 있었다.
　우리들은 늘 기찻길 근처에서 놀았다. 가까운 곳에 그보다 더 마땅한 공터가 없었으므로, 대개가 고만고만한 또래인 우리 조무래기들에겐 더없이 좋은 놀이터였다. 학교가 파하고 집으로 돌아와봐야 어른들의 잔소리며 욕설을 지긋지긋하게 얻어듣는 게 고작이었으므로, 우리들은 너나없이 책가방을 마루 위에 훌쩍 던져놓고 그곳으로 달려나왔다. 공터에 모여 말타기도 하고 땅따먹기·구슬치기·자치기·딱지놀이·공차기에 열중하다가 보면 시간 가는 줄 몰랐다.
　공터 한쪽은 기차 건널목, 다른 쪽은 바로 그 마귀 할멈의 집 뒤란과 이어져 있었다. 뒤란이라고 해봐야 고작 손수건만한 넓이의 남새밭이 한쪽 붙어 있는 꼬락서니였는데, 할멈은 거기다가 고추며 배추·열무·상추·들깨·호박·파 같은 푸성귀를 철마다 곰살스레 심어 가꾸었다. 주저앉으면 엉덩이 밑으로 가려져버리고 말 듯싶은 그 볼품없는 남새밭을 할멈은 하늘처럼 위하고 애지중지하는 기색이었다. 그리고 바로 그 남새밭 때문에 우리들과 마귀 할멈 사이의 적대 관계는 끊임없이 이어졌던 것이다.
　공터에서 놀다가 보면 곧잘 공이나 자치기 막대가 엉뚱하게 그쪽으로 날아가곤 했다. 그래서 남새밭이나 마당으로 날아들어가버린 그것들을 찾기 위해 우리가 기웃거리기라도 할라치면, 마치 기다리고 있었다는 듯 판자쪽 문짝이 왈카당 열어젖혀지면서 그 마귀 할멈의 험상궂은 몰골이 득달같이 뛰쳐나왔다.
　"이 쥐새끼 같은 놈의 아새끼들! 게 섰거라이! 한번 잽히기만 하믄 다리 몽댕이를 칵 분질러놓을 팅게!"
　그때마다 우리들은 방바닥에 쏟아진 콩알들마냥 우르르 사방으로 흩어져 도망쳐야 했다. 엄청난 고함을 질러대며 쫓아올 때의 할멈의 모습은 정말이지 굶주린 살쾡이 같았다. 빗자루처럼 깡마른 체구에 광대뼈만 남은 할멈은 두 눈을 부릅뜬 채 팔을 휘두르며 지독한 욕설을 퍼부어댔는데, 그건 영락없는 동화책 속의 마귀 할멈 그대로였다.

언젠가 한 아이는 전깃줄에 걸린 연을 떨어뜨리려고 돌팔매질을 하다가, 하필이면 마당에 내놓은 할멈의 사기 요강을 박살내는 바람에 반쯤 넋이 빠져나가도록 얻어맞기도 했다. 물론 매를 때린 쪽은 마귀 할멈이 아니라 그 녀석의 아버지였다. 할멈이 한 손엔 두 동강난 요강을 들고 다른 손으로는 그 아이의 멱살을 움켜잡은 채 당장 그 아이의 집으로 쳐들어가서는 요강 값을 물어내라고 고래고래 악을 써댔기 때문이었다.

할멈은 우리들 모두에겐 지겹도록 밉고 성가신 존재였다. 할멈만 보면 모두들 슬금슬금 꽁무니를 빼기에 바빴다. 등 뒤에서 주먹감자를 먹이거나 오리마냥 뒤뚱거리는 걸음걸이를 흉내내며 킬킬거리기도 했다. 그러면서도 우리는 어쩔 수 없이 할멈의 집 옆 공터를 잠시라도 비워둘 수는 없었다. 때문에 날이면 날마다, 하루에도 몇 번씩 할멈의 악다구니는 터져나왔고, 그때마다 우리는 도망쳤다가 다시 모여들기를 되풀이했다.

그러던 어느 날 그 마귀 할멈에게도 아들이 하나 있다는 놀라운 사실을 나는 우연히 알게 되었다.

여름날 오후였다. 그때 나는 지독히도 맥빠진 꼬락서니를 하고 혼자서 터벅터벅 집을 향해 돌아오던 참이었다. 며칠 전 치른 시험에서 나는 산수를 겨우 십팔 점밖에 얻지 못했고, 그 벌로 선생님은 내게 다른 몇 아이들과 함께 변소 청소를 하도록 명령했기 때문이었다. '밥알이 떨어지면 주워 먹을 수 있을 정도로 깨끗하게' 변소 바닥을 닦아놓아야 한다는 선생님의 명령에 따라 그날 나는 그 고약한 냄새가 콧구멍을 녹여버릴 듯한 변소의 구석구석을 걸레로 몇 번이나 훔치고 닦았던 것이다.

그런 생각에 마음을 졸이며 오만상을 구긴 채 터벅터벅 걸음을 옮기고 있는데, 별안간 누군가의 장작개비같이 깡마른 두 손이 내 팔을 다짜고짜 덥석 움켜쥐었다.

흠칫 고개를 돌려보니 바로 그 할멈이 아닌가. 나는 그만 오줌을 찔끔 흘릴 뻔했다. 아이쿠. 이젠 꼼짝없이 잡혔구나. 며칠 전 나는 할멈의 집 판자 울타리 위로 둥두렷이 열린 탐스러운 호박 덩이 한가운데다가 말뚝을 멋지게 박아넣고 도망친 전과가 있는 터였다.

그걸 어떻게 알아낸 것일까. 원이가 일러바쳤을까. 아니면 삼식이 녀석이? 지레 겁을 집어먹은 채 나는 금방 울먹울먹해졌다. 그런데 어찌 된 셈일까. 뜻밖에도 할멈은 히죽이 웃는 얼굴을 하고 나를 내려다보고 있는 거였다.

"마침 잘 만났다이. 너, 올해 몇 학년이냐?"

"오학년인디라우……"

이젠 드디어 학교로 끌고 가서 선생님한테까지 다 일러바칠 작정이구나.

"그래애? 그라믄 편지도 써보았겠구나, 으응?"

"편, 편지요?"

무슨 소린가 싶어 눈이 뚱그레진 내 팔을 움켜쥔 채 할멈은 다짜고짜 그녀의 집 마당 안으로 끌고 갔다. 그리고는 때로 새까맣게 전 툇마루 끝에 나를 눌러앉히자마자 자신의 그 더러운 치마를 훌러덩 걷어올리는 거였다. 음마야, 이건 또 무슨 짓이라냐. 나는 순간 겁에 질려 헉, 숨을 들이켤 수밖에 없었다. 그러나 할멈은 누렇게 바랜 더러운 고쟁이 위쪽에 붙은 주머니 같은 걸 뒤적거리더니, 이내 종이 쪽지 하나를 끄집어내어 내 눈앞에 펼쳐 보였다.
 "아가이. 이 편지 조까 큰 소리로 차근차근하게 읽어주라이. 우리 아들한티서 온 핀진디, 내가 워낙 까막눈이라서 당최 알 수가 있어야 제 원."
 그러면서 할멈은 내 옆에 바싹 붙어 앉았다. 어서 이 마귀 할멈의 손아귀로부터 빠져나가야겠다는 생각밖에 없었지만, 별 도리 없이 나는 그 편지를 받아들고 떠듬떠듬 읽어내려가기 시작했다.

 어머님 전 상서.
 어머니. 그동안 머나먼 고국 땅에서 혼자 얼마나 고생이 많으십니까. 불초 소자 칠만이는 오늘도 어머니의 염려와 걱정 덕분으로 이렇게 건강하고 무사하게 잘 지내고 있습니다……

 그렇게 시작된 편지는 무려 석 장을 가득 채우고 있었다. 볼펜을 꾹꾹 눌러쓴 글자들을 소리내어 더듬더듬 읽어내려가면서, 나는 마귀 할멈의 아들이 삼 년째 고깃배를 타고 먼 나라의 바다에서 일하고 있는 원양 어선 선원이라는 것, 몇 달 혹은 무려 반년씩이나 육지 구경 한번 못하고 낮이나 밤이나 망망한 바다 위에 떠 있어야만 한다는 것, 그곳은 북극에 가까워서 한여름에도 산처럼 거대하고 새하얀 얼음 덩어리가 둥둥 떠내려오기도 한다는 것, 그래서 두터운 옷, 방한화, 장갑을 끼지 않으면 금세 살이 터지고 아파 견디기 어려울 정도라는 것 등등의 사실들을 알게 되었다.

 그렇지만 어머니. 이제 앞으로 석 달만 꾹 참고 더 기다려주십시오.

그동안 제가 꼬박꼬박 모아놓은 돈으로 우리집도 새로 단장하고, 방도 한 칸 더 늘려놓을 생각입니다. 올 겨울이 가기 전에 이젠 어머니도 며느리를 보셔야 하지 않겠습니까. 하하하하. 그러니 어머니. 고생스러우시더라도 조금만 더 참고 기다려주셔야 합니다. 이제부터야말로 제가 어머니를 진짜로 호강시켜드릴랍니다. 그럼 어머니. 다시 만날 때까지 부디 마음 편히 잡숫고 건강하십시오.

불효 자식 칠만 올림.

편지는 그렇게 끝나 있었다.
후우, 절로 한숨이 나왔다. 무심코 고개를 들었다. 순간 나는 또 한 번 깜짝 놀랐다. 할멈이 엉엉 울고 있었기 때문이다. 무말랭이처럼 흉하게 쪼글쪼글해진 뺨 위로 꿰적꿰적 눈물을 줄줄 흘려대면서 할멈은 내게 말했다.
"그래, 오냐아. 내 아들. 내 귀한 새끼야. 이 어밀랑은 눈곱만큼도 걱정허덜 말고 부디부디 너 몸 하나만 성해갖고 무사히 돌아오거라이. 오메에, 우리 새끼. 내 오진 자석, 칠만아, 칠만아이……"
목구멍에 갈치 뼈라도 걸린 것처럼 할멈이 꺽꺽 울음을 터뜨리고 있는 틈에, 나는 살그머니 엉덩이를 들고 그 자리를 빠져나오려고 했다. 그러자 이내 할멈의 갈퀴 같은 손이 내 팔을 와락 그러잡고 눌러앉히더니 부엌으로 들어가서 무엇인가를 찾아 들고 나왔다. 밥솥에 얹어 쪄낸 한 덩어리의 밀가루 개떡이었다.
"고맙다 아가이. 이거 묵어라. 참말로 고맙당께이."
할멈은 개떡을 억지로 내 손에 쥐여주고 나서는, 갈퀴 같은 그 흉물스런 손으로 몇 번이나 내 등을 다독거리는 거였다. 엉겁결에 개떡을 움켜쥔 채 허둥지둥 할멈의 집을 도망쳐나왔다.

  할멈의 집이 안 보이는 곳에 와서야 나는 가쁜 숨을 몰아쉬었다. 이번엔 그 개떡이 또 문제였다. 배가 몹시 고팠지만, 할멈의 누런 눈곱과 눈물로 꾀적꾀적한 얼굴 그리고 그 갈퀴 같은 손이 눈앞에 떠오르자 개떡을 입에 댈 생각이 아예 천리 밖으로 달아나버리고 말았다.

  그때 마침 재구네 똥개가 어디선가 콧구멍을 벌름거리며 나타나주었으므로, 나는 옳다구나 하고 그걸 던져주고는 휭 우리집으로 달려들어와버렸다.

기찻길 옆 오막살이, 둘

시간은 변함없이 빠르게 지나갔다.
여름이 지나고 가을이 가고, 이윽고 다시 초겨울로 접어드는 어느 날이었다. 학교에서 돌아오던 우리는 웬 낯선 청년이 마귀 할멈의 남새밭에서 판자 울타리를 고치고 있는 모습을 발견했다. 그는 바로 할멈의 외아들 칠만이였다. 원양 어선을 타고 다니느라 나이 서른이 훌쩍 넘도록 아직 장가도 들지 못했다는 그가 이제는 꽤나 많은 돈을 모아가지고 돌아와서 집을 고친다는 소문이 골목마다 돌아다녔다.
과연 소문대로 할멈의 집에서는 며칠 동안 쿵닥쿵닥 망치질 소리가 들리고, 톱과 망치를 든 목수며 인부들이 들락거리는 듯하더니, 이윽고 기와며 헌 기둥을 새로 갈아끼워 그럴듯하게 말쑥해진 할멈의 집이 모습을 드러냈다. 그리고 그 집의 늙은 총각이 마침내 늦장가를 가게 되었노라는 소문이 쫙 퍼지기 시작했다. 이따금 길에서 마주치면 마귀 할멈의 쭈그렁박 얼굴도 늘 싱글벙글이었다.
"아유, 아주머니. 이젠 며느리를 보시게 되었으니 얼마나 좋으신가 라우."
"참말, 고생 끝에 낙이라등마는, 이제 보니께 아주머니야말로 복도 많으신 양반이구만요."

동네 아낙네들은 할멈을 만나기만 하면 덩달아 기뻐해주었다.
"아이고, 복은 무신...... 즈이들끼리 아들딸 많이 낳고 오손도손 잘 살아주기만 한담사 나는 더 이상 바랠 것이 없겠구마는."
할멈은 성긴 옥수수 같은 이빨을 누렇게 드러내놓으며 흐으으 하고 사뭇 흡족한 웃음을 연신 흘려대는 거였다.
할멈의 아들이 장가를 들기 바로 전날이었다. 크리스마스를 사나흘 밖에 남겨놓지 않은 그날은 점심나절부터 크고 탐스러운 함박눈이 내리기 시작했다. 기다리고 기다리던 눈이었다. 주먹만한 눈송이가 펑펑 펑 쏟아져 내려와 온 세상이 금세 하얀 소금밭이 되었다. 그날은 때마침 겨울 방학이 시작된 날이었으므로, 학교에서 돌아오자마자 우리들은 일제히 소리를 내지르며 밖으로 달려나갔다.
공터로 나가 눈사람도 만들고 눈싸움도 벌였다. 눈덩이에 맞아 한묵이는 코피를 흘렸고 용철이는 시궁창에 빠졌다. 그래도 모두들 깔깔거리며 한 덩어리로 엉겨 강아지마냥 눈밭을 뒹굴었다. 눈은 머리 위로 끊임없이 펑펑펑 쏟아져내렸다. 온 세상이 갑자기 새하얀 도화지로 변해버렸다. 이따금 기차가 꽤액 소리를 질러대며 공터 옆을 헐레벌떡 달려 지나갔다. 하얀 수증기를 푹푹 뿜어내며 기차가 달려간 자리엔 두 줄기 레일이 흰 눈밭에 까맣게 돋아났다.
우리들은 가끔씩 마귀 할멈의 집 쪽을 향해 얼굴을 돌리고 저마다 콧구멍을 벌름거리곤 했다. 기찻길 옆 오막살이 그 마귀 할멈의 집에서는 그날 하루 종일 온갖 구수하고 맛좋은 음식 냄새가 풀풀 흘러나오고 있었다. 시루떡 찌는 냄새. 전병을 지지고 고기를 굽는 냄새. 하하하 호호호 여자들의 들뜬 웃음 소리. 또드락 또드라락, 콧노래 같은 도마질 소리도 담 너머로 경쾌하게 들려왔다.
"철아아, 밥도 안 묵고 시방까지 뭣 하는 거여. 빨랑 안 들어올래?"

저녁상을 차려놓고 기다리던 어머니가 마침내 데리러 나오셨을 때에야 나는 눈사람 만들기를 그만두고 돌아섰다. 공터를 빠져나오다가 마침 할멈의 집 대문 앞에서 누군가와 마주쳤다. 칠만이라는 그 할멈의 아들이었다.

"아주머니 안녕하십니까."

그는 어머니를 보더니 꾸벅 고개를 숙였다.

"으마, 내일 아침이믄 장가갈 새신랑이 어디를 나가신다요?"

어머니가 웃으며 말했고, 그는 뒷머리를 긁적이며 얼굴을 붉혔다.

"고향에서 친구들이 올라와갖고, 오늘 밤에 단단히 한턱 내야 한다고 이렇게 성화구먼요, 글쎄."

땅딸막한 키에 검게 그을린 얼굴. 첫눈에도 퍽이나 사람 좋아 뵈는 인상이었다. 그는 뒤따라 나온 친구들과 함께 유쾌하게 떠들며 철길을 넘어 시내 쪽으로 사라져버렸다.

"아이구 참, 수말시럽고 듬직허기도 해라. 요즘 세상에선 보기 드문 사람이여. 이젠 함평댁 아주머니도 두 다리 뻗고 호강 한번 하게 되었네그려."

어머니는 마귀 할멈이 부럽다는 듯이 말했다.

그날, 밤이 이슥하도록 눈은 펑펑 쏟아져 내렸다. 매일 여덟시 반부터 시작하는 라디오 연속극에 누나와 함께 귀를 기울이고 있던 나는 연속극이 끝나고 닭표 맛나니 시엠송이 시작됐을 때에야 밖으로 나갔다. 오줌을 누기 위해서였다. 그건 저녁마다 잠자리에 들기 전 내가 치러야 하는 행사였다. 하지만 고추 길이가 짧아서인지, 언제나 새벽녘이면 단잠에서 깨어나 툇마루에 들여놓은 놋쇠 요강의 신세를 져야만 했다.

마당에 서서 오줌을 누며 하늘을 올려다보니, 얼굴 위로 눈송이들이 선뜻선뜻 내려앉았다. 정말 굉장한 눈이었다. 저렇게 깜깜한 하늘 어디쯤에 선녀들이 숨어 있는 것일까. 이마에다가 달팽이 더듬이같이 생긴 머리채를 틀어올리고, 잠자리 날개처럼 아름아름한 치마를 입은 선녀들이 지금 한창 저 위쪽에서 하얀 눈가루를 난분분 뿌려대고 있을 거라고 나는 믿고 있었다. 밤새도록 그 짓을 되풀이하려면 선녀들도 꽤나 춥고 힘들 텐데.

그런 생각을 하며 좔좔 오줌을 누고 있으려니, 문득 기차 바퀴 소리가 달그락달그락 들려오기 시작했다. 이내 끼이익, 굉장한 소리와 함께 기차가 급정거하는 듯한 소리. 동네 초입 건널목 근방인 듯싶었다. 나는 고개를 갸웃거렸다. 하지만 기차가 눈길에 미끄러진다는 이야기를 한 번도 들어본 적이 없는 것 같았으므로, 나는 연신 하품을 토해내며 재빨리 방으로 들어왔다.

"엄니, 눈이 그새 엄청나게 쌓였어!"

"저건 길조여. 함평댁 외아들은 복이 많은 모양이다."

"복? 그 사람이 왜?"

"으응, 눈 오는 날 혼례를 올리면 신랑 신부가 큰 복을 받는다는 말이 있느니라."

"그으래? 그러믄 어무니가 아부지한테 시집올 때도 눈이 많이 왔었능가?"

"홍, 눈은 무슨 놈의 눈! 지발, 그러기라도 했으면 느그 에미가 시방 요 모양 요 꼴로 살고 있을라디야?"

머리맡에서 주고받는 어머니와 누나의 그런 목소리를 어렴풋이 들으며 나는 꿈속으로 달려가기 시작했다.

이튿날 새벽녘이었다.

밖에서 들려오는 어수선한 기척에 눈을 떴다. 장지문 살대에 아직 어둑한 어둠이 들러붙어 있는 시각인데도, 수군대는 목소리가 마당에서 들려오고 있었다.

"세상에, 하느님도 무심하시제. 결혼식 올리는 날에 무슨 날벼락이랑가!"

어머니의 안타까운 목소리.

"아, 기관사란 놈이 졸고 있었던 거 아녀? 거기가 커브 길도 아니고, 더구나 건널목이라는 걸 빤히 알고 있었을 텐디, 철길에 사람이 있는 걸 봤으면 기차를 세웠어야 했을 거 아닌가!"

이건 주인집 아저씨의 쉰 목소리.

"아따, 기관차 운전사야 뭔 잘못이 있을랍디여. 바로 코앞도 안 뵈게 눈이 쏟아지는 한밤중인디, 철도길 한가운데 사람이 누워 있으리라고야 꿈에라도 생각했겠소? 죽은 칠만이 그 사람이 환장을 했등 것이제. 아이고, 그나저나 인제 함평댁은 어쩨사 쓸꼬이!"

주인 아주머니의 발 구르는 시늉.

"허어 참. 아무리 술에 취해 넋이 나갔다고 해도 그렇지, 젊은 사람이 바로 코앞에 제 집을 두고 기찻길 한가운데서 잠을 잔다는 게 말이 되능가 말여, 원!"

"그란디, 그게 또 요상하단 말이라우. 그 기관차 운전사가 똑똑히 보았다는디, 잠을 자고 있는 것이 아니드라지 뭡니까. 웬 사람 하나가 기찻길 한가운데 쭈그리고 앉아서 발 밑에 뭣인가를 찾고 있는 시늉으로 두 손을 더듬더듬 하고 있는 걸 보자마자 아이쿠, 하고 브레이끼를 급히 잡아댕겼다는디, 그때는 벌써 때가 늦어서……"

어른들의 대화와 함께 이따금 누나가 "어쩌면 좋아, 세상에 어째야 좋아" 하고 울음 섞인 코맹맹이 소리를 중얼거리고 있었다.

나는 이불 속에 몸을 묻은 채 그런 어른들의 대화를 꼼짝도 하지 않고 듣고만 있었다. 잠은 이미 말끔히 달아나버린 뒤였고, 금방 터질 듯 가득 찬 오줌으로 내 작은 고추는 벌써 약이 오를 대로 올라 있었다. 마귀 할멈의 주름투성이 얼굴. 그리고 검게 그을린 뺨에 무척이나 사람 좋아 보이던 칠만이 아저씨의 얼굴이 자꾸만 눈앞에서 뱅뱅 맴을 돌았다.

마침내 더 이상 참을 수가 없었다. 두 손으로 고추를 움켜쥔 채 벌떡 일어나 와당탕 방문을 박차고 튀어나갔다. 그러나 미처 마루를 다 내려서기도 전에 나는 그 자리에서 좔좔좔좔 오줌을 싸내리고 말았다. 놀란 식구들이 입을 딱 벌린 채로, 그런 내 모양을 멀거니 바라보고 있었다.

그러나 어찌 된 셈인지, 그날 아침만은 내게 소금을 얻어오라는 말을 어머니는 하지 않았다.

아침을 먹고 나서 나는 건널목으로 달려나갔다.

모여 웅성거리고 있는 동네 어른들 틈으로 나는 아주 어렵사리 목을 집어넣는 데 성공했다. 그러나 칠만이 아저씨는 보이지 않았다. 철길 주변 여기저기 빨간 핏자국이 널려 있었다. 그것은 빨갛고 귀여운 코스모스 꽃 이파리들을 판박이해놓은 것 같았다. 걸레 조각처럼 부서지고 흩어진 몸뚱이의 살점이며 팔다리를 가마니에 그러모아 집 안으로 옮겨갔노라고 사람들이 말했다.

하지만 나는 그 말을 아무래도 믿을 수가 없었다. 그 단단하고 힘에 넘친 몸. 새신랑이라고 불러주는 어머니의 말에 수줍게 부스스 떠올리던 미소. 친구들과 함께 걸어가며 떠들썩하게 주고받던 그 목소리. 그 쾌활한 웃음…… 그런 것들이 어떻게 걸레 조각처럼 엉망으로 부서지고 흩어질 수가 있다는 말인가.

"세상에, 이게 무슨 변이람! 스무 걸음만 더 걸어가면 제 집 대문에 닿을 거리에서……"

"사신이 씌인 거여. 호사다마라고, 몇 시간 뒤면 신부를 맞아들일 처진디. 쯔쯔쯧."

"함평댁 아주머니는 어쨰사 좋을꼬오. 며느리 보게 되었다고 그리도 좋아하등마는. 아이고 불쌍해라. 불쌍해서 못 보겄네!"

동네 아낙네들이 혀를 차고, 코를 훌쩍이고, 벌게진 눈을 연신 치마로 훔쳐내었다.

칠만이 아저씨는 밤늦게 혼자 돌아오는 길이었던 모양이다. 본디 잘하지도 못하는 술을 모처럼 연거푸 받아 마신 새신랑은 발목까지 푹푹 빠지는 눈길을 헤치며 집을 찾아오다가, 어째선지 그 건널목에서 주저앉아버리고 말았던 것이다.

왜 그랬을까. 스무 걸음만, 정말이지 더도 말고 스무 걸음만 더 옮겼으면 자기 집 사립문을 잡아 흔들 수 있었을 텐데. "어무니. 어무니. 나 왔소" 하고 소리를 지를 수 있었을 텐데. 왜 그랬을까, 바보 같은 칠만이 아저씨는……

뭔가 잃어버린 게 있었을까. 세상 사람들이 모두 깊이 잠든 한밤중, 송이눈이 하얗게 펑펑 쏟아지는 그 건널목 한가운데에 털썩 주저앉아서, 대관절 칠만이 아저씨는 뭘 찾고 있었을까. 바보 같은 그 칠만이 아저씨는?

칠만이 아저씨의 초라한 상여는 바로 그 건널목을 건너 공동묘지로 떠났다. 결혼식을 위해 준비되었던 떡과 음식들은 신랑의 장례식을 위해 아주 요긴하게 쓰였다. 그리고 그날 이후 기찻길 옆 오막살이의 작은 사립문은 굳게 닫혀버렸다.

세월은 언제나처럼 변함없이 가난한 우리 동네 지붕 위를 지나 빠르게 흘러갔다. 유난히도 눈이 흔했던 그해 겨울이 지나고, 우리들의 방학도 끝이 났다. 봄이 왔고, 제비들이 눈에 띄기 시작하기 훨씬 전부터 우리들은 다시 철길 옆 공터로 몰려나가 공을 차고 자치기를 했다.

마귀 할멈의 집 뒤란의 손바닥만한 남새밭에도 봄은 왔다. 하지만 언제부터인가 우리들 중 누구도 그 집을 마귀 할멈의 집이라고 부르는 아이는 없었다.

이따금 그 기찻길 옆 오막살이의 남새밭으로 축구공이 날아들기도 했고 자치기 막대라든가 깡통이 굴러들어갔다. 그때마다 우리는 저마다 겁먹은 얼굴로 그 집 울타리 너머를 기웃거렸다. 뒤란 울타리 한쪽 귀퉁이엔 그 집 외아들이 마저 다 쌓지 못하고 버려둔 벽돌장들이 아직 남아 있었으므로, 우리는 그곳을 통해 뒤란으로 몰래 들어가곤 했다.

하지만 우리들의 발짝 기척에도 끝끝내 그 집 안방의 초라한 장지문은 열리지 않았다. 어쩌다가 할멈의 희미한 기침 소리 같은 것이 들리기도 했지만, 그해 겨울 이후 할멈의 그 쨍쨍한 고함 소리와 욕설은 영영 다시 들어볼 수가 없었다.

겨울나기

 그해 겨울은 춥고 길었다.
 좁은 단칸방에서 추위와 맞서 싸워야 했던 그 몇 달 동안을 나는 지금도 선명하게 기억한다. 방문을 열면 낡은 처마 끝에 상어 이빨처럼 을씨년스레 거꾸로 돋아 있곤 하던 거대한 고드름들…… 그 때문에 나는 가끔 우리들이 마치 거대한 물고기의 뱃속 안에 갇혀 있는 듯한 착각마저 들곤 했다.
 눈은 또 어쩌면 그렇게도 줄기차게 쏟아지는지……
 냉기가 휙휙 도는 방에서 이불을 머리 끝까지 흠뻑 뒤집어쓰고 누워 있는 밤이면, 지붕 위에선 전깃줄이 끊임없이 윙윙 음산한 신음 소리를 질러대고, 눈보라는 집을 날려버릴 듯 사납게 으르렁거렸다.
 그런 날 밤엔 은매 누나 생각이 났다. 지금쯤 무덤에도 눈이 하얗게 쌓이고 있겠지. 캄캄한 땅속에서 얼마나 춥고 무서울까…… 그런 생각을 하면 나도 몰래 콧등이 시큰해지는 거였다. 그러다가 문득 골목으로 나 있는 쪽창 문에 눈발이 싸륵싸륵 스칠 땐 머리카락이 곤두섰다. 지금 밖에 은매 누나가 찾아온 게 아닐까. 유리창을 손톱으로 긁어대며 우리를 부르고 있는지도 몰라. 그런 생각에 혼자 겁에 질려 이불 속에서 가슴이 두근거리기도 했다.

누군가가 몹시 그리우면서도 또 소름이 끼치도록 무서워질 수도 있다는 걸 나는 그때 처음 알았다. 참 이상한 일이었다.

은매 누나의 죽음 때문에 한동안 우리집은 쓸쓸하고 우울했다. 누구보다 어머니의 슬픔은 컸다. 눈을 감기 전까지 병원에 한번 데려가주지 않았다는 사실 때문에 어머니는 내내 가슴 아파하는 눈치였다. 말은 하지 않았지만, 그 죄책감은 나와 큰누나의 가슴에도 보이지 않는 커다란 못 하나로 남겨져 있었다. 어쩌면 살아남은 우리 세 식구는 모두가 똑같은 공범인 셈이었으니까……

나는 이미 예감하고 있었다. 그 은밀한 죄의식은 우리들의 발목에 채워진 어두운 숙명의 굴레로 영원히 남겨지리라는 것을. 그리하여, 어쩌면 우리에게 남겨진 그 어떤 밤도 다시는 우리들을 편하게 잠들도록 영영 허락해주지 않으리라는 사실을.

오목이 누나의 말처럼 은매 누나의 죽음은 운명이었는지도 모른다. 그렇게 생각하려고 우리는 안간힘을 쓰고 있었다. 세월이 지나면 잊혀지기도 하리라. 나무들이 아픈 생채기에 새순을 틔워내고 가지에 무성한 이파리를 열심히 피워내듯이. 그러나 나무는 저 홀로 그 생채기를 기억하는 법이다. 아무리 오랜 세월이 흘러도, 나무는 제 깊은 속살에 그 생채기의 흔적만은 어쩔 수 없이 나이테의 어두운 옹이 하나로 남몰래 간직해야만 하는 것이다.

어쨌건 우리는 살아가야만 했다. 당장 그 다음날부터 어머니는 다시 시장통의 한복집에 나가기 시작했고, 큰누나 역시 과자 공장 일을 계속했다. 설 무렵이 다가오자 어머니는 눈코 뜰 새 없이 바빠져서, 일감을 집에까지 가져와 밤을 꼬박 새는 날이 많아졌다.

나는 낮에 늘 혼자서 빈둥거렸다. 이젠 은매 누나를 지켜야 할 일이 없어져서 어머니의 잔소리를 듣지 않게 되었지만, 결코 홀가분한 것만도 아니었다. 가끔은 눈싸움이나 방죽에서의 얼음 지치기 따위도 왠지 심드렁해져서, 아이들 틈에서 슬그머니 빠져나와 혼자 우울하게 집으로 돌아오기도 했다.
그렇게 겨울이 가고 봄이 찾아왔다.
그 몇 달 동안 우리집에도 조금은 기쁜 일이 한 가지 생겼다. 은분이 누나가 방직 공장에 다니게 된 것이다. 그건 순전히 강중사 아줌마의 덕택이었다.
"그렇다고 뭐 아직 정식 사원으로 결정된 건 아니니깐두루 너무 좋아할 건 없수다. 반년 정도 열심히 일하는 걸 봐서, 재수가 좋으면 정식으로 발령이 날지도 모르지만."
어쩔 줄 몰라 싱글벙글인 어머니에게 강중사 아줌마는 무덤덤하게 말했다.
"아이고, 임시 사원 되기가 하늘의 별 따기라는디, 참말로 고맙습니다. 이 은혜를 어찌 갚아야 쓸까라우."
"나야 뭐, 다른 아이 쓸 바에야 기왕이면 은분이를 쓰자고 힘써준 거밖에 없어요. 중학교만 마쳤더래도 정식 사원은 문제없는 건데."
그날 밤, 우리 세 식구는 모처럼 얼굴이 활짝 펴졌다. 어머니의 기쁨은 누구보다 컸다. 재봉틀 돌아가는 소리가 유난히도 흥겨웠다.
"인자 우리도 조금씩 일이 풀려나갈라는갑다. 하느님이 돌봐주시는 거여. 자, 우리도 한번 이빨 악물고 열심히 살아보자이."
어머니는 사뭇 비장한 표정까지 지어 보였다. 물론 아직 은분이 누나는 그 방직 공장의 임시직 여공에 불과한 셈이었다. 최소한 중학교 졸업 학력을 지녀야 뽑힐 수 있다는데, 국민학교만 다녔을 뿐인 은분이 누나가 과연 몇 달 후 정식 직공으로 채용될 수 있을지는 전혀 불투명했다.

그러나 어쨌건 그건 기쁘고 반가운 일이었다. 한동안 우리는 확실히 지나치게 들떠 있었다. 마치 당장 우리들의 눈앞에서 휘황찬란한 미래로 가는 요술의 문짝이 삐그덕 하고 열리고 있기나 하듯이……

까마귀 귀옥이

방학이 지나고, 육학년이 되었다. 설렘도 없이, 그저 무덤덤하게 나는 학교와 집 사이를 오갔다. 새로 만나게 된 아이들도 담임 선생님도 내겐 별로 흥미가 없었다. 그러나 머잖아 닥쳐올 중학교 입학 시험 때문에 다른 대부분 아이들은 저마다 눈을 반짝이며 다녔다.

담임 선생은 마흔이 넘은 남자 선생님이었다. 일류 학교에 해마다 열 명 이상의 합격자를 내온 실력파라고 소문이 자자했다. 공부 잘하는 아이들 몇은 새벽마다 그의 집으로 과외 공부를 하러 다녔다.

담임 선생에겐 오로지 성적 올리는 일말고는 관심이 없는 것 같았다. 우리는 일주일마다 한 번씩 시험을 쳤고, 도시락을 두 개씩 가져와서 저녁 늦게까지 공부를 해야만 했다. 개학하자마자 치른 첫번째 주말 고사의 성적 순서대로 우리는 책상을 배정받았다. 칠판이 가장 잘 보이는 자리에서부터 일등, 이등, 삼등…… 나는 당연히 맨 꽁무니로 밀려났다.

"자, 넌 저쪽 맨 뒷자리다. 그리고 네 옆은 허귀옥이란 말야."

가방을 들고 복도에 나가서 마지막까지 차례를 기다리고 있는 내게 선생님은 말했다.

그러자 어째선지 아이들이 갑자기 저희들끼리 좋아라고 킬킬대는 눈치였다. 나는 풀죽은 모습으로 교실 문과 가까운 맨 꽁무니의 책상에 앉았다.

두번째 수업 시간이 막 끝났을 때였다. 한 아이가 뒷문으로 슬그머니 들어오더니, 내 옆자리에 앉았다. 그 애가 바로 귀옥이였다. 녀석을 처음 본 순간, 나는 아이들이 내가 귀옥이의 짝이 된다는 말에 왜 낄낄거렸는지를 깨달았다.

수숫대처럼 껑충하니 큰 키에 별나게도 바싹 마른 몸집의 아이. 늙은이처럼 늘 구부정하게 등을 웅크린 채 걸어다니는 모습이 허수아비를 닮은 아이. 우리들보다 나이가 두 살이나 더 많아서 벌써 중학교에 다녀야 할 나이인데도, 언제나 누런 콧물 덩어리를 디룽디룽 달고 다니는 아이…… 더럽고 남루하기 그지없는 녀석의 옷은 여기저기 해지고 기운 곳투성이인데다가, 몸에서는 아주 고약한 냄새까지 풀풀 풍겨 나왔다.

"아이쿠, 이 자식아. 넌 집에서 세수도 안 하고 다니냐? 까마귀가 아저씨 아저씨 하고 따라다니겠다."

우리들의 손발 위생 상태를 점검하던 선생님은 귀옥이 녀석을 보자마자 기가 막힌 듯 고개를 절레절레 흔들었다. 정말이지, 손등이며 목덜미, 귀 언저리까지 온통 덕지덕지 묵은 때로 시커멓게 누룽이가 져서, 영락없는 까마귀 사촌이었다. 그때부터 아이들은 귀옥이를 까마귀라고 불렀다.

첫날부터 나는 내 짝 귀옥이가 싫어졌다. 녀석은 어딘가 좀 모자란 아이가 분명했다. 육학년인데도 글씨를 거의 쓸 줄도 몰랐다. 쉬운 국어책조차 아주 간신히 더듬더듬 읽었다. '바보 온달'이라는 또 다른 별명도 그래서 생겼을 것이다. 그래도 귀옥이는 늘 싱글싱글 웃기만 할 뿐이었다.

그런 귀옥이였지만, 점심 시간이 되면 아이들은 너나없이 은근히 녀석을 부러워했다. 너무나 가난해서 도시락을 싸오지 못하는 귀옥이는 학교에서 결식 아동을 위해 배급되는 급식 빵을 날마다, 그것도 여섯 개씩이나 탔기 때문이다.

미국 사람들이 보내주었다는 옥수수로 구워낸 그 노란 급식 빵은 참말 보기만 해도 침이 꿀떡꿀떡 넘어갔다. 누런 콧물을 훌쩍훌쩍 들이마셔가면서, 까마귀 발톱 같은 새까만 두 손으로 빵을 움켜쥐고 맛나게 혼자 먹고 있는 모습을 아이들은 곁눈질로 흘금거렸다. 저마다 도시락을 앞에 펼쳐놓고 젓가락질을 해대면서도, 아이들은 내심 차라리 귀옥이처럼 가난하지 못한 게 억울하다는 표정이었다.

꽁보리밥에 시어빠진 김치와 멸치볶음 도시락이 고작인 나는 은근히 녀석이 한 쪽 떼어주기를 기대했지만, 까마귀는 한 번도 제 짝꿍을 기억해준 적이 없었다. 녀석은 언제나 두 개만 먹고, 나머지 넷은 책보자기에 쌌다.

"왜 그건 안 먹냐? 내 도시락이랑 바꿔 먹을래?"
"안 돼. 이건 이따가 집에 갈 때 묵을 것인께."

녀석은 매정하게도 딱 잡아떼는 거였다. 그러나 까마귀 녀석이 나머지 빵을 언제나 제 식구들한테 가져다 준다는 걸 나는 알고 있었다.

귀옥이는 가난뱅이였다. 변두리의 학교라 대부분 가난한 편이었지만, 우리 학교 아이들 중에서 귀옥이만큼 가난하고, 귀옥이보다 더 먼 길을 걸어서 학교에 다니는 아이는 아무도 없었다.

귀옥이네 집은 잣고개 너머 산속 골짜기였다. 우리 동네 앞으로 휑하니 펼쳐진 들판을 다 지나고, 가파른 산꼭대기 고개를 넘어서, 다시 골짜기를 타고 한참을 더 돌아가야 하는 아주 작은 마을. 흙 바람벽에 볏짚으로 우중충하니 이어 얹은 그 서너 채의 오막살이는 화전민들의 집이었다.

 귀옥이의 부모는 산에서 나무를 해다가 숯을 구워 시장에 내다 팔았다. 시오릿길이 훨씬 넘는다는 그 먼 거리를 혼자 걸어오느라고 까마귀 녀석은 아침마다 두번째 수업이 끝날 무렵에야 숨을 헐떡이며 교실 문을 열고 들어서는 거였다.

 우리 반에서 가장 결석을 자주 하는 아이는 나와 귀옥이었다. 그런 점에서 우리 둘은 썩 어울리는 짝인 셈이다. 나는 걸핏하면 학교를 빼먹었다. 지난해 처음 전학해서부터 시작된 그 버릇에 나는 이미 익숙해져가고 있었다.

 지금 다시 돌이켜 생각해봐도, 차라리 광기라고밖에는 표현할 수 없는 그 방황의 시간들을 나는 결코 명확하게 설명해낼 도리가 없다.
 어째선지 학교가 싫었고, 선생님도 아이들도 모두가 싫었다. 우리를 버려두고 바다로 떠돌아다니는 아버지도 밉고, 날마다 밤늦도록 재봉틀을 돌리는 어머니의 퀭한 눈자위도, 이른 새벽부터 저녁까지 공장에서 파김치가 되어 돌아오는 은분이 누나의 해쓱한 얼굴도…… 죽은 은매의 그 노루처럼 마알간 눈빛도 나는 싫었다. 모두가 마음에 들지 않았다. 온 세상이 우리를 버렸다는 생각, 아무도 우리를 도와주지 않을 거라는 절망감, 이 세상에서 오직 우리 식구들만 버림받고 있다는 증오심…… 그 때문에 나는 아버지가, 그리고 세상이, 아니 누구보다도 내 자신이 마음에 들지 않았다. 모든 것이 두렵고, 싫고, 미웠다. 할 수만 있다면, 그 무엇인가를 향해 복수해주고 싶었다. 고작 열세 살짜리 내 영혼은 그렇게 조금씩 병들어가고 있었던 것이다.
 나는 방황했다. 책가방을 들고 거리를 마구 돌아다녔다. 공원, 기차역, 극장…… 때로는 아무도 없는 산골짜기에서 도시락을 까먹고, 한

적한 무덤 가 잔디밭에 드러누워 몇 시간씩 혼자 휘파람만 획획 불어 날렸다. 길바닥에 떨어진 담배꽁초를 주워 혼자 숨어서 피우거나 어머니의 손지갑에서 훔쳐낸 돈으로 영화를 보았다.

학교에 가지 않는 날이 잦아질수록 당연히 선생님의 매질도 늘어갔다. 매를 맞는 순간엔 고통과 함께 야릇한 쾌감마저 느껴졌다. 그 고통스런 순간에 어째선지 아버지의 얼굴이 불쑥불쑥 눈앞에 떠오르곤 했다. 어머니와 큰누나, 그리고 가엾은 은매 누나의 마알간 눈빛도 떠올랐다. 내 몸뚱이에 가해지는 혹독한 매질의 고통이 심하면 심할수록 왠지 나는 무엇인가를 향해 복수를 하고 있는 듯한 기묘한 충동에 휩싸이곤 했던 것이다.

그런 나의 방황이 어머니에게 안겨준 슬픔과 고통이 어떠했었는가는 차마 더 이상 얘기하고 싶지 않다. 그것은 서른두 개의 내 나이테 한가운데에 가장 깊고 어두운 생채기와 옹이로 박혀 있다(아아, 그러나 나는 알고 있다. 결국 그때 이후 서너 해 동안이나 계속된 나의 그 까닭 모를 방황과 혼돈이 어머니를 병들게 만들었고, 끝내 쓰러져 영영 일어나지 못하도록 만들었을 것이라는 사실을……).

어느 날 오후였다. 4월로 접어들었지만, 느닷없는 꽃샘추위로 무척 추운 날씨였다.

수업을 마치자마자 나는 약속했던 대로 귀옥이와 함께 '동양극장'으로 향했다. 그날 점심 시간에 귀옥이를 꾀어서, 영화를 보여주겠다는 약속을 하고 급식 빵 두 개를 마침내 얻어먹었기 때문이다.

"왜 그래? 영화 보러 가기 싫어?"

극장으로 가는 길에 까마귀는 어째 주저하는 눈치였다.

"늦게 가면 아부지한테 혼날 텐디. 오늘 숯막에 불을 피운다고 빨리 오라고 했단 말이여."

"에이, 괜찮어. 동시 상영인께 한 개만 보고 나오면 되잖냐."

녀석이 그냥 갈까 봐 나는 내심 은근히 걱정했다. 이번 영화는 아주 무서운 영화였으므로 혼자 보기가 겁이 났기 때문이다. 귀옥이는 잠시 망설이더니, 결국엔 나를 따라왔다. 영화라고는 지금껏 학교에서 단체 관람한 「피노키오」라는 만화 영화밖에 본 적이 없다는 녀석이니, 유혹을 이겨내기란 어려웠을 것이다.

변두리 시장통에 있는 그 허름한 극장에서는 표를 사지 않고도, 아이 한 명 값에 두 명이 구경할 수 있다는 걸 나는 잘 알고 있었다. 수련장을 산다고 거짓말을 해서 어머니한테 타낸 돈으로 내가 붕어빵까지 사주었더니, 까마귀는 감격해서 죽을 지경이었다.

오줌 냄새가 풀풀 풍기는 그 더러운 삼류 극장에서 우리는 내내 공포에 질려 떨어야 했다. 동시 상영인 그 두 편의 영화는 모두 도금봉이 등장하는 무시무시한 귀신 영화였다.

하나는 '월하의 공동묘지'라는 제목이었다. 칠흑 같은 한밤중에 무덤 속에서 머리를 풀어헤친 여자 귀신이 송장의 눈알을 뽑아내고, 넓적다리를 쩝쩝 뜯어먹었다. 다리를 잘린 피투성이 시체들이 벌떡벌떡 일어나 "내 다리! 내 다리 내놔라!" 하고 울부짖으며 쫓아다녔다. 「목 없는 미녀」는 더 끔찍했다. 목이 달아나버린 도금봉이가 복수를 하기 위해 몸뚱이만으로 걸어다닐 때는 정말이지 간이 콩알만큼 졸아들었다.

극장을 나섰을 때는 벌써 캄캄한 밤이었다. 진눈깨비까지 펄펄 날리는 바깥은 한겨울처럼 지독히 추웠다. 우리는 잔뜩 웅크린 채 걷기 시작했다.

집으로 돌아오는 길은 온통 어디에나 무시무시한 요괴들과 피투성이 시체들로 우글거렸다. 골목 어귀에도 전신주 뒤에서도 영화 속의 귀신들과 살인귀들이 우리들의 피를 빨아먹으려고 불쑥불쑥 튀어나오는 바람에, 우리 둘은 반쯤 넋이 나가버렸다. 귀옥이 녀석을 데리고 온 게 천만다행이다 싶었다.

이윽고 우리집 대문 앞에 도착했다. 우린 헤어져야 했다. 거기서부터는 황량한 들판이 펼쳐지고, 더구나 도중엔 대낮에도 소름이 끼치는 공동묘지가 있었다. 까마귀 녀석은 이제부턴 혼자서 그 공동묘지 앞 신작로를 지나고, 들판을 지나고, 다시 고개를 넘어가야 했다. 사위는 바람이 씽씽 불어대는 캄캄한 어둠 속이었다.

"처, 철이야이."

대문으로 내가 혼자 막 들어서려는데, 귀옥이가 별안간 공포에 질린 얼굴로 내 손을 붙잡았다.

"왜 그래. 집에 들어가야 한단 말여. 너도 얼른 가아."

"나 호, 혼자 말여?"

까마귀 녀석은 금방 울음을 터뜨릴 듯 벌벌 떨며, 애절한 눈으로 쳐다보았다.

"어, 어떻게 혼자서 가라는 말여. 이렇게 캄캄한디, 무, 무서워서…… 철아이."

"빙신 같은 소리 하지 마라이. 무섭긴 뭐가 무섭다고 그래. 열다섯 살이나 묵어갖고."

"제발 나 조까 재워주라이. 오늘 하룻밤만 말여. 으응?"

녀석은 진짜로 울 태세였다. 나는 녀석이 이제부터 혼자서 가야 할 그 캄캄하고 먼 들길과 산길을 떠올렸다. 생각만 해도 소름이 끼치는 일이었지만, 난 매정하게 고개를 저었다. 까마귀 녀석보다도 내 걱정거리가 훨씬 급했으니까.

어머니는 날 보자마자 당장 수련장부터 확인해보려고 할 게 틀림없었다. 언제나처럼 대나무 자로 종아리를 호되게 얻어맞을 건 뻔했지만, 그보다 어머니의 눈물과 한숨을 또 지켜봐야 한다는 건 너무나 괴로운 일이었다. 그런 판국에 어찌 '까마귀 사촌' 같은 지저분한 몰골의 아이까지 덤으로 달고 들어간단 말인가.

"느이 집 헛간에서 살짝 있다가 갈게. 어른들 모르게 말여. 으응?"

"안 된단 말여. 그까짓 영화, 순전히 지어낸 가짜란 말이다. 뭐가 무섭다고 그래. 나, 간다이."

나는 녀석을 남겨둔 채 안으로 들어와 얼른 대문을 걸어 잠갔다. 철아, 철아이. 제발, 나 조까 재워주라. 응. 문밖에서 내 이름을 몇 번 부르는 소리가 났지만, 나는 대답하지 않았다. 얼마 후 담 너머에서 녀석의 흐느끼는 소리가 가느다랗게 들려왔다.

"어허헝, 엄니이…… 어허헝."

이윽고 울음소리는 캄캄한 논둑길 저편으로 차츰 멀어지더니, 이내 조용해졌다. 을씨년스러운 바람 소리만 들판을 가득 채우고 있었다. 거기서부터 인가도 없는 들판과 산길을 지나 고개 너머 녀석의 집까지는 세 시간이 걸리는 밤길이었다.

그날 밤 예상대로 나는 종아리를 얻어맞았고, 어머니의 눈물과 한숨 섞인 넋두리를 들어야만 했다. 나는 이불 속에 누워 한동안 훌쩍이다가 잠이 들었다. 까마귀 녀석 따위는 까맣게 잊어버린 채로.

그런데, 며칠 후였다. 여러 날 결석을 했다가 모처럼 학교에 가보니, 귀옥이가 보이지 않았다. 으레 결석이 잦은 녀석이었으므로 이번에도 그러려니 했는데, 열흘, 보름이 지나도록 나타나지 않는 거였다. 혹시 그날 밤 집으로 가다가 귀신들한테 잡혀간 건 아닐까. 나는 더럭 겁이 났다. 흉측한 요괴로 변한 까마귀 녀석이 복수를 하려고 나를 찾아올지도 모른다는 생각까지 했다.

"참, 우리 반 허귀옥이는 다른 학교로 전학을 가게 되었다. 사정상 여러분한테 작별 인사를 못 하고 갔으니까, 그리 알도록 해라."
 어느 날 아침, 출석을 점검하던 선생님이 말했다. 밤중에 불이 나서 마을이 다 타버렸다드라. 시청에서 사람들을 죄다 쫓아냈대. 귀옥이가 즈이 식구들이랑 구루마에 이삿짐을 싣고 어디론가 가는 걸 우태가 봤다더라…… 아이들이 수군거렸다. 순간 나는 가슴 한 귀퉁이가 풀썩 허물어지는 기분이었다.
 그 후 귀옥이를 영영 만나지 못했다.

 귀옥이가 살던 마을 터를 내가 우연히 찾아낸 것은 그로부터 삼 년쯤 흐른 뒤였다.
 어느 날, 머루를 따러 가자며 옆집 양심이 누나가 찾아왔다. 마침 쉬는 날이라 집에 있던 은분이 누나와 함께 우리 셋은 잣고개를 넘어 무등산 기슭까지 올라갔다.
 맑게 갠 가을날이었다. 골짜기의 나무들은 곱게 물든 잎새를 소리도 없이 하나씩 둘씩 지우며 서 있고, 숲 사이에선 고소하고 알싸한 내음이 기분 좋게 솔솔 풍겨나왔다. 가을 냄새였다.
 잣나무 우거진 언덕을 넘어 골짜기로 들어섰을 때, 우리는 문득 걸음을 멈추었다. 비탈진 산자락 한쪽 우묵한 자리에, 허물어진 돌담들과 지붕들이 보였다. 검게 그을린 아궁이의 흔적, 파헤쳐진 구들장들. 잡초 무성한 마당엔 깨어진 장독이며 삭아버린 누군가의 고무신짝이 흙 속에 묻혀 있었다.
 "으마, 예전엔 여기 동네가 있었는갑다. 이렇게 깊은 산골짜기에……"
 "여그는 숯막이 있든 자리여. 불이 나갖고 없어졌단다."

양심이가 큰누나에게 알은체를 했다.

나는 말없이 그 폐허에 쭈그려 앉았다. 불현듯 귀옥이의 얼굴이 되살아났다. 구부정한 걸음걸이. 영양 결핍으로 누렇게 떠 있는 눈빛. 옥수수빵을 남겨 책보자기에 말아 싸던 새까만 손. 철아이, 나 조까 재워주라. 헛간에서 살짝 자고 갈랑께 말여. 으응.

"어머머, 양심이 언니 이것 좀 봐. 봉숭아꽃이 아직까지 피어 있네."

큰누나가 소리쳤다. 정말, 봉숭아였다. 허물어진 돌담장 틈에 피어난 그 볼품없게 잔뜩 여윈 꽃을 꺾어 들고 누나는 향기를 맡았다.

나는 잡초더미에 주저앉아 지금은 사라져버린 오막살이 동네를 말없이 둘러보았다. 진눈깨비가 흩뿌리던 삼 년 전 그 추운 어느 날 밤. 달도 별도 없이 깜깜한 어둠 속, 머나먼 산길을 홀로 터벅터벅 걸어오르고 있는 한 사내아이의 뒷모습이 눈앞에 선연히 떠올랐다. 어허헝. 어허헝. 녀석의 울음소리가 귓전으로 되살아났다.

'아아, 그 아이는 고향을 버려두고 어디로 갔을까. 지금쯤 어디서 무얼 하고 있는 것일까……'

콧등이 시큰해졌다. 나는 불현듯 삼 년 전 그날 밤으로 되돌아가고 싶었다. 이제라도 대문을 활짝 열고 달려나가, 허엉허엉 울면서 그 칠흑 같은 어둠 속으로 멀어져가는 귀옥이의 구부정한 등을 돌려 세우고 싶었다.

무덤 앞에서

아버지가 두번째로 우리를 찾아온 것은 그해 초여름이었다. 토요일이라 오전 수업을 마치고 돌아와보니, 그는 마루에 앉아 담배를 피우고 있었다.

"앉거라. 서 있지만 말고."

인사를 하는 둥 마는 둥하고는 마당 가에 우두커니 서 있는 내게 아버지는 말했다. 나는 그와 멀찍이 사이를 둔 채 마루 끝에 걸터앉았다. 이상한 일이었다. 꼬박 반년 만에 만나는 셈이지만, 나는 예전처럼 가슴이 뛰거나 불안해지지도 않았다. 대신 뭔가 막연하게 허전한 기분이었다.

"그새 많이 큰 것 같구나. 올해 오학년이든가."

"육학년이어라우."

"참 그랬구나. 내년이면 중학교에 가야지. 학교는 잘 다니냐?"

"예."

아버지는 어색하게 웃더니, 한동안 담배만 피우고 있었다. 검게 그을린 얼굴의 아버지는 전보다 약간 살이 오른 듯했다. 이마의 어두운 그늘은 변함이 없었지만, 확실히 조금은 건강해 보였다. 그런 그의 모습이 내겐 어딘가 낯설고 생경해 보였다.

"어무니는 시장에 있는 가게에 가셨어요. 저녁에나 오실 텐디……"
"알고 있다."
나는 고개를 들었다. 안채에서 주인 아줌마가 나오더니 수챗가에서 걸레를 집어들고 방 안으로 들어갔다. 아마 그녀에게서 얘기를 들었음직했다. 아버지는 화단에 눈길을 던져둔 채 말이 없었다. 화단 가엔 옥잠화가 하얀 꽃망울을 달고 있었다.
은매 누나의 일도 아줌마가 얘기해주었을까. 아버지의 각진 얼굴 옆모습을 훔쳐보며 나는 차츰 불안해졌다. 어쩌면 아직 모르고 있는지도 몰라. 얘기를 해야 할지 어쩔지 몰라 조바심이 났다.
"네가 가볼래?"
"예?"
"네 엄마가 일한다는 그 옷집 말이다. 가서, 내가 왔다고…… 잠시 보잔다고 그래라."
나는 엉거주춤 일어나 마당으로 내려서려다가, 돌아섰다. 아무래도 말을 해야 한다고 느꼈던 것이다.
"저어, 아부지. 은매 누나가……"
바보처럼 난 갑자기 울먹이려고 했다. 전혀 그러려고 했던 게 아닌데.
"알고 있다…… 어서 다녀와."
뜻밖에도 아버지의 입에서 그 말이 튀어나왔다. 담담한 목소리. 나는 문득 까닭 모를 배신감 같은 걸 느끼며 얼른 마당을 질러 나오고 말았다.
가게는 마침 한산한 눈치였다. 완도댁, 아들이 찾아왔나벼. 옷감을 만지작거리고 있던 주인 여자가 먼저 나를 알아보았다. 어머니는 안쪽에서 인두질을 하다가 고개를 돌렸다. 내가 낮은 소리로 말했을 때, 어머니는 한순간 멈칫하더니 이내 인두질을 계속했다.

"알았다⋯⋯이것 마저 마치고 가자."

주인 여자에게 허락을 구하고 나서 어머니는 앞장을 섰다. 집까지 오는 동안 어머니는 한 번도 입을 열지 않았다. 어머니의 낯빛은 무겁고 어두웠다. 이윽고 마당을 들어선 어머니는 전혀 냉랭한 표정 그대로 마루 끝에 앉았다. 나는 화단의 철쭉꽃 그늘에 쪼그려 앉아 땅바닥에 낙서를 하기 시작했다.

"뭣 하러 예까지 어려운 걸음을 하셨으까. 그래도 집이라고 잊어버리지는 않았는갑네. 허어."

어머니가 혼잣말처럼 냉랭하게 내쏘았다. 아버지는 대답이 없었다.

"대답 좀 해보시란 말요. 뭣 허러 예까지 오셨소. 무슨 꼴을 볼라고⋯⋯ 무슨 좋은 꼴을 구경해볼 작정으로 왔냔 말요. 세상에⋯⋯ 애비란 위인이⋯⋯ 제 핏줄이 어찌 되었는지도 모르고. 어흐흐."

기어코 어머니의 목소리가 울음으로 변해가고 있었다. 나는 얼른 일어나 대문을 빠져나왔다. 골목길에선 어머니의 목소리가 들리지 않았다. 가슴이 뻑뻑하게 차올랐다. 담벼락에 등을 기대고 서서 힘껏 휘파람을 불기 시작했다.

맞은편 배추밭 위쪽에 새로 지은 이층 양옥집이 우뚝 서 있었다. 이태리풍 붉은색 양기와로 지붕을 올린 그 크고 근사한 집은 최근에야 공사가 끝났다. 잔디가 깔린 넓은 마당엔 금붕어를 키우는 연못까지 있었다. 엊그제 이삿짐을 실은 트럭이 몇 번씩 들락거리며 굉장한 물건들을 들여놓더라는 소문이었다.

나는 휘파람을 급히 삼켰다. 아버지가 대문을 나서서 내게로 천천히 다가왔다.

"철아, 네가 앞장서라."

"예?"

영문을 몰라 나는 멍하니 그를 쳐다보았다. 아버지의 입에서 술냄새가 엷게 풍겨나왔다. 우리를 기다리는 사이에 혼자 마신 눈치였다. 내가 알기로, 그는 술에 약한 사람이었다. 그런데도 우리 앞에 나타날 때마다 아버지에게선 언제나 술냄새가 풍겼다.

"앞장서란 말이다. 은매가 있다는 곳으로……"

여전히 낮고 냉랭한 음성이었다. 나는 앞서 걷기 시작했다. 논둑길을 지나 신작로에 올라섰다. 그는 입을 무겁게 닫은 채 내내 몇 걸음 뒤처져서 아주 느리게 따라왔다. 공동묘지로 이르는 언덕길에선 숨이 가쁜 듯 두어 번 걸음을 멈추었다.

수천 수만 개도 넘을 듯싶은 무덤들이 빽빽이 들어차 있었다. 원래는 평지였던 자리에 수많은 무덤들이 끝없이 들어차고, 다시 그 무덤들 위에 또 다른 무덤이 들어서고 하는 사이에 도톰한 야산이 되었다는 소문이 있을 정도였다. 크기도 방향도 일정치 않은 무덤들이 뒤죽박죽 엉겨 있는 사이를 나는 잔뜩 겁을 먹은 채 조심조심 올라갔다. 대부분 흙이 뭉개져내려 흉측한 몰골을 하고 있는 무덤들. 이따금 썩은 널조각이며 깨어진 항아리가 입을 벌린 채 널브러져 있었다. 무덤 앞에 질러 박은 작은 말뚝 표식을 나는 쉽게 찾아내었다. 그사이 평퍼짐한 봉분 위에 쑥부쟁이가 제법 파아랗게 돋아나 있었다.

"여기여라우……"

내가 손짓으로 가리켰을 때, 아버지는 걸음을 멈추고 우두커니 무덤을 내려다보기만 했다. 그러다 이내 무덤 쪽으로 등을 돌린 채 풀밭에 털썩 주저앉았다. 언뜻 그의 표정엔 아무런 흔적도 드러나지 않았다. 호주머니에서 담배를 꺼낸 아버지는 한참 동안 말없이 연기만 뿜어내고 있었다.

"흑."

갑자기 아버지의 고개가 앞으로 툭 꺾어졌다. 낮은 흐느낌 소리와 함께 어깨가 바르르 떨리고 있는 것을 나는 보았다. 구부정하니 여윈 등이 작고 허약해 보였다. 목구멍이 울컥 잠겨올 것 같아, 나는 얼른 돌아섰다.

아버지가 울고 있다. 어째서? 왜 울고 있는 거지? 나는 애써 태연한 척 혼자 그렇게 뇌까리며 무덤 가를 서성거렸다. 봉분 뒤쪽에 제비꽃 한 송이가 피어 있었다. 아주 키 작은 그 자주색 꽃잎을 들여다보며 나는 입술을 악물었다. 눈물이 솟구칠 듯했지만, 어째선지 나는 미친 듯 마구 깔깔대고 웃고 싶기도 했다. 아버지한테 와락 달려들어 펑펑 울고 싶은 게 진짜 내 마음인지, 깔깔깔 커다랗게 웃고 싶은 게 내 마음인지…… 끝끝내 분간할 수가 없었다. 아버지 몰래 주먹으로 눈물을 훔치면서 나는 연신 억지로 쿵쿵 하고 목울음을 삼켜댔다.

돌아가는 길은 아버지가 앞장을 섰다. 힘없이 어깨를 내려뜨린 채 허청허청 언덕을 걸어내려가는 그의 뒤를 나는 말없이 따라 걸었다. 신작로에 이르렀을 때, 아버지는 문득 걸음을 멈추고 나를 돌아다보았다. 벌겋게 물기에 젖은 그의 시선과 마주치는 순간 나는 슬그머니 고개를 숙여버렸다. 아버지가 다시 걷기 시작했다.

"내가 은매를 저렇게 만들었구나…… 이 애비가…… 너희들을."

넋두리처럼 뇌까리더니, 허어 하는 탄식이 흘러나왔다. 논둑길로 접어들었다.

"이 일을 어째야 좋을꼬…… 세상에, 대체 어쩌다가 이 지경이 되었을꼬오…… 내가, 어쩌다가…… 허어!"

아버지의 목소리엔 허탈한 슬픔과 함께 술냄새가 묻어 있었다. 취기 탓일까. 아버지는 몇 번이나 발을 헛디뎌 비틀거리곤 했다. 불현듯 나는 아버지의 허리에 와락 매달리고 싶은 간절한 충동에 온몸을 떨었다. 아버지, 이젠 가지 말아요. 가지 말아요. 그렇게 목이 터져라 마구 소리를 지르고 싶었다.

"철아, 이 애비가 밉지야? 죽이고 싶도록 밉고 원망스럽지야? 나도 안다…… 알고말고. 하지만 기다려보자. 조금만 참고 기다려보잔 말이다…… 이 애비가 어찌 너희들을 버려두겠냐. 우리 식구 모두, 반드시 함께 모여 살게 될 날이 올 터이니까…… 알겠지? 내 말 절대로 잊어서는 안 된다…… 철아, 이 자식아."

아버지는 우리집으로 들어가지 않았다. 대문 앞에서 내 어깨를 붙잡고 아버지는 느닷없이 그렇게 똑같은 말을 몇 번이나 되풀이했다. 뺨이 거의 맞닿을 정도로 얼굴을 바싹 들이대는 바람에, 나는 퀴퀴한 술냄새 때문에 숨이 막혔다.

끝내 그날도 아버지는 다시 우리들의 눈앞에서 모습을 감추어버리고 말았다. 아까보다 훨씬 불안한 걸음으로 비틀거리며 골목을 돌아나가는 그의 뒷모습을 지켜보며, 나는 소리 죽여 혼자 울었다. 슬퍼서도 그리워서도 아니었다. 그렇다고 미움도 증오도 아니었다. 그냥 까닭도 없이, 저 혼자 그렇게 눈물이 쏟아졌을 뿐이다.

집에 들어서니, 어머니의 모습은 보이지 않았다. 빈 방안에 못 보던 짐 보퉁이 하나가 놓여 있었다. 그건 아버지가 선물로 내려놓고 간 우리들의 옷가지였다.

오목이 누나는 바보

"어머, 오랜만이구나. 어째 요샌 얼굴이 안 보인다 싶었지. 어서 들어와."

고오목양은 반갑게 문을 열어주었다. 세수를 하던 참이었는지, 머리에 타월을 두르고 있었다.

나는 언제나처럼 그녀의 거실 소파에 앉았다. 귀머거리 할아버지는 마당 가에 의자를 내다 놓고 따뜻한 햇볕을 쬐며 성경책을 읽고 있다가, 싱긋이 웃으며 내 인사를 받았다. 오목이 누나가 내 맞은편에 앉아 머리를 털기 시작했다.

"오늘은 어쩐 일로 모처럼 철이가 왔네. 바쁜 일이 있었니?"

"아뇨. 어머니가 좀 편찮으셨거든요."

"저런. 어떻게?"

"그냥 피곤하고 가슴이 막 뛴대요. 이틀이나 누워 계시다가, 오늘 아침부터 다시 가게에 나가셨어요."

"어머, 큰일이구나. 그렇게 자주 편찮으신 걸 보니 아무래도 너무 과로하시나 봐."

고오목양은 진심으로 걱정스런 눈빛이었다.

"어른들이 그러는데, 어머니는 화병이 들어서 그러는 걸 거래요. 고민이 많아서 속을 너무 끓이다 보면 화병에 걸린대요."

그건 주인집 아줌마와 덕재네 엄마의 얘기였다. 괴롭고 슬픈 일을 당하면 가슴에 불덩어리가 생긴단다. 그것이 오래되면 딱딱한 돌멩이같이 가슴에 박혀가지고 숨을 쉴 수가 없게 되는 거여.

어머니가 심장병을 앓고 있다는 사실을 알게 된 건 은매 누나가 죽은 뒤 얼마 지나지 않아서였다. 어느 날, 시장통 한복집에서 옆집 교감 선생 댁으로 전화를 했다. 어머니가 갑자기 쓰러져서 근처 병원으로 옮겼다는 거였다. 주인집 아줌마와 함께 나는 병원으로 달려가 어머니를 집으로 모셔왔다. 꼬박 일주일 동안 누워 지내야 했는데, 그때부터 어머니의 건강은 눈에 띄게 허약해진 것 같았다.

"괜찮다, 걱정할 거 하나도 없은께 어서 학교나 가거라. 철이 니가 학교에 잘 다니고, 어미 속만 더 썩이지 않으면 내 병은 금방 나을 거여. 알았제?"

어머니는 내 손을 잡으며 숨을 헐떡였다. 나는 알고 있었다. 어머니의 가슴에 불덩이를 만든 사람은 아버지와 나, 그리고 불쌍하게 죽은 은매 누나일 거라는 사실을…… 그날부터 나는 학교를 빼먹지 않기로 결심했다. 가슴속에 생겨난 그 불덩어리가 돌맹이처럼 변하게 되면 어머니가 돌아가실지도 모른다. 이번으로 벌써 세번째 어머니는 가게를 쉬어야 했던 것이다.

"오목이 누나, 이거 돌려드리려고 왔어요. 또 다른 책은 없어요?"

나는 전번에 빌려왔던 책을 내밀었다. 『젊은 베르테르의 슬픔』이란 책이었다. 난 책읽기를 아주 좋아했다. 그녀의 집에서 그동안 꽤 여러 권의 책을 빌려다가 읽곤 했다. 그녀의 방엔 책이 굉장했지만 내 또래의 아이들이 읽을 만한 건 별로 없었으므로, 나는 닥치는 대로 읽었다. 그중에서 열두 권이나 되는 '한국 단편 문학 전집'이 가장 재미가 있어서, 두 번이나 되풀이해 읽었다.

"어머, 이걸 빌려갔었나 보구나. 이건 네가 보기엔 어렵고 재미가 없었을 텐데, 정말 다 읽었단 말이니?"

"그럼요. 조금 어렵기는 했지만 재미있는 얘기도 있던걸요."

눈이 똥그래진 그녀 앞에서 나는 제법 자랑스레 말했다. 물론 그건 순전히 거짓말이었다. 사실 나는 제대로 다 읽지도 못했다. 『빙점』이나 『머무를 수 없는 순간들』 『나르치스와 골드문트』도 읽었지만, 이번 건 그보다 훨씬 따분하고 재미가 없었으니까.

"그래애? 믿어지지가 않는데. 어떤 대목이 재미있었지?"

"베르테르하고 로테랑 둘이서 사랑하는 이야기가 재밌어요. 하지만 베르테르가 왜 권총으로 자살을 했는지 이해할 수가 없어요. 그러지 않고도 행복하게 살 수 있었을 텐데요. 베르테르는 바보예요."

나는 태연스레 터무니없는 소릴 늘어놓았다. 그런 내 모습을 고오목 양은 아주 재미있다는 듯이 건너다보며 자꾸만 싱글싱글 웃었다. 그녀는 웃을 때마다 길쭉하고 못생긴 콧구멍을 벌름거리는 버릇이 있었다.

"어마아, 이제 보니 철이가 굉장하구나. 열세 살밖에 안 됐는데도 말야. 철이만큼 책을 좋아하는 아이는 한 번도 본 적이 없어."

나는 어깨가 으쓱했다. 거짓말이 탄로날까 봐 속으로는 조마조마하면서도.

"근데, 사랑이란 말이 무슨 뜻인 줄이나 알고 있니?"

"피이, 그까짓 것도 모를까 봐요? 남자랑 여자랑 둘이 좋아하는 거요."

나는 대뜸 큰소리를 쳤다. 열세 살이 되도록 사랑이 뭔 줄도 모르는 멍텅구리 녀석이 누가 있단 말인가. 그동안 닥치는 대로 읽은 소설책말고도, 내가 본 연애 영화만도 몇십 편이 될 텐데 말이다.

"그래애? 둘이서 좋아하면 뭐든지 사랑이란 말이니?"

그녀가 쿡쿡 웃음을 터뜨렸으므로, 나는 은근히 화가 났다.
"아뇨. 진짜 사랑은 말예요…… 으응, 멋이 있어야 돼요. 처음 만나는 순간부터 서로 마주치는 눈에 불꽃이 반짝이는 법이지요. 그러면 누구나 그 두 사람이 앞으로 연애하게 될 거라는 걸 금방 눈치챌 수 있으니까요. 그 담엔 아주 행복한 일들이 생겨요. 공원으로 비둘기도 구경하러 가고, 솜사탕도 먹고, 또 아주 근사한 오솔길을 나란히 걸어가고요. 또…… 키스도 하는데…… 흐응, 그때가 주인공들이 제일 행복할 때거든요."
오호호호. 아유, 우스워라. 그리고 또? 고오목양은 커다랗게 입을 벌리고 웃으며 어쩔 줄 모르고 좋아하는 표정이었다. 나는 한층 뻐기기 시작했다.
"그렇지만 조금 뒤엔 곧 슬픈 일이 생기지요. 서로 헤어져야 하니까요. 한 사람이 병들어 죽기도 하고, 아니면 그냥 먼 나라로 혼자 떠날 때도 있지요. 나는요, 두 사람이 이별할 때가 제일 멋있는 거 같아요. 떠나는 사람은 항상 선물을 하나씩 남기고 떠나는 법이지요. 브로치나 반지, 아니면 꽃다발이나 리본 같은 거요. 베르테르도 죽을 때 로테한테서 받은 리본을 달고 죽잖아요? 그런 장면에서는 나도 막 눈물이 났어요."
그런 얘기를 늘어놓으면서 나는 정말이지 금방 눈물이 글썽해지는 기분이었다. 물론 그것들은 대부분 내가 본 영화 속의 장면들이었다. 수많은 한국 영화 속에서 진짜 연애 대장은 신성일이었다. 엄앵란이랑 고은아, 문희, 남정임, 윤정희 같은 여배우들이랑 만날 연애하는 남자 주인공은 십중팔구 신성일이었으니까.
그렇지만 나는 미국 영화가 더 멋있었다. 「지상에서 영원으로」에서 여주인공이 배를 타고 떠날 때 바다 위로 꽃다발을 던지는 라스트 신,

그리고 「로마의 휴일」에서 공주인 오드리 헵번에게 그레고리 펙이 비밀 여행의 추억이 담긴 사진들을 건네주고 쓸쓸히 돌아서는 라스트 신…… 등등이야말로 내가 본 것들 중에 가장 아름답고 멋진 장면들이었노라고, 나는 고오목양에게 한참이나 주절거렸다.

그녀의 두 눈이 왕방울만큼 커지더니, 급기야는 감격과 감동을 주체하지 못해 내 두 손을 와락 그러잡고 탄성을 터뜨리는 거였다.

"어머나, 어머나! 어쩌면! 넌 정말 이 머리 속에 뭐가 들어 있니? 굉장해. 철이 너는 놀라운 감수성을 가지고 있구나."

아유, 멋져. 과연 장차 위대한 시인이 될 사람이라 다르지 뭐야. 그녀는 감격해서 야단법석이었다. 물론 나는 어떤 이야기로 그녀를 가장 쉽게 감동시킬 수 있는가를 이미 너무나 잘 알고 있었다. 그녀는 확실히 멋진 영화 속의 사랑과 이별 장면을 화제에 올리기만 하면 단박에 얼이 빠져버리고 마는 거였다.

과연 이번에도 그녀는 감격한 나머지 부엌에서 사과랑 비스킷을 허둥지둥 꺼내왔다.

"그래…… 사랑이란 말야, 정말이지 너무너무 아름답고 신비로운 거지. 물론 행복한 해피 엔딩도 많지만, 이루어질 수 없는 사랑은 더더욱 그렇단다. 사랑한다는 말 한마디 고백해보지 못한 채 혼자서만 가슴속에 숨기고 지켜보는, 그런 슬픈 사랑이란…… 아, 그것이 얼마나 아프고 쓸쓸한지 넌 아직은 잘 모를 거야."

고오목양은 두 손을 모으고 연극 배우처럼 감상적으로 중얼거리기 시작했다. 나는 와삭와삭 맛나게 사과를 씹으면서, 두꺼운 안경 속에서 커다란 눈동자가 문득 물기에 촉촉이 젖어가는 것을 지켜보았다. 아, 오목이 누나가 또 꿈을 꾸기 시작하는구나.

"베르테르처럼 짝사랑하는 거 말이죠?"

"그래. 정말 감동적이지? 이 작품은 모든 연애 소설 중에서도 불멸의 명작이란다. 아마 베르테르를 읽고 수천만 아니 수억의 독자가 울었을걸. 나도 벌써 몇 번이나 읽었지만, 언제나 눈물을 흘리곤 한단다. 가만, 이런 대목은 어때?"

그녀는 어느새 목소리까지 떨면서, 책을 펴들고 읊조리기 시작했다.

"봐, 여기 이런 독백이 있지. '아아, 나 이전에도 인간은 이렇게 비참한 것이었을까……' 정말 가슴이 찢어질 것 같잖니? 또…… 그래, 여기 있군. '로테여, 나는 죽기로 결심했습니다. 당신이 이 편지를 읽게 될 때, 이 불행한 사나이는 차디찬 시체가 되어 무덤 속에 들어 있을 것입니다…… 아름다운 여름날의 저물녘 산에 오르거든, 늘 이 골짜기를 찾아오던 내 모습도 회상해주오. 석양빛 아래 무성한 풀잎 너머, 그곳에 잠든 내 무덤도 바라보아주오……' 아아, 너무나 가슴 아프지 않니?"

기어코 고오목양의 왕방울 눈이 벌게지더니, 콧구멍이 빠르게 벌렁거렸다. 그녀의 꿈꾸기가 바야흐로 절정에 달했다는 증거임을 잘 알고 있었으므로, 나는 얼른 수건을 집어주었다.

"어머, 고맙기도 해라. 흐윽…… 넌 진짜 젠틀맨이구나."

고오목양은 팽 하고 아주 힘차게 수건에 코를 풀었다.

"여긴 어떻고. 그야말로 진짜 슬픈 대목이지. 아아, 날이 저문다. 나는 홀로 폭풍이 몰아치는 언덕 위를 헤매고 있네…… 달아, 구름을 뚫고 나오너라. 밤하늘의 별이여, 빛나거라. 어느 빛이든 나를 인도해서 그곳으로 데려가다오. 내 사랑하는 그이가 사냥의 피로를 풀기 위해 쉬는 곳에…… 아, 훌쩍훌쩍…… 하지만 아아, 나는 홀로 홍수 진 바위에 앉아 있어야 하네. 사랑하는 그이의 목소리는 들리지 않네…… 훌쩍…… 자르가르여, 왜 망설이고 계시나요. 그 약속을 잊으셨나요. 그리운 이여, 나 여기 있습니다. 왜 망설이고 오지 않으시나요…… 흑."

마침내 불행하고 외로운 그 노처녀는 완전히 얼이 빠진 듯 혼자서 쉴새없이 중얼거리고 있었다. 눈물까지 줄줄 흘리면서, 두 손을 가슴에 얹고 바르르 떨고 있는 그녀의 모습은 흡사 베르테르가 말라깽이 노처녀로 환생해 내 눈앞에 앉아 있는 듯한 착각을 일으키게 했다.

그런 때의 고오목양은 영락없는 서른세 살짜리 소녀였다. 하지만 그럴 때의 그녀가 나는 너무너무 좋았다. 그리고 가엾어졌다. 덩달아 꿈에 취한 나머지, 나는 언젠가는 그녀가 주인공으로 등장하는 아주 기막히게 슬프고 멋들어진 연애 영화를 만들겠다는 결심까지 했을 정도니까.

물론 라스트 신이 결정적으로 멋있어야 한다. 눈보라 치는 어느 호젓한 기차역이 좋을 거야. 상대역인 그레고리 펙을 태운 기차가 천천히 움직이기 시작하면 여주인공 고오목양이 애절하게 손을 내저으며 따라 달리고…… 그러나 점점 멀어지는 기차. 꽃잎처럼 플랫폼에 쓰러지는 고오목양. 눈 덮인 벌판으로 사라지는 기차를 응시하는 눈물 어린 그녀의 왕방울 눈. 깨알같이 주근깨 깔린 뺨 위로 흘러내리는 눈물. 벌름거리는 콧구멍…… 그 부분에선 아무래도 좀 어울리지 않을 듯해서, 맘에 걸리기는 했지만 말이다.

한동안 고오목양은 그 넘치는 감동의 물결에 휩쓸린 채 혼자 어깨를 들먹이며 훌쩍거리고 있었다. 물론 나는 그 황홀하게 빛나는 꿈속으로부터 그녀가 비틀거리며 걸어나올 때까지 잠자코 기다려줘야 한다는 걸 알았다.

이윽고 평정을 되찾은 그녀의 모습은 한없이 쓸쓸하고 지쳐 있어 보였다. 심한 뱃멀미를 치르고 난 사람처럼, 반쯤 입술을 벌려둔 채 멍하니 두 눈만 껌벅거리며 앉아 있는 그녀를 나는 말없이 바라보았다. 사랑의 꿈에 취한 소녀 대신 어느 틈에 지독히 못생긴 어느 삼십대 노처녀의 주름진 얼굴 하나가 내 눈앞에 앉아 있었다.

 그 얼굴은 엿장수의 손수레에 실려가는 헌 고무신짝처럼 후줄그레하고 볼품이 없었다. 하지만 그 순간 나는 고오목양의 얼굴이 별안간 더없이 예쁘고 사랑스럽게 느껴지는 거였다. 돋보기 같은 안경도, 눈물로 뀌적뀌적해진 왕방울 눈도, 주근깨와 목덜미, 지푸라기 인형 같은 어깨, 심지어 벌름거리는 콧구멍조차도 갑자기 전혀 새로운 의미로 나를 흥분시키고 있었다.

 '아, 이런 이상한 기분은 처음인데. 혹시 사랑이라는 게 이런 느낌이랑 비슷한 것인지 몰라.'

 불현듯 가슴 밑바닥 어딘가가 서늘해지면서 물 흐르는 소리가 들려오는 듯한 느낌. 그러면서 배꼽 아래서부터 사타구니까지 자르르 전류가 통하는 듯한 이상야릇하면서도 몽롱한 쾌감. 순간 나는 깜짝 놀라 무심코 다리를 달달 떨어보았다. 혹시 오줌이라도 지린 게 아닌가 더럭 겁이 났지 뭔가.

 "저어, 누나도 사랑해본 적이 있어요? 옛날에 말예요."

 엉뚱하게도 이번엔 내가 멀미에 취했던 걸까. 생각지도 않았던 질문이 튀어나왔다.

 "사랑해본 적이 있느냐고 그랬니. 나한테도 말야…… 응?"

 고오목양은 그렇게 중얼거리더니, 자기 방으로 들어가 담뱃갑을 들고 돌아왔다. 그리고 창 너머 노인을 슬쩍 살펴보고는 담배에 불을 붙였다. 귀머거리 할아버지는 따스한 햇살을 받으며 의자에 앉아 잠이 든 모양이었다.

 "사랑이라…… 그래. 나한테도 그런 사람이 있었단다. 옛날에, 맞아, 벌써 아주 오래 전에 말야."

고오목양은 힘없이 중얼거리며, 연기를 천천히 내뿜었다. 그녀는 언제부턴가 내 앞에선 이따금 담배를 피우곤 했다. 여자가 담배를 피운다는 게 그다지 놀랍고 이상한 일이 아니라는 사실을 내게 처음으로 깨우쳐준 건 바로 그녀였다.

"난 말야, 지금껏 수많은 사람을 사랑했었단다. 어쩌면 누군가를 사랑하지 않았던 적은 단 한순간도 없었다고 해야 옳은 애길지 몰라……"

그 대목에서 고오목양의 왕방울 눈이 촉촉하게 젖어가기 시작했다.

"하지만, 그 사랑은 언제나 나 혼자만의 몫이었단다. 내 앞엔 커다란 강 하나가 있었고, 내가 사랑하는 사람들은 항상 그 강 건너편에 사는 사람들뿐이었으니까…… 그래서 난 언제나 강 이쪽에서 멀리 지켜보기만 했단다. 내가 몰래 훔쳐보고 있다는 걸 강 건너편 그들한테 눈치라도 채일까 봐 가슴을 졸이면서 말야…… 하긴 그건 사랑이라 부를 수도 없겠지. 뭐랄까, 꿈 같은 거? 그래, 맞았어. 손이 닿지 않는 까마득하게 높은 밤하늘의 별 같은, 그런 꿈 말야……"

고오목양의 왕방울 눈은 또다시 꿈을 꾸는 듯 어렴풋이 가늘어지고 있었다. 그런 그녀의 모습이 언뜻 쓸쓸한 단풍잎 같다고 나는 생각했다.

"……그런데, 마침내 한 사람이 내 앞에 나타났단다. 대학교 신입생 환영회 때 그 남자를 처음 봤는데…… 아, 별 하나가 땅 위에 내려온 거야. 난 그걸 첫눈에 알았단다. 여학생들이 그를 뭐라고 불렀는지 아니? 꿈꾸는 눈동자…… 그래, 그게 그 남자의 별명이었지. 아아, 얼마나 근사하고 분위기 있는 남자였는지 몰라. 정말……"

그녀는 코를 더욱 심하게 벌름거리며, 신음하듯 부르짖었다. 꿈꾸는 듯 몽롱한 그녀의 눈동자. 그건 분명 오드리 헵번의 눈빛과 너무나도 흡사했다.

"그를 처음 본 순간, 난 운명이란 걸 알았단다. 사람에겐 누구나 정해진 운명이란 게 있거든. 아무리 해도 피할 수 없는 굴레 같은 거. 난 확실히 알 수 있었어. 내 일생은 끝끝내 그 남자 하나만을 사랑하면서 살 수밖에 없도록 운명지어져 있다는 사실을 말야…… 그리고 그 예감은 역시 틀림없었어. 그건 내 운명이었던 거야."

내 눈앞에 앉아 있는 그 쓸쓸한 단풍잎이 코를 벌름거리며 뇌까렸다.

"그 사람이랑 누나는 연애를 하게 되었나요?"

"아니. 내가 말했잖았니. 내가 사랑하는 사람들은 언제나 강 건너 저편에 사는 사람들이었다고……"

"그럼 그 남학생은 지금 어디서 살아요?"

"그건 나도 모르지."

"모른다고요?"

"으응. 우리는 졸업을 했고, 그 후론 그이를 아직 한 번도 본 적이 없으니까…… 소문엔 의과 대학에 다니던 내 여고 동창하고 결혼해서 서울로 이사를 갔대. 나랑 친한 사이는 아녔지만, 그 애는 여고 때부터 굉장히 예쁘고 수재였단다."

단풍잎은 무척이나 쓸쓸하게 웃었다. 늙은 오드리 헵번처럼.

"에이, 그게 뭐야. 라스트 신이 너무 싱겁잖아요."

"끝이라구? 아냐, 철이 넌 아직 몰라서 그래. 인생은 말야, 영화나 소설 같은 거랑 반드시 똑같은 건 아니니까 말야. 다른 사람이랑 결혼을 했다거나 혹은 자기랑 이별을 했다고 끝이 나는 건 아니란다. 진실한 사랑은 말이지…… 영원하기 때문이지. 아무리 세월이 흐르고 시간이 지나도, 사랑은 그 사랑을 간직한 사람의 가슴 속에서 영원히 함께 살아가는 거야. 그것이 바로 사랑의 빛이고, 사랑이 가진 위대한 힘이란다…… 알겠니?"

시든 단풍잎은 한없이 쓸쓸하고 고독한 빛깔의 웃음을 내게 지어 보였다. 불현듯 나는 그 단풍잎의 오묘한 물감이 내 작은 가슴 속으로 소리 없이 번져들고 있음을 느꼈다. 그러나 그 신비로운 물감의 이름은 도대체 무엇이었을까.

"어머머! 나 좀 봐. 어린아일 앞에 앉혀놓고 무슨 얘길 하고 있었담."

그때 갑자기 고오목양은 손바닥을 짝 두드리며 화들짝 놀라는 시늉을 했다.

아유, 난 어째서 항상 이렇게 주책인지 몰라. 너한테 별의별 얘기까지 다 늘어놓고 있었으니…… 어째서였을까. 고개를 절레절레 흔들며 어색한 웃음을 지어 보이는 그녀가 나는 문득 한없이 야속하고 미워져서 눈물이 핑글 돌 것만 같았다.

고오목양은 나를 대문께까지 바래다 주었다.

힘없이 밭둑길을 올라오다가 무심코 뒤를 돌아다보니, 탱자나무 울타리 너머로 그녀의 모습이 보이지 않았다. 그 무성한 탱자나무 울타리가 내겐 언뜻 푸른 강물처럼 느껴졌다.

그래. 아까 오목이 누나가 그렇게 말하지 않았던가. 자기가 사랑했던 사람들은 언제나 강 건너 저편에만 있었노라고……

"바보. 오목이 누난 바보랑께……"

나는 공연히 심통이 나서 씨부렁거렸다.

골목으로 들어서던 나는 집 앞에서 양심이와 마주쳤다. 들로 쑥이라도 캐러 나가는 길인 듯, 양심이는 대광주리를 옆구리에 낀 채 나를 보고 히죽히죽 웃었다.

"안녕하세요, 은하 누나."

나는 양심이 곁에 서 있는 은하 누나에게 꾸벅 인사를 했다. 교감 선생 댁 큰딸인 은하 누나는 배우 뺨치게 얼굴이 예쁜데다가, 우리 동네에 하나뿐인 여대생이었다. 예쁜 은하 누나를 보고 있으면 달콤한 꽃 냄새가 솔솔 풍겨나오는 것만 같았다.
"어머, 철이가 이젠 어른이 다 됐네. 인사까지 할 줄 알고."
배꽃같이 하얀 이를 살짝 엿보이며 은하 누나가 웃어주었으므로, 나는 얼굴이 벌게져서 얼른 대문으로 뛰어들어와버렸다.

봄비

 역시 사람의 일이란 알다가도 모를 것인가 보다. 그날 내 앞에서 눈물까지 글썽거리면서 그 아련한 꿈 같은 짝사랑의 역사를 이야기해주던 고오목양에게 마침내 기적이 일어나다니! 그것도 불과 한 달도 채 지나기 전에 말이다.
 그건 정말 기적 같은 사건임에 틀림없었다. 그녀의 추억 속에 한 잎 영롱하고 찬란한 단풍잎으로 남아 있다는 그 남학생. 죽는 날까지 빛나는 별 하나로 남아 그녀의 가슴 속에서 함께 영원히 살아갈 것이라던, 바로 그 '꿈꾸는 눈동자'가 홀연히 우리들의 눈앞에 나타난 것이다.
 "오오, 우리 꼬마 시인이로군. 어서 와. 오호호."
 어느 저녁 무렵, 나를 보자마자 고오목양은 나비처럼 화사한 원피스 차림으로 전에 없이 호들갑스레 반겨주었다. 정성껏 화장까지 한 얼굴은 처음이었다.
 "야, 예쁜데요 누나. 오드리 헵번 같아요, 히힛."
 목이 파인 연노랑 원피스를 칭찬했더니 그녀는 금방 입이 귀밑까지 찢어졌다.
 "정말이니? 헵번 같애, 진짜?"
 "진짜라니까요. 그거 새로 샀어요?"

"아아니. 대학교 때 입었던 거야. 십 년이 넘었는데, 좀 구식 같지 않나 몰라."

"아주 근사한데요 뭘. 오늘이 무슨 좋은 날이에요?"

나는 능청을 떨며 고개를 갸웃거렸다. 솔직히 그 원피스는 그녀의 나이와는 턱없이 어울리지 않았다. 그보다도, 전에 없이 잔뜩 들떠 있는 그녀의 표정이며 정신없이 허둥대는 기색이 나는 의아했다. 시종 싱글벙글 콧노래까지 흥얼대는 품이 마치 금방 날아갈 듯 꼬리를 쫑긋거리는 할미새 같았다.

"좋은 날은 무슨."

"아주 즐거운 일이 있는 거 같은데요? 이렇게 예쁜 옷까지 차려입고 어디 나가려는 길이에요?"

"내가 그렇게 보이니? 하긴 좋은 일이 있었지. 너무너무 기막히게 좋은 일이 생겼단다. 오호호호."

그녀는 춤을 추는 듯한 걸음으로 쪼르르 달려가더니, 전축에 레코드판을 올려놓았다. 멋진 왈츠 곡이 흘러나왔다. 뜨락으로 통한 유리문을 활짝 열어놓고 나서, 오목이 누나는 어리둥절해 있는 나를 데리고 뜰로 사뿐사뿐 걸어나갔다.

"이리 와봐. 엊그제 벚꽃이 활짝 피었단다."

정말, 뜨락 모퉁이에 서 있는 한 그루 벚나무가 활짝 피어 있었다. 가지마다 가득히 피어난 연분홍 꽃이파리들로 그것은 커다란 꽃구름 같았다. 우리는 벚꽃나무 아래 낡은 목재 의자에 나란히 앉았다.

"철이 너한테 언젠가 했던 말 기억나니? 운명이라는 거 말야."

나는 어리둥절해서 그녀를 올려다보았다. 어찌 된 셈일까. 그녀의 왕방울 눈은 예의 그 몽롱하고 아련한 꿈에 취해 있는 거였다.

"인간의 힘으로써는 어쩔 수 없는 게 운명이라고 했었지? 정말 그게 어쩌면 이렇게 딱 들어맞는지 모르겠구나. 아, 믿을 수가 없어. 정말이지 난 아직도 내가 꿈을 꾸고 있는 것만 같지 뭐니."

그녀는 고개를 절레절레 흔들며 연신 탄성을 내질렀다. 두 손을 가슴에 모은 채 숨을 헐떡이며 흥분해 있는 그녀를 나는 자꾸만 곁눈질했다. 혹시 어디가 아픈 건 아닐까. 발갛게 달아오른 그녀의 주근깨투성이 뺨은 터무니없이 행복해 보였고, 창을 넘어온 요한 슈트라우스의 왈츠가 뜨락에 감미롭게 흐르고 있었다.

"아아, 널 만나니까 이젠 좀 살 것 같구나. 금방 가슴이 터질 것만 같았거든. 넌 이런 기분 모를 거야."

"대체 무슨 일인데 그래요, 누나?"

"그래그래. 너한테만은 모두 얘기해줄게. 그 사람이 나타났단다. 마침내 이 누나가 그 남자를 다시 만났단 말야. 그게 누군지 아니?"

"으응…… 병구네 형 말인가요?"

"뭐라구? 어머머, 세상에. 너까지 날 그렇게 무시하는 거니?"

그녀는 대뜸 샐쭉한 표정이더니, 이내 깔깔 웃었다.

"그럼 누굴까……"

"전번에 말했었잖아. 대학 다닐 때 내가 좋아했다던 사람 말야."

"아, 이제 알았다. 그 '꿈꾸는 눈동자' 말예요?"

"맞았어! 바로 그 사람이 우리 동네에 살고 있었지 뭐니? 세상에. 난 정말 그 자리에서 까무러치는 줄만 알았단다."

순간 나는 눈알이 번쩍 했다. 무슨 소리람. 우리 동네에 살고 있다니.

"너도 아마 알고 있을걸. 저기 새로 지은 이층 양옥집 있지? 너희 집 골목에서 바라뵈는, 예전의 그 석류나무집 말야."

나는 딱 벌어진 입이 닫혀지질 않았다. 석류나무집 터에 새로 들어선 그 이층집을 내가 모를 턱이 없다. 붉은 벽돌담에 빙 둘러싸인 그

호화로운 집 주인은 굉장한 부자라는 소문이었다. 드넓은 잔디밭 마당엔 별의별 정원수와 연못까지 있고, 집 안에 들어가보면 온통 으리으리한 것들뿐이라고들 수군거렸다. 늘 근사한 자가용을 타고 들락거리는 그 집 식구들 중엔 중학생과 고등학생인 아들 셋, 그리고 큰아들이라는 삼십대 중반가량의 사내가 이따금 커다란 셰퍼드를 끌고 들판으로 산책을 나다니곤 했다.

"아니, 그럼 전번에 누나랑 골목에서 부딪힌 그 아저씨가!"

"그래, 맞았어. 바로 그 사람이란다. 세상에, 어쩜……"

퍼뜩 짚이는 게 있었다. 며칠 전이던가. 공터에서 축구를 하고 있을 때 고오목양이 삐걱삐걱 우리 곁을 지나갔다. 언제나처럼 바이올린과 책을 안고 골목 어귀를 막 돌아서려던 그녀가 악 비명을 지르며 엉덩방아를 찧었다. 이내 커다란 셰퍼드를 몰고 나오던 그 양옥집 큰아들이 급히 개 고삐를 잡아당기며 나타났다. 땅바닥에 와르르 쏟아진 책과 바이올린. 이내 남자가 그녀의 손을 잡아 일으켜주고, 쏟아진 물건을 집어주며 뭐라고 사과를 하는 것 같았다. 그때 마구 허둥거리던 그녀의 표정……

"얼마나 놀랐는지 몰라. 나도 모르게 어머, 이홍길씨죠, 하고 외칠 뻔했단다 글쎄."

고오목양은 셰퍼드에 넓적다리라도 물렸더라면 백번 좋았을 거라는 투였다.

"그 사람이 뭐라고 그랬는지 아니? 죄송합니다. 우리 쫑은 사람을 물지 않으니까 겁내지 마십시오. 그러면서 내 손을 잡아 일으켜주는 거야. 친절하게도 말야. 학교 다닐 때도 홍길씬 아주 젠틀맨이었거든. 그리고는 책에 묻은 흙까지 일일이 털어주면서 또 뭬랬는 줄 아니? 이건 윤동주 시집이군요. 시를 좋아하시는 모양이죠? 아, 그 묵직한 바리톤의 음성. 홍길씬 노래도 썩 잘 불렀거든……"

고오목양은 어느새 홍길씨라고 부르고 있었다. 까닭도 없이 나는 은근히 화가 났지만, 그런 내 기분도 모르고 그녀는 연신 홍길씨, 멋진 홍길씨, 젠틀맨 홍길씨…… 귀가 따가울 지경이었다.

"그 아저씨도 무척 반가워했겠네요. 친구를 만났으니까 말예요."

공연히 나는 이죽거렸다.

"아니…… 날 전혀 기억하지 못하는 눈치더라. 하긴 당연하지 뭐. 학과도 달랐고, 난 도서관에서만 살다시피 했었으니까. 근데, 며칠 전에 우연히 들에서 홍길씨를 또 만났지 뭐냐. 개한테 운동을 시켜주러 나왔다면서, 내게 아는 척을 했어. 그때는 나도 용기를 내어 얘길 했지. 우리가 대학 동기였다는 사실을 알고 굉장히 반가워하는 거야. 오목씨는 알고 있는데, 자기는 기억을 못 했으니 큰 실례라고 하면서…… 아유, 얼굴까지 발개지는 거야. 너도 그 모습을 봤어야 하는 건데. 정말 귀여운 소년 같았단다."

그날 나는 고오목양의 이야기를 처음부터 고스란히 들어주어야만 했다. 내가 그만 돌아가겠노라고 일어섰을 때에야 그녀는 그 지겨운 홍길씨 소리를 멈추었다.

"저거 봐. 우리집에서도 홍길씨 집이 빤히 보이잖니?"

고오목양은 뜨락에 서서 말했다. 과연 그 이층 양옥집은 정확히 우리집과 교감 선생 댁 지붕 너머 일직선 방향으로 올려다보였다.

며칠 후에 다시 찾아갔을 때도 그녀의 홍길씨 타령은 마찬가지였다. 오히려 더욱 심해진 눈치였다.

"철아, 홍길씨가 날마다 오후 다섯시부터 여섯시 사이에 쫑을 데리고 산책하러 나오는 걸 모르지?"

"어머머, 얘. 깜짝 놀랄 뉴스가 있단다. 홍길씨 말야, 알고 보니 너무나 불행한 일을 겪었대지 뭐니. 전번에 우연히 대학 동창을 만나서 들었는데, 홍길씨가 벌써 오래전에 이혼을 했다지 뭐야. 딸 하나를 낳았는데, 이혼하자마자 여자가 외국으로 이민 가버렸단다. 딸을 데리고 말야. 가엾어라. 홍길씨한테 그런 불행한 일이 있었는지 까맣게 모르고 있었지 뭐니……"

"철아, 어젠 말야. 그이가 우리집 탱자나무 울타리 옆으로 지나갔단다."

"혹시 홍길씨네 집에 무슨 일이 있다는 소문 못 들었니? 벌써 사흘째 모습을 볼 수가 없거든. 산책 시간을 아침으로 바꾸기로 했나?"

만날 때마다 되풀이되는 그녀의 홍길씨 타령 때문에, 나는 한동안 고오목양을 만나지 않기로 했다. 질투심이란 그런 것이다. 일주일 후에 다시 어슬렁어슬렁 찾아갔을 때, 나는 그녀의 증세가 아주 심각하다는 걸 깨달았다.

"이 커튼 어떠니? 색깔이 너무 화려해서 촌스럽지 않나 모르겠다. 그렇지?"

전에 있던 칙칙한 커튼 대신 처음 보는 연분홍색 새 커튼이 거실 유리창에 걸려 있었다. 그녀의 화장한 얼굴이며 원피스 역시 오늘은 화사한 연분홍이었다.

"아뇨. 아주 멋진데요 뭐."

건성으로 대답해주면서, 나는 유리창 너머로 저만치 올려다보이는 홍길씨의 이층 양옥을 잔뜩 쩨려보았다. 그녀는 이번에도 나를 뜨락으로 끌고 가더니, 한바탕 멋지게 바이올린을 연주해주기까지 했다. 물론 나를 위해서가 아니라, 양옥집의 이층 창문까지 그 감미로운 멜로디를 날려보내려는 속셈이었겠지만.

말하지 않아도, 나는 고오목양이 날마다 어떤 흥분 상태에 빠져 시간을 보내고 있는지 빤히 짐작할 수 있었다. 분홍빛 커튼을 새로 달고서, 아침부터 저녁까지 그 창문 너머로 이층집을 쳐다보는 고오목양. 홍길씨 방에서도 아마 이 커튼이 보일 거야. 누구를 위해서 이 빛깔을 골랐는지, 그이는 짐작이나 해줄까? 오늘도 산책길에 우리집 울타리를 지나갈까…… 그러면서도 정작 저만치 개를 데리고 산책하는 모습이 보이면 유리창 가에 숨어서 가슴만 태울 뿐인 고오목양.

그렇듯 온종일 그녀는 목을 늘여놓고 해바라기처럼 홍길씬가 뭔가 하는 그 양옥집 큰아들의 그림자만 좇고 있는 게 분명했다.

라스트 신

그런 어느 날, 마침내 나는 그녀의 그 찬란한 꿈의 라스트 신을 우연히 목격하게 되었다. 그날은 마침 반장 일을 맡고 있는 주인집 아줌마의 심부름으로 쥐약을 전해주러 그녀의 집으로 찾아간 참이었다.

"쥐약이라구? 이걸 왜 내게 보냈단 말이니?"

"내일이 쥐 잡기 날이잖아요. 한 집도 빠짐없이 내일 밤엔 동시에 쥐약을 놓기로 했대요."

그러나 고오목양은 약 봉지를 아무렇게나 밀쳐놓더니, 연신 유리창 밖으로 고개를 내밀고 기웃거리는 거였다.

"왜 그래요? 누가 있나요?"

"얘, 넌 눈이 좋으니까 잘 보일 거야. 저기 이층 옥상에 누가 나와 있는 것 같잖니?"

"맞아요. 홍길씨가 옥상에 서 있는 것 같은데."

우리집과 교감 선생 댁 지붕 너머로 빤히 올려다뵈는, 그 빨간 양옥집 이층에 나와 있는 사람은 분명 '꿈꾸는 눈동자'였다.

"정말이니? 틀림없이 그 사람이지? 다시 한번 잘 보란 말야."

"진짜라니까요. 어, 이쪽을 보고 서 있는 것 같은데."

"그렇지! 우리집 쪽을 보고 있는 거지?"

그녀는 비명을 지를 듯 흥분해서 방 안을 오락가락하기 시작했다.

이층 양옥집 옥상에서 '꿈꾸는 눈동자'의 모습을 처음 발견한 건 열흘 전이었다고 그녀는 말했다. 우연일 거라고 생각했는데, 아니었다. 그는 거의 매일처럼, 언제나 저녁 무렵이면 바로 그 자리에 나와서 이쪽을 향해 오래오래 눈길을 보내곤 하는 거였다. 그의 집과 그녀의 집 사이는 불과 오십여 미터. '꿈꾸는 눈동자'의 그런 행동은 분명 의식적이었다. 아, 이건 운명이야. 운명의 신이 마침내 저 남자를 내게 보내준 거야.

고오목양도 매일 그 시각이면 뜨락으로 나갔다. 그러면 남자도 약속처럼 나타나서, 한참씩 그녀 쪽을 응시하며 옥상 위를 서성거리곤 하는 거였다. 가끔은 그의 노랫소리도 들려왔다. 굵고 멋진 음성…… 그녀는 날마다 꿈속을 헤매는 기분이었다. 사랑이 그녀를 변화시키고 있었다. 갑자기 그녀의 눈앞에서 온 세상은 아름다운 빛깔과 의미로 다시 태어나기 시작하고 있었다.

"아 참, 나도 그 사람의 노랫소리를 들었어요. 오 솔레미오…… 어쩌고 하던데."

"맞았어. 대학 축제 때도 홍길씨가 무대에 나가서 그걸 불렀단다. 그 사람은 만능이었어. 학내 현상 문예에서도 시를 써서 당선까지 했단다. 학교 신문에 실린 당선 작품을 난 아직도 기억하고 있는걸. 뭐였더라…… '누군가를 사랑한다는 건 온 우주를 향해 영혼의 작은 창문을 연다는 것. 누군가를 미워한다는 건 홀로 우주의 창문을 닫아걸고 누에고치로 잠든다는 것……' 맞아. 그런 구절이 너무너무 인상적이었지."

그녀의 홍길씨 타령이 계속되는 동안 나는 유리창 너머로 '꿈꾸는 눈동자'를 줄곧 째려보고 있었다. 그런 어느 순간, 양옥집 옥상의 사내가 돌연 이상한 몸짓을 하기 시작했다.

"어, 누나. 저걸 봐요! 우릴 보고 손을 흔들고 있어요!"

"뭐라구? 어머머, 정말!"

분명 홍길씨의 한쪽 팔이 허공에서 흔들리고 있었다. 누군가를 오라는 듯, 인사를 하는 듯 흔들고 있는 거였다. 고오목양은 감격에 겨워 거의 울음이 터지기 직전이었다.

"아아, 수줍은 사람. 왜 내게로 찾아오질 않구서…… 장난기가 많은 사람이었어. 학창 시절부터 말야. 아 어쩌면 좋을까, 철아. 으응."

"누나도 손을 흔들어줘요. 누나더러 오라고 하잖아요."

"그, 그렇지? 아무래도 내가 가야겠어. 저러다가 동네 사람들이 눈치라도 채면 어쩌려구…… 아휴, 장난꾸러기지 뭐야. 철아, 잠깐 기다려. 너랑 둘이서라면 나도 용기가 생길 테니깐 말야. 알았지?"

별안간 고오목양은 방 안으로 달려들어가더니, 화사한 분홍빛 원피스로 갈아입고 부랴부랴 현관을 나서고 있었다. '아아, 운명의 여신이 마침내 우리 둘 사이에 무지개 다리를 놓고 있는 거야. 그래, 더 이상 망설일 순 없어. 이젠 내가 그 운명을 받아들여야 해.' 그런 그녀의 마음을 나는 빤히 읽어낼 것 같았다.

그녀는 내 손을 잡고 대문을 빠져나왔다. 우리가 밭둑을 질러갈 때까지도 여전히 홍길씨는 옥상 위에서 이쪽을 향해 손짓을 멈추지 않고 있었다. 이윽고 골목 어귀를 돌아섰을 때였다. 우리집 대문 앞 처마 밑에 아낙네 서넛이 몸을 숨기듯 하고 모여 서서 수군거리고 있었다. 거기서 양옥집 이층은 바로 빤히 마주 보였다.

"으마마, 저게 무신 짓이여. 남부끄럽지도 않은가벼."

"사내놈이야 그렇다 치고, 다 큰 가시나가 되레 더 꼬리를 치잖소그랴. 하이고, 대학생이라고 얌전은 다 빼고 댕기더니만."

"말세여, 말세. 요새 젊은것들은 눈에 뵈는 게 없당께."

"아이고, 교감 선생 댁이 저 꼴을 보면 놀라 뒤집어지겄구마이."

순간 약속이나 한 듯 우리 둘은 걸음을 멈추었다. 고개를 들어보니, 옥상 위의 '꿈꾸는 눈동자'는 미소를 지으며 여전히 손짓을 하고 있었다. 그런데 그 방향이 어째 이상했다. 홍길씨의 시선이 가 닿는 방향을 따라 무심코 고개를 돌리던 나는 깜짝 놀랐다. 바로 우리 옆집인 교감 선생 댁 행랑채의 작은 유리창 안에서 누군가 밖을 내다보고 있었던 것이다.

웃음을 참느라 연신 손으로 입을 가리며 양옥집 옥상과 눈을 맞추고 있는 예쁜 처녀의 얼굴. 그것은 바로 교감 선생 댁 큰딸인 은하 누나였다.

후드드득. 돌연 빗방울이 쏟아져내리기 시작했다. 그제야 퍼뜩 놀라 뒤를 돌아보니, 고오목양의 모습이 없었다. 담 모퉁이를 돌아섰을 때, 저만치 황량한 들길을 도망치듯 사라지고 있는 그녀의 뒷모습이 보였다. 주먹만한 빗방울이 그녀의 여윈 몸뚱이 위로 사납게 쏟아지고 있었다.

아, 가엾은 고오목양……!

멸치 선생님

"아유, 새 옷처럼 몸에 딱 맞는구나."

야간 중학교에 입학해서 교복을 처음 입어보는 날이었다. 주인집 둘째아들이 입던 헌 옷을 어머니는 감쪽같이 고쳐서 내게 입혀주었다.

"어디 이쪽으로 돌아서봐라. 아이구, 의젓해 뵈는걸. 우리 철이가 어느새 이렇게 커서 중학생이 되다니……"

대견한 듯 내 모습을 올려다보는 어머니의 눈자위에 금세 꾀적하니 물기가 고였다. 부석부석하게 부어오른 어머니의 얼굴이 모처럼 기쁨으로 환하게 피어오르고 있었다. 하지만 그런 어머니 앞에서 나는 마음이 무거웠다.

"철이야이. 중학생이 되었으니, 이젠 너도 어린아이가 아니다. 네 앞길은 스스로 헤쳐나가야 할 나이란 말이여. 알고 있제?"

"예에."

"이 에미 소원은 아무것도 없다. 그저 철이 너 하나 공부 열심히 해서 장차 훌륭한 사람이 되어갖고, 보란 듯이 출세하는 모습을 보는 거 밖에는 아무것도 없어야. 그것이 네가 이 어미한테 효도하는 일이여. 알고 있제?"

"알았어라우."

"후유우. 내가 몸이 성하기만 했더라면 어린 너를 야간 학교에 보내지는 않았을 것인디…… 어미가 지지리 박복한 팔자를 타고난 탓으로 너까지 고생을 시키는구나."

병색이 완연한 얼굴로 어머니는 또 치맛자락에 콧물을 훔쳤다.

"어무니도 차암. 야간 학교가 뭐 어때서요. 공부만 잘하면 되는 거지."

"오냐, 그래그래. 너도 이젠 제법 철든 소리 할 줄도 아는구나. 공연히 내가 또 주책이지 뭐냐."

도시락을 가방에 챙겨넣고서, 다른 날보다 일찍 집을 나섰다. 같은 반 일환이랑 신문 보급소에서 만나기로 약속했던 것이다.

야간 중학교를 가겠다고 고집한 건 나였다. 성적도 보잘것없었지만, 그보다도 우리집 형편은 갈수록 어려워져가고 있었기 때문이다. 어머니의 병세는 눈에 띄게 나빠져갔다. 가게에 나가지 못하게 된 지가 벌써 여러 달째였다. 가게에서 일을 하다가 두번째로 쓰러진 다음부터는 또 무슨 일이 생길지 몰라 불안해진 주인 내외 쪽에서 그만두라고 통보를 해왔던 것이다. 그런데도 어머니는 한사코 애걸하다시피 해서 일감을 받아왔고, 때로는 밤을 꼬박 새워가며 일을 계속하고 있었다. 그런 어머니를 곁에서 지켜보고 있노라면 조마조마하기만 했다.

어머니가 가게를 그만두면서부터 우리집 형편은 한층 쪼들리게 되었다. 그나마 은분이 누나가 얼마 전부터 정식 사원으로 발령을 받아 다행이긴 했지만, 워낙 쥐꼬리만한 봉급으로는 어머니의 약값조차 제대로 마련하기가 힘에 겨웠다. 누나는 일부러 자청해서 야근까지 하는 눈치였다. 안 그래도 허약한데다가 줄곧 무리를 하는 까닭인지, 누나는 늘 누렇게 뜬 낯빛에 퀭한 눈을 하고 다녔다. 그런 누나의 지쳐빠진 몰골을 훔쳐볼 때마다 나는 늘 죄스럽고 부끄러웠다.

신문 보급소는 계림동 오거리의 길모퉁이에 있었다. 보급소 유리창으로 들여다보니, 일환이는 보이지 않고 웬 가죽 점퍼 차림의 사내가 혼자 앉아 있었다. 길가에서 잠시 서성대고 있는데, 일환이가 자전거를 끌고 나타났다.

"오래 기다렸지? 니미럴, 수금하러 다니느라고 정신없이 바빴지 뭐냐."

손에 쥔 장부책을 툭툭 두드리면서 일환이는 이마의 땀을 닦았다.

"배달만 하는 게 아니고 수금도 하러 다녀?"

"응. 원래는 배달원이랑 수금원이 따로 있었는데, 며칠 전 수금하던 고등학생이 그만뒀거든. 사마귀 새끼하고 싸웠지 뭐냐. 덕분에 내가 수금까지 해야 하는 통에 불나게 바쁘단 말여."

"사마귀가 누군데?"

"우리 보급소장이야. 너도 알게 되겠지만, 아주 치사하고 나쁜 자식이야."

"어쩌지. 아무래도 자신이 없어."

"얌마, 누군 첨부터 알고 시작했냐? 염려 마. 내 구역 구독자는 몽땅 너한테 인계할 거고, 이 몸이 친절하게 가르쳐주실 테니까 말여. 자, 들어가자."

일환이를 따라 보급소 안으로 들어섰다. 보급소장이라는 가죽 점퍼 차림의 사내가 의자에 앉은 채 나를 흘긋 쳐다보았다. 콧잔등에 녹두알만한 사마귀를 단 그는 대뜸 한심스럽다는 표정이었다.

"배달원을 해보겠다 이거지. 몇 살이냐?"

"열네 살인디요."

"근데 왜 이리 쥐알만해? 국민학생 같아 뵈는데."

"에이, 소장님도. 우리 반 친구랑께요."

일환이가 능청스레 싱글거리며 말했다.

멸치 선생님 253

"너, 자전거 없어? 그렇다면 일일이 발로 뛰어댕겨야겠구만. 야, 일환이 네 책임량에서 절반만 이 꼬맹이한테 인계하도록 해."

"백 부만요? 에이, 전부 다 맡겨보세요, 소장님."

"얌마, 신참한테 이백 부는 무리란 말야. 좋아. 하지만 만약 며칠도 안 돼서 못 하겠다고 그만두는 날엔 일환이 너부터 죽을 줄 알어."

사마귀는 인상을 험악하게 찌푸리며 웅얼거렸다. 결국 이백 부를 내 몫으로 맡기로 하고, 우리는 보급소를 나왔다. 내일 새벽부터 당장 시작이었다. 우선 일주일 동안은 일환이를 따라다니면서 배달할 집들을 일일이 익히게 될 터였다. 은근히 겁이 나기도 했지만, 마침내 일을 하게 되었다는 사실에 가슴이 뛰었다. 이젠 나도 돈을 벌 수 있게 된 것이다.

"저 치사한 새낀 아가릴 벌렸다 하면 욕부터 튀어나오지 뭐냐. 수금원 자리를 맡게 되지만 않았으면 다음달엔 다른 보급소로 가버릴라고 했는데, 그냥 참기로 했다. 야, 뒤에 올라타라. 학교까지 태워다 줄게."

내가 올라타자마자 녀석은 기운 좋게 페달을 씽씽 밟아대기 시작했다. 나보다 한 살 위인 일환이는 덩치가 크고 무척 어른스러웠다. 벌써 삼 년째 신문 배달을 해온 터라 이미 관록이 붙어서, 보급소장이 이번부터 수금원 직책을 맡긴 모양이었다.

학교에 도착했다. 교문 앞으로는 벌써 수업을 마친 주간반 학생들이 집으로 돌아가느라 한꺼번에 쏟아져나오고 있는 참이었다. 시작종 소리에 맞춰서 우리는 간신히 교실 안으로 들어설 수 있었다.

첫 시간의 과목은 담임 선생님이 담당한 생물이었다. 경영이 부실한 야간 학교인 탓인지 교사 한 명이 두 과목씩 겸임한 경우가 흔했는데,

우리 담임 선생님 역시 생물 외에도 지리 과목까지 맡고 있었다.
"이거, 결석이 너무 많단 말씀야. 매일 예닐곱 명씩이나 되니 원."
출석부를 탁 덮으며 선생님은 돋보기 너머로 우리를 천천히 둘러보았다. 오십대 초반의 담임 선생님은 겉보기엔 거의 십 년은 더 늙게 보여서, 언뜻 중늙은이 같은 모습이었다. 우리는 그를 멸치 선생님이라 부르고 있었다.
그가 조금은 불경스럽게 들리는 그 별명을 지니게 된 것은 아주 오래 전부터였던 모양이다. 우리가 입학하기 훨씬 전, 수많은 선배들이 대대로 물려준 그 별명은 사실 더할 나위 없이 그와 딱 어울리는 것 같았다.
사람이 최대한으로 얼마나 깡마를 수 있는가를 증명하라면 단연코 그 본보기가 될 만큼 허약한 몸집에 수숫대처럼 껀정한 키, 얼굴인지 안경인지 구분하기 어려울 정도로 커다란 돋보기 안경, 그리고 세상의 고민과 고뇌는 자기 혼자 깡그리 안고 사는 듯한 잔뜩 찌푸린 얼굴…… 그것이 바로 멸치 선생님의 독특한 모습이었다.
"어, 저 녀석 보게. 졸고 있잖어?"
말없이 우리를 한 바퀴 빙 둘러보던 담임 선생님의 눈길이 한 녀석에게 딱 멎었다. 고장난 괘종시계의 불알처럼 고개를 한쪽으로 갸웃 숙인 채 졸고 있던 녀석이 깜짝 놀라 얼른 자세를 고쳐 앉았다.
"넌 밤새 뭘 했길래, 앉자마자 졸고 있는 거냐?"
멸치 선생님이 쯔쯔쯔 혀를 찼을 때, 갑자기 누군가 소리를 질렀다.
"선생님. 얘는요. 중국집에서 자장면 배달한대요!"
와르르 쏟아지는 웃음소리. 그 순간 우리는 멸치 선생님의 낯빛이 문득 당혹스레 어두워지는 것을 읽었다. 왁자하게 터지던 웃음소리가 이내 멎었고, 선생님은 한동안 말없이 우리들의 얼굴 하나하나를 찬찬히 내려다보고 있었다.

"이름이 뭐지?"

굳은 표정으로 멸치 선생님은 그 자장면을 배달한다는 아이에게 물었다.

"방한성입니다."

"한성군, 미안하다. 미처 사정을 헤아리지 못했던 점, 선생님이 사과하겠다. 온종일 열심히 일을 하느라 무척 피곤해 있을 줄 안다. 그렇지만, 가능하면 수업 중에는 졸지 않도록 해주었으면 한다. 알겠는가."

우리는 모두들 놀란 눈으로 멸치 선생님을 바라보았다. 목쉰 듯한 그의 음성과 돋보기 너머 조용히 응시하는 눈빛 속에서 불현듯 한없이 따뜻하고 인자한 애정을 느낄 수 있었다. 멸치 선생님은 다시 천천히 입을 열었다.

"난 벌써 이십 년 동안 이 야간 학교에서 재직해오는 동안, 여러분과 같은 어려운 환경 속에서 공부하는 수많은 학생들을 가르쳐왔다. 지금 여기 모인 여러분들 중 대부분이, 저 방한성군처럼 매일 낮에는 일하고 밤 시간을 도와 졸음과 싸우며 이 자리에 앉아 있어야 한다는 사실을 나도 잘 알고 있다…… 여러분은 어쩌면 지금 자신이 가장 불행하다고 여기고 있을지도 모른다. 혹은, 여러분이 부둥켜안고 있는 그 고통과 힘겨움을 덜어줄 사람이 곁에 아무도 없다고 절망하고 있을지도 모른다. 불행하게도, 나 역시 여러분에게 힘이 되어줄 수가 없다. 그렇지만, 내가 여러분에게 해줄 수 있는 말은 이것뿐이다. 삶을, 인생을, 흐르는 강물과 같다고 누군가 말했다. 여러분은 지금 어떤 거대한 벽에 갇혀 있다고, 스스로 느끼고 있을지도 모른다. 그러나 흐르는 물 앞엔 결코 넘어서지 못할 벽이란 없는 법이다. 여러분은 젊고, 그러므로 여러분에겐 미래가 있다. 자, 고개를 들어 창밖을 내다보아라. 다른 그 누구도 아닌, 오직 여러분 자신만이 꿈꾸고 또한 아름답게 엮어나가야 할 시간들이, 미래가, 지금 눈앞에서 저렇게 여러분을 기다리고 있지 않은가…… 부디 잊지 말기를 바란다. 여러분은 누구나 다들 흐르는 시냇물이라는 사실을 말이다. 맑음과 투명함을 잃지 않고 거침없이 흘러서 더 큰 강이 되고, 마침내는 저 넓고 풍요로운 미지의 바다에 가 닿을 때까지 끝끝내 용기와 사랑을 잃지 말기를 바란다…… 모두들 알고 있지 않은가? 여러분의 인생과 꿈의 주인은, 온 세상을 다 뒤져도, 오로지 바로 여러분 자신말고는 아무도 없다는 사실을 말이다."

어느새 교실 안은 쥐 죽은 듯 고요해져 있었다. 창밖 텅 빈 운동장엔 벌써 땅거미가 깔리기 시작하고, 세상의 거리는 우리들의 마음처럼 쓸쓸하고 어두워져 있었다. 그러나 멸치 선생님의 나직한 음성은 마치도 따스한 물기로 변하여 우리들의 지치고 가난한 가슴 속으로 소리 없이 번져들고 있는 것만 같았다. 나는 갑자기 멸치 선생님이 무척이나 좋아졌다.

이윽고 선생님은 교과서를 펴들고 수업을 시작했다. 그는 분필을 집어들더니, 흑판에 커다랗게 사람의 알몸을 그려놓았다.

"자, 이걸 봐라. 이게 너희들의 몸이다. 생물 과목이란 흔히들 따분하고 지루한 과목이라고 여기는 모양인데, 알고 보면 대단히 재미있고 유익한 과목이다. 너희들의 창자가 어떻게 생겼는지, 무슨 기능을 하는지 알고 싶지? 그걸 가르쳐주는 시간이 바로 이 과목이란 말야. 자, 오늘은 첫 시간이니까, 무엇이든 질문하도록."

선생님의 말에 아이들은 이것저것 질문을 퍼부어대기 시작했다. 머리카락은 왜 검은색이냐. 여자와 남자는 어째서 다르게 태어나느냐……

나 역시 이제부터 좋아하기로 작정한 그 멸치 선생님을 위해 뭔가 그럴듯한 질문을 던지고 싶어 좀이 쑤셨다. 한동안 궁리하던 끝에, 나는 힘차게 손을 들었다.

"저요, 선생님."

"그래, 학생은 뭘 알고 싶지?"

"저어, 오줌을 쌀 때 보면 말이지라우. 어떤 때는 오줌이 한 줄기로 나오다가 또 어떤 때는 두 가닥으로 갈라져갖고 나오는디, 어째서 그렇습니까?"

와그르르. 아이들이 허리를 잡고 한바탕 낄낄대느라 야단법석이었다. 하지만 나로서는 꽤나 열심히 궁리하다가 찾아낸 질문이었다. 그 나이 또래엔 사타구니 부근에 유난히 호기심이 한창 왕성할 때가 아닌가. 아무래도 좀 엉뚱한 발상이긴 했지만 말이다.

그런데 정작 이상한 건 멸치 선생님의 표정이었다. 한동안 멀뚱히 나를 내려다보기만 하는데, 대답이 궁해 내심 꽤나 난처한 모양이었다. 그러더니, 멸치 선생님은 픽 웃음을 터뜨리는 거였다.

"얌마, 네 꼬치가 좀 꼬부라진 모양인데, 그걸 나한테 물어보면 어떡해!"

아이들이 혓바닥을 빼물고 또 한바탕 미친 듯 낄낄거렸다.

그날, 마지막 수업 역시 하필이면 그의 담당인 지리 시간이었다. 언제나처럼 그 무렵이면 우리들은 이미 파김치가 되어 있었다. 멸치 선생님은 교과서를 펴게 하더니, 직접 자신이 소리내어 읽기 시작했다.

우리들은 전에 없이 모두들 바짝 긴장했다. 그 대목은 마침 남해안의 특산물을 열거해놓았는데, 하필 거기엔 멸치라는 두 글자가 또렷하게 적혀 있었던 까닭이다. 말하자면, 그건 지뢰였다. 물론 그 지뢰를 매설한 건 우리들이 아니었다. 선생님은 스스로 자청해서 그 지뢰밭을 향해 혼자 돌진하기 시작하는 참이었다.

  우리는 돌연 긴장과 흥분을 억누르며 눈과 귀에 온 신경을 집중했다. 아무런 눈치도 채지 못하고 술술 읽어내려가는 멸치 선생님의 낭랑한 목소리가 바야흐로 문제의 그 지뢰밭을 향해 한발 한발 접근해가는 순간이었다.

  "남해안은 플랑크톤이 풍부하여 김, 다시마, 미역, 우뭇가사리 등의 해초가 풍부하게 생산된다. 특히 완도 근해를 중심으로……"

  아, 바로 그 다음이 멸치 차례였다. 우리는 약속이나 한 듯 저마다 고개를 책 뒤에 처박은 채 꿀꺽 숨을 삼켰다. 이제 곧 폭포처럼 일제히 터뜨릴 통쾌한 웃음을 준비하면서 말이다.

  어, 그런데 이게 웬일인가. 낭랑히 읽어내려가던 멸치 선생님의 목소리가 한순간 멈칫하더니, 이내 그 글자만을 쏙 빼먹은 채 태연히 지나가버렸다. 에이…… 잔뜩 긴장해 있던 우리들은 실망과 아쉬움에 찬 한숨을 내쉬었다. 멸치 선생님이 갑자기 커다랗게 고함을 지른 건 바로 그때였다.

  "홍, 이 고연 놈들아! 멸치가 그리 쉽게 잡힐 줄 알았냐?"

  그날 우리는 배를 그러안고 데굴데굴 굴러다녔다. 얼마나 요란했던지, 교감 선생님이 눈이 똥그레져서 허겁지겁 우리 반 교실까지 쫓아 올라왔다.

그 집 앞

가랑비는 잠시도 쉬지 않고 추적추적 내리고 있었다. 아침 일곱시. 학교와 일터로 나가는 사람들이 거리로 여기저기서 쏟아져나오기 시작했다. 벌써 두 시간이 지났는데도 신문을 돌린 집은 겨우 절반에 지나지 않았다. 여느 때 같으면 배달이 거의 끝나갈 무렵이었지만, 비가 뿌리는 날이면 으레 그렇게 늦어지게 마련이었다.

한 손은 우산, 다른 손으로는 신문 뭉치를 옆구리에 낀 채 나는 종종걸음을 쳤다. 늦가을로 접어드는 날씨라 아침 기온은 싸늘했다. 하지만 벌써 두 시간째 이리저리 허겁지겁 뛰어다니는 동안 온몸은 비와 땀으로 흠뻑 젖어 있었다.

"아저씨, 안녕하세요."

"어이구, 고생하는구나. 힘내라, 응."

농장 다리 옆 약국 유리문을 열고 신문을 건네주었을 때 젊은 약사는 언제나처럼 웃으며 말했다. 나는 재빨리 인사를 남기고 다음 집인 세탁소를 향해 뛰어갔다. 이백 명의 구독자 가운데 그 약사처럼 친절한 사람은 별로 많지 않았다.

"이게 뭐냐. 폭삭 젖었잖아. 이것도 신문이라고 주는 거냐. 짜식아."

세탁소 주인은 이마를 구기며 노려보았다.

"죄송합니다. 비가 오는 날이라서 그만……"

"임마, 조심해얄 것 아냐."

"죄송합니다. 담부턴 주의하겠습니다."

고개를 꾸벅 숙이고 헐레벌떡 뛰어나오는데, 난데없이 트럭 하나가 내게 흙탕물을 정통으로 내갈기고는 쏜살같이 달아났다. 안 그래도 반쯤 젖은 신문 뭉치가 흙탕물에 흠씬 젖어버리고 말았다. 맥이 탁 풀렸다. 대충 흙을 털어내면서 나는 다시 골목길을 달음질치기 시작했다.

비가 오는 날은 그야말로 혓바닥이 기어나올 정도로 힘겨운 날이었다. 옆구리에 낀 신문 뭉치는 바윗돌처럼 무거웠고, 겉에 걸쳐입은 비옷이 빗물에 젖어 무릎이며 종아리를 척척 휘감는 통에 걸음을 옮기기조차 힘들었다. 게다가 보급소에서 나눠준 비닐 봉지로 아무리 단속을 해도, 신문은 금세 물기로 핑 젖게 마련이다. 평소엔 대문 사이로 슬쩍 밀어넣어도 무방했지만, 비 오는 날은 사람들이 대문을 열고 나올 때까지 밖에서 신문을 들고 기다려야만 했으므로 시간은 평소의 배나 더 들었다. 그나마 신문에 물기가 약간만 번져 있어도 으레 신경질 섞인 꾸지람을 들어야만 했다. 그 때문에 나는 날마다 잠들기 전에 행여 밤새 비가 내릴까 봐 걱정하는 버릇이 생겼다.

신문 배달을 시작한 지도 벌써 반년이 넘었다. 그사이 어느 정도 익숙해지긴 했지만, 힘들고 고되기는 마찬가지였다. 내게 맡겨진 분량은 모두 이백 집이 조금 넘었다. 그 정도는 내 또래의 다른 배달원들에 비해 훨씬 적은 숫자였으나, 체구가 작고 걸음까지 느린 나로서는 무척이나 벅찬 부수였다.

더구나 내가 맡은 구역은 대부분 가파른 산동네에 띄엄띄엄 흩어져 있는 집들이었으므로, 오히려 다른 배달원보다도 훨씬 더 먼 거리를 달려다녀야만 했다.

처음 한 달 동안은 지리에 익숙하지 않아서 지독하게 애를 먹었다. 꼭두새벽에 통금 해제 사이렌 소리를 듣고 잠에서 깨어나 부랴부랴 보급소로 달려나가면, 꼬박 서너 시간을 잠시도 걷지 못하고 헐레벌떡 뛰어다녔다.

농장 다리 부근 13반과 17반의 스물다섯 집을 돌고 나서 동명동으로 접어들었다. 그 일대는 시내에서도 손꼽히는 부자촌이다. 오래된 기와집들도 많았지만, 엄청나게 높은 벽돌담 안에 으리으리하게 솟아 있는 양옥집들이 즐비했다. 이름도 모를 갖가지 정원수와 화초로 단장된 정원. 철 따라 화려한 꽃들이 창살을 타고 기어오르는 벽돌담들…… 우람하고 근사한 대문을 두드릴 때마다 나는 언제나 잔뜩 주눅이 들곤 했다. 그런 집들은 대부분 항상 대문이 굳게 잠겨 있어서, 비라도 오는 날이면 더더욱 시간을 많이 잡아먹었다. 걸핏하면 이런 저런 트집을 잡곤 하는 것도 유독 그런 동네의 구독자들이었다. 이번에도 마찬가지였다.

"야, 이것도 신문이냐. 아예 물걸레 뭉치잖아."

"이 자식이 도대체 눈깔을 어디다 두고 배달하는 거야? 너, 이번 달 신문 값 받아가는가 봐라."

"얌마, 너 잘 만났다. 이 신문 안 본다고 몇 번이나 말해야 알아들어? 쪼그만 자식이 건방지게 억지를 쓸라고 그래."

"야야, 지금이 몇 신데 이제야 신문을 돌려? 자꾸 이러면 당장 끊어 버릴 거야."

"지난번엔 왜 두 번이나 빠졌냐? 뭐야, 넣었다고? 이 자식이 어디서 사기를 칠라고 들어? 싸가지 없는 자식."

그들은 저마다 험상궂게 얼굴을 찌푸리며 고함을 치고, 신경질을 내고, 위협을 하기도 했다. 차렷, 열중쉬엇, 이 새끼 봐. 똑바로 서서 내

말 잘 들으란 말야. 군대식으로 호통을 치며 머리를 쥐어박는 청년도 있었다. 그때마다 나는 연신 허리를 굽실거리며 용서를 빌고, 애걸하는 시늉을 하고, 더러는 비굴한 웃음까지 지어가며 그들의 동정을 구걸했다. 배달을 시작한 지 몇 달 동안 내가 배워야만 했던 것은 바로 그런 어색한 비굴함이었다. 나는 결코 한마디의 항변조차 할 수 없었다. 그들은 언제고 신문 구독을 중단시킬 수 있었으니까……

구독 사절이 한 건이라도 생기면 보급소장 사마귀는 당장 잡아먹을 듯 으르렁댔다. 그리고 당장에 담당 배달원의 그달 치 봉급에서 그 손실액을 정확히 공제해버렸다. 때문에 대부분 나 같은 처지의 야간 학교 아이들인 배달원들은 구독 사절 사고를 가장 두려워할 수밖에 없었다.

목욕탕에 신문을 넣어준 뒤, 한길을 건넜다. 맞은편의 커다란 이층 양옥집에 배달을 마치면 그 일대에서의 배달은 끝이었다. 마지막 삼십 부는 산수동 산동네였다.

그 부자촌에서도 두드러지게 호화로운 그 양옥집은 경찰서장의 집이었다. 육중한 철대문 앞에서 나는 조심스레 초인종을 눌렀다. 엄청나게 큰 셰퍼드한테 놀란 적이 있었기 때문이다. 몇 번 눌러도 인기척이 없어서 무심코 밀어보니 뜻밖에 문이 열렸다. 한껏 조바심하며 금잔디로 뒤덮인 넓은 마당으로 막 들어서려던 순간이었다. 송아지만한 셰퍼드가 대문 뒤에서 펄쩍 뛰어오르며 나를 덮쳤다. 피할 틈도 없었다.

"으아악!"

비명을 지르며 나는 나뒹굴었다. 내 종아리는 이미 녀석의 거대한 아가리에 박혀 있었고, 신문 뭉치는 땅바닥에 와르르 흩어졌다. 집 안에서 그들이 뛰어나와 개를 떼어냈을 때, 나는 반쯤 얼이 빠져 있었다.

"야, 임마! 초인종 놔두고 누구 맘대로 집 안까지 들어오랬어? 너, 뭐라도 슬쩍 집어갈라고 그랬지. 누가 모를 줄 알아?"

와이셔츠 차림으로 나타난 중년 사내는 다짜고짜 멱살을 움켜잡았다.

"아, 아녀라우. 신문을 갖다 드릴라고……"

"거짓말 마. 새꺄. 여보, 이 자식이 우리집 배달하는 놈, 맞나?"

현관 앞에 서 있는 여자에게 사내가 말했다.

"맞아요. 어머머, 저 피 좀 봐. 많이 물렸나 보네에?"

여자의 놀라는 시늉에 나는 그제야 종아리를 내려다보았다. 손바닥만큼 찢겨나간 바짓가랑이 틈으로 핏물이 벌겋게 번지고 있었다. 나는 엉겁결에 비칠비칠 일어났다.

"걱정 없어. 이 정도는 약 안 발라도 죽진 않을 테니까 빨리 꺼져, 임마."

땅바닥에 흩어진 신문을 나는 허겁지겁 그러모았다. 신문은 이미 엉망으로 젖어 있었다. 그것들을 부둥켜안고 밖으로 나오자마자 등 뒤에서 쿵 하고 대문이 닫혔다.

"야, 너 앞으로 또 몰래 기웃거리다간 죽을 줄 알어!"

나는 한길까지 정신없이 도망쳐나왔다. 다리 위에 와서야 상처를 살펴보니, 물린 자리는 생각보다 크고 깊었다. 엄지손톱 크기 정도의 살점이 떨어져나온 자리에서 벌건 핏물이 줄줄 새어나오고 있었다. 목에 두르고 있던 손수건을 풀어서 종아리를 동여매었다. 그 손수건은 은분이 누나가 준 생일 선물이었다.

반쯤 얼이 빠진 채 절뚝거리면서 다시 산동네를 향해 걷기 시작했다. 새삼스레 개에 물린 순간의 공포와 아픔이 되살아나, 자꾸만 후드득 진저리를 쳤다. 하지만 지금 당장은 신문이 엉망으로 젖은 것이 더 걱정이었다.

개미굴같이 좁고 구불구불한 산동네를 거의 다 돌고 났을 때, 나는 이미 탈진 상태였다. 빗물과 땀으로 온몸은 물에 짠 걸레 꼴이었고, 무릎은 무너질 듯 후들거렸다. 회충약을 먹은 것처럼 눈앞이 노래져서, 몇 번이나 담벼락에 손을 짚고 서서 숨을 돌리곤 했다. 이제 남아 있는 건 맨 꼭대기의 다섯 집뿐이었다.

"너 어디가 아프냐? 안색이 아주 못쓰겠구나."

구멍가게 주인 아줌마가 물었다.

"괜찮어라우…… 지금 몇 시나 됐어요?"

"아홉시 반이다마는."

"그래요?"

가슴이 철렁했다. 그렇게 늦어진 적은 처음이었다. 마지막 남은 네 집을 돌기 위해 가파른 골목길을 헐떡이며 오르기 시작했다. 비는 줄기차게 쏟아져내리고, 온몸은 더 이상 버틸 기력조차 남아 있지 않았다. 길바닥에 아무렇게나 벌렁 드러눕고만 싶었다. 그 골목은 유난히도 가파르고 좁았다. 한 사람이 간신히 지나다닐 수 있을 만큼 비좁은 골목 양켠에 게딱지처럼 다닥다닥 붙어 있는 그 가난한 집들 사이를 지나가노라면, 언제나 쿠릿한 인분 냄새와 연탄 냄새가 코를 찔렀다.

마침내 나는 더 이상 한 걸음도 옮길 수 없다는 걸 깨달았다. 눈앞이 노래지면서 핑글 현기증이 돌았다. 기우뚱 허물어지려는 순간, 어느 집 담벼락에 이마를 기댄 채 한참이나 눈을 감고 서 있었다. 아직 아침밥도 먹지 못한 채였지만 허기에 지친 배는 이미 감각조차 없었다. 간신히 정신을 차리고 문득 신문을 살펴보니, 그것들은 벌써 완전한 걸레 조각으로 변해 있었다. 손으로 집어들기도 전에 그것들은 흐물흐물 찢어져내렸다. 결국 배달을 포기해야만 했다. 그것은 진흙덩이처럼 철버덕 소리를 내며 내 발치에 떨어졌다.

순간 세상이 핑그르르 돌면서 눈앞이 아뜩해왔다. 나는 그 집 처마 밑 바람벽에 간신히 등을 기대고 주저앉았다. 무릎 사이에 얼굴을 묻은 채 눈을 감고 오랫동안 가쁜 숨을 몰아쉬었다. 빗발이 목덜미 위로 하염없이 떨어져내리고 있었다.

"죽고 싶어……"

불현듯 내 입에서 그런 신음이 불쑥 튀어나왔다. 열네 살. 죽음 따월 생각하기엔 너무 이른 나이인지 모른다. 그러나 그 순간 내겐 죽음 따윈 조금도 두렵게 느껴지지 않았다. 아니, 그건 오히려 솜이불처럼 한없이 폭신하고 아늑한 평화와 행복의 암시처럼 나를 강렬하게 유혹하고 있었다.

"죽고 싶어. 죽어버리고 싶어…… 아아, 그냥 이대로 눈을 감고 아무도 모르게 죽어버리고 말았으면!"

그 초라하고 낯선 처마 밑에 번데기처럼 웅크리고 앉아 나는 절망에 차서 중얼거렸다. 산동네 아래로 저만치 펼쳐져 있는 도시는 잿빛이었다. 가랑비에 소리 없이 젖어가는 그 거대한 도시는 넓고 화려했지만, 내겐 한없이 멀고 먼 다른 세계처럼 보였다. 나는 그 거대한 잿빛 세계로부터 버림받고 내쫓긴 한 마리 비루먹은 똥개가 바로 나 자신이라고 생각했다.

나는 지쳐 있었다. 너무나 지쳐서 작은 몸뚱이 하나 버티고 설 힘조차 내겐 남아 있지 않았다. 저만치 내려다뵈는 세상엔 내 몫은 영영 없을 터였다. 나는 너무나 지쳤고, 더 이상 버틸 용기마저 잃어버린 거였다.

흐르는 물을 가로막을 장벽은 없는 법이라고? 우리들 앞엔 미래가 있다고? 다른 누구도 아닌 우리들 몫의 미래가 우리를 기다리고 있다고? 멸치 선생님의 말을 떠올리면서 나는 혼자 키들키들 웃었다. 내겐 미래가 없었다. 적어도, 저 거대한 도시의 어느 뒷골목 한구석에도 내 몫의 미래란 영영 없을 터였다. 그랬다. 내 앞에 놓인 미래는 온통 어둠뿐이었다. 빠져나오려고 몸부림치면 칠수록 다리를 휘감아 끌어내리는, 그런 막막한 어둠의 수렁뿐일 터였다.

버림받은 아이…… 그래, 난 언제나 버림받기만 했어. 어차피 처음부터 난 그렇게 이 세상에 내던져진 거야. 쓰레기처럼…… 아버지도 날 버렸어. 어머니랑 큰누나까지도, 아버지가 버렸어. 불쌍한 은매 누나까지도 아버지는…… 목이 칵 메었다. 무릎에 얼굴을 묻은 채, 눈앞의 어둠을 들여다보며 나는 생각했다. 우리를 버리고 간 아버지에 대하여. 끝끝내 우리 식구들을 물고 놓아주지 않는 그 지겹고 잔인한 가난에 대하여. 그리고 기약 없이 앓아 누운 어머니와 낡은 재봉틀, 은분이 누나의 단무지처럼 누렇게 뜬 얼굴과 퀭한 눈, 공동묘지에 묻힌 은매 누나에 대하여…… 그러나 명색이 아들인 내겐 아무 힘도 없다. 등록금조차 온전히 마련할 능력이 없는 꼬맹이 신문팔이에 지나지 않을 뿐…… 나는 너무나 잘 알고 있었다. 그 모든 것들은 나와 식구들을 옭아매고 있는 우리들의 과거이자 현재였고, 미래 또한 그것과 결코 다르지 않으리라는 사실을.

나는 그렇게 오래오래 골목에 쭈그려 앉아 있었다. 처마 끝에서 비껴 떨어지는 빗방울들이 목덜미와 등허리를 흥건히 적시고 있었다. 세상 끝날까지 영영 멈추지 않을 듯 가을비는 하염없이 추적추적 내리고, 골목엔 오가는 사람도 없었다.

그런 어느 순간이었을까. 불현듯 어디선가 귓전으로 흘러들어오는 풍금 소리를 나는 들었다. 내가 등을 기대고 있는 바로 그 낮은 집의 방 안쪽에서 울려나오는 소리였다. 낡은 풍금은 연신 목쉰 소리로 삐걱였지만, 누군가 대단히 능숙한 솜씨로 타는 풍금 소리. 그 노래를 난 알고 있었다. 나는 어느 사이엔가 가슴을 떨며 숨을 죽인 채 그 풍금 소리에 귀를 기울이고 있었다.

    목련꽃 그늘 아래서 베르테르의 편지를 읽노라
    구름꽃 피는 언덕에서 피리를 부노라
    아아, 멀리 떠나와 이름 없는 항구에서 배를 타노라
    돌아온 사월은 생명의 등불을 밝혀 든다
    빛나는 꿈의 계절아, 눈물 어린 무지개 계절아……

"아아, 누굴까! 지금 누가 저 풍금을 타고 있는 것일까."
홀린 듯 나는 몸을 일으켰다. 그리고 풍금 소리가 흘러나오고 있는 그 집의 손바닥만한 쪽창 앞으로 다가가 발돋움을 했다. 하지만 키가 닿지 않았다. 벽에 이마를 기대고 힘없이 눈을 감았다. 빛나는 꿈의 계절아, 눈물 어린 무지개 계절아……
어째서였을까. 풍금은 좀처럼 멈추지 않았고, 내 눈에서는 언제부터인가 눈물이 한없이 줄줄 흘러내리기 시작했다. 그 낯선 집의 차가운 벽에 이마를 붙인 채, 한 마리 철 지난 매미처럼 난 그냥 그대로 기대어 서 있었다.

풍금이 있는 방

 그때 난 아마 그 집 처마 밑에 쪼그려 앉은 채 깜박 잠이 들었던 모양이다. 누군가 어깨를 흔드는 기척에 어렴풋이 의식이 돌아왔다.
 "얘야, 정신이 좀 드니?"
 눈을 떠보니, 머리가 희끗희끗한 할아버지 한 분이 허리를 굽히고 나를 걱정스런 눈으로 내려다보고 있었다.
 "얘야, 어쩌려고 여기서 이러고 앉아 있는 거냐. 아이구, 이런. 온몸이 흠뻑 젖었구나."
 노인은 놀란 기색으로 혀를 찼다. 나는 얼결에 몸을 일으키려다가, 넘어질 듯 비칠거리고 말았다. 노인이 얼른 내 어깨를 두 손으로 붙잡았다.
 "이런! 몸이 몹시 불편한 게로구나. 열이 심하게 오르는 모양인데, 괜찮겠니?"
 "괘, 괜찮습니다. 그냥 좀 피곤해서……"
 벽을 짚고 간신히 일어났지만, 금방 주저앉을 듯 다리가 후들거렸다. 한기가 솟구치면서 턱이 덜덜 떨리기 시작했다. 노인이 어깨를 잡아 이끌며 말했다.
 "안 되겠다. 보아하니 신문 배달하는 아이 같은데, 이런 몸으로 비를 더 맞으면 큰일나겠다. 우선 내 집으로 들어가자꾸나. 어서."

"고, 고맙습니다 할아버지. 괜찮아요."

"무슨 소리람. 이거 봐, 몸이 불덩이 같은데 그래. 어렵게 생각하지 말고, 어서 내 말대로 해."

어느새 노인은 나를 끌고 대문 안으로 들어서더니, 행랑채의 작은 방으로 데려갔다. 나는 방 안에 들어서자마자 바닥에 풀썩 주저앉고 말았다.

"그거 보라구. 도대체 이 지경이 되어서는 한 발짝도 못 가 쓰러지고 말 게야. 신문 배달도 좋다마는, 이런 몸으로 어떻게 집을 나섰을꼬 원. 쯔쯔쯧. 안 되겠다. 젖은 옷부터 벗도록 해야겠구나."

노인이 저고리와 양말까지 벗겨주었는데, 나는 거의 손을 움직일 힘도 없었다. 노인이 떠미는 대로 아랫목으로 기어가 담요를 뒤집어썼다. 방바닥의 온기가 느껴지자 전신이 바들바들 떨려오면서 심하게 한기가 쏟아지기 시작했다. 이불을 끌어내려 덮어주고 나서 노인은 부엌으로 나가더니, 대접에 더운물을 떠왔다.

"우선 이걸 한 모금 마시고 나면 몸이 좀 풀릴 게다."

"죄송합니다. 할아버지……"

"괜찮대두 그러네. 나 혼자 기거하는 방이니까 괘념할 거 없어. 자, 어서 마셔봐."

더운물이 몸 안으로 들어오니, 비로소 정신이 돌아오는 느낌이었다. 그러나 몸은 오히려 한층 와들와들 떨려왔다.

"애야, 밥은 먹은 게냐? 보아허니 아직 빈속인 모양이로구먼. 잠깐만 여기 그대로 누워 있거라. 마침 아침에 남긴 밥이 있을 게다."

노인은 이번에도 쪽문을 열고 부엌으로 나가더니, 쟁반 위에 밥이 담긴 냄비와 김치 보시기를 차려 들어왔다. 한사코 손에 숟가락을 쥐여주는 노인의 권유에 못 이기는 척하고 나는 허겁지겁 밥을 먹어치웠다. 냄비는 따뜻하게 데워져 있었다. 빈속에 밥을 채우고 나서야 비로소 새삼스레 부끄럽고 미안한 생각에 얼굴이 붉어졌다. 그만 일어나야 한다는 생각이 들었지만, 이미 온몸으로 졸음이 폭포처럼 쏟아지고 있었다. 나는 그대로 쓰러져 혼곤한 잠 속으로 떨어져버렸다.

얼마쯤 지났을까. 어렴풋한 의식 속에서 귓전으로 흘러들어오는 작은 새의 지저귐 소리에 눈이 떠졌다. 맨 먼저 눈에 들어온 것은 벽에 걸린 액자였다. 파아란 바다가 보이는 항구. 돛대를 단 수많은 작은 배들이 정박해 있는 천연색 풍경 사진이었다. 나는 누운 채 방 안을 천천히 돌아보았다. 허름한 찬장 위에 몇 개의 이불이 보였고, 벽걸이 못에 걸린 옷가지들, 그리고 풍금이 보였다.

"이제야 정신이 좀 드는 모양이로구나. 더 자도록 하지 그러니."

윗목에 앉아 있던 노인이 나를 돌아다보며 미소를 지었다. 퍽이나 부드럽고 인자한 그 웃음이 마음을 편안하게 만들었다.

"제가 그만 깜박 잠이 들었나 봐요, 할아버지."

"아주 곤하게 자더구나. 헛소리까지 하기에 내심 걱정이 되더라만, 다행히 열이 많이 내리는 것 같던데, 어떠냐, 아까보단 좋아지지 않았니?"

"예. 이젠 괜찮아요 할아버지."

"다행이지 뭐냐. 아까 맨 처음 널 봤을 땐 깜짝 놀랐단다. 문밖에서 누가 울고 있는 것 같아서 나가보니, 빗속에 쪼그려 앉아 잠이 들어 있는 게 아니냐. 원. 한적한 길이라서, 큰일날 뻔했어."

노인은 내게 등을 돌린 채, 하던 일을 계속하고 있었다. 희끗한 머리와 약간 구부정한 뒷모습을 바라보고 있노라니, 불현듯 가슴이 후끈 더워왔다. 누군가에게 그렇게 따스한 애정을 느껴보기는 퍽 오랜만이었다.

"어이구, 이 녀석. 모이통을 발로 차면 어떡하누. 얌전치 못하게 늘상 이렇게 바닥에 흘리니까 복이 달아나는 거라구. 쯔쯔."

노인이 혼자 중얼거렸다. 그러고 보니 그는 새장 안에 모이를 채워주고 있는 참이었다.

"하긴, 말을 못 해서 그렇지, 네 녀석도 홀아비 신세가 된 게 잔뜩 못마땅할 거야. 내 그 심정을 다 알구말구. 아무리 그렇다고 이 녀석아, 먹는 걸 천대하면 못써. 정 이러면 네 짝을 구해다 주지 않을 테다. 알아들었어?"

마치 사람에게라도 하듯 새장 안을 들여다보며 노인은 말하고 있었다.

"새가 있네요, 할아버지."

"그래. 이 녀석이 내겐 유일한 말동무란다. 인사시켜주련?"

노인은 웃으면서 새장을 내 앞으로 옮겨놓았다. 아주 조그맣고 귀여운 새였다. 빨간 부리에 노란 발을 가진 새는 잿빛의 조그마한 몸뚱이를 옴질거리며 앙증맞게 새장 안을 뛰어다녔다. 쉴새없이 조잘거리는 소리가 귀여웠다.

"야아, 아주 예쁜 새예요. 이름이 뭐예요, 할아버지?"

"글쎄다. 새집 주인이 가르쳐주었는데, 기억이 나지 않는구나. 예전에는 난 이런 걸 키우는 걸 별로 좋아하지 않았단다. 그런데 작년 여름에 이 녀석이 내 방으로 날아들어왔지 뭐냐. 필시 누군가 새장 문을 모르고 열어놓았던 게지. 내 품에 날아온 것도 무슨 인연이지 싶어 새장을 사와서 키우게 되었는데, 이젠 아주 정이 들어 나랑 한식구가 된 셈이지 뭐냐."

"그런데 왜 한 마리밖에 없나요."

"으응, 새집을 찾아가서 암놈을 사왔는데, 한 달 전에 그만 죽고 말았단다……"

며칠 시름시름하더니, 어느 날 아침 일어나보니 다리를 웅크린 채 움직이지 않더라고 노인은 말했다. 그놈을 고이 안아서 마당에 흙을 파고 묻어주었는데, 무엇보다 새장에 혼자 남아 풀이 죽어 있는 녀석을 보니 마음이 아프더라고 했다.

"사람이건 미물이건 저마다 가슴에 품은 정이란 게 다 같은 모양이지 뭐냐. 그날부터 이놈이 영 예전 같지가 않아. 전처럼 깡충깡충 뛰어다니지도 않고, 이따금 아주 신경질을 부리듯 날개를 파닥이며 창살에 몸을 부딪치기도 하고, 화난 소리로 찍찍 울어대는 꼴이 여간 보기에 거북하고 안쓰러워야 말이지. 그게 애처롭고 볼썽사나워서, 안 그래도 조만간 틈을 내어 새 짝을 찾아줄 생각이란다."

마치 자식 얘기라도 하는 듯한 표정으로 노인은 말했다. 두꺼운 돋보기 너머로 끔벅이는 꾀죄한 눈자위와 쉰 듯한 목소리엔 어딘가 쓸쓸함이 짙게 묻어 있었다. 무척이나 외로우신 분이구나. 푸석하니 마르고 주름 많은 노인의 손을 보면서 나는 혼자 생각했다.

"할아버진 식구들이 없으신가 봐요."

"그래…… 있긴 하지만, 없는 거나 마찬가지란다. 너무 멀리 있거든……"

언뜻 노인의 눈빛이 흐려졌다. 어째선지 그 얘기를 피하고 싶어하는 눈치였으므로, 나는 입을 다물고 말았다.

방 안은 좁고 어두웠다. 단출하기 그지없는 세간살이며 우중충하니 낡은 벽지의 풍경은 누추했고, 방 안 어디에나 퀴퀴한 노인의 체취가 묻어 있었다. 하지만 나는 왠지 곰팡이 냄새 같은 그 야릇한 냄새가 정겹고 포근하게만 느껴졌다. 창가에 놓인 낡은 풍금이 무엇보다 궁금했다. 서울 말씨에, 풍금을 타는 할아버지. 새삼스레 나는 호기심을 느끼며 노인의 얼굴을 훔쳐보았다.

노인은 내게 여러 가지를 물어보았다. 이름, 나이, 신문 배달, 야간 중학생, 그리고 내가 사는 동네에 대해 나는 대답했다.

"아까 잠이 들었을 때 헛소리를 하면서 아버지를 찾는 거 같더구나. 아버지가 어디 멀리 가 계신 게지?"

노인이 물었다. 아버지란 말 때문에 금방 가슴이 막막해져왔다. 어째서 그런 거짓말이 불쑥 튀어나왔는지 모른다.

"아녀라우. 아버진…… 돌아가셨어요. 제가 태어나기도 전에요. 태풍으로 배가 뒤집혔대요. 아버지의 시체를 아무도 찾지 못했대요. 그래서 전 아버지의 얼굴도 몰라요."

"저런. 그랬었구나. 네 어린 가슴에 생채기가 크게 남았겠구나. 쯔쯔쯔. 사람살이 가운데 어려서 육친을 잃은 빈자리가 기중 크고 아픈 법인데……"

노인은 진심으로 동정하는 눈빛이었다. 순간 나는 코끝이 찡하니 아려왔다. 사진으로만 남은 할아버지의 얼굴이 눈앞에 불쑥 떠올랐다.

내가 태어나기도 훨씬 전에 돌아가셨다는 할아버지. 전쟁통에 병으로 돌아가셨다는 그 할아버지의 얘기를 물어보면 어째선지 어른들은 당황한 기색으로 얼버무리곤 했다. 할아버지에 대해서라면 아직도 풀리지 않는 의문이 있다. 언젠가 술 취한 아버지가 어머니를 때리면서 이상한 말을 했던 것이다.

"넌 우리 집안의 원수여. 네 오래비 때문에 아버님이 돌아가셨다는 걸 몰라? 그런 판국에 네가 감히 내 집안에 자리 틀고 앉아 끝장을 보겠다 이거냐?"

그건 아주 오래 전의 일이었지만, 아버지의 그 이상한 말을 나는 아직도 수수께끼로 기억하고 있었다. 지금 내 앞에 앉은 이 인자한 얼굴의 노인이 진짜 친할아버지라면…… 어째선지 나는 그런 엉뚱한 생각이 드는 거였다.

그래서였는지 모른다. 그 엉뚱한 거짓말을 내뱉는 순간 나는 울컥 목이 잠겨왔고, 나도 모르게 바보 같은 소리를 지껄이기 시작했다.

"아녜요, 할아버지. 그건…… 거짓말이어라우. 아버진 죽지 않았어요. 아버진 멀지 않은 곳에서 살고 있어라우. 다른 여자랑, 아이들까지 낳아갖고요. 하지만, 난 아버지가 없다고 생각하기로 마음먹었어요. 누나한테도, 어머니한테도 아버진 이미 죽은 사람이어라우…… 난, 난 너무나 미워요. 아버지가, 차라리 죽어버렸으면 얼마나 좋을까, 그런 생각까지 했어요…… 미워요. 너무 미워서 보기도 싫다구요……"

나는 견딜 수 없는 분노와 증오심에 차서 씨근덕거리며 말했다. 그러나 이내 막막한 절망과 서러움이 가슴을 꽉 메우며 고통으로 짓눌러 왔다. 나는 엉엉 울고 싶었고, 그런 나를 물끄러미 건너다보며 노인은 한동안 말이 없었다. 나는 주먹으로 눈두덩을 훔쳐냈다. 한동안 밖에선 빗소리만 들려왔다. 이윽고 노인이 길게 한숨을 내쉬었다.

"후우…… 자세한 사정이야 모르겠다만, 너도 참으로 서러움이 많은 아이로구나. 아직 철도 들기 전인 어린 나이에…… 너무 크고 무거운 짐을 가슴속에 받아 안았어. 쯔쯧. 사람이 태어나 한평생을 살아간다는 일이, 어쩌면 너나없이 그리도 어렵고 힘들어야만 하는 것인지 모를 일이로구나……"

혼자 무슨 생각을 뒤적이고 있는 것인지, 노인은 연신 무거운 한숨을 내쉬었다.

"그렇지만, 애야. 사정이야 잘 모르겠다만, 아무리 그렇다고 아버지한테 증오심을 품어서는 안 될 말이다. 내 말, 알아듣겠니?"

뜻밖에 노인의 목소리엔 어떤 간절함이 절절이 배어 있었다. 그는 진심으로 나를 걱정하고 있었다. 나는 고개를 숙인 채 아무 말도 하지 않았다.

이윽고 나는 저고리를 찾아 입고 일어섰다. 대문 앞까지 따라나온 노인에게 인사를 하고 돌아섰다. 그때 노인이 나를 불러 세웠다.

"애야, 내 부탁 하나 들어주겠니?"

나는 노인의 쓸쓸한 눈빛을 바라보았다.

"저 말이다. 언제라도 좋으니, 네가 다시 나를 찾아와주었으면 좋겠다. 배달을 마치고 돌아가는 길에 잠시 쉬었다 갈 수도 있지 않겠니. 어쩐지, 너를 이렇게 만나게 된 게 그냥 우연한 일 같지 않게 느껴지는구나. 애야, 그래 줄 수 있겠지?"

"예. 그럼 안녕히 계세요, 할아버지."

"오냐, 조심해서 가거라."

골목 어귀에서 돌아보니, 노인은 그때까지도 나를 지켜보며 우두커니 서 있었다. 그러나 그 후 오래도록 나는 노인과의 약속을 지키지 못했다. 그 집 앞을 지나칠 때면 이따금 작은 창문 너머로 풍금 소리가 울려나오곤 했다.

달밤

 방문 앞엔 언제나처럼 어머니의 신발만 눈에 띄었다. 무릎에서 스르르 힘이 빠졌다. 어쩌면 오늘쯤은 아버지가 나타날지 모른다는 예감이 있었던 것이다. 어머니 몰래 전보를 친 것은 사흘 전이었다.
 혹시 주소가 틀렸던 걸까. 나는 고개를 저었다. 가장 최근에 아버지를 만난 것은 석 달 전쯤이다. 만약 네 엄마한테 무슨 일이 생기거든 곧장 이 주소로 전보를 치도록 해라. 회사 사무실 전화번호를 함께 적어놓긴 했다만, 내가 배를 타고 나가 있을지도 모르니까 전보를 치는 편이 더 빠를 게다. 그러면서 아버지는 쪽지를 내게 쥐어주었던 것이다.
 조심스레 방문을 열었다. 어머니는 잠이 드신 모양이었다. 책가방을 내려놓고 잠시 어머니의 숨소리를 살펴보았다. 여전히 호흡이 거북하고 불규칙하긴 했지만, 곤히 잠들어 있는 모습을 보니 조금 맘이 놓였다. 하지만 흐린 전등불 아래 핼쑥하게 여윈 어머니의 얼굴을 보니 가슴이 아팠다.
 교복을 갈아입은 뒤 나는 발소리를 죽이며 부엌으로 빠져나왔다. 연탄불이 거의 다 꺼져가고 있었다. 부랴부랴 판자쪽을 골라 아궁이 속에 넣고 불을 지폈다. 아궁이 밑바닥에서 물이 차오르는 탓인지 요즘

들어서 간간이 연탄불이 꺼지곤 했다. 불꽃이 시름시름 타들어가면서 매운 연기가 자욱이 피어오르기 시작했다. 나는 주위에 흩어진 나무 부스러기를 한편으로 주섬주섬 치워놓았다.

어머니는 한동안 어디에선가 늘 그런 판자쪽을 주워오곤 했다. 불편한 몸으로 밖에 나가서 왜 궁상맞게시리 그런 걸 집어오느냐고 우리가 늘 말렸지만, 집에 혼자 남아 있는 틈에 어머니는 가끔씩 몰래 바깥바람을 쏘이곤 하는 눈치였다. 그러나 얼마 전부터는 그 일조차 그만둔 어머니였다. 겨우 변소 출입이나 할 수 있을 정도로 어머니의 병세는 심해져가고 있었다.

새 연탄을 올려놓고 나서, 쟁반에 김치 보시기를 담아들고 다시 방으로 들어갔다. 아랫목 이불 밑에 묻어둔 밥통을 꺼내려는데, 어머니가 잠에서 깨어나셨다.

"으응…… 오늘은 일찍 돌아왔구나. 밥을 채려줘얄 텐디."

"염려 말고 그냥 누워 계시라니까는. 지금 먹고 있잖아요 어무니."

"그래그래. 시장할 텐디 어서 먹어라. 세상에 어미가 돼갖고 이제는 너한테 밥조차 채려 먹이지 못하는구나…… 후유우. 몹쓸 놈의 병이 왜 이리 오래 끄는고."

어머니는 금세 물큰해진 눈을 내리감으며 중얼거리고 있었다.

"약은 드셨어요?"

"휴우, 그까짓 놈의 약, 맨날 먹어봐야 아무 소용도 없는걸. 내 병은 내가 잘 안단 말이여. 며칠 푹 쉬고 나면 괜찮아질 터인디…… 비싼 약값 대느라고 느이들만 이리 고생을 시키는구나."

"또 고집이여, 어무니는. 약은 절대로 잊지 말고 먹으라고 의사가 그랬잖어."

좀 전까지만 해도 시장기를 느꼈는데, 밥알이 모래알 같았다. 어머니가 가늘게 신음을 내며 몸을 웅크렸다. 또 통증이 몰려오는 모양이었다. 어머니의 부어오른 배를 살펴보았다.
"또 아파요? 약은 어디다 뒀어요, 어무니."
"먹었다니까 그래…… 으음. 괜찮다. 어서 가서 밥이나 먹어."
어머니는 통증을 참느라 눈을 질끈 감은 채 이를 악물고 있었다. 단무지처럼 누렇게 뜬 이마에 땀방울이 솟았다. 내가 할 수 있는 일이라곤 수건으로 땀을 훔쳐주며 간헐적인 통증이 그치기를 기다리는 것말고는 아무것도 없었다.
이윽고 통증이 가라앉았는지, 어머니는 한동안 눈을 감고 누워 계셨다. 수백 리 길이라도 달려온 사람처럼 기진맥진한 모습이었다. 숟가락을 집어들고 잠자코 억지로 꾸역꾸역 밥을 처넣기 시작했다. 가슴이 터질 것만 같았다.
"철아이…… 아무래도 내가 이대로 죽을라는갑다이."
문득 넋두리처럼 어머니의 음성이 흘러나왔다. 나는 말없이 밥그릇만 내려다보았다.
"어젯밤 꿈에 느이 외할아버지를 뵈었더니라. 차암, 이상도 하지. 생전 꿈에 뵌 적이 없었는디…… 엊그제도 나를 찾아오셨지 뭐냐. 허연 두루마기를 정갈하게 걸치시고, 예전 낙일도 우리집 사립문을 밀고 영락없이 성큼성큼 들어오시는 거여. 마당 한가운데 딱 멈춰 서서 우리집을 빙 둘러보시는 눈치더니, 대뜸 내 손을 꽉 잡으시더란 말이다. 어찌나 아팠던지, 엉겁결에 잠을 깼어어…… 세상에, 별스런 꿈도 다 있제. 살아생전에도 자식들 손 한번 잡아준 적 없으신 무심한 양반이……."
나도 모르게 숟가락을 딸깍 내려놓았다. 왠지 가슴이 철렁해지면서 불길한 예감이 바람처럼 스치고 지나갔다.

"어무니도 참, 몸이 약해지면 나쁜 꿈을 꾸는 법이라요."

일부러 퉁명스레 한마디 던지며, 나는 쟁반을 들고 부엌으로 나왔다. 불길이 어지간히 오른 듯해서 아궁이 구멍을 반쯤 막았다. 설거지를 대충 마치고 방으로 들어가니, 어머니는 그사이 다시 잠들어 계셨다.

강중사 아줌마가 그러는데, 아마 진통제가 섞인 약인지 모르겠대. 통증이 심할 때만 먹어야 한다고 의사도 그러지 않든? 사흘마다 병원에 들러 은분이 누나는 약을 타왔다. 누나의 말처럼, 간헐적인 통증 끝에 어김없이 찾아오는 어머니의 그 혼곤한 잠은 어쩌면 약 기운 탓일지도 모른다.

내일부터 학기말 시험이었다. 나는 삼학년이었고, 이제 두어 달 후면 졸업이었다. 고등학교 원서를 써야 한다고 담임 선생님은 독촉이었지만, 진학을 해야 할 것인지조차 나로서는 막연했다. 병든 어머니를 생각하면 절로 힘이 빠졌다.

밥상을 끌어다 놓고 책을 펼쳐들었지만, 글자가 눈에 들어오지 않았다. 으으음. 잠든 어머니의 입에서 낮게 신음이 흘러나왔다. 끝내 책을 덮고 일어섰다. 공장에서 누나가 돌아올 시각이었다. 나는 점퍼를 걸쳐입고 조용히 방을 빠져나왔다.

짙은 어둠이 깔린 마을 앞 큰길로 두런두런 사람들이 돌아오고 있었다. 꼭두새벽에 눈 비비며 저마다 일터로 빠져나갔다가, 이맘때쯤에야 사람들은 비로소 한 무더기가 되어 왁자지껄 떠들며 들길을 건너 마을로 되돌아오곤 했다.

여자들은 대개 저녁 반찬으로 생선 두어 마리를 남겨 고무 대야에 담아 이고 오는 생선 장수 아낙네, 과일이며 푸성귀 등속을 파는 행상 패들이었고, 강냉이 튀밥 장수, 양은 그릇 행상 혹은 고물 장수 같은 남정네들은 털털대는 손수레를 끌고 돌아왔다. 한 손에 주먹만한 돼지고기를 사들고서 기분 좋게 몇 잔 들이켰는지 큰 소리로 꺽꺽대는 치들은 대개 막노동패 남자들이었다.

모두가 한결같이 가난한 사람들이었지만, 이맘때쯤 집으로 돌아오는 길에선 언제나 큰 소리로 떠들고 욕하고 깔깔대며 농지거리를 했다. 종일 손님을 모으느라 뻘기꽃처럼 목쉰 아줌마도, 초저녁부터 혀꼬부라진 아저씨도, 절름발이 구두 수선공 영감도 늘 떠들썩하게 돌아오는 까닭을 나는 이해하기 어려웠다.

언뜻 한 무더기로 다가오는 사람들을 눈여겨 살폈지만, 역시 아버지가 아니었다.

"얘, 거기 철이제? 잠깐 이리 와봐라."

가게 앞을 지나는데, 주인인 능주댁 아줌마가 손짓을 했다.

"어무니는 좀 어떠시냐."

"예에…… 잠이 드신 걸 보고 나왔어요."

"아이구, 참말로 큰일이구나. 얼른 좋아지셔야 할 텐디. 이거, 벤벤치는 않다만, 미역국 끓일 때 넣어서 어무니 드려라."

능주댁은 봉지에 달걀 몇 개를 싸서 내 손에 쥐여주며 혀를 찼다.

"참, 느이 아부지는 아직 안 오셨제?"

나는 고개만 끄덕였다.

"쯔쯔쯔, 어쩨야 쓸꼬이. 내가 이런 말 하기는 뭐하다만, 이럴 때는 집안에 어른이 계셔야 하는 뻡이여. 아무래도 느이 어무니 병세가 심상찮으신 눈친디, 더 늦기 전에 아부지한테 연락을 드리는 게 좋을 성싶다. 또 고기 잡으러 나가셨다든?"

"모르겠어요. 전보를 치긴 했는디……"

"그래, 잘했다. 전보를 받고 속히 오셔야 쓸 것인디, 걱정이구나."

인정 많은 능주댁은 자기 일처럼 근심스런 표정이었다. 나는 공터를 지나 들길로 접어들었다. 방죽 둑 위로 올라가 마른 풀더미에 힘없이 주저앉았다. 철길 건널목이 내려다보이는 거기에서 누나를 기다릴 참이었다.

말은 하지 않았지만, 누나 역시 아버지한테 전보를 친 눈치였다.

"모레까지만 기다려봤다가, 아무래도 어무닐 입원시켜야 할 거 같애. 이번엔 다른 병원으로 갈 거야. 그 의사는 순전히 엉터린가 봐. 몇 달째 약을 드셨어도, 갈수록 더 나빠지는 걸 보면 틀림없어."

어제 아침, 야근을 마치고 돌아와서 누나는 말했다. 내가 돈 걱정을 했을 때, 누나는 뜻밖에 큰소리를 쳤다.

"염려 마. 그동안 내가 모아둔 적금을 해약하지 뭐. 그걸론 부족하겠지만, 그땐 어머니의 저금 통장이 있으니까."

"무슨 통장이 있다고 그래?"

"난 진즉부터 알고 있었어. 아버지가 가끔씩 부쳐온 돈을 어머니는 우리 몰래 저금을 해오셨단다. 철이 네가 고등학교 들어가면 등록금으로 쓰시겠다고 한푼도 손대지 않으셨어. 청소하다가 우연히 그 통장을 봤거든."

방죽은 검게 죽어 있었다. 엷은 구름장이 소리 없이 비껴가는 밤하늘엔 흐릿한 달이 떠 있었다. 나는 방죽을 향해 돌팔매질을 했다. 첨벙. 수면이 깨어지는 소리가 어둠 저편으로부터 날아왔다.

방죽에서 고기가 사라진 건 벌써 오래전이었다. 시가지 외곽을 돌아 나오는 물줄기가 흘러들면서 악취 나는 하수구로 변한 까닭이었다. 그래도 여름엔 개구리 울음이 밤새 요란하고, 더러운 깃털을 부질없이 다듬으며 쿨렁쿨렁 헤엄쳐다니는 오리떼를 간혹 볼 수 있었지만, 그나마 겨울이 가까워오자 어느새 방죽은 모두에게서 잊혀져가고 있었다.

별의별 쓰레기들만 쌓여가는 그것은 이미 죽음의 늪이었다.
"가엾은 어무니······"
무릎에 얼굴을 묻은 채 나는 끝내 어깨를 들먹이기 시작했다. 어머니의 죽음이 가까워오고 있음을 나는 어쩔 수 없이 예감했다. 그건 어떤 본능적인 예감이었다. 고개를 내저으며 부인하면 할수록 그 엄청난 운명의 순간은 이미 한발 한발 우리들의 눈앞으로 다가오고 있는 거였다. 그런데도 난 너무나 무력했고, 다만 멍하니 주저앉아 그 무서운 순간을 기다리고만 있다는 사실이 한없이 억울하고 슬펐다. 내가 할 수 있는 일이란 하느님을 원망하고, 아니 누구보다도 우리를 버려둔 아버지를 향해 끝없이 원망과 저주를 퍼부어대는 것말고는 아무것도 없었다.

둑 아래 검은 수면에 나무 그림자가 달빛을 받아 앙상하게 드러누워 있었다. 이제 그 더러운 구정물은 어둠을 빌려서만 둑가에 몇 그루 늘어선 나무들의 그림자를 맑게 드러내어줄 뿐이었다. 나는 들판 저 너머 휘황한 불빛의 땅을 바라보았다. 도시는 밤에도 결코 잠들지 않는 괴물인 양 거대하고 당당하기만 했다.

지난 봄, 이 년 넘게 계속해온 신문 배달을 나는 결국 그만두어야 했다. 그 일이 있기 몇 달 전부터 난 수금원 일을 맡았었다. 이런저런 이유로 구독을 거절하거나 얌체같이 줄곧 지불을 미루기만 하는 집들을 찾아다니며 돈을 받아내는 일이란 끔찍했다. 별명이 사마귀인 소장 녀석은 힘없는 어린 배달원들을 등친 돈으로 여자들이 있는 술집에서 맥주를 마셨다. 구독료를 받아오지 못하면, 사마귀는 그 액수만큼 담당 배달원과 내 몫의 쥐꼬리만한 급료에서 떼어냈다. 어느 날, 얼굴에 마른버짐이 허옇게 핀 여중생 혜자가 월급이랍시고 백원짜리 두 장을 받아쥔 채 울며 돌아가는 걸 보는 순간, 나는 냅다 사마귀의 낯짝을 향해 신문 뭉치를 내던지고 도망쳐 나와버렸던 것이다.

여름엔 아이스케키 장사를 했었는데, 한 달 만에 그만두었다. 아이스케키 사려. 얼음 과자 사려어. 목이 쉬게 외쳐대며 온종일 거리를 헤매어도 날 불러주는 사람은 없었고, 얼음은 통 속에서 순식간에 흐물흐물 녹아내리곤 했다. 그렇게 녹초가 되도록 뛰어다녀도 손에 남는 건 늘 본전을 겨우 넘길 정도였고……

언뜻 인기척에 고개를 들었다. 은분이 누나랑 같은 방직 공장에 다니는 순자 누나와 경순이 누나가 건널목을 지나오는 게 보였다. 나는 둑길을 뛰어내렸다.

"철이로구나. 은분인 성당에 간다고 우리보다 먼저 나갔단다."

"맞어. 아마 거기 미순이랑 함께 있을걸."

나는 오거리 뒤편 언덕 위에 있는 성당의 불빛을 향해 걷기 시작했다. 자갈 깔린 성당의 안마당엔 머리에서 발끝까지 온통 눈처럼 하얀 마리아 상이 혼자 서 있었다. 나는 화단을 질러 창문 가까이 다가갔다. 발돋움을 하지 않아도 성당 안은 훤히 들여다보였다.

천주여 나를 사랑으로 내시고 나에게 영혼 육신을 주시어
다만 주를 위하여 사람을 도우라 하시었나이다
내 비록 죄가 많사오나 주께 받은 몸과 마음을……

흐린 불빛 아래 사람들이 무릎을 꿇고 기도하고 있었다. 하나같이 고개를 숙인 채 입술을 달싹이며 벌떼처럼 웅얼거리는 기도 소리. 그것은 언뜻 환상처럼 낯설고 기이하게 느껴졌다. 머리에 미사포를 쓴 은분이 누나가 보였다. 어쩌면 누난 지금 울고 있는지도 모른다. 두 손을 다소곳이 모으고 조용히 꿇어앉은 누나의 핼쑥하고 피곤에 지친 옆

모습…… 누나는 한 개 조약돌처럼 보였다. 오래도록 물기가 닿지 않은 개울가에 버려져 있는, 푸석푸석한 조약돌의 얼굴.

그 메마르고 허기진 누나의 얼굴을 응시하며 한동안 나는 그 자리에 못박힌 듯 서 있었다. 무엇인가 뜨겁고 끈끈한 핏덩이 같은 게 울컥 치밀어올라서, 난 말없이 등을 돌렸다. 화단 모퉁이 나무 그늘 밑에 쪼그려 앉았다.

바보 같은 누나. 그렇게 아무리 빌고 기도해봤자 뭘 어쩌겠다는 거야. 다 소용없다구. 그까짓 바보 같은 하느님이 뭘 안단 말야. 모두들 우릴 버렸어. 하느님도 우릴 버린 거야. 아무도 우리 같은 건 눈길 한 번 던져주지도 않잖아. 그런데도 누난 바보같이, 멍청이같이……

성당 안에서 느린 곡조의 합창이 시작되고 있었다.

성당 위에선 도시의 휘황한 불빛이 한눈에 내려다보였다. 거기엔 영원히 꺼지지 않을 듯 엄청난 불빛들이 저희끼리만 한 덩어리로 뭉쳐, 어두운 대지의 복판을 완고하게 점령하고 있었다. 그 눈부신 빛의 세계는 나의 땅이 아니었다. 열여섯 살. 내 앞엔 아직 지나쳐야 할 수많은 미지의 시간들이 남아 있었다. 그러나 저 눈부신 빛의 땅, 불빛의 세계 어느 후미진 모퉁이에도 내 미래의 시간들은 영영 존재하지 않을 것만 같은 절망감에 나는 어깨를 옹크렸다.

불현듯 그 불빛 속에 사마귀 배급소장의 얼굴이 떠올랐다. 내 종아리 살점을 물어뜯던 그 거대한 셰퍼드와 그 집 주인 남자…… 비정하고 이기심에 찬 수많은 어른들의 기름진 얼굴들이 물방울처럼 차례로 떠올랐다가 스러졌다. 그리고 아버지가 보였다. 얼굴도 모르는 아버지의 여자와 이복 형제들의 얼굴도 보였다. 그들은 모두 저 환한 도시의 불빛 속에서 한데 모여 살고 있는 사람들이었다.

나는 천천히 몸을 일으켰다. 무심코 고개를 돌리니, 거기 가로등조차 제대로 없는 우리 마을이 어둠 속에서 숨죽여 웅송그리고 있었다. 그때였다. 띄엄띄엄 눈에 잡히는 마을의 흐린 불빛 가운데 어느 하나가 문득 깜박 하고 꺼져버리는 광경을 나는 똑똑히 보았다. 마지막 작은 불꽃 하나가 한순간 깜박 잦아들듯, 그것은 어둠 저편으로 홀연 증발해버렸다.

"아아, 어무니!"

순간 가슴속에서 무엇인가 와지끈 무너지는 듯한 충격과 함께 나는 후드득 무릎을 꿇으며 나무 둥치를 끌어안았다. 눈앞에 하얀 마리아 상이 서 있었다. 마치 무엇에 홀린 것처럼 나는 두 손을 가슴에 모은 채 기도를 시작했다.

"하느님. 우리 어머니를 살려주세요. 십 년만, 아니 오 년만이래도 좋아요. 하지만 지금은 안 돼요. 이대로는 절대로 데려가시면 안 돼요. 오 년만, 아니 삼 년, 일 년만이라도 어머니는 행복해지셔야 돼요. 무슨 일이든 하겠어요. 진짜로 착한 사람이 되겠어요. 하느님! 제발……"

얼간이처럼 나는 그렇게 혼자 마구 부르짖었다. 눈물이 줄줄 쏟아져 내렸다.

은행나무

 어디선가 한 줌 소슬한 바람이 불어왔다. 은행나무 가지가 스산하게 흔들리고, 노랗게 물든 이파리들이 머리 위로 우수수 떨어져내렸다. 부채를 닮은 수천 수만 마리의 노란 나비떼. 허공을 맴돌며 흐드러지게 쏟아져내리는 민들레 꽃잎 같기도 했다.
 병원 뒤뜰은 조용했다. 벤치 위에 웅크려 앉은 채 나는 거대한 은행나무 가지 너머 흐린 하늘을 올려다보았다. 금세 눈발이라도 날릴 듯 낮게 가라앉은 흐린 11월의 하늘. 얼마나 많은 세월을 그 자리에 서 있었던 것일까. 그 아름드리 은행나무는 얼마 남지 않은 잎새들을 하나 둘 지워내면서 저 혼자 시름시름 헐벗어가고 있었다.
 나는 눈을 감고 심호흡을 했다. 코끝에 훅 스며드는 습기찬 내음. 뜨락 가득 수북이 떨어져 쌓인 낙엽의 냄새…… 그것은 서서히 시들어가는 죽음의 냄새였다.
 "수술을 시도하기엔 이미 늦었습니다. 환자가 저만큼 버티고 있다는 사실이 믿기 어려울 정돕니다. 지금껏 병명조차 제대로 모르고 있었다니, 너무 무심하셨군요."
 "전부터 심장이 좋지 않아서, 그런 줄만 알고 있었는데……"
 "문제는 심장이 아니에요. 간 전체 부위로 이미 암세포가 확산된 상탭니다. 우리로서는 극심한 통증을 조금이나마 완화시키는 것말고는 다른 방법이 없습니다. 원하신다면, 퇴원 수속을 밟으셔도 됩니다만."
　의사는 무표정하게, 또박또박 말했다. 아버지의 낯빛이 창백해졌고, 입술이 바르르 떨렸다.
　"아닙니다, 선생님. 마지막까지라도 최선을 다해주십시오. 저 사람…… 불쌍한 사람입니다."
　의사가 등을 돌려 총총히 사라진 다음에도 아버지는 병실 앞 복도에 우두커니 서 있었다. 누나가 창가로 달려가더니 울기 시작했다. 문득 아버지가 내 손을 꽉 쥐었다. 아버지의 눈자위가 붉게 번들거렸다. 땀에 젖어 축축한 그에게서 나는 말없이 손을 빼내고 돌아섰다. 그때 아버지의 입에서 고통스런 신음이 낮게 흘러나왔다.
　"허어어, 하느님임…… 어쩌다가."
　전보를 보낸 지 꼬박 일주일 만에야 아버지는 우리 앞에 나타났다. 배 위에서 소식을 들었다고 했다. 아버지가 서둘러 어머니를 대학 병원에 입원시켰고, 이튿날 의사는 어머니의 예정된 죽음을 우리에게 통보해주었다. 희망은 사라졌다. 남은 건 죽음을 준비하는 일이었다.
　아버지의 지시대로 나는 고향으로 전보를 쳤고, 어제저녁 외가에서 작은외숙이 올라오셨다. 환자를 만난 뒤, 병실 문을 나서자마자 외숙은 복도에서 대성통곡을 하며 아버지의 멱살을 움켜잡았다.
　"이 무정하고 잔인한 사람아. 이제야말로 속이 후련헌가? 대답 좀 해보게. 내 동생이 그리도 밉고 원망스럽든가? 우리 집안한테 품은 원한이 그렇게도 구구절절 깊고도 끔찍하든가? 아니라고? 허어, 이제 와서야 아니란 말여? 내가 모를 줄 아나. 우리 형님 때문에 자네 부친이 그 지경을 당했다는 것이 평생 원한이 되어갖고, 그 때문에 불쌍한 내 여동생한테 이날 이때까지, 분풀이로, 복수할라고, 저 지경을 만들어놓았다는 걸 우리가 모를 줄 알았든가 말여. 이 몹쓸 사람, 잔인하고 끔찍한 사람아. 내 동생이 무슨 죄가 있능가. 험한 세상 잘못 만나 빨갱이질하다가 총 맞아 비명횡사한 오래비 하나 둔 죄가 그리도 크던가? 그 원한이 자네한테는 그렇게도 끝끝내 깊고도 질기더란 말인가?"

"아닙니다, 형님. 정말 그래서가 아니라니까요. 아이들이 듣고 있는 자리에서, 제발 참으십시오."

작은외숙에게 멱살을 잡힌 채 아버지는 하얗게 질린 얼굴로 연신 그 말만 되뇌고 있을 뿐이었다. 간호사가 달려왔고, 작은외숙은 누나와 나를 붙잡고 한참을 울먹였다.

"염려 마라. 너희 둘은 내 자식이나 마찬가진께. 내가 거두어줄 테여."

병원에서 뜬눈으로 밤을 새운 외숙은 고향에 장지를 마련해야 한다면서, 아침에 다시 내려갔다. 외숙을 버스 정류장까지 바래다주기 위해 뒤따라간 아버지는 아직 돌아오지 않고 있었다.

바람이 은행나무 가지를 흔들었다. 우수수. 노란 이파리들이 머리 위로 쏟아져내렸다. 이파리 하나가 펄렁 내 무릎 위로 떨어져 앉았다. 그것을 집어들고 나는 냄새를 맡았다. 작은 잎새엔 여린 냉기가 묻어 있었다.

일단 시작하면 통증은 어머니의 허깨비 같은 몸뚱이를 폭풍처럼 휘저어놓곤 했다. 그때마다 우리는 간호사를 찾아 허겁지겁 달려나갔다. 그러나 통증이 찾아오는 간격은 갈수록 짧아졌고, 진통제의 투여량도 점점 늘어가고 있을 뿐이었다. 아무도 말하지 않았지만 우리는 알고 있었다. 그 순간이 벌써 코앞에 다가와 있음을.

발소리에 고개를 돌렸다. 아버지였다. 헐렁한 코트 앞섶을 아무렇게나 풀어헤친 채 그는 저벅저벅 은행잎을 밟으며 다가오고 있었다. 벤치에서 엉거주춤 일어섰을 때, 아버지는 곁에 허물어지듯 주저앉았다.
"가지 말고, 거기 앉거라."
나는 그의 말대로 했다.
"네 어머니는."
"주사를 맞고, 지금은 잠이 드셨어요."
"철아, 어쩔끄나. 네 어머니를 어째야 할끄나."
크윽. 돌연 아버지가 어깨를 들먹이기 시작했다. 역한 술 냄새가 훅 끼쳐왔다. 뺨과 목덜미까지 발갛게 물들어 있었다. 손으로 얼굴을 가린 채 흐느끼는 그의 굽은 등을 나는 멀거니 내려다보았다.
이상하게도 아주 미미한 감정의 파문조차 일지 않았다. 왜 그는 지금 울고 있는 것일까. 허공을 비질하듯 흔들리고 있는 은행나무의 앙상한 가지를 올려다보면서, 어째선지 난 픽 웃음을 터뜨릴 뻔했다. 그 앙상한 가지들처럼 내겐 더 이상 흘릴 눈물이 남아 있지 않았다. 난 너무나 지쳤고, 가슴속은 꽈리처럼 텅 비어버린 느낌이었다.
"어째서 우리를 그렇게 미워하셨어요, 아버지는……"
내 목소리가 책을 읽듯 메마르게 들린다는 기분이 들었다.
"무슨 말을 하는 게냐. 아버진 너희들을 미워해서 그런 게 아니었다."
"그럼, 어머니는요."
허리를 펴고 아버지는 담배에 불을 붙였다.
"아까 외숙이 하신 말…… 그 때문이었어요?"
"그만 하거라. 너희들은 모르는 일이니까."
"저도 이젠 알고 있는걸요. 할머니한테 들었어요. 오래전에."
아버지는 흘긋 나를 돌아다보고는 한동안 연기만 토해내었다.
"면목이 없구나, 너희들에겐…… 양쪽 집안 어른들이 일방적으로 결정한 결혼이었지. 처음부터 난 네 엄마한테 정이 없었어. 부산에서 학교를 다니면서 만난 여자가 있었다."

"아니, 그 얘기말고요. 아까 외숙의 말씀, 알고 싶어요."

"오냐, 다 얘기하마. 그때 그런 일이 있긴 했었다. 끝까지 너희들에겐 숨기려 했던 일이다만 네 할아버진 전쟁 때 돌아가셨다. 온 세상이 미쳐 있었고, 수많은 사람들이 죽었다. 할아버진 한밤중에 잠자리에서 끌려나가셨단다. 네 큰외삼촌은 그때 그자들의 우두머리였고, 난 당연히 그가 할아버질 구해주리라 믿었다. 내가 찾아가 애원을 했을 때, 뜻밖에도 죽은 네 큰외삼촌이 그러더구나. 다른 이들하고 똑같이 공평하게 인민 재판을 받아서, 죄가 없으면 풀려날 거라고. 결국 네 할아버진 참혹하게 죽임을 당했어. 돌과 몽둥이로 짓이겨져 얼굴도 알아볼 수 없도록 말이다…… 나는 겨우 열아홉 살이었다. 외아들이라고 서둘러 결혼을 시키긴 했지만, 난 세상 물정 모르는 철부지나 마찬가지였어. 그 엄청난 일을 겪고 났을 때…… 그때 네 할머니나 내 마음이 어땠을지, 이해할 수 있겠니."

머리 위로 노란 나비떼 같은 이파리들이 우수수 떨어지고 있었다.

"물론, 내가 한동안 네 엄마를 학대했던 것도 사실이다. 견딜 수가 없었으니까. 네 엄마의 죄가 아니라고 생각하려 해도, 어쩔 수 없더구나…… 그렇지만 말이다. 결코 그 때문만은 아니었다. 언제부터인가 내 안에서 모든 게 무너지고 말았던 거야. 미칠 것만 같았어. 난 무너졌단다. 완전히. 넋이 나간 채 아무렇게나 배를 타고 떠돌아다니다가 다시 그 여자를 만났고…… 어쩌다가, 정말 어쩌다가 말이다. 결국 여기까지 오고 말았단다…… 가까스로 정신을 차렸을 땐 이미 너무 늦은 뒤였더구나. 눈앞에 놓인 이 엄청난 일들을 도저히 감당해낼 수가 없었어. 그때부터 난 줄곧 도망쳐다니기만 했다. 반미치광이가 되도록 술을 마셔대고, 종내는 배를 타고 온 세상을 떠돌아다녔어. 그러나 단 하루도 편히 잠들 수 없었단다. 정말이다. 한순간도 너희들 생각으로부터 자유로워본 적이 없었어. 그래, 난 저주를, 천벌을 받고 있는 게야. 천번 만번 죽어 마땅할 인간은 정작 여기 있는데, 왜, 왜…… 어흐윽."

기어코 아버지의 목에서 격한 오열이 터져나왔다.

나는 뜨락을 천천히 걸어나왔다. 수북이 쌓인 은행잎의 시체들이 물크덩 밟혔다.

"어딜 가는 거냐, 철아."

나는 끝내 등을 돌리지 않았다.

불씨

병원을 나서자마자 난 미친 듯 거리를 헤매기 시작했다.

마냥 걷고 또 걸었다. 사람들로 붐비는 하오의 거리를 무작정 쏘다니면서, 나는 그대로 물 위에 뜬 가랑잎처럼 어디론가, 끝도 없이, 그림자도 남기지 말고 한없이 한없이 흘러가고만 싶었다.

거리에 어둠이 내리고 발을 더 내디딜 수 없을 만치 지쳤을 때, 눈에 익은 낮은 처마 밑 작은 쪽창 앞에 서 있는 나를 발견했다. 그 작고 먼지 낀 쪽창에선 흐린 불빛과 함께 풍금 소리가 흘러나오고 있었다. 나는 창문을 두드렸다.

"이게 누군가! 그때 그 빗속에서…… 자, 어서 들어오너라."

용케도 노인은 나를 기억해주었고, 그때처럼 따뜻하게 나를 맞아 방으로 데려가주었다. 퀴퀴한 노인의 냄새. 그리고 불기 아늑한 아랫목……

순간 나는 노인의 무릎에 얼굴을 묻은 채 와락 울음을 터뜨리고 말았다. 그래그래, 울어라. 울고 싶을 땐 마음껏 울어야 하는 거란다. 참고 참았던 슬픔과 절망의 덩어리가 한꺼번에 폭포처럼 목구멍으로 터져나왔다. 나는 오래도록 울었고, 노인은 잠자코 내 등을 어루만지며 기다려주었다. 이윽고 울음을 다 토해내고 났을 때, 나는 이상스레 마음이 평온해져 있었다.
"네가 언제라도 한 번은 다시 찾아와줄 거라고 믿었단다. 내, 그러지 않던? 그날 널 만난 것이 어쩐지 우연 같지만은 않게 여겨지더라고 말이다."

노인은 눈물 콧물로 엉망이 된 내 얼굴을 바라보며 조용히 웃었다. 방 안을 둘러보니, 새장이 보이지 않았다.

"새는……"

"으응. 제 갈 길로 갔지. 다행한 일이지 뭐냐. 내 없는 사이 빗장이 열렸던지, 돌아와보니 날아가고 없었어. 정이란 게 뭔지, 한동안은 영 허전하더라만, 생각하니 진즉 그놈을 보내줬어야 했을 걸 그랬다는 생각이 들더구나."

무심히 방 안을 둘러보던 난 벽 한쪽에 걸린 액자를 발견했다. 무척이나 평화로운 어느 이국의 항구 풍경. 전에 본 적이 있는 사진이었다. 코발트빛 아름다운 수평선을 배경으로 수많은 배들이 나란히 부두에 밧줄을 매고 떠 있는 사진 바로 밑에, 이런 글귀가 적혀 있었다.

'항구의 배는 안전하다. 그러나 배는 묶여 있기 위해 태어난 게 아니다.'

나는 멍하니 그것을 되풀이해서 읽었다.

"무슨 슬픈 일이 생긴 게로구나."

노인이 물었을 때, 나는 힘없이 고개를 떨구었다.

"어머니가…… 며칠밖에 살지 못하실 거래요. 가엾은 어머니…… 한 번도 행복하게 웃어보신 적이 없는데…… 저 때문이에요. 할아버지. 난 항상 속만 썩여드렸어요. 은매 누나도 나 때문에 죽었어요. 내가 돌봐야 했는데…… 모든 게 제 잘못이에요. 그런데 어떻게 이대로, 어머니를 보내드릴 수 있어요, 할아버지."

또 울음이 터져나오려고 했다.

"아니란다. 그건 네 잘못도, 누구의 잘못도 아니지. 그런 생각을 해선 안 된다."

"그렇지 않아요, 할아버지. 난 미워요. 아버지가, 죽이고 싶도록, 미워요. 우리를 버리고 간 사람이에요. 아버지만 아니었다면, 어머니는 병이 들지 않았을 거예요. 은매 누나도 죽지 않았을 테고요…… 난 절대로 아버질 용서하지 않겠어요. 죽을 때까지, 절대로, 절대로요."

나는 다시 쿨쩍쿨쩍 울었고, 노인은 우두커니 앉아 있었다.

"얘야, 네 마음의 상처가 얼마나 크고 깊은가를 알 것도 같구나…… 하지만, 얘야. 어린 네겐 힘겨운 일이겠지만, 아버지를 증오한다는 건 아무래도 옳지 않은 일 같구나. 아버지를…… 이해하고, 조금이라도 용서해드릴 수는 없겠니."

이상스레 노인의 음성이 떨리고 있었다. 나는 고개를 흔들었다.

"아뇨. 난 복수하고 말겠어요. 기어코."

불현듯 노인은 긴 한숨을 내쉬었다.

"얘야. 사람이 한평생을 살아간다는 건 캄캄한 밤길을 홀로 걷는 일 같은 거란다. 칠흑 같은 어둠 속에선 목표도 보이지 않고, 길을 찾을 수도 없지. 어둠을 이겨내는 현명한 사람도 많지만, 세상엔 불행한 이들이 훨씬 더 많단다. 저마다 옳은 길이라고 여기고 나아가지만, 끝내 어두운 진구렁 속에 넘어져 허우적거리다가 최후를 맞거나, 제 자신이 누구인지조차 영영 모르고 죽음을 맞기도 하지. 더러는 비로소 자신이 전혀 엉뚱한 길을 방황해왔다는 걸 깨닫는 사람도 있지만, 그때는 돌이키기엔 이미 한참 늦어버린 다음이야…… 어쩌면 맨 나중의 경우야말로 가장 불행한 사람인지도 몰라. 그 사람은 영원히 돌아갈 수 없는 과거의 시간으로 되돌아가려는 헛된 꿈을 아직 버리지 못하고 있기 때문이지. 뒤늦은 후회 때문에 몸부림치면서 말이야……"

 꿈을 꾸는 듯한 노인의 흐린 눈자위에 얼핏 물기가 번지고 있었다.
 "사실은 말이다. 나 역시 바로 그런 못난이 중에 한 사람이란다. 아마도 이 세상에서 가장 못난이인지도 모르겠구나……"

 노인은 길게 한숨을 몰아쉬었다. 전보다 몰라보게 부쩍 늙어 보였다.
 "아직까지도 나는 부모님의 얼굴을 모른단다. 애당초 불행을 안고 태어났고, 그러므로 내게 남겨진 인생이란 어차피 불행하게 살 수밖에 없도록 운명지어져 있다고 처음부터 제멋대로 생각했던 게 잘못이었을 거야. 난 화가였지. 재능을 턱없이 과신했고, 그래서 남보다 위대해지고 싶었어. 그건 꿈이 아니라 탐욕과 같은 거였지. 젊은 시절을 나는 미친 듯 헛된 욕망과 술에 사로잡혀 혼자 방황했고, 또 방탕했단다. 결혼을 했지만, 한 번도 가족을 돌보지 않았어. 난 내 자신을 줄기차게 학대했고, 날 사랑하는 사람들에게 고통만을 안겨주었을 뿐야…… 그러다가 어느 날 문득 늙고 병들었다는 사실을 깨달았을 때, 내 곁엔 이미 아무도 없었지. 아내는 굶주림과 병으로 세상을 떠났고, 내 아이들은 나를 증오하면서 먼 나라로 이민을 떠나버렸단다……"

 노인의 흐린 시선이 허공 어딘가를 힘없이 맴돌고 있었다.
 "그제야 내가 얼마나 헛된 길을 헤매고 있었는가를 깨달았지만, 이미 늦은 뒤였어. 되돌아가기엔 너무나 멀리 와버렸고, 용서를 빌어볼 사람조차 찾을 수 없었지. 결국 이렇게 여기, 나 혼자만 남았단다. 이젠 내게는 아무것도 없어. 미친 듯 마시던 술을 끊었지만, 위대한 화가가 되겠다는 헛된 욕망과 용기도 함께 사라져버렸어…… 그래, 애야. 돌이켜보면, 난 어둠 속에서 그만 길을 잃었던 거야. 벌써 까마득하게 오래전, 내게 남겨진 인생이란 다만 캄캄한 어둠뿐이리라고 제멋대로 믿어버렸던, 바로 그 어린 시절의 어느 날부터 말야. 후우우."

그을음처럼 한없이 어둡고 쓸쓸한 한숨을 노인이 토해내었다. 멀리 기적 소리가 아련히 들려왔다.

"애야, 기억하고 있니? 그날 골목에서 비에 젖은 채 울고 있는 너를 처음 보는 순간, 나는 마치도 어린 시절의 내 모습을 만난 듯한 착각이 들었단다. 자아, 고개를 들고 나를 보려무나."

까닭 모를 두려움을 느끼며 나는 노인의 얼굴을 바라보았다. 하얗게 센 머리카락. 주름살로 깊게 팬 여위고 추한 얼굴. 물기로 붉게 충혈된 두 눈.

"잘 보아라, 애야. 넌 이리 추하고 못난 모습을 절대로 가져서는 안 돼. 알겠니?"

한없이 음울한 그의 시선이 나를 두렵게 했다.

"그래, 지금 네 눈엔 어둠이 깃들어 있구나. 더 이상 꿈을 꾸지 않으려 하고 있어. 네가 미워하고 있는 건 아버지뿐만이 아니야. 넌 지금 네 자신을, 네 앞에 남아 있는 인생을, 모든 시간들을 증오하려 하고 있구나. 제발…… 안 된다. 애야."

나는 힘없이 고개를 떨구었다. 노인도 더 이상 입을 열지 않았다. 벽시계의 초침 소리가 유난히 커다랗게 울리고 있었다.

이젠 돌아가야 할 시간이었다.

언뜻 고개를 들었을 때, 노인의 메마른 뺨으로 소리 없이 흘러내리는 눈물을 보았다. 순간 나도 모르게 노인의 몸을 와락 그러안았다. 노인이 내 어깨를 가만히 두드리고 있었다.

"할아버지."

"오냐, 네 마음을 안다. 알구말구."

노인의 가슴으로부터 전해오는 심장의 박동을 나는 들었다. 문득 내 가슴 속 어딘가에서 작은 불꽃 하나가 반짝 피어오르는 것 같았다. 마음이 평온해졌다.
 "얘야, 넌 이제 막 인생의 문턱에 서 있을 뿐야. 흘러가버린 시간은 영원히 돌아오지 않는 거란다. 알겠니?"
 "예……"
 "부디 이것만은 잊지 말아라. 꿈을 꾸는 자만이 삶의 어둠 속에서 길을 찾을 수 있어. 넌, 꿈을 찾아가야 해."
 대문 앞에서 노인은 마지막으로 내게 말했다.
 나는 골목을 내려오기 시작했다. 등 뒤에서 풍금 소리가 희미하게 울려오고 있었다.

작별

 11월의 마지막 날. 어머니는 눈을 감으셨다.
 그날은 온종일 진눈깨비가 뿌렸다. 눈도 아니고 비도 아닌 그 몽롱한 물방울들이 도시와 거리를 하염없이 적시는 그 쓸쓸한 초저녁, 우리는 어머니를 마지막으로 떠나보냈다.
 어머니의 임종은 더없이 평온하고 조용했다. 평생토록 허허한 자갈투성이 진흙땅만을 맨발로 걸어온 한 가엾은 여인에게, 신은 그 최후에야 비로소 짧은 휴식과 평화를 허락해주셨던 것인지도 모른다.
 지금껏 보아온 어떤 것보다도 가장 혹독한 통증을 마지막으로 치른 뒤, 어머니는 오후 내내 혼곤한 잠을 잤다. 그리고 이승을 떠나기 직전 불과 몇 분 간의 휴식을 위해 어머니가 다시 눈을 떴을 때, 누나와 나 그리고 아버지는 병상 곁에 모여 있었다.
 "꿈이었구나…… 은매를 보았어야. 저만치서, 나를 보고, 웃고 있었는디……"
 몽롱하게 흔들리는 눈자위로 어머니가 뇌까린 첫번째 말이었다. 큰누나가 뭐라고 외쳤지만 어머니의 귀엔 들리지 않는 것 같았다.
 "으응, 피곤하구나…… 무슨 잠이, 이렇게 쏟아질거나……"
 어머니의 두 눈이 스르르 감겨들고 있었다. 어무니이. 안 돼라우,

잠들면 안 된당께라우. 지푸라기 같은 손목을 움켜쥐고 누나와 내가 다급하게 고함을 질렀을 때였다. 두 눈을 내리감은 어머니의 입술이 희미하게 움직였다.
 "괜찮다이⋯⋯ 얘들아⋯⋯ 걱정할 거 하나도⋯⋯ 없응⋯⋯ 께."
 그것이 이 세상에 어머니가 남긴 마지막 육성이었다.
 어머니의 시신은 화장을 했다. 영안실에서의 초라한 장례도, 화장도 모두 아버지의 결정이었다. 엷은 눈발이 비듬처럼 희끗희끗 날리는 화장터의 그늘진 뒷마당. 높다란 굴뚝 너머 몇 오라기 연기로 피어오르는 어머니를 우리는 지켜보았다.
 내내 아버지는 흐느꼈다. 누나는 성호를 그었고, 나는 울음소리를 내지 않으려고 연신 눈두덩을 주먹으로 훔치며 서 있었다. 연기는 눅눅한 대기 속을 잠시 느리게 떠돌다가 이윽고 잿빛 하늘로 흔적 없이 사라져갔다.
 죽은 이는 육신을 땅에 묻고, 추억은 산 자들의 가슴에 묻는다고 했던가. 그러나 나는 그 말을 믿지 않는다. 그날 그 음습한 굴뚝 아래서, 나는 추억조차도 온전히 어머니와 함께 보내드려야 한다는 걸 깨달았다. 이 쓸쓸하고 황량한 세상에 이젠 당신 슬픔의 한 조각도 더는 남겨서는 안 될 터이므로. 이제야말로 어머니는 자유로워져야 할 터이므로⋯⋯
 그러므로, 그 순간부터 나는 더 이상 어머니를 위해 울지 않기로 했다. 어머니는 하늘나라로 떠나신 것이다. 은매 누나가 기다리고 있는 그 영원의 나라로. 거기서 어머니는 이름 모를 별이 되어 은매 누나와 함께 살아가리라. 난 그렇게 믿기로 했고, 그런 믿음이 비로소 내게 힘을 주었다.
 택시는 고향을 향해 달렸다. 내 무릎 위엔 뼛가루가 담긴 작은 상자가 놓여 있었다. 유해를 고향에 묻어야 한다는 작은외숙의 고집을 아버지도 꺾지 못했던 것이다. 차창 밖으로 흘러가는 낯익은 풍경들을 바라보며 곁에서 누나는 내내 울었다.

그해 가을, 털털대는 트럭 뒤칸에 실려 이사 오던 날의 풍경이 다시금 내 눈앞에 펼쳐지고 있었다. 안개처럼 자욱한 먼지 저편으로 아득하게……

다섯 해. 아, 그랬다. 겨우 그만큼도 채 안 되는 시간이 지났을 뿐이다. 어쩌면 모두가 저렇듯 그대로 남아 있는 것일까. 변한 건 아무것도 없다. 계절까지도. 끝없이 이어지는 비포장 도로를 따라 늘어선 가로수들의 행렬. 황량한 들판. 낮게 엎드린 촌가의 지붕들. 개울가에 핀 말라붙은 억새풀. 손을 흔드는 시골 아이들…… 모두가 그대로의 풍경이었고, 그날과 똑같은 길이었다. 그런데도 어머니도 은매 누나도 이젠 우리 곁에 없는 것이다. 어디로 갔을까, 그 많은 시간들은?

의자에 머리를 기댄 채 나는 눈을 감았다. 자꾸만 귓전에 붙어 떨어지지 않는 소리들. 부릉부릉. 고물 트럭의 가래 끓는 듯한 엔진음. 송아지 울음소리. 지릿한 오줌 냄새. 밥 쥐. 어, 엄바. 밥…… 그때, 별안간 귓전을 때리는 누군가의 목소리에 나는 후닥닥 눈을 떴다.

'걱정 말어라. 아암, 염려할 거 하나도 없단 말여!'

깜짝 놀라 두리번거리다가, 무릎 위의 상자를 가만히 그러안았다.

바다가 내려다보이는 언덕에 어머니는 묻혔다. 다음날로 우리는 다시 광주로 돌아왔다. 아버지는 우리 둘 다 자신의 집으로 데려갈 작정이라고 말했다.

"일요일이니까, 모레 옮기기로 하자. 짐을 다 꾸릴 필요는 없다. 너희들한테 꼭 필요한 것만 대충 챙겨놓도록 해라. 아침에 차를 불러오마."

대답이 없는 우리들에게 그는 다시 말했다.

"너희들이 뭘 걱정하는지 알겠다만, 염려하지 마라. 차차 알게 되겠지만, 그 사람도 결코 나쁜 사람이 아니다. 벌써 방을 치워놓았을 게다."

"전 안 가겠어요. 기숙사에 들어가기로 했으니까요."

누나는 차갑게 말했다.

"제발 고집 부리지 말고 내 말대로 해라. 다시 오마."

아버지가 돌아간 뒤, 누나는 어머니의 체취가 남은 방 안에서 서럽게 울었다.

"철아, 넌 그 집으로 가아. 어쩔 수가 없잖어, 당장은."

"싫어. 죽어도 안 가."

"그럼 어쩌겠다는 거여."

"서울로 갈 테야. 무슨 일이든 할 수 있어."

그러나 결국 우리는 짐을 꾸렸고, 이틀 후 아버지가 데려온 용달차에 올라타야 했다.

떠나기 전에 우리는 은매 누나의 무덤을 찾았다. 내년 봄엔 은매도 네 엄마 곁으로 옮길 생각이다. 아버지가 말했다.

차가 움직이기 시작했을 때, 이웃 사람들은 더러 눈물을 찔끔거리며 아쉬워했다.

그 몇 해 동안 마을엔 많은 일들이 있었다. 주인집은 시내에 새 집을 마련해 이사를 갔고, 덕재네와 원이네, 그리고 양심이 누나도 떠났다. 강중사 아줌마네는 마침내 고아원에서 갓난애를 얻어들였는데, 이발사 안씨는 날마다 아이를 안고서 싱글벙글이었다. 기찻길 옆 오막살이의 노파와 고오목양의 귀머거리 할아버지도 세상을 떠났다. 참, 교감 선생 댁 큰딸 은하 누나는 시집을 갔다. 바로 그 양옥집의

'꿈꾸는 눈동자'한테 말이다. 귀머거리 노인이 세상을 뜬 뒤, 고오목양도 떠났다.
"철아, 미국에 가서도 네 생각이 많이 날 거야. 거기 도착하면 바이올린을 다시 시작할 생각이란다. 잘 있어. 철이 넌 훌륭한 시인이 될 거야."
삼촌이 살고 있는 미국으로 이민을 떠나던 날, 고오목양은 내게 하모니카를 선물로 주며 그렇게 말했다.
"잘 있어, 은매 누나. 잘 있거라, 늴리리 동네야."
눈이 내려 미끄러운 철길 건널목을 용달차가 뒤뚱뒤뚱 넘어설 때, 나는 은매 누나와 마을을 향해 그렇게 마지막 작별 인사를 했다.

아버지의 집을 먼저 떠난 쪽은 은분이 누나였다. 누나가 공장 기숙사로 들어간 뒤, 나는 한 달가량 더 그 집에 머물렀다. 누나가 늘 백여우라고 부르던 여자는 젊고 예뻤으며, 생각보다 상냥하게 대해주었다. 내겐 이복 형제가 된다는 병진이와 병수도 착한 아이들이었다. 그러나 그 낯선 집은 아버지와 그들의 집일 뿐이었다. 어느 날, 나는 마침내 그 낯선 집을 떠났다.
기숙사를 찾아갔으나, 누나를 만나지는 못했다. '오늘 그 집을 나왔어요. 서울로 가는 길입니다. 자리가 잡히면 찾아올게요. 안녕, 누나.' 수위에게 쪽지를 전해달라고 부탁하고는, 역으로 가서 야간 열차표를 샀다.
발차 시각까지는 한참이나 남아 있었다. 문득 산동네의 그 풍금 할아버지 생각이 났다. 왠지, 노인에게만은 떠난다는 얘기를 전해야 할 것 같았다.
밤이었다. 옷 보통이를 옆구리에 끼고 산동네의 가파른 골목을 기어올랐다. 낯익은 집 앞에 이르렀을 때, 나는 문득 걸음을 멈추었다. 노인의 집 대문 앞에 초라한 조등(弔燈) 하나가 바람에 흔들리고 있었다.

"자식들이 미국인가 어디에 시방도 살고 있었다면서?"

"죽기 전에 김씨한테 주소가 적힌 편지를 맡기더라네. 장례 치른 후에 부쳐달라고 말여."

"그래도 용케 그 영감의 조카가 알고 찾아와준 덕택에 일이 쉬워졌네그랴."

"그러게. 거, 아무리 생각해도 속 모를 늙은이여. 대관절 무슨 사연이 있었길래, 멀쩡한 자식들 놔두고 혼자 그리 외롭게 살다가 세상을 떴을꼬."

"허 참, 남은 거라곤 저 고물딱지 풍금말고는 아무것도 없더라니께. 알고 보니, 순 빈털터리 영감탱이였등갑서."

반쯤 열어둔 대문 안쪽에서 사람들의 얼근하게 취한 목소리가 들려왔다.

나는 오랫동안 골목 어귀에 멍하니 서 있었다. 눈이 내리기 시작했다. 목화꽃처럼 희고 탐스러운 송이눈이 펑펑 쏟아지고 있었다. 바람이 불어와 조등을 파르르 흔들고 지나갔다. 나는 처마 그늘로 다가가 노인의 방 쪽창 곁에 섰다. 그리고 조용히 눈을 감고 노인의 명복을 빌었다.

'할아버지…… 떠나기 전에 마지막으로 인사드리려고 왔어요. 부디 편히 잠드셔요.'

'그래, 이젠 정말로 떠나는 모양이구나. 언젠간 그러리라고 짐작했었지. 애야, 어서 가거라. 넌 꿈을 꾸어야 해. 꿈꾸기를 멈춰서는 안 된다. 알았지……'

나는 점점 굵어져가는 눈을 맞으며 천천히 골목을 내려오기 시작했다. 등 뒤에서 희미한 풍금 소리가 들리는 것만 같아서 몇 번이나 걸음을 멈추고 뒤를 돌아보았다. 대문 앞에서 조등이 가냘프게 흔들리고 있었다. 그 노랗고 따뜻한 불빛 속에서 언뜻 노인의 환한 웃음을 본 것 같았다.

나는 역을 향해 힘껏 달리기 시작했다.

그리고, 십오 년 후

　가을빛으로 물들어가는 숲은 고즈넉했다. 우거진 잡목숲 사이로 나 있는 호젓한 산길을 따라 쉬엄쉬엄 걷노라니, 저만치 푸른색 지붕의 이층 건물이 눈에 들어왔다. 그것은 아늑한 산골짜기 안에 자리잡고 있었다.
　희망노인복지원에 오신 것을 환영합니다. 코스모스가 심어진 길모퉁이에 팻말이 보였다. 정문으로 이르는 길은 콘크리트로 단장되어 있었다.
　"또 배를 탄다구. 이젠 그만 뭍에 뿌리를 내리고 정착하리라 여겼는데…… 그러려고 귀국한 게 아니었니?"
　"글쎄, 언젠가는 그래야겠지요. 하지만 아직은 아녜요."
　"떠나기 전에 아버지를 찾아뵙고 가거라. 이번이 어쩌면 마지막 기회가 될지도 몰라. 많이 늙으셨더구나. 몸도 성치 않으신 거 같구……"
　엊그제 수녀원에서 만났을 때, 누나는 내 눈을 들여다보며 그렇게 말했다. 나를 응시하던 누나의 그 눈빛 때문에 나는 결국 승낙할 수밖에 없었다.
　그러나 서울에서 버스를 타고 여기까지 내려오는 동안 내내 그 일을 나는 후회했다. 이제 와서 아버지를 만나본들 무슨 의미가 있다는 건가. 난 수없이 고개를 저으면서도 결국 여기까지 온 셈이었다. 그렇다고 여태 풀지 못한 감정의 앙금이나 더께가 남아서도 아니다. 두려운 건 행여 내 마음 속에 교묘히 잠복해 있을지도 모를, 어떤 예기치 않은 파문의 흔적이었다. 팔을 잃어버린 퇴역병처럼, 어쩌면 오래전에 아문 상처를, 그 허전함을 다시금 확인해야 한다는 사실이 나는 두려웠는지도 모른다.

그냥 돌아갈까. 팻말 앞에서 잠시 망설였다. 그러자 다시금 후회와 짜증이 일었다. 길 바로 아래쪽으로 작은 계곡이 보였고, 바위틈으로 야트막한 개울이 흐르고 있었다. 나는 길을 벗어나 계곡으로 내려섰다. 골짜기에 늘어선 크고 작은 잡목들 사이로 이따금 바람이 스쳐갈 뿐 주위는 조용했다. 개울가 평평한 바위에 앉아 담배를 피워물었다. 개울물 흐르는 소리가 맑았다.

"십오 년이라…… 어느 사이에."

씁쓸한 웃음이 떠올랐다. 정말 어느결엔가 그토록 많은 날들이 지나간 것이다. 함박눈이 하염없이 내리는 플랫폼에서 야간 열차를 타고 떠나던 그날 밤이 아련히 뇌리에 떠올랐다. 돌이켜보면, 바로 그 밤이 모든 것의 끝이었고 또 시작이었다. 어째선지 그 이후의 시간들은 내겐 꿈처럼 몽롱하고 흐릿하게만 느껴질 뿐이었다.

서울에서 보낸 몇 년은 다만 피곤함과 쓸쓸함의 기억으로만 남아 있다. 중국집의 배달부, 시장통 점원, 어느 가난한 출판사의 사환, 야간 고등학교 졸업장. 그것이 그 황량한 도시가 내게 남긴 흔적의 전부다. 그 거대한 도시에서 나는 줄곧 탈출을 꿈꾸었고, 남몰래 알약을 꾸준히 사 모았다.

야, 이 병신 같은 새꺄. 젊은 놈이 기집애처럼 왜 질질 짜고 있는 거나.

　남쪽 바다 항구. 비바람이 퍼붓는 부둣가에서 어느 술 취한 선원이 내 어깨를 툭 쳤을 때, 내 호주머니엔 누나의 이름이 적힌 유서와 알약 한 줌이 들어 있었다. 운명이란 기묘한 것이다. 결국 그 술 취한 선원을 따라서 배에 오른 그날 이후, 나는 경력 십 년의 외항 선원으로 살아왔으니 말이다.

　그 긴 나날 동안 헤아릴 수 없이 많은 해와 달, 낮과 밤을 바다 위에서 맞고 또 떠나보냈다. 항해는 항상 길었고, 이 작은 행성 위의 거의 모든 바다를 나는 한 올 지푸라기처럼 흔적도 없이 떠돌아다녔다. 일 년 혹은 이 년 만에 주어지는 귀국 휴가를 매번 기꺼이 반납했다. 돌아가고 싶지 않아서가 아니라, 돌아갈 곳이 없어서였다. 나는 더 이상 아무것도 꿈꾸지 않았다. 뭍을 향한 꿈도 닻을 드리우는 꿈도 없이 다만 유령선처럼 끝없이 떠돌아다니는 동안에만, 나는 비로소 자유로움을 느낄 수 있었다. 인간의 흔적 하나 보이지 않는 막막한 바다 위에서라면, 추억도 과거도 가끔은 안개처럼 몽롱하고 흐릿하게 지워질 때가 있었으니까……

　삼 년 전의 첫 귀국 휴가 때, 누나를 찾아갔었다. 치렁한 수녀복으로 온몸을 가린 그녀는 평화로워 보였다.

　"오오, 감사합니다 천주님. 단 한 번도 의심하지 않았단다. 날마다 기도 안에서 너를 기억하면서 천주님의 가호를 빌었어. 이렇게 건강하게 변하다니!"

　"은분이 누난 기어코 꿈을 이뤘군. 수녀가 되셨으니 말요."

　"모두가 천주님의 은총이란다. 참, 결혼은 했니?"

　"아니."

　"그랬었구나……"

그러자 누나는 내 손을 잡고 새삼스레 울기 시작했다. 그녀의 흐느낌 속엔 어쩔 수 없이 우리들 잿빛 추억의 그을음이 묻어 있었다. 난 울지 않았다. 꿈을 잊은 자는 눈물도 함께 망각하는 법이다. 그러므로 은분이 누나는 나보다는 훨씬 행복했다. 나는 그녀의 신에게 진심으로 감사했다.

엊그제 우리는 두번째로 다시 만났다. 서울 변두리의 아담한 성당. 마침 제단 앞을 분홍빛 글라디올러스로 장식하는 일에 열중해 있던 누나는 나를 꼬옥 그러안았다. 전보다도 건강하고 평화로운 모습이었다.

"아직도 아버지를 받아들일 수 없겠니……"

글라디올러스의 싱싱한 꽃대를 들여다보며 문득 누나는 물었다.

"아버지야말로 세상에서 그 누구보다 불행한 사람일 거야. 어쩌면 용서라는 말조차 우리에겐 가당치 않을지도 몰라. 우린 그분의 자식이니까…… 철아, 이젠 그만 아버지를 받아들여주었으면 좋겠다. 넌 행복해져야 돼. 제발, 그래줄 수 없겠니."

나는 잠자코 어색한 웃음만 지었다.

"오, 주님…… 지금 네 모습이 어떤 줄 아니? 슬픔과 고통으로 짓눌려 있는 네 눈빛을 생각할 때마다 가슴이 찢어질 것만 같아. 아아, 네가 천주님의 사랑을 알게 된다면!"

내 모습이 보이지 않을 때까지, 누나는 성당 뜨락에 혼자 서 있었다.

돌돌돌돌……

발 밑으로 흘러내리는 개울물 소리. 물빛은 유리알처럼 맑고 투명했다. 세수를 할 생각으로 물가에 쪼그려 앉았다. 손바닥으로 둥지를 만들어 막 물을 떠내려던 나는 무심코 손을 멈추었다.

한없이 투명하고 맑은 수면. 바닥에 가라앉은 이끼 낀 바위와 돌멩이들, 부러진 나무의 잔가지와 이파리들이 고스란히 들여다보였다. 그리고 그 투명한 수면 위에 겹쳐 선연하게 드리워져 있는 개울가 물푸레나무의 그림자…… 한순간 뭐라 표현하기 어려운 경이로움에 나는 숨을 죽였다.

거기, 또 하나의 세계가 있었다. 말갛게 갠 가을날의 하늘을 머리에 인 채, 나무들은 이제 막 물들어가는 잎새들을 매달고 수면 위에 고요히 누워 있는 것이다.

'무엇인가. 분명 지금 내 눈앞에 존재하지만, 그러나 또한 존재하지 않는 허상일 뿐인 저것은? 저 그림은 다만 꿈에 지나지 않을 뿐인가…… 그래. 그럴 것이다. 하지만, 다만 투영된 사물의 허상일지라도, 내 눈앞에 분명히 존재하는 저 아름다움은 또 무엇이란 말인가……'

불현듯 나는 어떤 경외감마저 느끼며, 꼼짝없이 그것들을 오래오래 응시했다. 흐르는 물의 수많은 입자 하나하나가 모여서 수면 위에 이루어내고 있는 물푸레나무의 초상화. 그것은 나무와 개울이 함께 빚어내는 한 폭의 꿈 같은 풍경화였다. 그러나 물은 결코 제 수면 위에 드리운 나무들을 기억해주지는 않는다. 물은 다만 무심히 흘러 지나쳐가고, 나무들은 제자리에 홀로 남아 서 있을 뿐……

'어쩌면 인간의 삶 또한 그런 것인지도 몰라. 끝도 시작도 가늠할 수 없는 영겁의 시간, 그 하염없는 초라한 그림자를 흐르는 물 위에 드리우다가 이윽고는 하나 둘 사라져가곤 할 뿐…… 그렇지만 어찌하랴. 저 끝없는 물의 흐름이 영영 우리들의 흔적조차 기억하지 않는다 하더라도, 그리하여 내일은 또 다른 낯선 나무들의 그림자가 새겨질 뿐이더라도, 지금 이 순간 우리는 다만 여기 우두커니 늘어서 있을 수밖에. 저 하염없는 시간의 수면 위에 저마다의 쓸쓸한 그림자를 드리우면서…… 더러는 구부러지고 혹은 휘어진 채로 말이다.'

밑도 끝도 없는 그런 질문들을 던지며, 나는 한참이나 개울가에 주저앉아 있었다.

문득 어디선가 한 줌 바람이 불어왔다. 수면이 파르르 흔들렸고, 머리 위에서 작은 단풍잎들이 우수수 떨어져내렸다. 나는 천천히 몸을 일으켰다. 그리고 푸른색 이층 건물을 향해 걷기 시작했다.

"박인구씨하고는 어떻게 되시죠?"
원장은 사십대 후반쯤의 약간 뚱뚱한 여자였다. 난 잠시 우물거렸다.
"그냥…… 가족이나 마찬가집니다. 지나는 길에 잠시 뵐까 해서."
"아, 박병진씨 친구분 되시나 보군요. 가만, 그러고 보니까 전에 한번 찾아주신 적이 있으시죠? 제가 이렇게 기억력이 나쁘답니다."
그녀는 '가족이나 마찬가지'라는 말에 금방 누군가와 혼동한 모양이었다. 병진. 비로소 나와 동갑이라는 이복 형제의 이름을 기억했다.
"저를 따라오세요. 지금 뒤뜰에서 쉬고 계실 거예요. 박병진 교수님은 건강하시죠? 그분, 정말 대단한 분이랍니다. 요즘 사람치고 그런 효성도 드물 거예요."
원장은 수다를 늘어놓으며 앞장을 섰다.
"아직 거동은 불편하시지만 몰라보게 쾌활해지셨답니다. 친구분도 몇 분 생겼구요. 보셔서 아시겠지만, 저희 양로원은 다른 시설들과는 차원이 다르죠. 비용이 좀 비싸다고들 하지만, 대신 시설과 운영만큼은 단연 선진국 수준입니다. 입원자들도 대부분 상류층의 품위 있는 노인들이죠. 직원들 중에 알코올 중독자들을 치료해본 경험자가 여러 명 되니까, 특히 박인구씨 같은 분한텐 더없이 좋은 곳이죠. 아, 저기 계시는군요."
병원 뒤뜰은 잔디밭이었다. 조그만 연못 주위로 몇 개의 벤치가 놓여 있고, 똑같이 흰 유니폼 차림의 노인들 칠팔 명이 두루미처럼 띄엄띄엄 앉아 있었다. 우리들이 나타나자, 노인들은 느리고 게으른 동작으로 흘금거렸다.

원장은 연못 앞에 나를 남기고 되돌아갔다. 뜰의 구석진 자리. 다른 사람들과 약간 떨어져 놓여 있는 휠체어를 향해 나는 천천히 다가갔다. 노인은 잠들어 있었다. 따스한 가을 햇살 아래서 해바라기를 하던 참이었을까.

햇살을 피해 한 걸음 비껴 서서, 나는 휠체어에 앉은 노인을 말없이 내려다보았다. 고개를 조금 옆으로 꺾은 불편한 자세로 그는 혼곤한 졸음에 빠져 있었다. 반백으로 변한 숱 적은 머리털. 여위고 깡마른 얼굴에 듬성듬성 돋아난 노인성 반점들. 고장난 서랍처럼 반쯤 헐겁게 벌려진 입술. 앞니가 빠져나가고 남은 흉한 잇몸……

나는 당혹했다. 눈앞에 잠들어 있는 그는 아버지가 아닌, 전혀 낯모르는 늙은이만 같았다. 이 노인이 정말 아버지란 말인가. 만지면 바스러져버리고 말 것만 같은, 이렇게 허약하고 볼품없는 몸뚱이를 가진 작은 노인이? 이렇게 추하게 웅크려 누워 있는 늙은이가 정말 내 아버지였을까……

한순간 어이가 없었다. 믿어지지가 않았다. 이 노인이 아버지여서는 안 된다. 이렇게 허약하고 가련한 모습으로 변해 있어서는 안 돼. 나는 그렇게 뇌까렸다. 뭔가 아주 오랫동안 속임을 당해왔던 것만 같은 기분이었다.

지금껏 나는 얼마나 많은 시간들을 미친 듯 방황해왔던가……

순간 갑자기 내 곁을 지나쳐간 모든 시간과 기억들이 폭풍처럼 한꺼번에 눈앞으로 밀려들어오기 시작했다. 황량한 서울의 뒷거리를 한 마리 개처럼 기어다니며 주문처럼 자살과 탈출을 되뇌던 시절. 고향도

국적도 이름도 없이, 세상의 모든 바다를 떠다니며 살아온 가랑잎 같은 시간들. 광대한 바다의 그 무수한 폭풍과 추위, 굶주림과 고독에 쫓기며 수없이 맞고 보냈던 낮과 밤들……

그 모든 시간들 속에서 나는 언제나 내 어린 날의 잿빛 추억과 함께 살아야 했다. 추억이 있는 한, 그 어느 바다 어느 낯선 항구에서도 결코 평화로울 수 없었다. 추억은 악몽이었고 저주의 시(詩)였다. 그리고 죽음보다 깊은 그 추억의 늪 심연엔 언제나 아버지가 엎드려 있었다. 그랬다. 지금껏 난 얼마나 수없이 홀로 아버지를 향하여 증오와 슬픔을 돌팔매질해왔는지 모른다. 내 인생은 추억의 포로였고, 아버지는 발목에 채워진 쇠사슬이었다.

그런데, 지금 이 순간 그는 내 눈앞에 한없이 가련하고 추한 모습으로 잠들어 있는 것이다. 가슴속으로 한줄기 바람이 휑하니 스쳐 지나갔다. 연민도 슬픔도 아닌, 그러나 증오나 미움도 아닌, 알 수 없는 감정의 파문에 나는 몸을 떨었다. 그건 쓸쓸함이었다. 다만 차마 견딜 수 없도록 쓸쓸할 뿐이었다.

잠든 아버지의 얼굴에서 시선을 뗄 수가 없었다. 지상에서 가장 불행한 어느 알코올 중독자의 얼굴이 내 앞에 누워 있었다. 왜 난 여태 한 번도 생각해보지 못했을까. 아버지 또한 저 잿빛 추억의 불행한 포로였다는 사실을 말이다. 죽음보다 깊은 저 추억의 늪가를 맴돌며, 아버지 역시 나처럼 울부짖고 있었던 것을.

―거기, 누구…… 오, 철아. 네가 틀림없지?

불현듯, 휠체어에 잠들어 있는 아버지가 내 마음 속에서 그렇게 부르는 소리를 나는 들었다.

―저예요, 아버지.

마음속으로 내가 대답했다.

―그래, 역시 너였어. 못난 아빌 잊지 않고 찾아주다니…… 널 대할 면목이 없구나.

―무척 많이 야위셨어요. 처음엔 몰라보았을 정도로요.

―추하고 흉해 뵈지, 내 모습이. 넌 아주 건강해졌구나. 지금껏 어디서 뭘 했니.

―그냥, 여기저기 떠돌아다녔어요. 지구상의 바다가 모두 제 집이나 마찬가지예요. 바다에서만 살다 보니, 뭍에 오르자마자 멀미가 나더군요. 벌써부터 바다가 그리워지는걸요.

―바다라니. 그럼 배를 탔었단 말이냐.

―외항선을 탔어요. 그러고 보니, 어쩌다 아버지랑 똑같은 일을 하게 된 셈이군요.

―운명인 게지. 너한테도 섬놈의 피가 흘러. 타고난 섬놈은 바다 냄새를 맡지 않으면 견디지 못하는 법이란다.

―왜 여기 나와 계시죠? 좀 춥지 않으세요.

―아니다. 오늘따라 햇살이 유난히 따스하구나. 애야, 재미있는 얘기라도 해주겠니. 졸음이 또 슬슬 찾아오는구나.

―그래요. 뭐가 좋을까. 참, 남극에 가보셨어요? 전 여러 차례 빙산이 떠다니는 부근을 항해한 적이 있어요. 생각했던 것보다 황량하고 추웠지만, 지루하지는 않았어요. 제 얘기 듣고 계세요?

―으응. 듣고 있다.

―그곳의 봄은 10월이 되어야 시작되지요. 봄이 되면 펭귄들이 알을 낳기 위해 맨 먼저 모여들어요. 그놈들의 먹이가 크릴새우라는 거 아세요? 3월이면 여름도 끝나가고, 녀석들은 따뜻한 북쪽으로 돌아갑니다. 그때부터는 밤만 계속되는 혹독한 겨울인데, 유달리 황제펭귄이

란 종류는 겨울이 되어도 떠나지 않는답니다.

― 거참, 대단한 놈들이구나. 추위가 굉장할 텐데 말이다.

― 황제펭귄은 알을 얼음 위에 낳는대요. 암컷은 먹이를 구하러 가고, 알을 품는 건 수컷이죠. 영하 삼십 도 얼음 위에서, 발이 시릴까 봐 새끼를 제 발 위에 올려놓고 키운다는 사실이 신기하잖아요…… 암컷이 먹이를 구하러 가면, 남아 있는 수컷은 그때부터 이 주일 동안이나 암컷이 돌아올 때까지 아무것도 먹지 않고 가만히 웅크린 채 알을 품고 있어야 합니다. 그러나 이따금 배고픔을 못 참고 알을 팽개치고 가버리는 수컷도 있대요. 버림받은 새끼들은 대부분 다른 어미들한테 밟혀 죽거나 큰도둑갈매기에게 잡아먹히고 말지요……

― 그만…… 그만 해두렴. 넌 역시 아직 이 애비를 미워하고 있구나. 잘 알고 있다. 난 아버지 자격이 없어. 너희들과 그 사람한테 참으로 몹쓸 짓을 했어. 용서해다오.

― 그런 말씀 하지 마세요, 아버지.

― 애야, 이제라도 날 용서해줄 수 없겠니. 아니, 미워하지만은 말아다오. 부탁이다. 너희들 생각만 하면 미칠 것만 같았단다. 아무리 술을 마셔도, 한순간도 뇌리에서 떨어지질 않았어. 용서해다오, 아들아.

― 아니에요, 아버지. 이젠 미워하지 않아요. 정말이에요. 물론 무척 오랫동안 미워했던 것도 사실이지만요…… 울고 계시는군요, 아버지. 하지만 이젠 다 지나간 일이잖아요. 흘러간 시간은 영원히 다시 돌아오지 않아요.

― 그래…… 그렇구말구. 제발 시계를 거꾸로 돌릴 수만 있다면…… 난, 난 네 엄마와 너희들한테, 마지막으로, 좋은 남편과 아버지가 되고 싶어. 알겠니.

― 알아요. 알고말고요. 이젠 다른 얘길 할까요…… 언젠가 함부르

크에서 철강을 싣고 아르헨티나로 가는 배 위에서였을 거예요. 유난히도 바다가 잔잔한 밤이어서 늦도록 혼자 갑판에 누워 있었지요. 하늘엔 또 얼마나 별들이 총총했는지…… 별 얘기 아세요? 할머니가 해주신 얘기 말예요. 인간은 누구나 별이었고, 죽으면 다시 하늘로 올라가 별이 된다잖아요. 동화 같은 얘기죠…… 그런데, 어느결엔가 문득 고개를 들어보니 저 멀리서 별들이 정말 이쪽으로 다가오고 있지 않겠어요? 얼마나 놀랐는지, 나는 그것들이 진짜로 하늘에서 바다로 내려오고 있다고 믿었으니까요. 알고 보니, 그건 참치잡이 선단의 불빛이었어요.

─그래, 그 수십 수백 척의 배들을 밤바다 한가운데서 만나면 아주 장관이지.

─그때 불빛들을 보면서 문득 그런 생각이 들더군요. 어쩌면 우리들 인간은 알고 보면 누구나 한 척의 배가 아닐까. 끝도 시작도 헤아릴 수 없는 영겁의 시간, 그 어두운 바다 위를 떠도는 낡고 길 잃은 배들 말예요…… 어둠이 내리면 세상의 어느 바다에서건 배들은 저마다 불을 밝히지요. 외로움을 이겨내기 위해서 말예요. 아버지도 잘 아시잖아요? 밤바다 위에서 홀로 떠 있는 배의 고독이 얼마나 견디기 힘든 것인가를 말예요.

─알다마다. 그 끔찍스런 외로움은 겪어보지 않으면 모를 거야.

─칠흑 같은 망망대해의 어둠 속에서 멀리 아스라이 떠가는 낯선 배의 불빛들을 바라보고 있노라면 내겐 그것들이 흡사 별처럼 느껴져요. 밤하늘에 총총 떠 있는 이름 모를 별들이 문득 이 세상의 바다에 내려와서, 저마다 거기에 잠시 쉬고 있는 것만 같거든요.

─얘야, 넌 얘기를 썩 잘하는구나. 근사한 시를 듣는 기분이야.

─맞았어요, 아버지. 전 시를 쓰고 싶어요. 사람은 누구나 똑같이

외로운 별들이 아닐까요. 때로는 아름답고 따뜻하지만, 그보다 훨씬 더 자주 고독하고 절망하고 좌절하고 미워하고 또 슬퍼하는…… 우린 모두가 그렇듯 똑같이 허약하고 외로운 별들인지도 몰라요. 어쩌면 스스로를 지탱할 힘조차 지니지 못한, 그런 못난이 별들 말예요…… 그렇지만, 아버지. 때로 우리는, 항로를 잃고 밤바다를 떠도는 다른 누군가를 위해, 멀리서 반짝이는 작은 불빛이나 등대가 될 수도 있지 않을까요?

―그럴지도 모르겠구나. 밤바다에선, 수십 마일 저편을 항해하고 있는 다른 배의 아주 희미한 불빛조차 때로는 굉장한 위안이 되는 법이니까.

―그래요, 아버지. 비록 하나의 작고 초라한 등불일지라도, 외로운 사람들은 그 불빛을 보면서 더러 꿈을 꿀 거예요…… 전 그런 시를 쓰겠어요. 고독하고 슬픈 이 세상 무수한 별들의 이야기를 쓰겠어요. 목적지도 항로도 없이, 다만 쓸쓸히 밤바다를 떠도는 이름 없는 별들의 꿈을, 그 추억의 노래들을 시로 쓰겠어요. 지금 이 순간 문득 결심한 거예요…… 전 이제 비로소 추억을 사랑할 수 있을 것 같아요. 아버지. 내 가슴 속에 묻어둔 이 한없는 어둡고 쓸쓸한 추억도, 어쩌면 가끔씩은, 다른 누군가 나처럼 외롭고 쓸쓸한 불빛들에게 아주 작은 위안이나마 될 수도 있을 테니까요.

―애야, 기쁘구나…… 날 용서해줄 수 있겠니.

―그런 말씀 마시라니까요, 아버지. 누가 뭐래도 전 아버지의 아들이에요. 우리는 이 영원한 시간의 바다 위에서 한동안 잠시 길을 잃고 저마다 표류하고 있었을 뿐이에요. 어머니랑 누나들도 마찬가지구요. 염려 마세요 아버지. 이젠 미워하지 않아요.

―고, 고맙구나. 애야. 정말……

─아버지, 그럼 건강히 지내세요. 다시 찾아올게요.

나는 조용히 등을 돌려 마당을 빠져나오기 시작했다. 아버지의 혼곤한 잠을 깨우고 싶지 않았다. 참으로 오랜만에 아버지의 잠든 얼굴은 평화로워 보였고, 이제 그에겐 휴식이 필요했다.
홀로 되돌아나오는 산길은 내내 가을 오후의 햇살이 따스했다.

에필로그

 자, 이젠 지루하고 암울한 추억의 파편으로 가득 찬 이 서랍을 닫아야 할 때가 되었다.
 곰팡이 냄새와 함께 별의별 하찮은 잡동사니들로 꽉 차 있는 서랍—어차피 한 사람의 추억이란 으레 그런 골동품 서랍 같은 것이다. 녹슨 열쇠, 빛 바랜 엽서나 사진, 빨간 단추, 옷핀, 책갈피의 검은 손때, 레코드판, 한 짝뿐인 벙어리장갑, 조그만 돌멩이…… 그따위 별의별 물건들은 서랍의 주인에겐 저마다 은밀하고 애틋한 추억의 기념물로 남아 있겠지만, 타인들의 눈에는 다만 하찮고 구질구질한 잡동사니에 지나지 않는 법이니까.

 참으로 많은 시간들이 내 곁을 흘러갔다. 시간의 물살이 모조리 빠져나가버린 뒤, 문득 홀로 남겨진 개울가의 푸석한 돌멩이처럼, 난 지금 여기 주저앉아 있다. 생선 썩어가는 비린내와 기름 냄새, 쇠붙이 냄새로 가득한 이 쓸쓸한 방파제 끝, 무인 등대의 그늘 아래……
 어제 오후, 양로원을 나서자마자 나는 곧장 역으로 가서 야간 열차를 탔었다. 이 항구에 내린 시각은 오늘 아침. 역 앞에서 국밥으로 대충 요기를 마친 뒤, 독한 술 한 병을 사들고 이 방파제 끝 무인 등대를 찾아왔다. 십오 년 전, 죽음에로의 탈출을 꿈꾸며 내가 찾아왔었던 자리 또한 바로 여기였다.

오늘, 온종일 나는 참으로 모처럼 평화롭고 한가로운 시간을 보낼 수 있었다. 낚시꾼들조차 나를 위해 이 쓸쓸한 방파제를 별로 찾아주지 않았으므로, 나는 등대 탑에 등을 기대고 누워 지금껏 내내 빈둥거렸던 것이다.

아까는 웬 잡종 개 한 마리가 나를 찾아왔었다. 앙상한 갈비뼈와 흘금거리는 불행한 눈빛을 보자마자 난 그놈이 주인 없는 개라는 걸 금방 알았다. 빵 부스러기를 던져주자 녀석은 금방 내 친구가 되어주었는데, 더는 먹을 걸 기대할 수 없음을 눈치채고는 조금 전 혼자 부두 쪽으로 어슬렁어슬렁 사라져버렸다. 짧은 우정을 배신하는 게 미안해선지 아니면 행여 몰래 숨겨둔 먹이를 꺼내어 다시 저를 불러주길 바랐는지, 연신 뒤를 흘금흘금 돌아보며 놈은 떠났는데, 그놈의 뒷모습을 보고 있으려니 문득 조금은 외로워지는 기분이 들었던 것이다.

생각하면, 내 인생의 후미진 길목 어귀마다에서 나는 언제나 떠나가는 수많은 것들의 뒷모습만을 지켜보며 살아왔다. 사랑하고 미워했던 사람들, 더러는 그리움이거나 슬픔, 혹은 고통과 외로움을 내게 가르쳐주었던 사람들……

어느덧 그들은 모두들 시간의 강물을 따라 과거 속으로 떠났고, 이젠 아무도 내 곁에 머무르지 않는다. 다만 추억의 그림자들로 남았을 뿐.

그러나 추억은 늘 그지없이 황량했고, 나는 잠시도 그것으로부터 도망칠 수 없었다. 지금껏 난 한 번도 진실로 평화롭게 잠들어보지 못했다. 평화와 휴식의 잠—내 영혼은 그것에 내내 익숙하게 굶주려왔으며, 육신은 그 허기로 버텨왔다. 아니, 어쩌면 난 줄곧 오랜 미몽 속을 헤매고 있었는지도 모른다. 그 간절하고 낯익은 평화와 휴식에의 굶주

림조차도 사실은 다만 끝없는 악몽일 뿐이었을까.

이젠 밤이 깊었다. 등대는 벌써 오래전에 불을 켰다. 지금 내 머리 위에서 등대의 등명기는 정확히 십오 초 간격으로 점멸 신호를 반복하고 있다. 맞은편 방파제를 돌아 항구로 들어오는 배들은 어김없이 이 등대를 표지점 삼아 움직이고 있을 것이다. 문득 담배 생각이 간절하다. 조금 전의 것이 마지막 남은 한 개비였다.

"선생님의 시는 뭐랄까, 다분히 자폐적이고 과거 지향적이라는 평입니다. 그 이유가 뭐라고 생각하십니까."

엊그제 귀국하자마자 나를 찾아온 어느 잡지사의 젊은 기자가 내게 던진 질문이다.

"글쎄요. 난 지금껏 거의 십 년 이상을 바다에서만 보냈습니다. 뭍의 시간의 흐름과는 철저히 차단된 사람에겐, 과거의 시간과 추억이야말로 어쩌면 유일한 현실일 수도 있을 테니까요."

난 그렇게 슬그머니 얼버무렸던 것 같다. 내가 쓴 그 어설프기 그지없는 시집 따위가 기사거리가 될 수 있다는 게 어리둥절했다.

그동안 선상 생활 중에 틈틈이 끼적거린 것들을 모아 투고했을 때만 해도, 난 전혀 기대조차 하지 않았었다. 당선 소식을 전해 들은 것은 임시 기항지인 마드리드에서였고, 넉 달 후 샌프란시스코에 도착해서야 이미 오래전에 출간된 시집을 처음으로 받아보았다. '등대 아래서'란 제목이었다. 이번에 귀국해서야 알았지만, 놀랍게도 그 책은 제법 적잖은 수의 독자를 가지고 있다는 거였다.

하지만 솔직히 고백해야겠다. 난 부끄럽다. 그리고 누군가를 속인 것만 같은 죄책감마저 드는 것이다.

그랬다. 난 참으로 오래도록 동굴 속으로 도망쳐서 숨어 있었다. 얼굴에 온통 거미줄을 뒤집어쓴 듯 어둠은 질기고 완강했고 나는 그 안에서 눈멀고 귀까지 먹었다. 난 내 잿빛 과거의 포로였다. 비겁하고 허약하기 그지없는 포로. 눈앞의 어둠을 걷어내려고 허우적댈수록 모든 것은 더욱 헝클어지기만 했고, 끝내 언제부턴가 나는 스스로 탈출하려는 어설픈 몸짓조차 포기해버리고 말았다. 어둡고 음습한 과거의 집요한 거미줄 안에 홀로 웅크리고 들어앉은 채 나는 어느새 한 마리 추한 몰골의 번데기로만 살아오고 있었던 것이다. 내가 써온 시들이란 다만 그 번데기의 우울한 넋두리에 불과했다. 난 그게 무엇보다 부끄럽고 죄스러울 뿐이다.

그런데 바로 어제 오후, 휠체어에서 잠든 아버지의 그 불행한 얼굴을 확인했을 때, 비로소 내 눈을 가린 어둠의 한 자락이 소리 없이 벗겨져내리기 시작했다. 우스워라. 서른두 살 내 인생은 미친 듯이 사랑을 찾아 온 세상의 바다 위를 헤매어 떠돌고 있었으나, 정작 난 단 한 번도 내 자신을 사랑한 적이 없었으니!

그리하여 이 밤, 쓸쓸한 무인 등대 그늘 아래서 지친 개처럼 혼자 주저앉아, 불현듯 누군가 이렇게 속삭이는 음성을 나는 듣는다.

'얘야. 사람의 한평생이란, 캄캄한 밤길을 홀로 걷는 일 같은 거란다. 어둠 속에선 목표도 보이지 않고, 길조차 찾을 수 없지…… 얘야, 넌 이제 겨우 인생의 문턱에 서 있을 뿐야. 부디 이것만은 잊어선 안 돼. 꿈을 꾸는 사람만이 인생의 어둠 속에서 길을 찾을 수 있단다. 넌 꿈을 찾아가야 해. 절대로, 꿈꾸는 일을 포기해선 안 돼. 알겠니?'

얼마나 오래도록 난 꿈을 잊어버린 채 살아왔던가. 난 한사코 꿈을 포기하려 했고, 꿈꾸기를 내내 까맣게 망각하고 있었던 것이다.

그리하여 지금, 내겐 더 이상 갉아댈 만한 추억의 뽕잎도 남아 있지 않다. 내 황량한 가슴은 꽈리처럼 속이 텅 비었다. 오래전, 내 어린 시절의 쓸쓸한 사랑은 내 가슴 속으로 걸어들어와 추억이 되었고, 이제

난 그것마저도 모조리 먹어치워버리고 말았다.

하지만 이 등대 그늘 아래 기대어, 나는 비로소 알 것도 같다. 내 초라하고 쓸쓸한 추억이 이제는 다시 누군가를 위한 사랑으로 아주 조금씩 커갈 수도 있으리라는 것을. 그래서 언젠가 그 소중한 사랑의 불씨를 스스로 껴안게 되는 날, 내 텅 빈 꽈리 가슴도 난로처럼 따뜻한 온기로 가득히 달아오르기 시작하리라는 사실을 말이다.

"아, 추억이여! 미안하지만, 난 오늘부터 꿈을 노래할 것이다. 사랑을, 희망의 노래를 부를 테야."

난 그렇게 중얼거렸다. 어느 틈엔가 문득 볼을 타고 미지근한 물기가 흘러내리기 시작한다. 아니, 이건 눈물이 아니다. 이 순간 내 몸 안에서 소리 없이 얼음이 녹고 있을 뿐이다. 물론 난 아직 행복을 이야기하기엔 너무 이르다. 그러므로 난 이 순간을 그냥 행복한 예감이라고만 말하겠다.

눈물로 어룽거리는 눈을 비비며 나는 눈앞의 바다를 조용히 바라보았다.

머리 위에서 등대는 꾸준히 불빛을 피워내고, 먼바다를 돌아나가는 선박의 불빛들이 아스라하게 보였다. 유난히도 별이 맑고 총총한 밤이었다. 멀리 선박의 불빛들은 하늘나라를 찾아가는 이름 모를 별들의 무리 같았다.

기름 방울 떠도는 밤바다 수면 위로는 항구의 불빛이 아름다웠다. 빨강, 노랑, 파랑, 초록. 영롱한 무지개 불빛들은 거꾸로 처박힌 채 이따금 물살에 흔들거리고 있었다. 그것은 추억처럼 아름답고 스산했다.

추억처럼 흔들리고 있는 수면 위의 영롱한 불빛을 물끄러미 들여다보고 있노라니, 어째서일까, 서러움인지 안타까움인지 모를 아픔으로 목구멍이 싸아하니 잠겨왔다. 어머니의 얼굴. 가엾은 은매 누나. 은분이 누나. 잊을 수 없는 다른 많은 얼굴들…… 그리고 내 쓸쓸한 유년의 초상 또한 그 불빛 속에 거꾸로 처박힌 채 함께 흔들리고 있었다.

아, 어디로 갔을까. 그 아픈 날들의 흔적들은……

그리움과 서러움으로 끝내 나는 목이 잠기고 말았다. 하지만 그날의 시간들로 되돌아갈 길은 이미 지상엔 존재하지 않는다.

이윽고 나는 몸을 일으켰다. 너무 오래 앉아 있었나 보다. 등허리가 욱신거리고 무릎이 뻑뻑했다. 내일 아침엔 일찍 선박 회사로 나가야겠다. 출항 예정일을 불과 며칠 남겨둔 지금 느닷없이 사표를 제출하고 나면 모두들 놀랄 게 틀림없다. 하지만 어차피 결정은 빠를수록 좋을 테니까. 일단 땅 위에 머무르기로 결정을 내리긴 했지만 은근히 걱정이 앞선다. 어쩌지. 시도 써야 하고, 당장 의식주부터 해결해야 하잖는가……

그때, 별안간 내 머리 위에서 누군가의 음성이 카랑카랑 들려왔다.

'걱정 말아라. 애야. 걱정할 것 하나도 없응께!'

소스라치게 놀라 고개를 들었다. 거기, 유리알같이 맑고 투명한 별들이 밤하늘 가득히 좌르르 흩어져 반짝이고 있었다. 그 헤아릴 수 없이 많은 별들 중에 어머니가 나를 내려다보고 계신다는 걸 나는 눈곱만치도 의심하지 않았다.

휘파람을 휙휙 불어날리며, 나는 항구의 불빛을 향해 걸음을 옮기기 시작했다.

작가의 말

 이 책은 내게 조금은 각별한 의미가 있다. 다른 작품들보다 유난히 더 애착이 가는 것은 아마도 내 소년 시절의 내밀한 속살이 고스란히 담겨 있기 때문일 것이다. 누구나 애잔하고 쓸쓸한 날들의 추억 한 줌씩은 저마다 가슴속에 간직하고 사는 법이다. 남들 눈엔 그저 하찮은 잡동사니로 보일지 몰라도, 본인에겐 모두가 더없이 소중하고 애틋한 순간들의 흔적이 아니던가. 이 소설은 그런 추억의 잡동사니가 담긴 낡은 서랍이라고 불러도 좋겠다.
 물론 이것은 완전한 자서전도 고백록도 아니다. 내 소년기의 황량하고 앙상한 추억의 뼈대 위에 소설의 살을 짜 붙이고 잿빛 회한의 옷을 기워 입혔다. 그럼에도 거기엔 어쩔 수 없는 자기 연민이랄까 자기 위안의 무의식이 잠복해 있음을 굳이 부인하지는 않겠다.
 '등대 아래서 휘파람'이란 제목으로 처음 이 소설이 나왔을 때 뜻밖에 나로서는 전에 없이 생면부지의 독자들로부터 꽤 많은 편지와 전화를 받았다. 신기하게도 그들 대부분은 그것이 바로 자신의 얘기와 똑같다고 내게 말했다.
 그중 삼십대 후반의 어느 지하철 운전기사로부터 받은 두 번의 전화가 잊혀지지 않는다. 아버지를 용서할 수 없어 칠 년이 넘도록 발길을 끊고 있었다면서, 그러나 이번 주말엔 마침내 목포로 내려가 아버지 손을 잡아드리기로 결심했다는 대목에서 그는 어린애처럼 울먹였다. 한심하게도 나는 덩달아 목이 쉬고 말았는데, 그 울먹임이 실은 아버지가 아니라 그 자신 스스로를 향한 용서와 화해의 신호라는 사실을 나 역시 눈치챘기 때문이다.

내가 쓴 초라한 책 하나가 누군가의 삶 속에 특별한 의미를 띠고 개입할 수도 있다는 사실을 직접 확인한 것은 그때가 처음이었다. 솔직히 나는 두려웠고 또 기뻤다. 훗날 그가 정말 고향에서 아버지를 만났는지는 모를 일이다. 그는 나로부터 큰 선물을 받았다고 말했지만, 정작 잊지 못할 귀중한 선물을 받은 쪽은 나였다. 새삼스레 이 작품을 다시 펴내기로 결심하기까지는 특별히 그 낯선 독자의 기억이 한몫을 한 셈이다.

새롭게 여기저기 수정을 하고 문장 표현들을 세밀히 다듬었다. 처음부터 탐탁지 않던 제목이 두고두고 맘에 걸리던 차였는데, 고심 끝에 '등대'로 줄였다. 양해해주시기 바란다. 이 작품이 다시 햇빛을 보게 만들어주신 문학과지성사와 채호기 사장님께 깊이 감사드린다.

2002년 5월
임철우